RAFIK SCHAMI
REISE ZWISCHEN NACHT UND MORGEN

ラフィク・シャミ

夜と朝のあいだの旅

池上弘子 訳

西村書店

Reise zwischen Nacht und Morgen
by Rafik Schami
Cover Illustration by Root Leeb

ロートとエミールに捧げる

目次

主な登場人物

サマーニ家の人々

ヴァレンティン……主人公。サマーニ・サーカスの団長。
ヴィクトリア……主人公の亡妻。
ルドルフォ……主人公の父親。
ツァンドラ（ツィカ）……主人公の母親。
ヴァレンティン・シニア……主人公の祖父。
アリア……主人公の祖母。ウラニア出身。
ピア……郵便配達嬢。ヴァレンティンの恋人。

ウラニアの人々

ナビル……大富豪。主人公の幼なじみ。
タレク……理髪師。
タマーム……タレクの長女。
ハーナン……タレクの次女。
バサマ……ナビルの恋人
イブラヒム……ウラニアで一番有名なケーキ屋の主人。
シャリフ……旧市街に住む青年。

サマーニ・サーカスの人々

マルティン……猛獣使い。エヴァの夫。
エヴァ……綱渡り師。マルティンの妻。
ピッポ……道化師。
フェリーニ……魔術師。アンゲラの夫。
アンゲラ……実務担当。フェリーニの妻。
アニタ……フェリーニとアンゲラの娘。
ヤン……ナイフ投げ・軽業師。マリッタの夫。
マリッタ……綱渡り師。ヤンの妻。
マンズーア……レバノン出身のウマの調教師。
カリム……パキスタン出身の飼育係。
ロベルト……サーカスの最古参。クマ使い。

夜と朝のあいだの旅

I　すべては、タイミングよく届いた一通の手紙からはじまった

一通の手紙にこれほど驚かされるとは、サーカス団長のヴァレンティン・サマーニもついぞ考えていなかっただろう。オーストラリアをツアー中の箱馬車の中で産声《うぶごえ》をあげてから、アラビア発の信じられないような手紙を受け取るその日まで、旅した国はもう四十。四人の王さまの前で芸を披露《ひろう》し、七人の大統領と食事をともにして、三つの監獄《かんごく》で手品を演じてみせた。そんな六十男にとっても、それはなかなかの便りだった。

信じてもらえないかもしれないが、ヴァレンティンはそのむかし、ちょっとした魔術で囚人や孤独な看守《かんしゅ》を楽しませたおかげで、命びろいした経験さえあった。インドネシアでの出来事だった。もしもあのとき看守が、

「人違いであります。こいつはヤクの売人でなく、魔術師のヴァレンティンです！」

と裁判官に向かって大声をあげる勇気がなかったら、ヴァレンティンは真犯人の身替りになって、縛《しば》り首の刑を食らうところだった。裁判官も、死刑執行人も、驚いたのなんの。サーカス団長を処刑台から降ろさせ、魔法の技《わざ》とやらをやってみろと命じた。神経の図太《ずぶと》いヴァレンティンは、

それならばと、興奮してチューチュー鳴き叫ぶ濃い灰色の大きなドブネズミを、裁判官の上着のポケットから出してみせたのだ。

こんな話もある。綱渡りの最中に、ヴァレンティンは続けざまに二度もクーデターに遭《あ》った。南アメリカを巡業中のこと。ラパスでの初お目見えを終えたヴァレンティンは、大統領が将軍や外国の客人たちと会食を楽しむあいだ、息をのむような綱渡りを披露せよと、大統領官邸に連れて行かれた。晩餐《ばんさん》会場の高い天井の下に一本のロープが張り渡され、ヴァレンティンは曲芸を演じて見せた。ところが客人たちは、安全ネットもない命がけの芸よりも、食事のほうに夢中なのだ。ヴァレンティンはほとんど無視されたままロープの上を一回、行って帰ってくると、早くも下に降りようとした。ところが将校はもっと続けろと命じる。そのときだった。突然、中庭で銃声がとどろいたかと思うと、兵士たちが会場になだれ込んできて、大統領を外へ引っ立てて行った。それから少したつと、ひとりの将軍が登場し、あっけにとられる外国の客人たちにあいさつをすると、顔なじみらしい何人かの制服組と抱擁《ほうよう》をかわした。そして将軍は大統領の椅子に座った。彼はつい今しがた失脚《しっきゃく》したライバルが使っていた皿やグラスを不愉快そうにわきへ押しやると、やおら食事をはじめた。まもなく軍人たちは、前大統領と変わらぬ調子で新大統領と冗談を言い合った。ご馳走《ちそう》がのどにつかえ、目を白黒させたのは、外国からの客だけだった。

「あいつは、なにものだ？」

新大統領はちょうど自分の真上で、バランス棒を手に身じろぎもせず突っ立っているヴァレンティンを指さした。だれかが、あれはドイツから来た有名なサーカスの団長で、綱渡り師だと説明した。

「なにかやってみろ!」

新大統領が言った。今度は一同の熱い視線を浴びながら、ヴァレンティンは命知らずのジャンプを披露した。そうしてものの十五分もたったころだろうか、またしても中庭で銃声が響いた。ドアが乱暴に開け放たれたかと思うと、拳銃を構えた手を怒りにわなわな震わせながら、前大統領が将校や兵士の一団を従えて突入してきたのだ。前大統領はクーデターの首謀者《しゅぼうしゃ》たちを連行させ自分の席につくと、危機を免《まぬが》れた共和国のために乾杯した。

「さあ、続けるんだ!」

大統領はヴァレンティンに命じると、高らかに笑った。

ヴァレンティンの波瀾万丈《はらんばんじょう》の人生をイメージしていただくために手短に話をすれば、こんな具合だ。さて、このへんで例の手紙の話に戻ろう。ヴァレンティンがその手紙を受け取ったのは、ある朝のことだった。郵便配達嬢のピアは、早朝から小さな郵便カートを引いて、雪の積もる担当地区をまわっていた。夜の厳しい冷えこみで、道はテカテカに凍っている。ピアの足どりはいつもよりおぼつかなかった。

ピアは郵便物をよりわけているときから、エキゾチックな切手を貼った一通の手紙に気づいていた。表書きはこう書かれていた。

ヴァレンティン・サマーニ様

（今はきっとサーカスの団長さんです）
有名なサーカス団長、ルドルフォ・サマーニさんのご子息
（おそらく住所はみなさんご存じのことと思います）
ドイツ
マインツ近郊

なんともへんてこな宛先《あてさき》や、なぐり書きのたぐいを判読しなければならない郵便局の苦労は、想像を絶するものがある。きっと、郵便局員は世界中のことばや文字をぜんぶ読みとれると思っている人がおおぜいいるのだ。自分の飼っているニワトリに宛先を書かせたとしか考えられない手紙もある。もちろん、そんなものが相手に届くことはめったにない。けれども、この差出人は運がよかった。たしかにヴァレンティンは有名な父親の跡を継いでサーカスの団長になっていたし、ピアだけでなく町じゅうの人が彼のことを知っていたからだ。サマーニ・サーカスはもう百年以上も続く老舗《しにせ》である。ヴァレンティンの住んでいるタール通りのはずれの小さな家は、やはりヴァレンティン・サマーニと名のる祖父が建てたものだ。祖父は六十歳になったとき、ヴァレンティンの父親である息子のルドルフォにサーカスを引き継ぎ、ここで隠居《いんきょ》をするつもりだった。ところが、祖父がウラニア出身のアラビア人の妻といっしょにこの家に住んだのは、たったの一日と一晩だけだった。もうそれ以上は我慢《がまん》ができなくなり、ふたりはひそかにサーカスのあとを追って旅に出た。祖父は当時もっとも有名な猛獣使いであり、早変わり芸人でもあった。祖父は

妻ともども変装をすると、悟《さと》られぬように雑用係として息子のサーカスにもぐり込んだ。真相が明らかになったのは、祖父が死の床についてからである。息子のルドルフォはオイオイ泣いた。それというのも、むら気なルドルフォは、その雑用係をサーカスの尻にくっついてくる流れ者の労働者だとばかり思って、しょっちゅう口汚《くちぎたな》くののしってきたからだ。ルドルフォは母親の目の前で、父親に神妙《しんみょう》に誓った。今この瞬間から、サーカスの仲間みんなを父とも、母とも、兄弟、姉妹とも考えます、と。けれども誓いは一日ともたなかった。またしてもルドルフォは下水管のようにボコボコと毒づき、ライオンが一頭、気絶してしまうほど大きな声でがなりたてたのである。悪気があったわけではない。ほかにやりようがなかったからだ。おまけにルドルフォの忘れっぽさときたら語り草だったが、それはまたべつの機会に話すとしよう。

何年かして、ヴァレンティンは両親や祖母といっしょに、祖父の建てた家に引っ越してきた。それ以来、この家は一家の冬のすみかになった。はじめてここに来た日、四方から家を眺めて、床下に車輪がないかと探したことを、ヴァレンティンはずっと覚えていた。大地に固定された家に住んだのは、それがはじめてだった。しばらくすると、祖母は故郷をなつかしがるようになった。そして国へ帰り、ウラニアの旧市街にある生家で死んだ。今でも、ウラニアのカトリック墓地には祖母の墓がある。大理石の墓碑銘《ぼひめい》には、こんなことばが刻まれている。

世界中に名を馳《は》せたサーカス団長　ヴァレンティン・サマーニの妻、
アリア・バルダーニ、ここに眠る。

世界を旅してまわり、この地に永眠せり。

配達嬢のピアは、郵便局の仕事についた五年も前からヴァレンティン・サマーニを知っていた。働きはじめて一週間で、彼女は早くもヴァレンティンに心ひかれた。規則にしばられ、ときに単調な郵便配達の仕事をしていると、ヴァレンティンのところだけが灰色の日常生活に彩《いろど》りを与えてくれるような気がした。白い壁や、群青色《ぐんじょういろ》のドアや、よろい戸を見ると、ギリシャでの楽しかったバカンスの日々を思い出した。荒れるにまかせた生け垣の野バラやブドウの木、それに三本のシラカバの古木が、ちっぽけな庭を実際よりも大きく見せていた。けれども、それだけならどうということはない。変わっているのは、ヴァレンティンがトレーラーに乗せて世界中から引っぱってきた木や石の人形が、庭にたくさん置いてあることだった。木の枝には、小さな鐘が下げられ、あちこちで音をたてていた。そこはピアが担当する地区のなかでも、見る者の好奇心をかきたて、持ち主の多彩な暮らしぶりをうかがわせる数少ない家のひとつだった。ピアはヴァレンティンが居間で本を読んでいるところをよく目にした。壁一面の棚に並ぶたくさんの本が、窓越しに見えた。寒い日に窓から明かりがもれていると、ピアはなぜか暖かいものを感じるのだった。

ヴァレンティン宛《あ》ての手紙は多くない。ほとんどが中身とおなじように陰気な色の封筒に入った、役所からの手紙だった。しかしたまには楽しそうなはがきが届くこともある。そんな日には、ピアは庭の扉にとりつけられた真鍮製《しんちゅうせい》の小さな呼び鈴を、いつもより長く鳴らす。するとヴァレンティンが走り寄ってきて、上機嫌《じょうきげん》であいさつする。小柄な男で、肉の落ちた顔から大きな黒い目がのぞいている。前は軽やかにスキップでもするように歩いていたが、連れ合いを亡くしてからというもの、だんだん顔つきが暗くなり、足どりも重くなっていた。

ピアはひそかに、いつかヴァレンティンにすてきな手紙を届けてあげたい、ロット籤《くじ》で大当たりしたなんて知らせだったらいうことないんだけれど、と思っていた。毎週、金曜日に、この老人が煙草屋でロット用紙を塗りつぶしている姿を目撃していたからだ。おまけにピアは隣の住人から、「ヴァレンティンには借金があるのさ。年とった動物たちを見殺しにしたくないものだから、そいつらを養うために、脈がありそうな連盟や協会をかたっぱしから訪ねては、寄付を乞うているんだ」と聞かされていた。それは、このあたりではみんな知っていることだった。ヴァレンティン・サマーニに愛想よくあいさつをしたら最後、腹ぺこのライオンたちのために金をせがまれるのではないかと、彼を避ける住民も多かった。

それにしてもピアは、いろいろ想像をめぐらしていたとはいえ、この日の朝ヴァレンティン・サマーニに届ける手紙がこれほど風変わりなものだとは、夢にも思わなかっただろう。足もとに気をつけ、道から道へと小さな郵便カートを引っぱりながら、ピアは町のみんなと同じように寒さを呪《のろ》った。ヴァレンティンの小さな家にたどり着いたとき、時計はもう十時をまわっていた。

ヴァレンティン・サマーニは五時ごろ目を覚ました。これはもう何年も前から変わらない。近ごろでは、ますます眠れなくなってきていた。人間、年をとると気持ちが落ちつくというが、ヴァレンティンは年を追うごとに神経が高ぶるばかりだ。一時間そこそこしか眠っていないのに、はっと目を覚ます夜が多くなった。そうなると、ふたたび寝入るまでに時間がかかる。夜中に眠るのは長くて五時間。昼間は積もり積もった疲労感に悩まされていた。けれど、なによりもヴァレンティンを苦しめているのは、年をとるにつれて物音に敏感になったことだった。突風や、ネコのフーッという唸《うな》り声や、激しい雨音だけで、彼の眠りを引き裂くのに十分だった。

「これじゃあ、オンドリになっちまうよ」

ヴァレンティンは猛獣使いのマルティンに愚痴《ぐち》をこぼした。

「オンドリといっしょに起きて、いっしょに眠る生活だ。おまけに、やつらみたいに気が小さくなってなあ」

ヴァレンティンだって若いころは、起こされなければ十二時間どころか、もっと眠ることができた。彼の父親はベッドを出ると、「おはよう」のかわりに、大声で「ヴァレンティンを起こせ！」と言ったものだ。たぶん父親もそのころには、もう熟睡《じゅくすい》できなくなっていたのだろう。どこでも、どんな姿勢でも、かまわず眠れる息子が妬《ねた》ましかったのかもしれない。そのヴァレンティンもいつの間にか、朝までぐっすり眠れる人が羨《うらや》ましくてしかたがない年齢になっていた。

寒い日であれば、夜中に目を覚ましたヴァレンティンはベッドの上のランプをつけて、ナイトテーブルに置いた本を手に取り、まずは一、二時間、読書をしてすごした。彼がこの世でいちばん嫌いなのは、寒さだ。それは親譲《ゆず》りだった。そもそもサーカスの人間は、みんな寒いのが苦手だ。冬場、テントの中はけして暖かいとはいえない。興行はできないし、動物たちは寒さに凍《こご》えている。ヴァレンティンは冬にまつわるよい思い出がほとんどない。この前の冬の十二月に妻のヴィクトリアが死んだ。その二週間後には、かわいがっていたライオンのハンニバルが、ひどい寒さのために肺炎にかかった。金に糸目をつけず治療をほどこしたが、助からなかった。サーカスがブダペストの町はずれで焼け落ちてしまったのも冬だった。二年前の出来事だ。ヴィクトリアはこの火災と、それでできた借金に心を痛めていた。

火事のあった夜、ブダペストは凍《い》てつく寒さだった。ヴァレンティンは起きていた。あたりがやけに明るくて、異様な臭いがするのに気づいた彼は、ヴィクトリアと外へ飛び出した。そこには、とり乱したマルティン、マンズーア、ヤン、そしてロベルトがいて、口々に「火事だ！　火事だぞ！」と叫んでいた。午前三時ごろのことで、水道は凍りついているし、消火栓は使えなかった。強風が大テントに吹き込み、炎を数メートルも巻きあげた。まず動物たちを安全な場所へ連れだす必要があった。ところがゾウたちはパニックに陥《おちい》ってしきりに足を踏み鳴らすので、それがいっそう火をあおることになった。火はゾウのテントとわらに燃え移った。四頭のゾウが死んだ。ゾウたちが声もたてず、目に恐怖を浮かべて死んでいった光景は、夢のなかでたびたびヴァレンティンを苦しめた。この火事のあと、ヴァレンティンはもうサーカスにゾウは入れたくないと思うようになった。

最後は消防隊が出動した。軍の部隊も応援に駆けつけた。兵士と郊外の住民、サーカス団員、それに消防士が人間の鎖をつくって、近くのドナウ川から燃えさかるサーカスまでバケツ・リレーをした。しかし結局、サーカスの心臓部ともいえる道具小屋は壊滅《かいめつ》。火はヴァレンティンがずっと誇りにしてきた大きな衣裳小屋も、すっかりのみ込んだ。損害は七十万マルク以上になった。

ところが保険会社は訴訟《そしょう》を起こし、わずか七万マルクしか支払わなかった。

人間は暑くても具合が悪くなる。気力が失せ、だるくてしかたがない。けれども暑さなら、なんとかしのげる。寒いとなると、そうはいかない。もっとも、この寒い日の朝、ヴァレンティンはベッドの中にいた。おまけに興奮のあまり、めずらしく目がらんらんと輝いていた。今しがた見た夢が、胸のうちに眠っていた熱い想いを呼び覚ましたのだ。ヴァレンティンは公園の白いベンチに腰かけていた。するとと突然、妻のヴィクトリアが遠くのシダレヤナギの下に座っているのが見えた。彼女は青いビロードのドレスを着ていた。それは、むかしアテネで、ヴァレンティンがプレゼントした服だった。ヴィクトリアは彼にほほ笑みかけると、くるりと身をひるがえした。ヴァレンティンは立ちあがって彼女のそばに行こうとするが、体が動かない。

「あなた、自分を解放しなくちゃだめよ！」

ヴィクトリアはこう言うと、ヴァレンティンに向かってその美しい両腕をさしのべた。ヴァレンティンは立ちあがろうとした。しかしどうにも体が重かった。何度やってみても、ゴムひもでベンチに縛りつけられているように、へとへとになってどすんと腰を落としてしまう。すると、ヴィクトリアが呼びかけた。

「もっと若返るのよ！」

ヴァレンティンは深く息を吸い込んで、えいっと気合《きあい》を入れた。急に山のような力が体にみなぎる感じがした。妻が歓声をあげる。ヴァレンティンを縛っていたゴムひもがちぎれ、彼は歩きだした。そのとき、驚くべきことが起こった。一歩踏みだすたびに、ヴァレンティンは若くなってゆくのだ。はじめはまるで気づかなかったが、しばらくすると、久しぶりに爽快《そうかい》な気分になった。もう少したつと、まるで十四歳の少年に戻ったような感じがした。ヴィクトリアはといえば、しだいに若返るばかりか、だんだん郵便配達嬢のピアに似てくるのだ。ヴァレンティンがついに彼女の腕のなかに転がり込んだとき、それはまぎれもなくピア嬢その人だった。ヴァレンティンは口づけをした。彼女の唇はペパーミントの味がした。久しぶりのキスの味だった。

ヴァレンティンは満足そうにほほ笑んだ。最後までわくわくする夢を見たのは久しぶりだ。彼はベッドの中で考えた。日に日に若くなってはいけないという法があろうか？　それこそが死を遠ざける、たったひとつの方法なのだ。親戚の者たちは、ヴァレンティンが女房に先立たれたのを不思議に思っていた。まず男が逝《ゆ》き、それから女というのがサマーニ一族の常《つね》だったからである。

ヴァレンティンはよく笑う男だった。自分でも陽気が取柄《とりえ》だと思っていた。妻のヴィクトリアは違った。サーカスに客が来なくなって、動物は腹をすかせて唸り声をあげ、芸人たちも秋の枯れ葉のように薄汚く、湿っぽく見えるようになったとき、ヴィクトリアがどんなに悲しい思いをしたか、だれにもわからなかった。彼女の心はまるで海綿《スポンジ》のように、なにもかも吸収したのだ。サーカスが焼け落ちたあと、ヴァレンティンは団員みんなの無事を喜んだ。鎮火《ちんか》から一時間後にはもう、ヴァレンティンはお茶を飲みながら、つい今しがた読んでいたラテンアメリカの作家の恋愛小説のことを夢中になって女房に話した。いっぽう、妻は、無情の炎が幸福を焼きつくしてしまったことを、死ぬまで繰《く》り言《ごと》のように嘆き続けた。ヴィクトリアは五十四歳で人生に失望して死んだ。ヴァレンティンは、見捨てられた子供のように泣いた。

妻を亡くしたその年のうちに、ヴァレンティンは急速に老けだした。しだいに笑うことも少なくなり、生命がますます足早に遠ざかってゆくような気がした。この一年は、むかしの十年のように思えた。ずっと続いている疲労感や無気力は、天気のせいにしたり、仕事がうまくいかないからだと言えば、まだそれなりの説明がついた。けれども首すじの肌の衰えは隠しようもなかった。皮膚はたるみ、重力の力を見せつけるように垂れ下がっていた。ヴァレンティンは朝、鏡をのぞくたびに、新たなショックを覚えた。青春の輝きは、今や決定的に失われたように思えた。

けれどもそれは、例の夜明けのすてきな夢で目を覚ました、あの瞬間までの話だった。ヴァレンティンは自分が生まれ変わったように感じた。新たに知るべきこと、学ぶべきことがまだたくさんあるのだ。

「気の滅入《めい》るようなことはぜんぶ振り払って、鳥のように軽々と飛び立たなくては」

ヴァレンティンはこう言うと、ふとんをはねのけた。

「今日からは、日ごとに若くなるぞ」

部屋にいるだれかに伝えようとでもいうように大声を出して、すっくと起きあがった。その瞬間、左肩にリウマチの引きつるような痛みが走った。その痛みが椎間板《ついかんばん》にまでおよんだのか、脊髄《せきずい》に小さなナイフを突き刺されたような激痛を感じた。顔はピクピク痙攣《けいれん》していた。ヴァレンティンはパジャマの上にカーディガンをはおり、のろのろと窓辺に向かうと、よろい戸を巻きあげた。まだ外が暗いことは承知していたが、窓を開け放って、灰色の空からせめて夜明けの息吹《いぶき》だけでも寝室に通したいと思ったのだ。

台所は寒かった。ヴァレンティンは台所の明かりをたよりに、窓の外にとりつけた寒暖計の目盛りを読んだ。マイナス八度。いつものように寒さをののしるかわりに両手をこすり合わせると、レンジのほうへ急いだ。口笛を吹きながらコーヒーを入れ、戸棚からクッキーと赤い大きなろうそくをとり出した。死と闘いながら青春へ引き返す旅となる新たな人生を祝いたいと思ったのだ。人は早々と人生をあきらめてしまう。死は残忍《ざんにん》で力強い。しかし、どんなに残忍で力強い相手も、策を弄《ろう》すれば必ずあざむける。貪欲《どんよく》な死から何年かだまし取ってやるのも、悪くないかもしれない。そんなことを考えながら、ヴァレンティンは熱いコーヒーをすすった。

この前、家の中を片づけてから三週間になるのか、もっとたってしまったのか、覚えていなかった。部屋の見栄《みば》えなど、どうでもよくなっていたのだ。重要なのは、そこに自分の居場所があるということだった。人生には、食器を洗ったり、床を磨いたりする以上にだいじなことがあると、彼は自分に言い聞かせてきた。ところが、その男が立ちあがり、隅から隅まで一心不乱《いっしんふらん》に片づけはじめたのだ。九時までかかったが、さすがに室内は広々と見えるようになり、すがすがしい香りがした。ひじ掛け椅子の下で見つけた一枚の十マルク札を、ヴァレンティンは自分への褒《ほう》美《び》だと思った。それから彼は台所に座り、本を読みはじめた。いつものように、ゆっくりと、大きな声で。だれかかわりに読んでくれたらいいのに、とでも言いたげに。ヴァレンティンの目は、耳のしもべでしかなかった。

一時間が過ぎて佳境《かきょう》まで読み進んだころ、彼は本にしおりをはさむと、二度目のコーヒーを入れに立ちあがった。これは一種のコツだった。そうすれば、いやがうえにも緊張が高まり、早く本に戻りたいという気持ちになるからだ。コーヒー・メーカーが湯気をたてはじめた、ちょうどそのとき、庭の扉の呼び鈴が鳴った。ヴァレンティンは振り向き、ピアを見つけてほほ笑んだ。ピアはカラフルな封筒を振って、合図をよこした。ヴァレンティンはうなずくと、玄関へ急いだ。

「さあ、どうぞ」

ヴァレンティンは口ごもりながら言った。

ピアは、暖かい空気に乗ってコーヒーの香りが流れてくるドアのそばでひと息つけるのがうれしかった。しかしヴァレンティンは、それだけですませようとしなかった。ピアから受け取った手紙を廊下の小机に置くと、こう言った。

「まだいいじゃないか。こんなひどい天気には、まず一杯のコーヒーとクッキーだ」

きっぱりとした口調だった。くり返す必要もなかった。こんなに上機嫌なヴァレンティンに会えて、ピアはとてもうれしかったのだ。これほどにこやかに笑うヴァレンティンを見るのは、久しぶりだった。

ふたりはコーヒーを飲んだ。ヴァレンティンは、ここ何ヵ月か何年かのうちに実現させたいと思っている計画のことを夢中でしゃべった。ピアがはにかみ屋でなかったなら、「きのうより、ずっとお若く見えますよ」と口にしたことだろう。彼女が配達に戻らなければならなくなると、ヴァレンティンは戸口まで送ってきた。別れぎわ、彼は腰をかがめて深々とあいさつして、ピアの手にキスをした。

「では、王女さま！」

ヴァレンティンがうやうやしく言うと、ピアは声をたてて笑った。

「ごきげんよう、王さま！」

ピアはこう言い残して、外へ急いだ。すべてが戯《たわむ》れだと思っていても、これほど胸の奥がじーんとするような気持ちになったのは、久かたぶりだった。何時間かして戻った郵便局の灰色の建物が、愛に乱れる想いをようやく払いのけてくれた。しかし愛は、手でひと払いすると遠くへ逃げてしまうような臆病《おくびょう》な鳥とは違う。少なくともヴァレンティンは、違ってほしいと思った。彼はピアが次の曲り角に消えるまで、窓越しに彼女の姿を追っていた。これが愛情じゃなくて、いったいなんだろう？　凍えそうな寒さのなかで、ピアは振り返り、しみじみと合図を返してくれた。彼女は今まで、そんな仕草《しぐさ》をしたことはなかった。

ヴァレンティンはようやく空色の封筒に入った手紙のことを思い出した。ありとあらゆる想像をめぐらしたが、予想はことごとくはずれた。手紙は手漉《す》き紙に達筆《たっぴつ》でこう記されていたのだ。

親愛なるヴァレンティン・サマーニ
きっともう、君は俺のことなんか覚えていないだろう。アラビア、くわしくいえば首都のウラニアで俺たちが出会ってから、もう四十六年になる。二人とも、十五歳にもなっていなかった。仲よくなって、変わらぬ友情を誓ったものだ。君はいろいろとサーカスの秘密を教えてくれた。俺は四六時中、君のところに出入りさせてもらった。俺のほうは、君にウラニアの秘密を教えてやった。信じてくれるかどうかわからないが、俺は君がいたからこそドイツ学校を選んだのだ。そのころ俺の通っていた学校は、俺たちが知り合ってすぐに閉鎖になった。この先、どこの学校で勉強したいかと聞いた。俺は君のことを考えながら言ったんだ。親父は、「ドイツ学校がいい！」。俺がいやにはっきり決断したものだから、親父はほめてくれたよ。けれども親父は、だいたいドイツ学校なんてものがウラニアにあるのかどうかも知らなかった。俺だってそうだ。ところがあったんだ。しかも立派な学校が。

ところで、俺は告白しなければならない。俺はいつしか君のことを忘れていた。卒業試験に通ると、俺は建築を勉強して、やがて建設会社をはじめた。俺は幸運にめぐまれた。湾岸《わんがん》諸国《しょこく》では、どっさり注文があったんだ。俺は金持ちになった。大した金持ちになって、ウラニアに戻ってきた。すると、幸運の女神はまたしても新たな道を切り開いてくれた。俺はこの地で、有名人になった。ところが、俺たちの金だけが目当てのハイエナのような親類はいるものの、女房と俺には子供がなかった。そこで、自分たちの財産を国じゅうの子供たちにプレゼントしようと考えた。今でもウラニアのスラム街に住む貧しい子供たちは毎日、無料でミルクをもらっている。ことわざに言うとおり、そんなものは焼け石に水だ。けれども君はわかってくれるだろう。この一滴が、そのうち石をも穿《うが》つことになるのだ。このミルクがどれだけおおぜいの子供の命を救っただろうと考えると、うれしくなる。子供の遊び場も、幼稚園も、小児病院も、俺たちの金で建てた。ところが、どうだ。信じてもらえるかどうかわからないが、俺が片手いっぱいの金を出すと、幸運の女神は、俺の両手にあふれるほど金をそそいでくれたのだ。もしかすると、俺の金を増やしていたのは、子供たちを護《まも》る天使だったのかもしれない。ともあれ、心踊る、すばらしい体験だった。だが今ではもう、事業も財産も財団の手にゆだねて久しい。俺は今、すっかり自由だ。

女房はもう死んでしまった。俺自身は人生を楽しむために、あと十年はあったらと思う。ところが医者は、長くてもあと一年だと言う。考えてもみてくれ、まったく、ひどい話じゃないか！　俺は六十一になったところだ。もっともっと、わくわくするような体験をしてみたいと思っていたんだ。それが、ガンだなんて。親戚は両手をこすり合わせて、さも同情したふりをして見せる。連中は、全員が相続人《そうぞくにん》から外されていることをまだ知らないのだ。遺《ゆい》言状《ごんじょう》はもう、弁護士に預けてある。

しかし、この世での俺の最後の望みをかなえることのできる人間が、ひとりだけいる。それが、君だ。俺は最後に君に会い、君のサーカスを観たいんだ。俺はいろいろなサーカスを観てきた。つい一週間前には、アメリカの最新鋭のサーカスがこちらに来ていたよ。すばらしい！　完璧なテクニックだ。ところが俺にはまったくぴんと来ない。効果満点の光線を駆《く》使《し》していかに受けをねらっても、君の親父さんのサーカスのようには胸踊らないんだ。もし君がこちらに来られるようなら、俺はいっしょに町から町へ、村から村へついてまわりたいと思っている。入場は無料だ。貧乏人だろうが金持ちだろうが、みんなに喜んでもらいたい。そして俺もみんなの仲間に加わりたい。サーカスに生き、サーカスで死にたい。そうだとも、これが俺の最後の望みだ。気がふれたなんて、どうか思わないでくれ！　親戚どもには、そう思わせておけばよい。俺のことを尊敬すべき有名な建築家だなどと言いはやしているやつらを喜ばす気なんか、これっぽっちもないんだから。

俺が生きているかぎり、君はこの国にとどまってくれ。そのかわり、君には五百万フランを進呈するつもりだ。この金は以前、いざというときのために、スイスの銀行に預けておいたものだ。すでにあの世に片足を突っ込んでいるのだから、万が一の事態になろうとうろたえることはない。

どうか俺を喜ばせてくれ！　電話をたのむ。そして「うん」と言ってくれ。笑いながら、幸せに、この世とおさらばさせてくれ！

心より君にあいさつを

ナビル・シャヒン

追伸。この国の首都ではおよそ一年前から紀元三千年を祝う行事が続いている。俺はもう、君のために無制限の滞在許可《たいざいきょか》を手に入れてある。君の来訪は祝典に友好の華《はな》を添えること間違いなしと、当局に売り込んだのだ。すると、しみったれの役人たちが急に太っ腹になり、見本市の会場をサーカスの開催地《かいさいち》として無料で提供すると言いだした。俺の交渉術も、なかなか大したものだろう。

ヴァレンティンは心臓の鼓動が頭のてっぺんまで響きわたるのを感じた。もちろん、金持ちの息子で、青白い顔をした少年のことは覚えていた。名前はナビル。ヴァレンティンはその子が好きだった。ふたりはほとんど毎日のようにいっしょに遊んだ。ある日、裏庭で遊んでいたときのこと。カミソリの刃で腕を切り、たがいの傷と傷をくっつけ、インディアンの風習と称して血と血を混ぜ合わせたことがある。そしてじっと見つめ合い、片言の英語で、死にいたるまでの忠誠《ちゅうせい》を誓った。子供の遊びとはいえ、あとあとまでヴァレンティンに至福《しふく》の思い出を残す出来事だった。サーカスに生きる少年の苛酷《かこく》な日々のなかでは、きらめくような一瞬だった。

そして今、ここに手紙が届いた。ヴァレンティンはなにか誤解をしていないか確かめようと、もう一度、手紙を読みなおした。間違いない。すべては明々白々。それにしても、なにからなにまで、にわかには信じがたい話だ。ところがどうして、これからもっと信じられないことばかり起きるのだ。

2　ヴァレンティンは、どうしてもまたオリエントに行きたかった

手紙に約束されていた数百万フランの申し出がなくても、ヴァレンティンは喜んでオリエントへの旅に出ただろう。彼はもうずいぶん長いこと、ウラニア行きを夢見ていた。妻が亡くなってからというもの、先祖が残したウラニアへの旅の記録を、あこがれに胸をふくらませながら読んできたのだ。一九〇〇年までルプレヒトと名のっていたサマーニ家の人々は、中世から代々、奇術師をなりわいにしていた。そして十字軍の遠征《えんせい》以来、ルプレヒト家とオリエントの関係は絶えたことがなかった。ヴァレンティンの祖父は、自分の祖父がそのまた祖父のオリエントへの旅についていって行ったときの話を聞かされたという。一九〇〇年にはヴァレンティン・サマーニ・シニア自身がウラニアで客演《きゃくえん》をしている。祖父は死ぬまで夢中になってこの町の話をしていた。祖父はここでアリア・バルダーニを見そめ、ふたりは波瀾万丈《はらんばんじょう》の末に結ばれたのだ。キリスト教徒で金持ちの織物商人だったアリアの両親は、頭の回転の速いサーカス団長をとても気に入っていた。ところが祖父は、公演のある夜はずっと団長の仕事をこなしたうえに、猛獣使いとして獰猛《どうもう》な動物たちとの出し物も演じていた。そのせいでアリアの両親は頑《がん》として祖父に娘をやることを拒《こば》ん

だ。しかしなによりもアリアを愛していた祖父は、必死になって――ウラニアにいる短いあいだだけ――自分の代役をこなしてくれる猛獣使いを探した。アリアの両親は娘がサーカスへ出かけるのを二度と許さなかった。そして祖父に、猛獣使いの仕事をやめるまで、この町には来ないでくれとたのんだ。祖父は必死に探したが、どうしても代役は見つからなかった。だが、最後の最後に窮余《きゅうよ》の策を思いついた。祖父はアリアの一家を訪ね、アリ・サマーニという名の猛獣使いを雇ったので、これからは団長の仕事だけに専念できると、嬉々《きき》として説明した。祖父のサーカス年代記によれば、彼はあるアラビア人の口からサマーニという名前を聞いたのだ。祖父はこの男と、悩みも酒もともに分かち合う仲だった。そんなとき、男はよく「けっ、サマーニ（ちくしょ《マイネ・》うめ《ツァイト》）！」と口にしたらしい。このアラビア男も、金持ちのシャイフ(注)と結婚することになっていた従妹《いとこ》に、かなわぬ恋心をいだいていた。もっともそれはべつの、長くて痛ましい愛の物語になるので、ここでは触れずにおこう。ともかく、こうしてサマーニという名前が誕生したのである。

　アリアの両親は、とうとう結婚に同意した。ただしサーカス団長が約束を守っているかどうか、一ヵ月にわたって毎晩、調べたいと条件をつけた。結婚式は月が明けてからというわけだ。団長のほうは、式さえすませればスペイン・ツアーに出るつもりだった。

　もっとも、知ってのとおり、祖父は早変わり芸人だ。いつものように夜どおし団長のつとめをはたしたうえに、「次は、世界的に有名な動物使いアリ・サマーニによる、猛獣ショーでありま

(注) イスラム社会の指導的人物の称号。

す」とアナウンスまでやってのけた。そして音楽が演奏されているあいだに小太りの道化師に変身すると、ライオンやトラやヒョウたちと戯《たわむ》れて見せたのだ。これには観客も涙を浮かべて大笑い。眼鏡をかけ、はげ頭に腹の出た太っちょの男があのスリムな団長だとは、婚約者の両親も気づかなかった。猛獣たちだけが、仮面の下にいるのは祖父だと見抜いていた。それどころか、祖父の幸せな気分を嗅ぎつけて、かつてないほど大胆で真にせまる演技をするのだった。ショーが終わって雑用係が動物の大きな檻《おり》を撤去しているあいだに、祖父はゆっくりと化粧を落とした。そして黒いエレガントなスーツに着替えると、ふたたび円形舞台《マネージ》に姿をあらわした。輝かしいショーは丸ひと月のあいだ首尾よくいった。こうして祖父はアリアと結婚し、死ぬまで狂おしいほどの愛情をそそぎ続けた。ふたりはオリエントじゅうを旅してスペインへ向かい、そのあとヨーロッパをくまなくまわった。祖父はスペインにいたころからもう、サマーニ・サーカスを名のっていた。自分に幸運をもたらした名前であり、ルプレヒト・サーカスよりも、サマーニ・サーカスのほうがずっと響きがよかったからである。

燃えるように愛し合う祖父とアリアに、三人の子供が誕生した。いちばん下の息子ルドルフォは、小さいころからずば抜けて乗馬が得意で、サーカスの団長以外にはなりたくないと思っていた。ところがこの息子、世間でよくあるように、あまり父親似ではなかった。まず早変わりの技《わざ》ができなかった。おまけに、大の読書家でサマーニ家の歴史を中世までさかのぼってぶ厚いノートに記した祖父とは違って、本にも文字にもまるで関心を示さなかった。文字とルドルフォ・サマーニのあいだには、敵対関係に近いものがあるようだった。そして、文字に味方した運命のめぐり合わせか、ルドルフォはツァンドラ・ロネイという名のハンガリー娘と恋に落ちた。彼女は身のこなしがとても軽やかだったので、子供のころからすでにツィカ、つまりネコちゃんと呼ばれていた。彼女はハンガリーいちばんの綱渡り師だった。もしもヴァレンティンの父親に惚《ほ》れ込まなければ、アメリカに行って、当時、世界一の規模を誇ったバーナム・サーカスに入っていたことだろう。もっともこれは、母のツァンドラがルドルフォに腹をたてたときにかぎって、ヴァレンティンに聞かせた話だが。ツァンドラは聖母マリアの次に、本と物語を敬愛していた。祖父が書きはじめたサーカス年代記の執筆を受け継いだのは、彼女である。ヴァレンティンがツァンドラから年代記を渡されたとき、手書きで几帳面《きちょうめん》に記されたノートは十二冊にもなっていた。

アラビア人は客を手厚くもてなすという話になると、ツァンドラはいつも筆に力が入るいっぽう、アラビアでは一般的な厳しい男女差別については容赦《ようしゃ》なく非難した。祖母の故郷ウラニアの町でかいま見た友情について語り、こうした深い友情につきものの、路地を照らすなにやら神秘的な薄明りについても記した。ヴァレンティンは時おり、年代記の行間から愛の香りさえたち昇ってくるのを感じた。ツァンドラは自分に触れた理髪師の手のことを、いかにも凝《こ》った書き方で、しみじみと綴《つづ》っていた。整髪中に他意もなく手が触れたとしか書かれていないようにも受け取れる、巧妙な文章である。どうやら彼女は、夫のルドルフォがいつか文字嫌いを克服して、自分の書いたものを読めるようになるのではと、びくびくしながら暮らしていたようだ。だから理髪師のことを書くかわりに、目の前を横切っていった臆病《おくびょう》なカモシカの話だとか、バラ園の香りにつつまれて水浴びをした話を綴ったのだ。

母親の心配は取り越し苦労だった。ルドルフォはメモ用紙に書いてもらった百そこそこのことばしか読めなかったのである。前にも話したとおり、ルドルフォは記憶力がとんでもなく悪かったからだ。もっともルドルフォはサーカスの事業に成功して裕福だったし、行きたいところへは、どこでも行けた。ヴァレンティンは、そうはいかなかった。五十年代に父親が死んで経営を引き受けたころ、時代の流れはサーカスにとって不利になるいっぽうだった。それでもまだ、はじめのうちは世界ツアーをするだけの余裕があった。しかし七十年代になると、ヨーロッパの中しか動けないほど情勢は悪化した。どれほどもう一度オリエントに旅したいと思っても、その願いはどうやら不幸な星のもとにあったようで、サーカスの経営は悪化の一途《いっと》をたどるばかりだった。ヴァレンティンは団員や納入業者、そして最後は銀行からの借金の泥沼にどんどんはまり込んでいった。ときには災い転じて福となすこともあったが、手痛い失敗は経営を圧迫した。今も思いだすたびに腹立たしくなるのだが、ヴァレンティンはあるドイツ人侯爵の招待に応じてスペインへ行ったことがある。アンダルシアで暮らしていた侯爵は、自分の結婚祝いにサーカスを雇い、二週間にわたって芸人や動物たちに踊りや芸を披露《ひろう》させた。音楽と色彩が渾然《こんぜん》となって耳と目を楽しませる、にぎやかな祝宴だった。侯爵は上機嫌《じょうきげん》で、芸人たちの出し物にご満悦だった。ところが最終日、侯爵はヴァレンティンにうち明けた。自分はこの祝宴のために無理をした。三千人の客はもう一週間も前から、なにも知らない納入業者たちの負担で飲み食いしていると言うのだ。ヴァレンティンは泣いたらいいのやら笑ったらいいのやら、わからなかった。一時間後、レストランやワイン業者やデリカテッセンの店からの通報で警察が駆けつけ、侯爵を逮捕した。はちゃめちゃな伊達男《だておとこ》のおふざけのせいで、南スペインへの大名旅行から生じた負債を返済するまでに、一年かかった。そして、ちょうどこの痛手から立ち直ったころに、ブダペスト郊外でサーカスが焼け落ちたのである。

それ以来、借金はサーカスに重くのしかかった。ヴァレンティンは意気消沈《しょうちん》して、妻が死んでからは、サーカスから一歩も出たくないと思うほど臆病になった。経理は長いこといっしょに仕事をしてきて信頼のおけるアンゲラにゆだね、実務は精力的に働く猛獣使いのマルティンに任せたのである。ヴァレンティンは毎日サーカスの経営状態を知りたがった。そして保険会社との厳しいやりとりから、オリエントへの旅は無理ではないかと危惧《きぐ》していた。

それにしても、ヴァレンティンがどうしてもウラニア行きにこだわったのはなぜなのだろう。手紙をくれた友人には、それほど遠くまで旅をするには、残念ながら自分はもう年をとりすぎたと、ていねいに返事を書くこともできただろうに。ほんとうに、なぜだろう——そこには、ヴァレンティンが追っていた、まだ書かれていない物語が関係しているのだ。サーカスとはなんのかかわりもない、数奇《すうき》な愛の物語が。

ヴァレンティンは子供のころから母のツァンドラについて綱渡りを習った。彼女のおかげで、ヴァレンティンは綱渡り師として成功をおさめた。

「あの上では」

と、母親は口癖のように言ったものだ。

「おまえは天使よ。もう別世界の人間だわ。だれひとり、おまえには指図《さしず》できない。父さんだってよ」

そのとおりだった。ふだんは、すべてが父ルドルフォの意志と指示に従って動いていた。ところがその父親も、ひとたびヴァレンティンがロープに上ると黙ってしまうのである。ヴァレンティンはニューヨーク、パリ、カイロ、そしてイスタンブールの空に華々《はなばな》しく登場して、綱渡りの歴史を刻んでいった。十五歳で北アメリカをまわったときには、ナイアガラの滝に張ったロープを後ろ向きに渡ったのだ——しかも目隠しをしたままで！　だがヴァレンティンにとって綱渡りは、母親から受け継ぎ、彼の人生を決定づけたふたつの愛の対象のひとつでしかなかった。

いつまでもつきることのないふたつ目の愛は、本に捧げられたのだ。

その愛は幼くして目覚め、ヴァレンティンはたちまち本の虫になった。驚いたことに、最初にそれに気づいたのは父親だった。テントを張ったりたたんだりするのでネコの手も借りたいときに、父親はよくヴァレンティンが本を読んでいる現場をつかまえては、

「本にばかり狂いやがって、このぐうたら野郎！」

と大声でわめきたてた。そして骨の髄《ずい》までしみ込んだ怠《なま》け心を追い払うのだと、息子をさんざん殴るのだった。書物は人間を怠け者にすると、父親は本気で考えていた。この意見は、あながち馬鹿にしたものでもない。なにしろぬくぬくと座ったり寝そべったりしたまま、大陸を飛び越え、大海原を横切り、幻想の世界に遊ぶ手段は読書をおいてほかにないからだ。

父親は華奢《きゃしゃ》なヴァレンティンがゾウの骨を持ち合わせているとでも思っていたのか、情け容赦

なく叩いた。父親が猛《たけ》り狂うと、団員はだれも手出しできなかった。そんなことをしようものなら、なおさら手に負えなくなるからだ。ところが母親だけは魔法の手をもっていた。母親は夫に近寄ると、振りかざしては殴りかかる彼の拳《こぶし》を、小さな右手でつかまえた。すると、父親はおとなしくなるのだった。ヴァレンティンが二十歳《はたち》を迎えようというころになっても、母親は息をはずませる夫に向かって、

「ヴァレンティンはまだ子供なのよ」

と言い放った。そう言われて、父親はいつも同じことばを返した。

「子供だって？　もう結婚してもかまわない年だぞ！　おまえの息子は中毒だ。本の中毒だ！いまいましい本が、こいつをぐうたら野郎にしちまったんだ！」

父親の言うことにも一理あった。ヴァレンティンはべつのなにかに興味を持っても、いつの間にかそっぽを向いてしまう。けれども本となると、取り上げられようものなら一日だって耐えられないほど、強い愛着を持ち続けた。

ヴァレンティンがそれほど本好きなのは、ほかにもわけがあった。地球上のさまざまないとなみを同時に、次々と経験できるのは読書しかないと考えていたからだ。自分の家族は忘れっぽいことで有名だけれど、僕の記憶力がいいのはひとえに読書のおかげだと、ヴァレンティンは問わず語りにみんなに話していた。父のルドルフォは、片時もメモが手放せなかった。そうでもしなければ、自分のサーカスがどこにいるのか、なんという名前だったのかも、きれいさっぱり忘れてしまったに違いない。

ヴァレンティンは読み終えた本をきちんと記録していて、そのノートは毎年ちょっとした厚さになった。題名、読んだ日付、感想、いちばん気に入った文章を書き込んでいたのだ。そうするうちに、ノートは四十冊にもなった。年に二、三回、ノートをあちこちめくってみるのが大きな楽しみになっていた。本の題名を読み、目をとじる。そして話の流れをもう一度、思い返すのだ。いつでも、しっかり思い出すことができた。会話のひと言ひと言まで、すべてが心の眼にくっきりと浮かびあがった。それは、自分の記憶力への最大のプレゼントだった。すると記憶力はお返しに、思い出の宝庫《ほうこ》をいっそうきれいに整理し、記憶どうしを滑《なめ》らかに結びつけ、すばやく行き来できるようにしてくれる。こうして時とともに、物語に物語が重なり合い、奥深い連想の織物が織られていった。

ところが記憶力がいいのも考えもの。ヴァレンティンはよく、自分の意見を述べているのではなく、物語の主人公のことばをオウム返しにしていることに気づいた。ようやく最近になって、ヴァレンティンは思いあたった。時の魔の手が音もなく海綿《スポンジ》のようにはたらいて、もつれ合う記憶の回路がつくる網の目を、すべてふきとってしまったのだ。そうなると、記憶をたどる道は、のっぺらぼうになってしまうのだった。

まあ、それはともかくとして、話をもとに戻そう。ある日のこと、ヴァレンティンは、激しい恋に理性をなくした青年を描いた小説を読んだ。ヴァレンティンは恋に狂う主人公がまるで親友のように思え、本の虜《とりこ》になっていっしょに泣いたり笑ったりしている自分に気づいて、びっくりした。

その瞬間ヴァレンティンは、自分もこれほど燃えるような、狂おしいばかりの、ただならぬ恋の物語を書きたいと一心に思った。けして作家になりたかったわけではない。それには教養がなさすぎると感じていた。そうではなく、このたったひとつの物語を語りたかっただけなのだ。ほかにはなにも書くつもりはなかった。こんな願望が芽生えたのも、自分は長生きするだろうと予感したのも、ちょうど十八歳のころだった。当時、サーカスの越冬地《えっとうち》の馬小屋に見つけた隠れ家で、ヴァレンティンはつぶやいたものだ。

「僕には時間がたくさん必要だ。まずは、なんでもよく見てやろう。だけど、いつかは、この物語を書くんだ」

ヴァレンティンの夢は、風変わりな先祖をもつサーカス団長を主人公に、空前絶後《くうぜんぜつご》の恋愛小説を書くことだった。ぶらぶらと買物でもするように他人の心の中に入っていける作家たちに感心してはいたものの、自分にはできそうもなかった。だからヴァレンティンの物語の主人公は、読書好きで、生涯ずっとサーカスで綱渡りを披露し、年老いてからは、ただならぬ、狂おしいばかりの愛の物語を一冊だけ書くサーカス団長でなければならなかった。つまりヴァレンティンはひそかに、物語の主人公を演じようとしていたわけだ。自分では、そんな自覚はまるでなかったが。

四十歳を期して、ヴァレンティンは執筆の練習をはじめた。十年間というもの、ひたすら自分だけのために、愛と冒険の小さな物語を書いた。主人公はもちろん、きまってサーカス団長だった。最初は若かった主人公が、年とともに老けてゆき、ヴァレンティンのように白髪頭《しらがあたま》になっていった。

話にならない出来とみた妻のヴィクトリアは、ヴァレンティンが読んで聞かせようとするたびに寝入ってしまった。夢想好きで、借金に四苦八苦しているかと思えば、たえず年増女《としまおんな》や娘たちに熱をあげている、そんないかれたサーカス団長に、ヴィクトリアは興味が持てなかったようだ。しばらくおいて読み返してみたヴァレンティンは、自分でも駄作だと思った。はたしていつか大恋愛小説が書けるのだろうかと、疑わしくなった。そこへたたみこむように、ヴィクトリアから「白紙をにらんで唸《うな》っているひまがあったら、もっとサーカスのことを考えてよ」と嫌味《いやみ》のひとつも言われた日には、ますます心もとなくなるのだった。一九八七年、五十五回目の誕生日に、ヴァレンティンが

「明日から小説を書きはじめる。たぶん二、三年はかかるだろう」

と言うと、ヴィクトリアは、

「四十にして立たずんば、永遠に立たず」

と笑い飛ばした。

セルバンテスが不朽《ふきゆう》の名作『ドン・キホーテ』を書いたのは五十五歳を過ぎてからだと知って、ヴァレンティンがどれほど気が楽になったか、想像がつこうというものだ。彼は道化師のピッポのために風車との闘いの一節をアレンジしてやるほど、『ドン・キホーテ』が大好きだった。

スペインの天才作家が老年になって傑作《けつさく》を書いたということはうれしかったし、ヴァレンティンをほっとさせたが、しばらくすると次なる作品があらわれて、彼は明けても暮れてもこれに酔いしれた。テュービンゲンに生まれ、古本屋を営《いとな》んでいる旧友のヘルベルトは、無類《むるい》のサーカス

好きでもあった。彼はヴァレンティンから桟敷席《さじきせき》の通し券を贈られるようになってもう三十年になる。そのお返しに、ヘルベルトはヴァレンティンにたびたびすばらしい本を送ってくれた。ある日、ジュゼッペ・トマシ・ディ・ランペドゥーサの小説『豹《ひょう》』が届き、これがヴァレンティンを魅了《みりょう》した。二、三ページ読んだだけでもう、世間のことも、キャンピングカーをたたく雨音も忘れてしまった。実際、その日の公演は文字どおり水に流れた。ヴァレンティンは語り手とともに暑いシチリア島へ渡った。やがて周囲の光景は、麦畑やはげ山、そしてパレルモの沖に広がる波ひとつない海に変わった。もちろん、本には著者に関することはなにも書かれていなかった。一週間後にヘルベルトに電話をかけて、遅ればせながら本のお礼を言ったヴァレンティンは、『豹』の著者は、その生涯でたったひとつの小説を、なんと六十歳になって書き下ろしたのだと聞かされた。小説は著者が死んで一年目に出版され、世界中で好評を博《はく》していた。

するとと突然、ヴァレンティンの心に、自分は並はずれた愛をテーマに小説を書くだろうという確信が生まれた。けれどもそれは、いったいどんな愛だろう。ヴァレンティンは妻を愛していたが、その愛し方は月並みといえば月並みだった。妻は優しくて正直な人間だったが、暗くなるいっぽうの将来を悲観するあまり、ちょっと浮わついた調子にも目くじらをたてる、辛気《しんき》くさい女に変わってしまった。常軌《じょうき》を逸《いっ》した愛には、どうしても浮きたつ心が欠かせない。最後の十五年間、ヴァレンティンとヴィクトリアは一度もけんかをしなかった。ところがこの間、キスをかわすこともめったになかった。ヴィクトリアが死んでからというもの、ヴァレンティンはただ淋しかっただけではない。自分のユーモアと愛情のすべてをかたむけて、どうして妻の人生をもっと楽しく、もっと軽快にしてやれなかったのかと心を痛めたのである。そしてとり返しのつかぬ自分の怠惰《たいだ》を思うほどに、罪悪感はますますつのるのだった。

ヴァイクトリアが死んで三ヵ月、小説を書くのをほとんどあきらめかけていた一九九一年春のある日、ヴァレンティンは亡き妻の衣類を整理してダンボール箱に詰め、屋根裏に持って上がった。するとそこに、これまで一度も目をくれたことのない、古びた木箱があるのに気づいた。だいたいヴァレンティンは、狭い屋根裏になどめったに上がることがなかった。木箱を開けてみたが、中はがらがらだった。ボール紙でできた細長い箱の上に、家族や親戚やサーカス団員が写った、セピア色の集合写真が二、三枚のっていた。そして下の箱の中から、ヴァレンティンは母親がひそかにつけていた大判の日記帳を見つけたのだ。屋根裏のほこりをかぶった電球の黄色っぽい明かりはいかにもたよりなかったが、それでも、美しい筆跡で書かれた『わが愛のものがたり』というタイトルが判読できた。ヴァレンティンは急いで梯子《はしご》を下りた。

母親は死の間ぎわまで、痛々しいほど正直に日記をつけていた。ヴァレンティンは、例の理髪師に寄せる非凡な女の激しい愛の吐露《とろ》を、胸高鳴らせて読んだ。彼女はサーカス年代記のなかでは、理髪師のことをバラ園やカモシカの話に託して綴っていた。それには、ちゃんとしたわけがあった。恋人の名字はガザールだったが、これはアラビア語でカモシカを意味する。ガザール家は、ウラニアでもっとも古い理髪師一族のひとつだった。おまけにその理髪師タレク・ガザールは、シャワーを浴びるたびにバラの香水を体に振りかける習慣があった。これが母親のいうバラ園なのだ……。

この恋がベルリンではじまったくだりを、ヴァレンティンは息つく間もなく読んだ。アラビアの青年タレクは、追っ手をのがれて逃亡中だった。タレクはウラニアからそう遠くない土地で狩をしている最中に、政治家であり、広大な土地を所有する豪族のひとり息子に致命傷《ちめいしょう》を負わせてしまった。憎っくき領主を不倶戴天《ふぐたいてん》の敵と見るおおぜいの人々が、一族の支配を終わらせようと、ひと粒種《つぶだね》の跡継ぎにねらいをさだめ、命を奪おうとやっきになっていることなど、タレクは知るよしもなかった。狩猟好きのタレクがなにげなく野生のシャコ(注)に照準をあわせると、弾は茂みの陰で寝ていた豪族の息子に命中したのだ。タレクは身を隠した。殺された男の父親は、タレクのことを自分に対する大がかりな陰謀の手先だと信じて疑わなかった。こうしてタレクは国をあとにしなければならなくなり、あちこちまわり道をしてベルリンにやってきた。到着から一年後の一九三一年、偽名で生活し、すでにうまいドイツ語を話すようになっていたタレクは、ある理髪師のところで修業をしていた。タレクは、たとえどこの国の出身者であれ、彼らの影には死がひそんでいるとでもいうように、アラビアの人間を避けていた。

ヴァレンティンの母親は一九三一年十二月一日の日記に、「タレクは路上で女綱渡りのツァンドラと知り合った」と書いている。タレクはもの静かで悲しげな女が、夫ルドルフォの気まぐれにひどく悩み、自殺寸前のところだとは知らなかった。彼女は睡眠薬をのんだうえでシュプレー川に飛び込もうとしていた。それを聞いたタレクは声をたてて笑ったそうだ。

(注) キジ科の鳥。

「そんなこと、やめたほうがいいよ」

と彼は言った。

「飛び込んでも溺れはしない、頭にこぶをこしらえるだけだ」

おりから続いたマイナス十度の寒さに、シュプレー川は凍りついていたのだ。この十二月一日がその年いちばんの寒さになることを、タレクはニュースで聞いていた。

「もう二、三度低かったら、俺はウラニアへ帰るよ。そうなれば、敵の銃弾の雨にやられるだろう。それでも、あそこは暖かいからな」

タレクはこう言って、両手をこすり合わせた。ツィカ――ツァンドラ――はにっこり笑うと、突然、立ったまま吸い込まれるように眠りに落ちた。タレクはいぶかしく思いながらも、彼女を抱えて自分の家に運んだ。タレクはクロイツベルク(注)に住んでいた。


臆病な理髪師と、当時すでに有名なサーカス団長の女房だった女のあいだに熱烈な愛が芽生えた。ふたりは毎日、それもきまって午後に逢瀬《おうせ》を重ねたのである。

ヴァレンティンの心は千々《ちぢ》に乱れた。母親の日記は、父親が吐いた罵詈雑言《ばりぞうごん》の数々を、まるで欠けていたジグソー・パズルの一片一片のように絵の中に組み入れ、そのわけを解き明かしていた。ルドルフォ・サマーニはヴァレンティンに腹をたてると、この私生児《しせいじ》め！　とののしった。今、その理由がわかった。母親がみごもったのは、一九三一年の愛の一夜だったのだ。ヴァレンティンは熱烈な愛の結晶だった。日記には、母親がその事実をはっきり知っていたことが記されている。では、ルドルフォ・サマーニは、ヴァレンティンが自分の息子ではないと感づいていな

かったのだろうか？ ルドルフォはしょっちゅう腹立ちまぎれに、

「おまえは、俺の息子じゃない！」

とヴァレンティンを罵倒《ばとう》していた。そんなとき、母親は、

「だけど、この子は私の子よ！」

と言い返して、ルドルフォをたじたじとさせるのだった。

ヴァレンティンは自問した。おふくろの確信はどこから来ているのか。けれども日記のページをめくってゆくうちに、そんなもやもやも一気に解消した。当時、夫とは三ヵ月も別々の寝室で眠り、一度もあいさつをかわさないほど不仲だったと、母親は書いていた。

ツィカはタレクとアラビアへ行きたかったのだろう。けれどもそのころ、つまり三十年代のはじめだが、アラビア人がヨーロッパ女性と結婚するのはたいへんなことだった。タレクは尻込みした。おまけに、相手が亭主持ちで、サーカスで働き続けたいと考えている女ときては。ツィカはどんなことがあっても、だれがなんと言おうと、綱渡りをやめる気はなかった。たとえ、いとしいタレク・ガザールのそばで暮らせることになろうと、その気持ちに変わりはなかった。

嵐のような数ヵ月が過ぎると、まもなくサーカスはオーストラリアへ旅立った。その間に領主が暗殺者の手にかかって死んだと聞いたタレクは、ウラニアへ帰った。タレクは首都に開いた秘密の私書箱の番号を、ツィカに伝えておいた。ツィカは週に一度、彼への想いを手紙に綴った。

（注）ベルリン市内の外国人（特に中東の）労働者が多く住む地区。

一年間のオーストラリア・ツアー中にヴァレンティンが誕生し、タレクに瓜ふたつだということも伝えられた。

ルドルフォ・サマーニは、ヴァレンティンが自分の息子ではないということを知っていたのだろうか？　母親の日記に、はっきりした答えは見つからなかった。彼女は、夫が声も性格も自分にちっとも似ていないヴァレンティンに嫌悪《けんお》もあらわな態度をとることが多いと気づいていた。そうはいっても父親はそのうちに、ひとり息子に感心するようになった。ヴァレンティンは幼いころからさまざまな芸に愛着を覚え、それをことごとく身につけた。手品もできれば、ウマにも乗れるし、猛獣もあやつれた。なによりもすばらしかったのは綱渡りで、十二歳にして、ほかの芸人の追随《ついずい》を許さぬみごとな演技を見せたのだ。

母親は恋人に宛《あ》てて八年以上も、いろんな国や町から手紙やはがきを書き続けた。もっとも、相手は返事を出すこともかなわなかったが。母親には、タレクが自分を愛し、手紙を待ちこがれているという確信があった。そうこうするうちに第二次世界大戦が起って、タレクとの連絡も途絶えた。母親は戦争が終わると真っ先に、一刻も早く恋人に会いたいと考え、夫のルドルフォにオリエントへの旅をせっついた。

ふたりは申し合わせたように、早くもサーカスの初日に会場で顔を合わせた。すでに結婚していた理髪師タレクは、このときからサーカスの行く先々についてまわり、毎日、恋人に会って、彼女とのひと時を楽しんだのである。どうしてもいっしょになれない運命にあったふたりは、二度目の出会いを機に永遠の愛を育《はぐく》んだ。それぞれべつの世界に属しながら、ふたりの心はこの世のどんな恋人どうしよりも近かった。別れぎわ、タレクはツィカにある電話番号を伝えた。ふたりは、たとえどこからであれ、毎週月曜日の五時にツィカからタレクに電話をかけるという約束をした。

この先の日記は、サマーニ・サーカスがオリエントから帰ってからのことを伝えている。オリエントでの再会を境に、母親の楽しみは月曜日の午後の電話とヴァレンティンにだけしぼられたようだ。四十年ものあいだ、母親はウラニアにいる恋人に電話をかけ続けた。タレクは約束の時刻になるとカフェに行って腰をおろし、お茶をすすりながら電話を待った。すると一秒たがわず電話が鳴り、彼の名が呼ばれるのだった。タレクはツィカと連絡がとれるように、四十年間この町を離れなかった。

ある日タレクが電話に出なかった。ツィカはすぐさま、恋人の死を直感した。ツィカは店の主人に、タレクになにか起きたのかとかぼそい声でたずねた。四十年というもの感嘆の思いでこの恋を見守ってきた電話口の男は、すすり泣き、長いことおし黙ったままだった。それから低い声で、しかしはっきりと答えが返ってきた。

「はい《ウィ》、奥さま《マダーム》」

母親はこの一週間後に亡くなった。

日記帳をパタンと閉じたヴァレンティンは、すぐにもウラニアへ発ちたい、あちらへ行って母親とタレクの愛の足跡をたどってみたいと、いてもたってもいられなくなった。日記に出てくる二人の異母妹とも、会ってみたかった。タマームという上の妹は、タレクが帰国して二年後に生まれた。ハーナンという下の妹は、ヴァレンティンより十五年ほどあとに、この世に生をうけていた。

ヴァレンティンは、新たに恋愛小説を創作しようという気持ちがすっかり失せていることに気づいた。そして、自分は母親の愛の物語の真相を書くことになるだろうと確信した。

これは妻を亡くした淋しさのせいなのか。あるいは、自分のほんとうの父親や祖母アリアの国へのあこがれからか。両親の愛の足跡をたどりたかっただけなのか。それとも、自分のルーツを知りたかったのか。いずれにしても、ヴァレンティンはますますウラニアへの想いをかきたてられた。

ほんの一時だが、ヴァレンティンは物語の舞台をどこかほかの町に移そうかと考えたこともある。そうなると、主人公の男はアラビア人ではなく、有罪判決を受けて生涯を獄中で送った南アメリカ人になるはずだった。身を隠してウィーンに住んでいたこの男が、ヴァレンティンの母親を愛したという設定である。ところが、そうしてストーリーを変えてみたところで、彼の心の眼には、話の糸が次から次へとオリエントに集まっていくように見えた。ついにヴァレンティンは、どんな物語も、きめられた時間に、きめられた場所で起こるしかないのだと納得した。つまりヴァレンティンの物語の舞台は、どうしてもウラニアでなければならなかった。彼は現地へ旅立つ機会が一日も早く訪れるようにと念じた。不思議な光と影に満ちたウラニアの路地にたどり着くためなら、どんな犠牲《ぎせい》もいとわないつもりだった。ただ、借金が彼をしっかりつかまえて離さなかった。

今やオリエントは、ヴァレンティンにとって、世界の一地域という以上の意味をおびていた。あれ以来、彼の心にはオリエントへのあこがれが深く宿った。もちろんそれは、ただ漠然《ばくぜん》としたイメージしかいだけないものへのあこがれであった。いったい、そこをどう描けばいいのだろう？　少年時代にあちらで幸せな時をすごしたのはたしかだった。けれども当時まだ幼かったヴァレンティンは、独特の光と空の青さしか覚えていなかった。母親が書きためた日記は彼の心をとらえて離さなかったが、物語をとりまく雰囲気を描写する助けにはならなかった。あの風景、人々、彼らの暮らしぶり……それは母親の日記帳のどこにも見あたらなかった。

一九九二年二月はじめのこと。オリエントへのあこがれと愛の物語は、ヴァレンティンの記憶の宝箱にしまわれたままだった。彼は来たるサーカス・シーズンにそなえて、じっくり準備をしたいと思っていた。気の滅入《めい》るほどの借金の山を、いくらかでも軽くしたかったのだ。アンゲラとマルティンは、三月なかばから十一月なかばまでハンブルクからウィーンへ移動するという、しっかりしたツアーの計画をたてていた。毎度、ツアーに出る前はどうしてもそうなるのだが、ヴァレンティンは準備に没頭していた。そしてあの夜、亡き妻が夢にあらわれ、子供のころへの旅に出るようにすすめたかと思うと、ピアに姿を変えてしまったのだ。

死に身をゆだねるのではなく、生の一刻一刻を死から奪い取らねばと、ヴァレンティンは思った。この瞬間、全身が不思議な暖かさにつつまれてゆくような気がした。彼は起きあがった。胸の中には、これから書くであろう物語の熱い炎が燃えていた。その熱さは両眼にまで伝わってきた。そして、不意にひらめいた。サーカスの出し物のように物語を組み立てるのだ。彼はにんまりした。息詰まるような出し物に続いて道化師が笑いをふりまく。そうすれば読者は息苦しさに押しつぶされることもなく、はしゃぎすぎて物語の悲劇性を見失うこともない。自分の物語の秘密の核心は、そこにこそなければならない。

めったにあることではないが、人生には、またたく間に人を預言者《よげんしゃ》に変えてしまう瞬間がある。ヴァレンティンは今、その瞬間を味わっていた。すでに郵便配達嬢がやって来る何時間か前には、すっかりオリエントへ向かって旅をしているような気分になっていた。そこへ手紙が届いたのだ。

3 時に、現実は夢より奇なり

それにしても、もしも差出人が詐欺師《さぎし》だったらどうしよう。おおぜいいるライバルのうちのだれかが、オリエントで休暇をお楽しみ中に、おもしろがって手紙を書いたなんていう悪質な冗談だったらどうするのだ。その手の悪ふざけをする不埒《ふらち》なやつとなれば、真っ先に思い浮かぶのがビアンコ・サーカスの団長ニノ・アルテンベルクだ。ヴァレンティンはニノを心底《しんそこ》嫌っていた。いつか自分が人を殺《あや》めることがあるとすれば、それは、あの脂《あぶら》ぎったニノだと思っていた。

実際、ニノ・アルテンベルクはどうにも鼻持ちならない輩《やから》のひとりだった。ニノはライバルの同業者たちをたがいに競わせ、みんなのあいだに憎しみの種をまいて、自分はおいしいところをまんまといただくという手法を得意としていた。ヴァレンティンも何度か巧妙なガセネタをつかまされて、あやうくその手に引っかかりそうになったことがある。けれどもそのむかつくようなやつが、どうやってヴァレンティンとナビルの親しい関係を知ったのだろう。大ぼら吹きのニノは小心者だった。ブレーメンに暮らしているが、彼にとってミュンヘンはもうトルコも同然だ。ニノのサーカスは一度も西ヨーロッパの外へ出たことがなかった。だからサマーニ・サーカスがブダペストで焼け落ちたとき、同業者のなかでただひとりあざ笑ったのもニノだった。いくら反感をもっているとはいえ、ヴァレンティンは手紙の差出人がニノだとは思えなかった。

ヴァレンティンはコーヒーを入れると、何度も手紙を読み返した。こうしてその日の午前中は、およそ滑稽《こっけい》で、ありそうもない可能性をあれこれ考えるうちに過ぎていった。

そうだ、ウラニアに電話をして、この手紙はほんとうにナビルが出したのかどうか聞くだけなら、いくらぐらいかかるだろう。ヴァレンティンはさっそく郵便局の電話番号をプッシュすると、ていねいな口調で問い合せた。局の女性は、

「三分でだいたい十五マルクです。三分もあれば、なんだってしゃべれますよ」

と返事をした。

ヴァレンティンは、「もしもし、こんにちは。ヴァレンティンだよ、ナビルかい？　おまえ、すごい手紙をくれただろう。あれは本気かい？」と、ごく手短に電話をすませようと考えた。もしも、ぜんぶ本気だと言われたら、どうこたえればいいのだ？「ありがとう。君の便りを心待ちにしてたんだよ。明日の朝にはウラニアさ！」とでも言うのか。いやいやそんな！　しっかり心の準備をしておかなくては。一分でも沈黙してはいけない。一分で五マルクだ。二分もしゃべらないイタリア人の店ならパスタかピザの皿が運ばれてくる。おまけにもう一分黙っていると、キャンティが一杯つくというわけだ。まず練習しよう。それから電話番号をプッシュする。

そして、てきぱきと片づけるのだ。これは、サーカスを引き継いでから、ずっとヴァレンティンが心がけてきたことだった。重要な点を簡潔にメモしておいて、片づけた順に消していくのであ

る。

だが、そもそも電話をするべきだろうか。もしかして、無駄な骨折りではないのか。ヴァレンティンは、なにごとにも動じない人間だと自負していた。ところが甘い期待には、からきし弱いのだ。ちょっとでも希望の光が見えると、つい腰が浮いてしまい、ドジな未熟者よろしくふるまってしまう。ヴィクトリアはそれを読書のせいにして、こう言っていた。

「読書はあなたの気分を軽やかにするようね。しばらく本を読んだあとは、ぴょんぴょん跳ねるように歩いているわ。それにワインでも飲んだみたいに頭まで軽くなるのね。私はしっかり見ているのよ」

毎度ヴィクトリアに軽はずみを注意されても、ヴァレンティンは彼女の疑り深さを笑い飛ばし、かすかな希望の光をつかもうと、夢みたいな話に乗ってしまうのだ。たいていはずぶ濡れになり、女房の正しさを証明するのが落ちだった。ところがヴィクトリアは、そんなときでも「ほらごらんなさい！」と言うような人間ではなかった。逆に彼がしょげ返るたびにその手をとって、

「かわいそうに、ひどい目にあったわね」

と慰《なぐさ》めてくれた。今この場にヴィクトリアがいてくれたらと、ヴァレンティンはどれほど思っただろう。

それにしても、希望の怪しい光に不信の目を向けることにかけて抜群《ばつぐん》に長《た》けている人物といえば、だれだろう？　ヴァレンティンはさほど考える必要もなかった。それならば、長年の友人、猛獣使いのマルティンだ。彼が原生林の王者ターザンに扮《ふん》してサーカスに登場すると、猛獣の悪

意や不信感をすべてその身に吸い込んでしまうのか、疑り深そうににらみつけていたライオンやトラも茶目《ちゃめ》っ気《け》たっぷりのドラネコに変わってしまう。マルティンはなにごとにも動揺せず、寡《か》黙《もく》で、いつも不機嫌《ふきげん》な男だった。ヴァレンティンは十八歳の彼をサーカスに雇い入れたときから、こいつはずば抜けて優秀な猛獣使いになると見抜いていた。それから二十二年。今やサーカスにとって小春日和《こはるびより》のような時代は去り、ヴァレンティンが目をかけた猛獣使いに借りを作らなくてすんだのは、この十年でせいぜい二、三週間にすぎなかった。マルティンはといえば、悪態《あくたい》をつきながらも、サマーニ・サーカスにとどまっていた。それどころか彼が引き受ける仕事は年を追うごとに増え、とうとう実務的な問題はなにごとによらず団長の肩代わりをするまでになっていた。

三月のなかばから十一月のなかばまで、マルティンとヴァレンティンは毎日ずっといっしょだった。冬になると、マルティンは週に最低二回はヴァレンティンのところにやって来る。そして連れ立って、近くの廃業した古い農場で越冬《えっとう》している動物たちの様子を見に出かけ、そのあとお茶をともにするのが常《つね》だった。

マルティンは世界でも指折りの猛獣使いだ。

「猛獣や子供は、恐がらせちゃいけないよ。彼らは不安でたまらないんだ。その恐怖心をとり除いてやらなくちゃ」

というのがマルティンの口ぐせだった。彼に子供はいなかったが、動物のあつかいはほんとうにうまかった。猛獣はすばしこい。それが天性だ。ところがマルティンはこれに輪をかけて敏捷《びんしょう》で、動物たちのどんな動きも事前に察知し、先に行動を起こした。だから猛獣使いの長いキャリアのなかでも、傷を負って気が荒くなったライオンに襲われた経験が一度あるだけだった。しかしマルティンは、けしてそのことを話そうとしなかった。そもそも彼は口数が少ない。前にヴァレンティンは、朝あいさつをかわしてから公演を終えて解散するまでにマルティンが口にしたことばを数えたことがある。十五時間以上のあいだに、彼が発したことばはちょうど二十七語だった。

よけいなことはぜんぶ省いて、まず一度、あの疑り深いやつに聞いてみるのがいちばんだとヴァレンティンは考えた。もしマルティンが反対すれば、この一件は片がつく。ヴァレンティンは電話のボタンを押した。

「やあ、マルティンかい？　俺だよ。こんなこと聞いて、笑わないでくれよ。おまえ、ひょっとして、いっしょにオリエントへ行く気があるかい？」

「もちろんさ！」

マルティンは思いがけぬ答えと同時に、不審《ふしん》そうにたたみかけてきた。

「で、金はどこから出るんだい？」

「そう、それが問題でね。むかしの友人が旅行費用をぜんぶ出すって言うんだ。俺はさ……俺は、どうすりゃいいのかと思ってさ」

自信のなさを強調するために、ヴァレンティンはわざとしどろもどろにしゃべった。

「だったら、そいつに電話してみるんだね。料金は大してかからないだろう。そして現金を要求するんだ。そうでもしなけりゃ、話がはじまらないからな」

ヴァレンティンは礼を言って電話を置くと、腰かけて念入りに質問をメモした。書いては線で消し、また書いてをくり返して、ようやく納得した。さらにもう一回、大きな声でメモを読みあげ、けんか腰の口調でもやってみてから、すっくと立ちあがり、受話器をとった。深く息を吸い込み、長い電話番号を押した。一瞬、だれも出なければいい、それとも自動テープが「この番号は使われておりません」とでも言ってくれればいいと思った。ところがたった四回ベルが鳴っただけで、「ハロー」と、耳に心地よい低めの声が聞こえてきたのだ。

「ハロー！」

ヴァレンティンは興奮ぎみに返した。三千キロ離れていてもきちんと聞きとれる、十分に大きな声だった。

「やあ、ヴァレンティン・サマーニだよ。ナビルかい？」

「そうだ。なつかしいなあ。じつに久しぶりだ！」

「おまえ、俺に手紙をくれただろう？」

ヴァレンティンはメモをちらりと見て、聞いた。

「ああ、たしかに書いた。だけど、おまえが生きてたなんて、こいつは驚いた。うれしいよ。俺の人生も、まだツキがあるってわけだ。宛先《あてさき》もあやふやな手紙が、こんなに早くおまえの手元に届くとはなあ。すごい郵便屋だよ！　俺たちの国じゃ、ちゃんと宛先を書いたって届かないんだから」

「それでさ、ナビル。あれはほんとうに本気なのかい？　俺は、招待されたものと受け取ってるんだが?」

ヴァレンティンは鉛筆で線を引いて、この質問を消した。

「もちろんだよ。もちろん本気さ!」

怒鳴《どな》るように返事がきて、

「おまえに会たいんだ」

と、続いた。

「俺だって、会いたいのはやまやまさ。だけど、問題は旅の費用だ。俺には金がない。サーカスならぼちぼちだ。だけどオリエントへ行くには金がかかるからなあ」

こう言いながら、ヴァレンティンは質問リストの二つ目の項目に線を引いた。彼は嘘をついた。この冬ほど経営状態が悪化したことはなかったのだ。

「そりゃそうだ。準備と渡航にはうんと金がかかる。だけど、おまえはこっちへ旅する運命にあるんじゃないかと思うんだ。むかし、おまえ、話してくれたよな。おまえの爺さんはアラビア人と結婚して、しょっちゅうここに来ていた。親父さんもアラビアと関係が深かったわけだし、おまえもこっちとかかわりをもつことになるのさ。俺はもう、何度も夢に見ているんだ。それほど楽しみにしてるんだよ。今じゃもう、すっかり子供だ。なあ、教えてくれよ、おまえは今でも俺より小さいのかい? それとも、逆転したのかな? 俺は一メートル七十七ある。おまえは?」

「一メートル六十」

意味のない質問に思えて、ヴァレンティンはそっけなく返した。

「それで、旅にはどれくらいかかると思う?」

ナビルはいきなり、ずばりと聞いてきた。

「細かいところまではわからない。だけど、高くなるだろうな。もう、陸路じゃ行けない。ユーゴスラビアは内戦が激しくなっているし、トルコではクルド人とトルコ人の戦争だ。これじゃ、芸人もスタッフも、みんな生命の危険を感じて尻込みするだろう。ただひとつ可能なのは、ドイツからオーストリアに入って、そこからトリエステに向かう。そしてトリエステから船でウラニアへというルートだ。これなら行けるが、高くつく」

ヴァレンティンはこう言うと三つ目の質問を線で消し、もしもナビルがまた話題をそらして、べつの話に夢中になるようなら、すぐさま受話器を置こうと心に決めた。

「家族も含め、裏方や芸人の安全を確保して、手当を払うのに、二百万マルクで足りるかい?」

ヴァレンティンは左のこめかみに軽く刺すような痛みを感じた。相手の声は、隣の部屋から聞こえてくるように、明瞭《めいりょう》だった。二百万マルクで足りるかだと? お茶を一杯すすめるみたいに、気軽に聞いてきたもんじゃないか。

「おい、おまえ、そこにいるんだろう? 足りるかと聞いてるんだ。それでよければ、今日のうちにスイスから振り込むぞ。スイス人は仕事が早いからな。一週間以内に二百万。で、いつ、ウラニアに着く?」

ヴァレンティンはこたえた。

「一ヵ月後」

「そりゃすごい！　一ヵ月後だって？」

ナビルは歓声をあげ、信じられないといった口調でたずねた。

「ほかに、都合《つごう》や予定は、なかったのか？」

ヴァレンティンは言った。

「いや、いろいろあるが、ぜんぶとり消すさ」

「おまえのサーカスは、今、なんていう名前なんだい？」

「相変わらず、サマーニ・サーカスだよ」

とこたえたものの、ヴァレンティンは不意をつかれてうろたえた。

「むかし、俺がその名前を説明してやったことを、まだ覚えているかい？　サマーニの意味を教えてやっただろう？」

ヴァレンティンはそんなこと、とうに忘れていた。この陽気でおしゃべり好きなアラビア人のペースに乗せられて、だんだん話がそれてゆくような気がした。

「ドイツ語で言えば、自分の時間《マイネ・ツァイト》(注)。サマーニとは、自分の時間という意味だよ。すばらしい名前じゃないか。自分の時間がサーカスとは。こりゃ、哲学も顔負けだよ。おまえの爺さんは、どうしてアラビア風の名前を選んだんだ？」

（注）ドイツ語のマイネ・ツァイトは、普通「なんてこった」とか「ちくしょうめ」（29頁）という意味で使われるが、逐語的にはナビルの言うように「自分の時間」となる。

「くわしいことは知らないよ。たぶん、爺さんの惚《ほ》れた相手がアラビア人だったことと関係があるんだろうな。だけど、なんでルプレヒトという名をサマーニに変えたのかはわからない。おそらく、サマーニならイタリア語のように聞こえるし、サーカス業界じゃ、そのほうが具合がいいからだろう。まあ、調べてみるよ。ひい爺さんも、爺さんも、それにおふくろも、サマーニ・サーカスの歴史を書き残しているんだ。そのサーカス年代記には、うちの創業期の話がぜんぶ書いてある」

「そりゃ、すごい！　それに、おまえに来てもらえるとは、信じられないくらいだ」

ナビルは熱にうかされたように言った。ヴァレンティンは、

「まあ、まあ。とにかく、おまえに喜んでもらえれば、俺もうれしいよ」

とこたえて、「ゼニ」と記した質問項目を線で消し、その下の「前払いを確認して口座番号を伝える！」というメモにちらりと目をやった。するとナビルは、三千キロ離れたところからこのメモが読める魔法の眼を持っているとでもいうように、

「前払いは、どの口座に振込めばいいんだい？」

と聞いてきた。ヴァレンティンはぎくりとした。

干からびた喉《のど》をうるおすコーヒーが手近になかったので、ヴァレンティンは咳ばらいをひとつすると、おもむろに、銀行コードと口座番号をはっきり読みあげた。電話の向こうでは、ナビルが数字をひとつずつ確認し、通してもう一度、復唱《ふくしょう》する。それをヴァレンティンが確認した。

「じゃあ、一週間後だ。で、おまえの住所を教えてくれ。俺の遺言書《ゆいごんしょ》と契約書、それに案内図を

送る。もうウラニアは、そうそう簡単な町じゃないからな。人口も四百万にふくれあがったんだ。公証人のところで契約書にサインして、できるだけ早く俺にファックスしてくれ。役所の手続きがあるからな。だがその前に、俺の望みをかなえてくれるのかどうか、そこはじっくり考えてくれ。条件は厳しいぞ。俺が死ぬまで、この国にとどまるんだからな」

「だいじょうぶさ。それに、おまえには、まだまだ長生きをしてもらいたいよ」

ヴァレンティンはこたえた。その声は若やいでいた。ナビルに噛んで含めるように住所を伝え、ていねいに別れのあいさつを言うと、受話器を置いた。

ヴァレンティンはどっと疲れ、じゃがいもの入った麻袋《あさぶくろ》のように、どすんと椅子に腰を落とした。なんという幸運だろう。人間はこれほどの幸運にめぐまれるものだろうか。それも、この歳《とし》になって。人生とは不思議なものだと思った。若返ろうという誓いがなかったら、「おまえはもう歳だ。まだそんな冗談につき合っているのか」と考えたかもしれない。ところが、最初のひと言が出たところで、ヴァレンティンは詰まった。おまえは……と考えて、つっかえたのだ。「おまえはまだこんなに若い。これからやりたいこともいろいろある。一度くらい幸運にめぐまれたって、ばちは当たらない。しかし、ここは落ちつくにかぎる。冷静さを失ってはいけないぞ」と思ったのである。

ヴァレンティンは胸の内に希望の炎を燃えたたせながらも、落ちつきを失うまいと自分に言い聞かせた。その点はうまくいった。ちょうど一週間後に起きた出来事こそ、ヴァレンティンの真に強靱《きょうじん》な神経を必要としていたのだ。

4　しかめっ面《つら》の支店長が、にわかに愛想よくなった

ナビルと電話で話してからというもの、日のたつのが遅くなった。あせる気持ちが、時間に鉛《なまり》の靴でもはかせたのかもしれない。ヴァレンティンは体じゅうの血が沸きたつような気がして、いっしょうけんめい心を落ちつかせた。若返るにしても慎重にやらなければと思った。登山と同じで、上りがきついほど、下りもきつくなるのだ。六十段目まで来たヴァレンティンの人生の階段は、楽というにはほど遠い、けわしい上り坂だった。これからは、心と体の歩調にも常《つね》に気を配らなければいけない。晩年になって若返ろうとして、体のほうが心よりも先に行ってしまった父親の姿は、見ていて痛々しかった。肉体は思いどおりに若返って、軽率にも邪淫《じゃいん》にのめり込んだが、父親の心は不安に震えたまま取り残された。生涯ずっと働きづめで体裁《ていさい》などかまわなかった父のルドルフォ・サマーニは、突然、まるでジゴロのように体に香水をふりかけ、ひどく念入りに手入れをはじめたかと思うと、若い女芸人の尻を追いかけるようになったのである。彼女たちに色目《いろめ》をつかい、まとわりつこうと待ち伏せすることもよくあった。シャワーを浴びたり着替えたりしているところをのぞき見しようと潜んでいた現場を、たびたびサーカスの女たちに押さ

えられた。そうしたあとでは、いつもきまって落ち込み、置いてきぼりにされたむかしのままの心は、慚愧《ざんき》と後悔の想いでいっぱいになるのだった。

逆に、心のほうが体を追い抜いてしまうと、とっぴな発想や、老後の見はてぬ夢にのめり込んでしまう。ヴァレンティンの母親はこの道を歩んだ。彼女は老いてますます好奇心が旺盛《おうせい》になり、心がみずみずしくなってゆき、どんどん若返った。

「休むと、体がさびついてしまう」

母親はこう言うと、笑いながら言い添えた。

「まず脳がやられるわ。人間の先祖は魚だから、頭から腐るのよ」

母親はのべつまくなしに読書をしていた。多いときには五冊の小説を同時に、しかも混乱することなく読んでいた。彼女を驚嘆《きょうたん》の目で見ていた人たちは、とり残された肉体の苦悩など気づきもしなかった。体は心についてゆこうとしたが、それは無理だった。ヴァレンティンも、母親の日記を読んでようやくその理由がわかった。彼女の肉体は、愛する理髪師を待つうちに、渇きはてて死んでしまったのである。そして体は心の牢獄《ろうごく》と化した。母親はそのことを晩年の日記に何度も記していた。

ヴァレンティンは、若返りの道をゆっくりゆっくり歩みたかった。心が体の先に立つことも、遅れることもないように気をつけようと思っていた。ところが、あの電話以来、ヴァレンティンのもどかしさは、とどまるところを知らなかった。

一週間後、銀行の通知が届いた。ヴァレンティンはその日はじめてピアの手を握り、この若い女をまじまじと見つめた。快活そうな顔だった。いくらか肉づきがよいが、そのせいで子供のような東洋的な美しさにあふれていた。せいぜい三十歳というところだろうと、ヴァレンティンは考えた。この日の配達のとき、彼は思いきってピアに、

「ここで休んでいくなら、いつでも喜んで君のためにコーヒーを入れるよ」

と言ってみた。それ以上は、どうしても口にできなかった。だから、彼女がまた配達に戻る前に笑みを浮かべて

「まあ、うれしい」

とこたえたとき、ヴァレンティンは逆に驚いてしまった。

銀行からの封筒には、ナビルが本気であることを示す証拠が入っていた。三行にわたる口座の残高通知である。手数料と利息込みで、もとの残高が一万三百マルクの赤字。スイスからの振込みが二百万マルク。したがって、差し引き残高は百九十八万九千七百マルク。ヴァレンティンはナビルに電話をかけて、お礼のことばを連発した。ところが、遠方の友人の病状はきわめて深刻だった。この前の検査のあと、医者から、ガンは最初に考えていたよりもよくないかもしれないと言われたのである。おそらく、あと半年の命だろうということだった。ナビルはていねいな口調で、どうか急いで来てくれとたのんだ。電話の向こうで涙を必死にこらえている様子が伝わってきた。ヴァレンティンは友人の気が休まるまで黙っていた。さすがに、

「急いで来るのに、あの金で足りるかい？　もっと振込もうか？」

と聞かれたときには、

「とんでもない、十分さ、十分すぎるくらいだ。急いで準備をする。出発の前に電話するよ」と大きな声を出し、受話器を置いた。ヴァレンティンは静かに立ちあがると、相手の悲しみだけは伝えてくるのに、その手を握らせてもくれない電話を呪《のろ》った。だがそれも長くは続かなかった。ヴァレンティンは口笛を吹きながら家を出た。

外は冬の静けさにつつまれ、身を切るように寒く、樹々の枝は霧氷《むひょう》に覆われていた。ヴァレンティンは目を丸くしているお向かいの女性にあいさつをした。彼女は夏も冬も日がな一日、窓辺のクッションにもたれかかり、ただ死だけを待っていた。ヴァレンティンのうきうきした足どりに、彼女は目を見はった。

「あなた、お元気ね」

隣人は感心したように大声を出した。

「若返るんですよ！」

とこたえて笑うと、ヴァレンティンは遠く離れた町なかの銀行に歩いて行った。窓口の行員は彼を知っていて、親しげにあいさつした。

「少々、金が入り用でね」

ヴァレンティンはこう言いながら、オーバーのポケットから債権者《さいけんしゃ》の名前を書いた紙切れをとり出した。サーカスの従業員には、遅配《ちはい》になっていた給料に加えて、文句も言わずに待ってくれたお礼として、一ヵ月分のボーナスを奮発《ふんぱつ》したかった。人生最大の幸運を知らせる手紙をかじかんだ手で届けてくれたピアには、すてきなオーバーと暖かい手袋を買うつもりだ。すべて、きちんと計算ずみだった。必要な金額は十万マルクを超えた。さらに、七万五千マルクをべつの銀行に支払わなければならない。それではじめて借金がゼロになり、動物の越冬地《えっとうち》にしている大きな農場がようやく自分ひとりのものになるのだ。「入れ歯を売っても、農場は手放すな。入れ歯なしでは食べにくいが、農場がなければ餓死してしまう」というサマーニ家の黄金律《おうごんりつ》を汚さなかった自分が、ヴァレンティンは誇らしかった。これは、祖父が年代記の最後のノートに子孫への遺言《ゆいごん》として書き残したことばだった。

そのほか、ヴァレンティンは動物の数を増やし、前からいい売り物が出ていた、四本柱の大きな耐火《たいか》性のテントを買いたいと思っていた。道具置き場の修繕《しゅうぜん》と拡張も考えていた。

ヴァレンティンがまだ支払用紙に記入し終わらぬうちに、背後で愛想のいい声がした。

「これはこれは、どなたかと思えば、サーカス団長のヴァレンティンさまで！」

ふだんはしかめっ面の六十がらみの支店長が、喜色満面《きしょくまんめん》で立っていた。髪の毛から顔色、眼鏡、目、髭《ひげ》、スーツ、シャツ、ネクタイ、ソックス、靴、それに車と、なにからなにまで灰色で固めたような男だ。前にこれを見て仰天《ぎょうてん》したヴァレンティンは、道化師に、灰色づくしの出し物を考えてみてくれとたのんだ。道化師のピッポは何週間も頭を悩ませたが、どだい、そんな演目が観客に受けるずはなかった。

「こんにちは」

ヴァレンティンはあいさつを返すと、支払い額を確かめるために、また記入机に向かおうとした。

「あれあれ、いけませんよ。どうか、私の部屋へいらしてください。あそこなら座って、もっとお楽にしていただけます」

支店長が言った。ヴァレンティンは相手の魂胆《こんたん》もわからぬまま、彼の部屋に座った。支店長に呼ばれた若い女が振込みの手続きを行い、引き出した現金を大判の封筒に入れて持ってきた。これまで一度だって銀行を信用したことがないヴァレンティンは、はばかることなく札を勘定《かんじょう》しては、それを目の前の大きなテーブルに積みあげた。支店長はヴァレンティンの気がすむまで、辛抱強《しんぼうづよ》く待っていた。多額の借金を背負っていつもピーピーしているサーカス団長の口座に、いきなりこれだけの大金が入ったのだ。だれが振込んだのか、もちろん支店長だって知りたいところだ。けれども、そんなことを聞くわけにいかないことくらい、新入りの行員でもわきまえている。支店長は、老齢保険や有利な生命保険、それにお買い得な住まいについて慇懃《いんぎん》な口調で話しはじめた。おまけに、確実に儲かるという株まですすめてくる。そして、

「あなたさまのお金は、眠っているうちに、こうして増えてゆくわけです」

と勧誘をしめくくった。

「金を増やすという考えが気に入らないね。増えるものは、必ず消えるからな」

ヴァレンティンはこう言うと、

「いやだね」

ときっぱり断った。

「ですがね」

支店長はこう切りだしながら、この芸人は金銭問題を冷静に考えることができないやつだと踏ん

だ自分の目に狂いはなかったと思った。

「私がおすすめするのは、お固い商品ですよ」

「そうかい」

ヴァレンティンはしゃべりながら、帯をかけた札束を布の袋に詰め込んだ。

「なら、あんたが自分で保険に入ればいい。そして、あんたの言う確実な投資とやらに金をつぎ込めばいいさ。俺には奇跡の株がある。あんたに、そんな株があるとは思えんがな」

ヴァレンティンはパンパンにふくらんだ布袋をかかえて、銀行を出た。残された支店長は、頭がすっかり混乱してしまった。ヴァレンティンは、もう一刻も無駄にできなかった。友人はサーカスをひと目見たいと願いながら、この瞬間も死と闘っているのだ。


家への帰り道、ヴァレンティンはアントニオのイタリア料理店に立ち寄った。そしてとりあえずサラダを注文すると、翌々日に三十三人前のコースを予約した。自分の招待に応ずる一座の中心メンバーは、これくらいと見込んだからである。幸いにも、希望した日は大きな別室が空いていた。アントニオは、客の一人一人にそれぞれ独自のコースを選ぶヴァレンティンに、少なからず驚いた。団長は、サーカスのメンバーみんなのお気に入りの料理をよく知っていたのである。それにもましてアントニオがびっくりしたのは、彼が最高のワインとシャンパンを出してくれと注文したことだ。ヴァレンティンが布袋に手を入れて帯封《おびふう》をした百マルクの札束をとり出したときには、もう、息が止まりそうだった。アントニオは袋にちらりと目をやった。

「ええっ、あんた、銀行でも襲《や》ったのかい？」

地中海地方の人がよくやるように、アントニオは茶化《ちゃか》して、ひたすら動揺を気《け》どられまいとした。

「そうじゃないよ。俺は今日から、自前の造幣局《ぞうへいきょく》をはじめたのさ」

アントニオに好感をもっているヴァレンティンは、こう言って笑った。

「なら、俺もあんたの造幣局で働きたいよ。こんな、けちな店なんか、たたんでさ」

アントニオは大きな声で言った。ふたりは笑いこけた。

そのあとヴァレンティンは一時間かけて、芸人みんなと電話で話した。昼食に招待する理由は明かさなかった。

「信じられない話がもちあがっているんだ」

電話ごとに、これだけははっきりと伝えておいた。それからヴァレンティンは大手の動物業者に電話をかけて、ライオン二頭、サル三匹、トラ一頭、それにラクダ二頭を期限までに納めるようにと注文を出した。テントを製造している会社とも、終業時刻ぎりぎりに連絡がとれた。社長は注文に大喜びした。その会社も倒産の瀬戸《せと》ぎわにあったのだ。

その日も終わるころ、ヴァレンティンはへとへとに疲れていた。おまけに、自分の計画に団員たちがどう反応するだろうかと、気が気ではなかった。妻のエヴァにさえ秘密を漏らしていないマルティンをのぞいては、なぜヴァレンティンがどうしてもこの会合に出てほしいと言うのか、だれにもわからなかった。ヴァレンティンからの電話のすぐあとで、団員たちはたがいにたずね合った。「あの『爺さん』――団員は好んでヴァレンティンをこう呼ぶのだが――なんでまた俺たちを召集《しょうしゅう》したんだろう」と。しかし彼らがどんなに想像をたくましくしても、ヴァレンティンの手に握られている自分たちの運命には思いいたらなかった。

5　緊張がとけて、また新たな弓が引きしぼられた

第二次世界大戦が勃発《ぼっぱつ》したのは、ヴァレンティンが七歳のときだった。いく晩も寒さに震え、飢えが全身をむしばんだ。戦争中はずっと冬だったと言い張る子供がいたとしても、不思議ではない。父親がサーカスを引き連れボーデン湖《(注)》畔のリンダウに向かって旅をしていたころ、ヴァレンティンは九歳か十歳。糸のように痩せ細っていた。途中で、それまで見たこともないほどたくさんの瓦礫《がれき》の山を目にした。いつの間にか眠気におそわれ、車中で寝入っていた。リンダウに到着したのは夜だった。あたりは、漆黒《しっこく》の闇《やみ》。青みをおびた街灯は、明かりではなく冷気を放っていた。母親がヴァレンティンを起こした。

「いらっしゃい。いいものを見せてあげる」

母親はヴァレンティンをせきたてて、路地を急いだ。

「ねえ、なあに？」

（注）ドイツとスイスの国境にある湖。

ねぼけまなこのヴァレンティンは、寒さにがたがた震えながら、母親にぴったり体を押しつけた。空は雲に覆われ、路地の夜はことさら暗く、湿っぽかった。あちこちでイヌが吠え、唸《うな》り声をあげ、恐ろしげに喉《のど》をゴロゴロいわせていた。突然、ボーデン湖のほとりに出た。ヴァレンティンは真っ暗な湖面の向こうに、スイス側のきらめく明かりを眺めた。

「星だ」

ヴァレンティンはつぶやいた。母親が両肩に手をかけたのがわかった。彼女は後ろに立っていた。

「これが、平和というものよ」

母親は小さな声でこう言うと、チョコレートをひとかけら子供の口に押し込んだ。そんなものをどこから手に入れたのか、彼女は生前、そのわけを明かさなかった。

戦争の終わりごろ、ヴァレンティンはリウマチ性の炎症と栄養失調に肺炎を併発《へいはつ》して、医者も見離すほどの重体になった。けれども、母親はあきらめなかった。一九四五年、戦争が終わるとすぐ、彼女は夫に、南へツアーに出ようと強く迫った。もちろん母親には、そこで愛するタレクと再会したいという想いもあった。

ヴァレンティンの父親は抜け目のない商売人だった。決断は遅いが、人のことばに惑わされることはなかった。信じられないほど鼻がきいた。とんでもなく離れたところからでも、まるで猛獣のように獲物の匂いを嗅ぎつけた。あとはもう、欲望をかきたてる獲物をとらえるまで、その手がかりを追って、わきめもふらずまっしぐら。知力よりもたしかな鼻があるかぎり、だれひとり、彼をだましおおせることなどできなかった。父親の率いるサーカスは破産すれすれに追い込まれたものの、動物や団員たちの損失も少なく、奇跡的に第二次世界大戦を生きのびた。破壊しつくされたドイツには、もううま味がなく、父のルドルフォ・サマーニは妻のすすめるままに世界ツアーに出ることにした。オリエントを通り、北アフリカ経由でスペインとポルトガルに向かうというコースだ。このツアーはのちのちの語り草になるほど収益を上げ、輝かしい成功をおさめた。長く続いた戦争のあとで、人々はサーカスでも観て笑いころげたかったのだ。

リスボンにいたとき、ルドルフォはブラジルへ来ないかという、思いがけない申し出を受けた。招聘元《しょうへいもと》のアマドという遠縁《とおえん》の伯父は、十ヵ国語を自在にあやつり、すてきな恋の物語を話して聞かせることができた。ヴァレンティンの母親は、アマドがサーカスを呼び寄せたのはうるわしい人類愛からではなく、不世出《ふせいしゅつ》の馬乗り曲芸師ガブリエラに恋をしたからだと、非難をこめてサーカス年代記に書いている。はたして、ガブリエラは成功裏にツアーを終えたあと、ブラジルのアマドのところに残った。母親がアマドとガブリエラを恨みに思ったのは、サーカスにとって、この美しい曲芸師の穴をうめるのは至難《しなん》のわざだったからだ。「アマドはガブリエラが自分を信じて、そのおべんちゃらにまんまとひっかかるまで、ずっと彼女を『ぼくのかわい子ちゃん』と呼んでいた」と、母親は苦々しげに記している。

そのあとサーカスは、さらに南アメリカと北アメリカをまわった。父親はこの旅でたっぷり儲けて、裕福なまま五十年代の終わりに亡くなった。ところで、その父親の死は、いかにも気むずかしいかんしゃく持ちにふさわしいものだった。それはまるでばっさり裁断《さいだん》されたような具合に訪れた。父親は大型のアメ車を運転していた。彼にとってそれはたんなる乗り物ではなく、成功のあかしでもあった。その車が交差点で急ブレーキをかけた小型車にぶつかり、軽くバンパーをこすった。ルドルフォ・サマーニは妻が止めるのも聞かず車を降りると、相手のドライバーをどやしつけた。

「このボロ車め！」

ルドルフォはその先が言えなかった。おどおどとひたすらわびる男の目の前でにわかに硬直すると、口をぱくつかせてあえぎながら、自分の車のボンネットにあおむけに倒れ込んだ。ルドルフォは死んだ。妻は夫より十五年も長生きして、愛するタレク・ガザールの死後まもなく亡くなった。

例の三年がかりの世界旅行に話を戻すとしよう。ヴァレンティンはこのツアーで命を救われた。太陽と、滋養《じよう》のある食べ物と、旅ならではのスリル満点の経験が彼に活力を与え、死との闘いに勝たせてくれたのだ。いくらなんでも若すぎるといわれたリウマチ性の炎症も、ずいぶん回復した。ところがリウマチというやつは、イヌのように忠実だ。追い払うたびに、戻ってくる。ヴァレンティンが一定の周期をおいてその兆候《ちょうこう》を感じるときには、いつの間にか左の肩に常連《じょうれん》さんが居座っているのだ。

新たにはじまる人生のひとこまを一座のみんなと祝おうと、アントニオの店に向かう途中、ヴァレンティンの脳裏《のうり》には、過去のさまざま光景が走馬灯《そうまとう》のように浮かんできた。ヴァレンティンの人生の二つの転機が四十六という数字と関係があるのは、偶然なのだろうか。サーカスの人々はみんなそうだが、ヴァレンティンも迷信深い。だから、運命の慈愛にみちた手が、今こうして自分に幸運をふりまいてくれていると信じて疑わなかった。一九〇〇年、祖父はウラニアでアリアと知り合い、恋に落ちた。それから四十六年後、ヴァレンティンと母親は、はじめてウラニアを見た。それからまた四十六年後の今、彼はあらためてこの都の土を踏もうとしていた……。

そんなことを考えながら、ヴァレンティンはイタリア料理店に着いた。いつものように、猛獣使いのマルティンがいちばん乗りだった。これは仕事柄の習い性である。舞台中央の檻《おり》に最初に登場するのは彼だ。それから猛獣たちを中に入れる。言ってみれば、自分の縄張りをおさえたうえで、動物たちにも場所を与えてやるわけだ。こうすることで、最初から両者の関係がはっきりする。原生林のターザンのように、マルティンは支配者だった。彼自身もそう自覚していた。

「私、ターザンに言ったのよ。そんなに、せかせか急ぐことはないわって。だって、あんまり早く着いたら、すごくがっついているみたいに見えるじゃない」

マルティンの妻エヴァが、夫をからかった。エヴァはヴァレンティンのいちばんの教え子だった。十二歳のころにはもう、ヴァレンティンのところに来ていた。それからというもの、彼はエヴァの先生であり助言者だったが、相談にのるのは綱渡りのことだけだった。エヴァとマルティンはよくいさかいを起こすが、ヴァレンティンが口をはさむことはなかった。

食事の予定は正午。楽団員たちは定刻に遅れないように、ウィーンから夜行列車でやって来た。十二時五分前、最後に道化師のピッポがつまずくように部屋に転がり込んできて、みんなが爆笑であいさつを返した。いつも時間ぎりぎりに登場する、それがピッポの流儀《りゅうぎ》だった。これで、ちょうど三十三人の客がそろった。いずれもサマーニ・サーカスの主だった人々である。色とりどりの服にめかし込んだ団員たちは、入り乱れ、たわいもない話をしては盛りあがっていた。内心では「ヴァレンティンが俺たちを招待するなんて、どういう風の吹きまわしだ」という一点に関心を集中させ、じりじりしていたのだが。みんなはまるで見当がつかなかった。「サーカスを売るつもりだろうか」、「給料はどうなるんだ」、「俺たちはどこへ行けばいいんだ」、「この歳《とし》になって、いったいだれが雇ってくれるんだ。しかも、サーカスがいくつも廃業に追い込まれている時代に」という具合に、疑問は次から次へと新たな疑問を生んだ。

アントニオがドアのところに姿をみせた。ヴァレンティンはシャンパンの用意をするように合図した。何年も灰の下に隠れていた残り火が一日を境に火を噴いたようなサーカス団長の狂乱ぶりに、アントニオは目をむいた。

盆にシャンパン・グラスを載せて、輝やかしくも優雅に登場した若い二人のボーイを、サーカスの人々は拍手で迎えた。芸人のなかでも古参《こさん》の何人かは、ほっと気が楽になった。彼らの経験ゆたかな鼻は、よい知らせをはっきりと嗅ぎとったのだ。

「みんなの健康を祝して！」

ヴァレンティンがグラスをかかげた。

「そして、今日の会のスポンサーである誠実な友にも！　そのおかげで、俺たちはこうしてここに集まることができたんだから」

「乾杯！」

そろって大きな声をあげると、全員がぐいっとひと口シャンパンを飲んだ。エヴァはちらりとピッポに目をやって、ひそかにもう一度グラスをかかげた。

「さあ、座ろう」

ヴァレンティンが言った。

「みんなに、だいじな話がある」

ヴァレンティンはいつも、まじめに話をするときには団員たちを座らせた。ここ何年かは厳しい話ばかりで、立たせたまま聞かせるのはしのびないと思ったからだ。

ヴァレンティンは豪華なクロスのかかる宴卓《えんたく》の端に立った。ボーイたちがテーブルのまわりを行ったり来たりして、シャンパンをつぎ足している。

「みんなとここで会えて、とてもうれしい。信じられないことが起きたんだ。もう夢に見なくなっていたとはいえ、ひそかに心待ちにしてきたことだ。最初の一歩を踏み出す前に、みんなの意見を聞いておきたい。強制はしないが、みんなでいっしょに行きたい。きっかり二週間後、サーカスはオリエントへ出発する」

ヴァレンティンはしゃべりながら、団員たちの顔を順々に見つめた。ひと呼吸入れたが、沈黙は耐えがたいほどだった。ばつの悪そうな咳ばらいが聞こえた。

「オリエントだって?」

とナイフ投げのヤンが聞いた。けれどもこれは、質問というよりは、もっとくわしい話を聞かせてもらいたいという願いに近かった。

「ああ、そのとおりだ。俺のだいじな友だちが重い病気になった。最後の望みに、俺たちのサーカスを観たがっているんだ。そいつはものすごい金持ちで、旅費を前払いしてくれる。信じられないだろう?」

「そんなことじゃないかと思ったよ」

ナイフ投げはアンダルシアのドイツ人侯爵の一件を思い出して、にたっと笑った。

「旅費を全額、前払いだって? 俺たちの給料もかい?」

ヤンはほかのメンバーを代弁するように、言い足した。

「そうだ。それでも余る。この金があれば、サーカスを立てなおせるんだ。みんなにはまず、遅れていた給料と手当を払い、謝礼としてそれぞれ一ヵ月のボーナスを出す。きのうの夜、用意しておいた封筒を、これからアンゲラに配ってもらう。それから、食事にしよう」

アンゲラはもの静かな女で、数字の天才だった。サーカスの帳簿をつけ、値切りの交渉を行ない、業者と口論し、闇での処理も担当した。そうして数ペニヒでも節約しようと、いく晩も徹夜をするのだ。アンゲラは看護婦の専門教育を受けていたので、事故が起こると、ときには簡単な器具を使って手術もやってのけた。ところが、彼女はなにをするにつけても、無口だった。アンゲラが夫である魔術師のフェリーニを愛したのは、彼が自分にないものをぜんぶそなえていたからだろう。フェリーニは嘘のかたまりのような男だった。体じゅうが、嘘ではちきれそうだといってもよい。彼は一九五五年まで、フェリーニという名前ではなかった。ところが『ラ・ストラーダ』を観てからというもの、この映画のイタリア人監督にぞっこんになり、彼に敬意を表してその年のうちに名前を変えたのである。フェリーニは流れ落ちる滝のように、ひっきりなしにしゃべった。肥満体のくせに、突風を受けては舞いあがりまた地面に落ちてくる羽毛のように軽かった。

ヴァレンティンが話し終えるとアンゲラが立って、すり切れた布袋を手にテーブルをまわり、小声でメンバーの名前を呼びながら封筒を配った。こうなると、団員たちはもう喜びを押さえきれず、歓声と笑い声と口笛で、ヴァレンティンへの熱狂的な感謝の気持ちをあらわした。彼らは続いて運ばれてきたひと皿ひと皿を見るにつけ、ヴァレンティンの細やかな配慮に感心した。

デザートの前に、ヴァレンティンがもう一度、立ちあがった。

「出発は二週間後の今日。残念ながら、陸路では行けない。ユーゴスラビアは戦争で通過できないからな」

「それに、トルコでは軍がクルド人と交戦中だ」

火食い芸人のマルコが大声をあげた。彼はサマーニ・サーカスの政治部長だった。

「そのとおり。だから、船で行く。きのう、くわしいことを問い合せてみた。二十日後に、トリエステからアラビアへ行く船がある。ルチアーノ・マッサーリという名前の、ベテラン船長が所有する船だ。彼は何度もイタリアのサーカスを輸送していて経験が豊富だし、しかもこの不況だから、特別料金にしてくれるそうだ。乗組員はイタリア人とドイツ人だから、船長はどうにかドイツ語ができる。信じられないだろうが、船は俺の死んだ女房と同じ名前だ。いい前ぶれじゃないと困るんだがね。船で渡るのに五日かかるだろう。ということは、今からだいたい四週間で、俺たちはもうアラビアの土を踏むわけだ。あっちに行けば、友だちのナビルが国じゅうを案内してくれるだろう。彼は死ぬまで、俺たちといっしょに行動するんだ。ドイツ語はパーフェクト。マンズーアのほかに、もうひとり仲間ができるというわけさ」

ヴァレンティンはこう言いながら、レバノン出身のウマの調教師に優しい視線を向けた。

「今日は来ていないが、おまえたちも知ってのとおり、小道具係はみんなアラビア人だから、俺たちの通訳ができる。それにアラビアでは、英語もフランス語もじゅうぶん通用する。だが、そんなことは問題じゃない」

ヴァレンティンは一瞬、口をつぐんだ。紙切れをちらりと見たが、そこには、忘れないようにメモをした団員の名前しか書いてなかった。

「問題は」

彼は気をとりなおそうとくり返した。

「ナビルの条件だ。つまり俺たちは、この太っ腹な男が死ぬまでアラビアにとどまらなくちゃならない。俺たちのサーカスとともに生き、そこで死ぬのが、彼の最後の望みなんだ」

「すると、なんだね」

獣医のクラウス博士が言った。彼はよくはやる大きな診療所をやっていて、もうずいぶん前から、良心的に、無料でサーカスの動物の面倒をみてきた。

「その……、聞きにくいことだけど、いつまでも死ななかったら?」

まわりにいるみんなが、うなずいた。

「そのときには、ずっといっしょにアラビアを旅してまわることになるだろうな。——だが、もちろん、決断は各自の問題だ」

ヴァレンティンは、よくわかっているよという目でマルコとリタを見つめた。このふたりだけ、まだ小さな子供をかかえていた。シルヴィオは十歳、フランカが十二歳。ところが、ほかでもないこのふたりこそ、飛び抜けて優秀なサーカス芸人だった。フランカは直立人間ピラミッドの一員として、そして太り気味のシルヴィオはありとあらゆるコミカルな出し物で活躍していたのだ。

「少なくとも俺はアラビアにとどまるよ」

ヴァレンティンは続けた。

「ナビルは信じられないほど気前よく、俺を絶体絶命《ぜったいぜつめい》の窮地《きゅうち》から救ってくれた。つつみ隠さず話すが、おまえたちに規定の給料くらいは払えるようにと思って、俺は複数の関係者にサーカスを買わないかと持ちかけた。けれど、売却しても手元に残るのは、恥ずかしいほどの額だ。銀行の抵当にすら足りないかもしれない。それが今、あいつのおかげで、俺はきれいさっぱり負債を清算できた。そんなわけもあって、俺はあいつのそばを二度と離れない。言っておくが、おまえたちは、かつてないくらいたっぷり稼げるだろう。——さて、それでは聞こう。いっしょに行ってくれるのは、だれだ？」

ヴァレンティンはこう問いかけて、だれにも無用な圧力をかけまいと、遠くに視線を泳がせた。けれども、マルティンとアンゲラが真っ先に手を高々と上げるのが、横目で見えた。

ほかのメンバーもはじめはためらいがちだったが、やがてどんどん手が上がり、その勢いはとどまるところを知らなかった。最後はクラウス博士まで名のりをあげた。彼は少し考え込んでから、この冒険に参加するため、代理の医者を探すことに決めたのである。

ヴァレンティンは、みんなを順ぐりに見つめた。感無量《かんむりょう》だった。

「みんなの勇気は、わかっていたよ！」

ヴァレンティンの声は感動に震えていた。水をひと口ぐいっと飲むと、テーブルをまわって、ひとりひとり感謝をこめて抱きしめた。彼が自分の席に戻るころには、そっと目のふちをぬぐう者もいた。

「さあ」

ヴァレンティンは大きな声を出した。

「泣いたり、わめいたりは、もうやめにしよう！　アントニオ、みんな喉《のど》が渇いて、捨て子みたいに泣いてるぞ。このライオンたちにミルクをやってくれ！」

アントニオが注文を奥へ伝えた。またたく間にワイン・グラスがカチャカチャ音をたてはじめ、デザートがテーブルに並んだ。

「さて」

ヴァレンティンはこう言いながら、手にしたメモに目を落とした。

「今のうちに、やっておくことがたくさんある。だから、各人に任務を割りふっておいた。アンゲラはいちばんやっかいな仕事だ。今年、巡業する予定だったすべての町に、行けなくなったと丁重《ていちょう》に伝えてほしい。これまでどおり、資金面も管理してくれ。決済はすべて、彼女を通して行なう……」

ヴァレンティンはひとりずつ、やるべき仕事をくわしく指示していった。彼自身とマルティンと飼育係のカリムは、動物の数を増やす仕事を担当した。

お開きになる少し前に、はにかみ屋のカリムが

「内々の話があるんだけど」

と、ヴァレンティンにささやいた。

ヴァレンティンは、頭がよくて教養もあるこのパキスタン人に好意をもっていた。ヴァレンティンはちょうど、黒ヒョウを四、五頭サーカスに入れたいというマルティンの夢を聞いていたが、話を中断して、たずねた。

「なんだい?」

カリムは小声で言った。

「近いうちに、お宅へうかがって、見せたいものがあるんだけど」

「ああ、いいよ」

それから数日は昼も夜もぎっしりふさがることになりそうだと十分承知していたのに、ヴァレンティンはこころよく返事をした。

外はぼたん雪が降っていた。食後にたっぷり飲んだ極上のワインと、とほうもなく幸せな気分に酔いしれた団員たちは、家路を急いだ。歩けば足もとがきしむような厳しい寒さともうじきおさらばできると思うとうれしかったが、これまで何度もヴァレンティンを疑ってきたことは、ちょっぴり恥ずかしくもあった。それにしても、「生粋《きっすい》のサマーニ家の人間として、この窮地を抜

け出す方法のひとつやふたつ、いつでも見つけてやるさ」というヴァレンティンの気休めを、みんなどれほど聞かされてきたことだろう。

その夜、メンバーの何人かは、親戚や友人に、あの昼食会こそわが人生最大の奇跡だと語ったようだ。けれどもまもなく彼らは、続いて起こった信じられないような出来事にくらべれば、あれはまだ序の口にすぎないと認めざるをえなかった。

6 老人だって、まだまだなんでも吸収できる

パーティーのあとは、冷水浴と温水浴をいっしょにしたような日々が続いた。団員の胸中には、ヴァレンティンから聞かされたオリエント行きのニュースにあおられて、熱い炎がめらめらと燃えあがっていた。そして外はますます寒くなっていたのである。

ピアは二日間、姿をみせなかった。ヴァレンティンはそれだけでもう、なれなれしくしすぎたから、自分を避けているのではないかと思った。三日目になってようやく、ピアの同僚から、彼女はインフルエンザにかかったのだと知らされた。ヴァレンティンはさっそく、回復を祈る短い手紙を書いた。そして、「君が恋しい。すぐにでも会って、いっしょに笑いたい」と書き添えた。この日、ヴァレンティンはちょうど六十歳三ヵ月と二十七日だった。はじめてのラブレターを書くのにこれほど時間を要したのかと、われながら不思議な思いにかられた。

ヴァレンティンはアラビアの冒険談を書いた本を手紙に添え、ぜんぶを大きな封筒に入れて、郵便配達人に渡した。

「切手はけっこうです」

どのみちピアの家に立ち寄る予定になっていた配達人は、にこっと笑った。この男からピアのことを——たとえば、だれかといっしょに暮らしているのか、とか——聞き出したいのはやまやまだった。けれどもヴァレンティンには、そんなぶしつけな質問をする度胸などまるでなかった。簡単にピアの家を訪ねられる配達人が妬《ねた》ましかった。

五日後、思いがけずピアがドアの前に立っていた。彼女は庭の扉のベルを鳴らすと、ヴァレンティンが出てくるのを待たずに玄関まで来たのだ。ためらいもなく自分を抱きしめてくれたピアに、ヴァレンティンは天にも昇る想いがした。ふたりはしっかり抱き合った。ヴァレンティンは胸の高鳴りを感じた。ところが体のほうは、まるでだれか他人のもののように、沈黙したままだった。彼はピアを家の中に招き入れた。ピアは手紙と本のお礼を言った。両方ともナイトテーブルに置いて、夜中に何度も手に取ってみたという。ピアはひとり暮らしだった。ヴァレンティンはほっと息をついた。

ヴァレンティンは次の日、封筒に色鉛筆でかわいい絵を描き、虹の七色を使って「ピアへ」と書いて彼女に手渡した。ピアは驚きの表情を浮かべた。

「これは、家に帰ってから開けてほしい。つまり、その、ラブレターみたいなもんだよ」

ヴァレンティンは冗談めかして言った。ピアは言われたとおり、屋根裏にある小さな部屋に戻ってから、はじめて封筒を開けた。

メッセージ・カードといっしょに有名なブティックのオーバーと手袋の引換券が入っているのを見て、ピアは目を疑った。カードには「私に幸運を届けてくれたピアへ。これからもよろしく。

君が大好きだ」とだけ書かれていた。

ピアは興奮のあまり、ほとんど眠れなかった。翌日、引換券を返しにヴァレンティンの家に行ったが、会うことができなかった。かわりに、二通目の手紙がピンでドアに留めてあるのを見つけた。「ピアへ」とあった。彼女は封を切り、ほほ笑みながら目を走らせた。「君はどのくらい、そこに、ぼんやり突っ立っているんだい？　そんなところにいると、凍《こご》えちゃうよ。まだ、オーバーを買ってないね。君は夕食の招待を受けてくれるだろうか？　日曜はどうかな？　二十時にイタリア料理店で。いいかい？　都合《つごう》が悪ければ、電話してほしい。電話がなければ、日曜ということで。だけど、ちゃんとオーバーを着て来るように！　ごきげんよう——千里眼《せんりがん》のヴァレンティンより」

ピアは町へ走って、オーバーと手袋を買った。引換券はまだたっぷり残っていたので、今度はヴァレンティンのためにウールの暖かそうなマフラーと上質の手袋を求めた。それに、大きな箱入りの、いちばん上等なマルチパン（注）も。

そうこうするうちにも、サマーニ・サーカスの冬の宿営地《しゅくえいち》では順調に仕事がはかどっていた。たった数日のうちに、団員は総勢七十一名にふくれあがった。キャンピングカーやトレーラー、コンテナ車、冷蔵車、トラックは工場で整備された。ロープ、バー、鎖は新調され、二台の大型発電機はオーバーホールされた。研磨、塗装、修理、交換といった作業が絶え間なく続いた。

（注）すりつぶしたアーモンド、砂糖、香料を加えて焼いた菓子。

まるで釘づけにでもしたように、温度計はマイナス六度をさしたままだった。ヴァレンティンはテントを受け取りに農場内の宿営地へ向かう前に、飼育係のカリムに電話をかけ、大きな動物舎の暖房用の灯油をケチらないようにと指示した。だがそれは、取り越し苦労だった。飼育係はもう前の晩から、暖房の目盛りを最大にセットしていた。動物たちのエサも、前よりずっとよくなっていた。ネコ科の猛獣たちには、大量の新鮮な肉が与えられた。シマウマ、ウマ、ヤギ、サル、ラクダは、生まれてはじめて、こんなにたくさんの良質なエサにありついた。世話をするカリムの顔も輝いていた。このところの寒さをひどく心配して、毎日、農場に姿をみせる獣医は、

「寒さには栄養がいちばん」

とカリムにアドバイスしていた。そこでカリムは高価なエサを、これでもか、これでもかと注文した。ところが驚いたことに、高額なナッツ類であろうが、外国産の穀類であろうが、あのしぶちんで鳴らしたアンゲラは、一度たりとも「ダメよ」とは言わなかった。おかげで動物たちは機《き》嫌《げん》がよく、輝くような色つやになった。新しい動物の調達も急ピッチで進められた。正規の手続きを経て動物業者から買うこともあれば、東ヨーロッパ経由のあまり合法的とはいえないルートを使うこともあった。解体の危機に瀕《ひん》した東欧の国営サーカスが、よく訓練された動物を西側の同業者に売りに出すことがあるのだ。そして最後の最後に、マルティンの夢もかなった。みごとな黒ヒョウを四頭、モスクワから手に入れたのである。威厳《いげん》があり、利発で、美しく、それでいて恐怖をいだかせる、まるで夜の闇《やみ》のようなヒョウだった。冬の宿営地は四六時中てんやわんやだというのに、マルティンは檻《おり》の前に何時間も座ったままヒョウたちに話しかけた。間近に迫っ

た船旅のことをくわしく説明してやり、童謡を歌って聞かせ、ダンスを披露《ひろう》し、ときには長い棒に肉を刺して格子《こうし》のあいだから差し入れてやるのだ。

新しいテントは、それはそれはみごとなものだった。カンバス地は濃いブルー。金色に輝く絹地の星が何百もちりばめられ、テントの中を夜空に変えた。ずっと思い描いてきたとおりのテントに、ヴァレンティンはわれを忘れて喜んだ。しかし例によって疑り深いマルティンは、万が一欠陥《けっかん》があっても、ドイツにいるうちならなんとかなるから、この農場で一度テントを張ってみようと言いだした。思わず歯がカチカチ音をたてるような寒さだというのに、団員たちはマルティンの監督のもと、持ち上げたり、引っぱったり、修正したり、固定したりして、またたく間にテントを張りあげた。そして汗をぬぐいながら、入念に造られた新品のテントを点検し、一同、大いに満足した。アメリカの暖かい地方向けに設計されたテントで、パタンと開く天窓からは、さわやかな空気がとり込めた。

これしきの作業では満足できないとでもいうように、サーカスの芸人たちは夜おそくまで出し物の稽古《けいこ》に励んだ。みんなの練習ぶりをながめていたヴァレンティンは、明け方になってようやく家路につくこともあった。

ある日、真夜中をかなり過ぎたころ。疲れはてたヴァレンティンが前日の残り物をあたためなおして食事にしよう思っていると、庭の扉の呼び鈴が鳴った。外をのぞくと、カリムがいた。なにかあったのかと、ヴァレンティンは玄関に急いだ。

「いったいどうした？　お入りよ」

乗ってきた車のライトを背に、痩せこけた幽霊みたいに立っている同僚に向かって、ヴァレンティンは声をかけた。カリムは薄手のコートをひらひらとなびかせ、寒さに震えていた。ところがカリムは家には入らず車のほうを向くと、かごを二つとり出して、その重さによろめきながら戻ってきた。

「なんだい、そりゃ?」

玄関のドアを後ろ手に閉めると、ヴァレンティンは聞いた。

「俺の出し物だよ」

カリムはしわがれ声で、うれしそうにこたえた。

「えっ、出し物だって?」

ヴァレンティンはびっくりした。

「この一年、俺は農場でイヌやネコやニワトリと遊んでるんだ。それで、ぜひ、いいものを見せようと思ってね。ほかのやつらにはまだ見せたくないんだけど」

とカリムは言った。ヴァレンティンは、カリムの口調に満々たる自信をみてとった。しかし、経験不足な芸人ほど、さも自信ありげに自分の芸を吹聴《ふいちょう》するものだということを、ヴァレンティンはよく知っていた。おまけに、彼はひどく疲れていた。

ヴァレンティンは腰をおろし、なにかとよく働いてくれる同僚に芸人ぶりを発揮するチャンスを与えてやることにした。もっともそれは、カリムの話を信じたからではなく、儀礼的な気持ちから出たことだった。

ヴァレンティンはペットにあまりよいイメージをいだいていなかった。人間に媚《こ》びるペットは、動物の本能を奪われて馬鹿になっていると、その夜まで思っていたのだ。ところがヴァレンティンは、ずうずうしいダックスフントと、どこにでもいそうなグレーの縞ネコと、わがままなオンドリの息もつかせぬ演技にびっくり仰天《ぎようてん》して、先入観《せんにゆうかん》を捨てることになった。寒さに震えていた小柄なカリムの身のこなしは、アスリートのように力強く、洗練されていた。ヴァレンティンが長いこと見てきたいろいろな調教法とは反対に、カリムは動物に命令するのではなく、彼のほうが動物につかえていた。どんな出し物でも、カリムは道具のひとつになるのだ。彼が机になり、輪になり、台座になり、滑り台になると、三匹の小さな動物たちはそこで最高に楽しい芸を披露した。

ヴァレンティンは笑いころげて拍手喝采《はくしゆかつさい》。われを忘れて何度も叫んだ。

「すごいぞ。こんなことって、あるかい？」

演技は三十分も続いたが、その千八百秒は一秒たりともヴァレンティンを退屈させなかった。カリムは最後にピョンと立ちあがると、イヌとネコとオンドリを従え、

「アンコール！」

と熱狂的に声をかけるたったひとりの観客に向かって、深々とおじぎをした。続いてカリムは体を前にかがめ、両手の平を床につけた。するとイヌがさっとカリムの背中に飛び乗ったかと思うと、その上にネコがすばやくよじ登って猫背になり、最後にオンドリがそこへ舞い降りた。そして、

「ブレーメンの音楽隊！」

というカリムの合図で、動物たちはワンワン、ニャオニャオ、コッコッコッと、耳をつんざくような声で鳴いたのである。カリムが発したロバの鳴き声も、驚くほど真に迫っていた。

「ブラボー、ブラボー！」

ヴァレンティンはカリムに両手をさしのべた。

「おまえも今日からこれで芸人の仲間入りだ。さあ、いっしょに食べていかないか？」

カリムはいつものように腹ぺこだった。

ヴァレンティンはその夜、なかなか寝つけなかった。衝撃は大きかった。利口な動物たちのおかげで、ペットに対する見方を変えざるをえなくなっただけではない。もっと驚いたのは、いつもは目立たない痩せこけたカリムが、メーキャップもせず、照明も音楽もない狭い台所で、まるでギリシャの神のように堂々として見えたことだった。別れぎわ、カリムはほほ笑んでいた。その目と歯の白い輝きは、客を迎えた家の中にぱっと灯《とも》った明かりのようだった。

ヴァレンティンにはもうひとつ、寝つけないわけがあった。ピアとの夕食の約束に、子供のように胸を踊らせていたのだ。彼女からは夜おそくなっても電話がなかった。ヴァレンティンはピアが食事に来てくれるだろうと確信した。

するとと心の中で、年とった声がした。

「おまえは、彼女の父親でもおかしくないんだぞ！」

ピアによく似た若い声が返した。

「過ぎ去った年月なんて、問題じゃない。私は今がだいじなの」

老人の声が冷たく言い放った。

「だがおまえ、どうするつもりなんだ。もうじきおまえも老け込む。どんどん爺さんになるんだぞ」

若い声がこたえた。

「将来なんか、興味ない。今がだいじなの」

ヴァレンティンは自分の中から聞こえてきた若い声を誇らしく思った。そして、自分の声とはいえ、老いた声を恥ずかしく思い、

「まるで保険の外交員みたいな言い草だ。愛に保険なんかかけられないさ」

と、つぶやいた。

あしたはたいへんなことになりそうだと思いながら、朝の三時ごろ、ヴァレンティンはなんとか束《つか》の間の眠りについた。そして、案の定、考えていたとおりになった。

7 ペパーミントのキスが旅立ち前の最後の日々を変えた

人間は生きているあいだ、夜ごと死の訓練をしているようなものだ。これほど無意味な訓練はない。それにくらべて、生きる訓練は、あまりにも少ない！　ヴァレンティンは小説帳と名づけたノートにこう記すと、コーヒーの最後のひと口を飲みほした。四十年以上もなかった、女性との初デートの日だ。愛の果実が熟し、頭上に落ちてはじけるのを待つのではなく、自分のほうから摘みとりにいこうと、ヴァレンティンは心に決めた。

イタリア料理店へ向かう途中、ヴァレンティンが道の反対側へ渡ろうとすると、ピアが駆け寄ってきた。彼女はがらりと変わっていた。髪を短く切り、赤く染めている。それが前よりもっと若く、いっそう快活な印象を与えた。反対にコートは、彼女をエレガントによそおわせ、少し老けて見せていた。ピアはにっこりしてヴァレンティンを抱きしめ、はじめて唇にキスをした。そして「ありがとう」とささやくと、またキスを重ねた。ピアの唇はペパーミントの味がした。

「やれやれ。君の顔を見ていると、俺も老けたなあって、愕然《がくぜん》とするよ」

ヴァレンティンはばつの悪さを隠すように、わざと大げさに嘆いてみせた。

「あの手紙が届いてから、あなたは二つ三つ若返ったような気がするわ。ねえ、架空の話なんだけど、聞かせてちょうだい。あなたは、どう思うかしら？」

ヴァレンティンにレストランのドアを開けてもらいながら、ピアが言った。

「私ね、むかし、ある中年女性に夢中になった青年の、ちょっとおかしな物語を読んだことがあるの。女性のほうも、青年が夢にも思わないほど、激しく彼を愛していたわ」

アントニオがヴァレンティンにあいさつをして、隅の静かな席をすすめているあいだだけピアは話を中断したが、すぐにまた先を続けた。

「そしてふたりが会うたびに、青年はひとつ年をとり、女性はひとつ若くなるのよ。やがて彼が彼女を追い越し、彼はますます分別《ふんべつ》がついて臆病《おくびょう》になるんだけれど、彼女はどんどん大胆になって、彼にのめり込んでいったわ。そしてとうとうふたりは、相手を見失ってしまう。彼女は若くなりすぎ、彼は年をとりすぎたのよ」

アントニオがメニューを渡しにふたりのテーブルまできたので、ピアは口をつぐんだ。

「なかなかスリリングな、すてきな物語じゃないか。俺たちも、やってみようか？」

ヴァレンティンが聞いた。心の中では「君を愛してるよ」と言ったつもりだった。

「ええ、喜んで。でもね、あなたがものすごく大胆になって私を追い越しそうになったら、私の言うことを聞かなくちゃだめよ。逆に私がものすごく臆病になって、あなたを追い越しそうになったら、言ってちょうだい。おばあさん、用心深いのはもうたくさんだよって。いい？」

「よし、わかった」

ヴァレンティンは応じた。

料理はうまかったし、ワインもすばらしかった。けれどもピアはのぼせてしまって、味もなにもわからなかった。おしゃべりに夢中になり、ほとんど口にしなかった。

ふたりはレストランを出て、長いあいだ散歩をした。ヴァレンティンがピアの手を探ると、彼女は彼に抱きついて、激しく引き寄せた。ヴァレンティンはあやうくバランスを失うところだった。彼のなかでなにかが、深い冬の眠りから目覚めた。たがいに体をあずけ合いながら、ピアは彼のところで夜をすごそうと決めた。

そして、そのとおりになった。ヴァレンティンはこの夜、一歳どころかもっと若返ったような気がした。気分が高揚して、自分の夢を残らずピアに話して聞かせた。そのあい間には、短い物語をたくさん書きためたノートを取りに、裸のままベッドを抜け出して台所へ走った。ピアはヴァレンティンのそんな興奮ぶりが楽しくてたまらず、朝の七時には家を出なければならないことは承知のうえで、深夜三時まで彼の話に耳をかたむけた。ふたりが疲れはててようやく眠りについたとき、ヴァレンティンの顔には幸せそうな笑みが浮かんでいた。

その日からピアは、ヴァレンティンに届ける郵便物があろうとなかろうと、毎朝十時ごろになると彼の家を訪れた。そうしてふたりは、いっしょに朝食をとった。ヴァレンティンはしょっちゅうピアに触れようとした。彼女は華奢《きゃしゃ》な手でそれに応えた。するとたちまちヴァレンティンは、ツバメにでもなって軽やかに地上を舞っているような気分になるのだった。

一日一日が猛スピードで去ってゆくように感じたピアは、大切な時間をもう一刻も無駄にすまいと思った。彼女は仕事が終わるとまっすぐヴァレンティンのところへ来て、そのまま泊まっていった。ピアはこれまでに覚えがないほど、彼を愛していた。なにかの理由で旅立ちの日が先に延びればと、どれだけ願ったかしれない。けれどもある晩、ヴァレンティンが言った。

「あしたは、出発だ」

彼のうきうきした様子が、ピアは悲しかった。夜もふけて、ヴァレンティンはようやく「愛しているよ」と言った。そして、死んだ女房のことは胸にしまって、この心臓の鼓動のように一瞬一瞬、君を愛してゆくつもりだが、それは罪つくりだろうかとたずねた。ピアは彼の愛をたしかめると気持ちがゆるみ、目前に迫った別れがいっそう悲しかった。涙が頰《ほほ》を伝った。

「元気で帰ってきてね！」

ピアはこう言うと、ヴァレンティンの腕に抱かれて子供のように眠った。

翌朝、長い車列の先頭にたってハンドルを握り南へ出発するヴァレンティンに、ピアは同じことばをくり返した。その日、彼女は郵便局を休み、六時にはもう、ヴァレンティンと車で冬の宿《しゅ》営地《くえいち》に向かった。身を切るように冷たい風が吹き抜けていた。ヴァレンティンは何度もピアを見つめた。彼女はとても美しく、若かった。一瞬、自分は彼女の父親でもおかしくないという想いが、ヴァレンティンの脳裏《のうり》をかすめた。だが、それがどうしたというんだ。愛する心に、理屈など不要だ。もう何日も前から、俺の心は一時間ごとにピアを求めて叫んでいる。だれも止められやしない。そんな俺のエネルギーを、ピアもほめてくれてたんじゃなかったか。年齢差を縮めるなんて、しょせんは夢物語だったのだろうか。それとも、ほんとうに愛の魔術がはたらいたのだろうか。実際、ヴァレンティンは自分が刻一刻と若くなっていくような気がしていた。

ヴァレンティンはピアがくれた大きな封筒に目をやった。その中には、彼女が毎日ヴァレンティンに宛《あ》てて書きながら、投函《とうかん》しなかった手紙が詰まっているということだった。

ヴァレンティンはピアの唇にキスをした。

「元気でいるんだよ。帰ってきたら、君に結婚を申し込もう！」

ヴァレンティンは笑いながら言った。しかし心の中では、今までこれほど真剣になったことは一度もないと思っていた。

とうとう、サーカスのメンバー全員が顔をそろえた。彼らは友人や親類に囲まれて、最後のコーヒーを飲んでいた。

「さあて、時間だ。成功を祈ろう。だいじょうぶ。きっとうまくいく！」

ついにヴァレンティンが大声で号令をかけた。団員たちはにこやかにヴァレンティンの前を進みながら、手と手を打ち合わせ、乗用車やキャンピングカー、トラック、コンテナ・トレーラー、工作用車両に飛び乗った。親類や友人、それに出入り業者や隣人たちは、冬の宿営地の大きな門の前で手を振った。跡地はサーカスが帰って来るまで、近所の人が管理することになっていた。ピアも涙を流しながら、手を振った。ヴァレンティンは彼女がプレゼントしてくれたブルーのハンカチをとり出し、力のかぎり振り続けた。クラクションを鳴らして、車列は出発した。

最後尾の車の姿が見えなくなったとき、ピアは遠いオリエントがサーカスをのみ込んでしまう怪物のように思えた。

8　大波は思わぬ結果を招く

サーカスの一行はバイエルン、オーストリア、イタリアを通って、またたく間にトリエステに着いた。みんなはずいぶん探しまわった末に、ようやく、自分たちをオリエントまで運ぶことになっている船を見つけた。まるでスクラップの山のような、ぼろ船だった。

ヴィクトリア号はかつて貨客船だったが、それもずっとむかしのことに違いない。ヴァレンティンが速達で受け取った写真とパンフレットは、きっと船がまだできたてほやほやの、六十年代のものだったのだ。そのとき、団員たちの目の前に、すりきれた制服を着た小柄な船長があらわれた。彼は子供のような無邪気さでご自慢のお宝を指さすと、こう言った。

「これが俺たちのヴィクトリア。ええっと、ドイツ語でいえば、大海原、そう大海原を征服したやつだ」

「そりゃあ、バスタブの大海原だったに違いない」

ヴァレンティンはちくりと嫌味《いやみ》を言った。

「俺の婆さんだって、若いころは、百キロもある粉袋をかついだんだとさ。年とったら、もう足腰も立たなかったけどな！」

ナイフ投げのヤンが加勢した。ところが船長のルチアーノ・マッサーリは聞こえないふりをして、にこにこ笑いながら、癖のあるドイツ語でこう言った。

「場所はたっぷりある。動物にも、人間さまにもな。ヴィクトリアの腹ん中にはサーカスが二つも入るんだ」

ヴァレンティンはほかの船を探そうと思った。荷物の積み込みを先へ延ばし、なんとかして、おしゃべりな船長の気をもたせておくようにと団員たちに言い残して、船会社から船会社へと駆けずりまわったが、いっこうに埒《らち》があかなかった。ある会社では、大きな貨物船、それもオリエントには行かない船しかないと言われた。べつの会社では、オリエントの海はぶっそうだから保険料が高いと、目の玉の飛び出るような金額をふっかけられた。さらにべつのところでは、それにくらべたら**ヴィクトリア**号が豪華船に見えるような、スクラップ同然の船なら出せるということだった。それではしかたがないと、ヴァレンティンは不安をいだきながらも、あのぼろ船で行くことに決めた。驚いたことに、マッサーリ船長は秘密のルートを通じて、ヴァレンティンがどの船会社とかけ合ったか、すでに聞きおよんでいた。ドイツ語の話せる船長がそれについてひと言も悪く言わなかったのは奇妙だが、さすがにそれからというもの、彼の声は明らかに勝利の調子をおびた。ふた言目には「俺のヴィクトリアは」と言って、船長はあからさまに船を自慢した。

乗組員はイタリア人、オーストリア人、ドイツ人、それに船上でいちばん嫌われる汚れ仕事を受け持つ北アフリカのアラビア人たちだった。乗組員もサーカス団員もまだ相手方の同郷人の名前さえよく知らないというのに、モロッコ出身の小道具係たちはさっとアラビア人船員のそばへ行くと、笑顔で子供の写真を見せ、煙草やチョコレート、そして情報を交換した。

ドイツ人の航海士があるモロッコ人を「内股野郎《うちまた》」と呼んだが、どうやら本人には聞こえなかったらしい。しかしサーカスの小道具係のひとり、ファリスには聞こえたとみえて、小声で「豚喰らいめ！」と毒づいた。

サーカスの荷物が積み込まれた。なにもかも、ヴァレンティンが考えていた以上にうまくいった。コンテナもトラックもキャンピングカーも、船の頑丈《がんじょう》なクレーンに吊り上げられ、きちんと固定された。マルティンとカリムは船員やサーカスのスタッフにまじって船倉に立ち、どの檻《おり》とどの檻を並べ、どれとどれを離すか、こと細かに指示した。動物たちは顔なじみが隣にいると安心するし、いつもと変わらぬ環境が見知らぬ土地への恐怖をやわらげるのだ。ヴァレンティンはブリッジに立ち、船長や航海士のベルンハルト、髭を生やした客室係のルートヴィヒといっしょに、クレーンの作業を見守った。クレーンを動かしていたのは、腕はとびきりいいが、目つきの暗いシチリア人だった。

サーカスは二つの船倉にすっぽり入った。三つ目の船倉はエサや貯水タンク、テント、小道具を入れても、まだ余裕があった。「**ヴィクトリア**の腹ん中にはサーカスが二つ入る」という船長の話に誇張《こちょう》はなかったのだ。

キャビンとベッドはくたびれていたが、眠るだけなら、まだ十分に使えた。ベッドにはぴんとアイロンをかけた清潔なカバーがかけられ、その上に小さな石けんが置かれていた。団長のヴァレンティンにあてがわれたキャビンは、ちょっぴり豪華だった。中央の小さなテーブルには、新鮮なくだものを盛ったコンポートが置かれていた。

陸上での生活や係累《けいるい》を忘れさせ、待ち受ける危険を脳裏《のうり》から払拭《ふっしょく》するために、海は出航直前に船乗りの気持ちをおかしくするといわれている。船は十三時出航の予定だった。しかし十二時にはもう全員が乗船していた。ご多分にもれず、出発間ぎわの船は狂乱状態につつまれた。だれもが狂ったように走りまわり、怒鳴《どな》り合い、どちらを見てもドジばかり。最後の最後まで未解決の問題が山積しているというのに、船長のルチアーノ・マッサーリはブリッジに陣取り、右往左往する乗組員たちのあわただしい動きを平然と眺めていた。とも綱を解き、錨《いかり》をあげて、タグボートが**ヴィクトリア**を岸壁からゆっくり引き離すと、ようやく船内に静けさが戻った。

天気はまずまずという予報だった。トリエステには太陽がさんさんとふりそそぎ、青い空が彼方《かなた》の水平線で海の青さと溶け合うあたりまで、ずっと見晴らせた。ヴァレンティンはこれを最後にと後ろを振り返った。家も、道路も、樹も、どんどん小さくなってゆくのに、その輪郭はぎらぎら輝く太陽の光を受けて、ますますくっきりと鮮やかに際立《きわだ》つのだった。船が沖へ向かうにつれて、ミラマルの白い城がそのみごとな姿をあらわした。ヴァレンティンはこの城が大好きだった。フリアウルで客演《きゃくえん》するたびに、城のテラスから海のはるかな眺めを楽しもうと、わざわざそこを訪れた。ミラマル——なんて美しい名前だろう。そしてこの城を建てた人物の、なんと悲惨な運命。ここにとどまればよかったのに！　マクシミリアンという名のその男は、オーストリア大公であり、皇帝フランツ・ヨーゼフの弟だった。ヴァレンティンは手すりにもたれながら、「マクシミリアンは大馬鹿者だ」と思った。なんだってまた、このすばらしい景色を捨ててまで、メキシコの皇帝になろうとしたんだろう。おまけに、向こうに着くか着かぬかで、軍事法廷から死刑を言いわたされるとは。兵士たちの放つ銃弾の雨に倒れた瞬間、きっとマクシミリアンはこの楽園に想いを馳《は》せて「ミラマル」と叫んだことだろう。ヴァレンティンは痛ましい想念を払いのけるように、頭を振った。潮の匂いがする空気を胸いっぱい吸い込むと、気持ちがすっと軽くなり、ここ数年の苦悩も吹き飛ぶような気がした。春先の小さな雲が、まばらに、ゆったりと青空を流れてゆく。ヴァレンティンは目をとじた。生きていることがうれしかった。

デッキを散歩すると、車座になったアラビア人が小さなガスコンロでペパーミント茶を沸かしているのが見えた。香りが遠くまで漂っている。ヴァレンティンはそれがとびきり甘い飲み物だと知っているので、飲みたいとは思わなかった。船乗りたちはひとつのポットからお茶を順ぐりにまわし飲みしてはカード遊びに興じ、静かな水面《みなも》に向かって、心の悩みを歌い合った。ヴァレンティンには、恋人を意味する「ハビビ」、神を意味する「アッラー」、そしてあいさつまたは平和を意味する「サラーム」という単語しかわからなかった。ヴァレンティンのアラビア語はその程度のものだった。

チロル出身の船員がネコのように音もたてず、そっとアラビア人のまわりをうろつきながら、カード遊びを眺めていた。ヴァレンティンは、この男が無類《むるい》のカード好きであることを見破った。男はゲームを二、三巡見ているうちに、ここで盛り上がっているゲームがどんな種類のものか見抜いた。そして口をはさむと、みんなにアドバイスやヒントを与えてまわったが、もともとゲームそのものに興味があったので、だれにもわけ隔てなく公平に教えてやった。この血色の悪い船員はエドゥアルトといって、船長に多額の借金があるうえに、彼を憎んでいた。船長はエドゥアルトがカードに触れることはおろか、その色や数を言い当てることさえ禁じていたからだ。エドゥアルトのカード好きは、もう病気だった。カードを見ると、ワインのビンを前にしたアル中患者のように、体じゅうが小刻みに震えてくるのだ。たまたま通りかかった船員が、船長の目がそこらじゅうに光っているぞと注意すると、エドゥアルトは

「糞《くそ》くらえってんだ！」

と毒づいた。

三十分ほどすると、ヴァレンティンはこめかみにチクリと痛みを感じた。それは天気が急激に変化するたびに襲ってくる痛みだった。同じころ、船倉にいる動物たちも不穏《ふおん》な気配《けはい》におびえていた。ところが船長は、ヴァレンティンの心配を笑い飛ばすだけだった。ブリッジの計器類も、衛星を通じて数分おきに入ってくる気象予報も、はっきりと好天を告げているというのだ。船長はヴァレンティンが航海に慣れていないから、そんなことを言うのだと笑い、

「嵐がくるって？　それがどうした。ヴィクトリアは、七つの海がかかってきたって、屁《へ》とも思わん」

と、めずらしく完璧なドイツ語で言いきった。

いつも何日か前から天候の急変を察知《さっち》しているヴァレンティンは、頭が混乱してしまった。も

しかすると船酔いの一種かもしれないと考えた。ともあれ団員たちは上機嫌《じょうきげん》で、みんながカリムを手伝って、船上での唯一の作業をした。動物たちの世話をして、エサをやり、気分を落ちつかせたのである。

午後おそく、船長はブリッジの下にある自分のキャビンにヴァレンティンを招いた。明るい大きな部屋だ。世界中の国から集めてきた真珠の母貝や大理石や真鍮《しんちゅう》や木でできたガラクタがところ狭しと詰まり、足の踏み場もなかった。船長は東洋的な感じがするブロンズ製の女性像を何体か手で押しやって、大型の木製チェストの上に客の席をこしらえた。ヴァレンティンは用心深く腰をおろした。部屋の隅から隅へとさすらっていたヴァレンティンの視線は、まだ一度も延べられたことのなさそうな、巻いたままの絨毯《じゅうたん》のところで止まった。

「ペルシア製の、ほんものさ」

マッサーリ船長が説明した。どこを見わたしても、一冊の本もなかった。

月並みで儀礼的な会話が続いた。けれどもヴァレンティンはぴんときた。この老練《ろうれん》な船長はとても孤独なのだ。女性や愛の話になるたびに船長は話題をそらし、極東の港町のナイトクラブで遊んだ話にすり変えた。突然、船長が言った。

「そうだ、いい考えがある」

少し気を悪くしているようにも聞こえた。

「ルートヴィヒをつけて、船の中を案内させよう」

船長はこう言い残すと、急いで出て行った。ヴァレンティンは最後に、船長のベッドの上でゆらゆら揺れている空っぽの額縁に目をやった。それは縁《ふち》どられた孤独であり、世界中のどんな彫刻よりも表情ゆたかだった。

小柄で髭《ひげ》をたくわえた客室係のルートヴィヒは、オーストリア出身の若い船員といっしょに食堂や客室のサービスを担当していた。キール近くの小さな村の出身だが、ヴァレンティンは彼の疑り深そうな目つきから、二十年前に自分のサーカスを船でチリに運んだ、頑固なギリシャ人のヤニスを思い出していた。ヤニスは生れてこのかた、二本足で歩く生きものすべてに不信感をいだいていた。自分自身さえ信じていなかったのだ。若いうちから心にかんぬきをかけ、けして開けようとしなかった。ルートヴィヒにも少し通じるところがあった。ルートヴィヒの場合は心の傷が原因で、見知らぬ人間を前にすると、たちまち古いカサブタがうずくのだ。キールで幸せな教員生活を送っていたルートヴィヒは——本人が言うには、隣人愛から手を染めた——ささいな盗品売買で職を去った。続いて結婚生活が破綻《はたん》。そして友人たちからも見放された。だがあるときルートヴィヒは、他人を自分の不信のX線で透視してみて、なんの危険もないことに気づいた。そして、常《つね》に少しだけ安全距離を保ちながら心を開いていった。同じ人間不信でも、生まれついてのものと、後天的なものとでは違うのだ。

実際にルートヴィヒは、ヴァレンティンにまったく恐れをいだかなかった。彼はヴァレンティンを連れて船内をくまなく案内してまわり、**ヴィクトリア**が十年ほど前の改造でどう変わったか、くわしく説明してくれた。ヴァレンティンが熱心に聞くと、ルートヴィヒの話にもますます熱が入った。ディーゼルの臭いがする騒々しい機関室を出ると、彼のおしゃべりはもうとどまるところを知らなかった。

「おかしいかなあ?」

ルートヴィヒがたずねた。

「海のど真ん中でエンジンのいやな臭いをかいでいると、俺は無性《むしょう》に逃げ出したくなるんだ。三人の子供たちが恋しくて、喉《のど》もとを締めつけられるような気がする。ところが、家に帰ったとたん、また船に戻りたくなってしまう。前の女房は優しいやつで、その数日間は、俺を子供たちのところに泊めてくれるんだ。自分の男友だちをどこかに行かせてね。子供たちは俺になんでも話してくれるよ。おかげで俺は、迷路のような陸の生活に迷わないための糸口をとり戻すのさ。逆に子供たちは、いつだって、海での新しい体験や手に汗にぎる冒険談を聞きたがっている。でも、荷物を積んでトリエステとヴェネチアとアンコナのあいだをぐるぐるまわったり、イタリア側のアンコナやバリとユーゴスラヴィア側のスプリトやドゥブロフニクのあいだを往復しているうちに、すぐに何ヵ月も、いや、何年もたってしまう。だから俺は子供たちに話すときには、ドゥブロフニクはダルエス・サラームに、スプリトはブエノス・アイレスに変えてやるんだ。実際にトリエステとダルエス・サラームやブエノス・アイレスを結ぶ危険きわまりない航海では、何度もあぶない目にあったし、風や嵐と闘ってきた。子供たちは目を輝かせて話を聞いている。女房はにこにこしながら、そばに座っているよ。彼女は出港前になるときまって、もう一度やりなおすつもりはないかと聞いてくる。そのたびに俺は束《つか》の間の幸せに心動かされて、目に涙がこみあげてくる。だけど、どうにも抑《おさ》えられない想いが、女房や子供や暖炉にそそがれていた俺の視線を、窓の向こうに広がる海へと駆《か》りたてるんだ。俺は黙ったまま、こたえない。そして、家を出る」

「船長のことなんだが」

ヴァレンティンがたずねた。

「奥さんや子供はいるのかい？」

「いや」

ルートヴィヒは少し言いよどんでから、続けた。

「船長は、このヴィクトリアと結婚しているのさ」

どうだ、含蓄《がんちく》の深い言いまわしだろうとばかり、ルートヴィヒの目は得意げに輝いていた。

「もしも船をおりるようなことがあれば、引退したその日に、悲嘆のあまり死んでしまうだろうな」

そのあと食堂に会しての夕食は、ヴァレンティンを大いに楽しませた。船員やサーカス団員の騒々しいおしゃべりは、さまざまな国や地方のことばが飛びかい、まるでバベルの塔のようだった。ヴァレンティンはこのときはじめて、ルチアーノ・マッサーリも小柄で華奢《きゃしゃ》なことに気づいた。そういえば、これまで旅行中に知り合った立派な船長たちは、みんなそうだった。

食後にブリッジへ上がってみると、外はもう暗かった。ヴァレンティンは左のこめかみにまた痛みを覚え、目の前がチカチカしはじめた。きっと嵐がくると船長に話したが、彼は笑うばかりで、無線室に行ってしまった。

ヴァレンティンは海を見つめた。海上をつつむ、やけに黒々とした闇《やみ》が気になった。夜は、真っ黒い不透明な天幕のようだった。そこへ船長が戻ってきて、表情ひとつ変えぬまま航海士にイタリア語で指示を出すと、急いで海図室に入って行った。ヴァレンティンにはひと言もわからなかったが、予感が当たったと確信した。団員たちのことが気になって外へ出ると、急いでこちらにやってくる船員たちと階段の途中ではち合わせになった。彼らは船のあちこちに、嵐に対する備えをしに行くところだった。船長はとうとう天候の急変を知ったのだ。外は凍《こご》えそうな寒さだった。一時間のうちに気温が十五度以上も下がっていた。

けれどもサーカスの団員たちは、まだそんなこととは露ほども知らなかった。何人かは食事のあとも大食堂に残っていた。アクロバットのほかにパントマイムもこなすマックスとモーリッツの双子の兄弟はギターをつま弾き、ラウンジでは何人かが一九三〇年代のホラー映画を観ながら、巨大アリのいかにも原始的な特撮《とくさつ》に笑いころげていた。モロッコ人たちはカードに興じていたし、とっくにベッドに入った者もいた。

ヴァレンティンは足早に団員たちのあいだをまわって、嵐が近づいていると伝えた。

「いよいよね。わくわくするわ」

美人のアニタのひと言につられて、みんなが大笑いした。これで、団員たちは一度も荒れ狂う海を航海した経験がないことがわかった。ついでにいえば、これ以後アニタは嵐にわくわくするなどという口をけしてきかなくなった。

あわや溺死《できし》かという思いを二回も味わっているヴァレンティンは、つくり笑いをしてその場を立ち去った。もう一度、動物の様子を見ておきたいと思ったのだ。階段を下りて船倉に入ると、動物たちはひどく落ちつきがなかった。トラも、ライオンも、興奮して檻の中をせかせかと往き来している。そうかと思うと、人間には感じられない兆候《ちょうこう》でも嗅ぎつけたのか、不意にぴたりと立ち止まるのだった。

並んだ檻のあいだを歩きまわり動物たちに話しかけていたヴァレンティンは、いちばん奥まった隅の薄暗がりでカリムにぶつかって、びっくりした。カリムはあのペットたちに小声で言い含めていたのだ。ところがニワトリも、ネコも、イヌも、がらりと様相が変わっていて、もうカリムのことなど眼中にないようだった。ニワトリは死にもの狂いで羽根をばたつかせ、ネコは竹で編んだ小さなバスケットの扉をかきむしる。イヌはクーンクーンと痛ましいほど哀れな声をたてていた。

ヴァレンティンは、刻一刻と海が荒れてくるのを感じた。動物たちは悲痛な声をあげはじめた。次々に嘔吐《おうと》するかと思えば、目をまわし、口から泡をふいてよろめく動物もいた。檻はギシギシ、ガタガタきしんでいた。一瞬、ヴァレンティンは、このままだと倒壊《とうかい》するかもしれないと思った。しっかり固定されていたはずの自動車やトラックも、右に左に激しく揺れだした。カリムは真一文字に口をとざし、まさにこの海のように荒れ狂う苦い胃液と必死に闘っている。ヴァレンティンは彼を助け起こした。

どうにかカリムを階段の上に連れ出したヴァレンティンは、叩きつけるように船の上を越えてゆくすさまじい波浪にことばを失った。ふだん地中海の穏やかな気候に甘やかされている船乗りたちは、なすすべもなくデッキの上をよろめいていた。真っ黒い雲は、手を伸ばせば届くほど低く垂れこめている。ヴァレンティンはカリムを彼のキャビンへ押し込むと、やっとのことでブリッジに上がった。浮き足だった乗組員をよそに、ルチアーノ・マッサーリ船長は冷静沈着《れいせいちんちゃく》に指示を出している。ヴァレンティンはたちまち救われる思いがした。

「ひどい嵐になっちまったな」

船長は言った。まるで嵐の言い訳でもするような、沈痛な声だった。

ブリッジからは、船に向かって叩きつけ、泡だちながら船首を越えてゆくすさまじい高波が見えた。海は猛《たけ》り狂い、船は嵐の呼吸に合わせてローリングのダンスを踊った。

船のブリッジほど海の猛威をまざまざと思い知らされる場所はない。人間や動物たちのせつない叫び声が聞こえてくる。その声に、逆巻《さかま》く海の鞭《むち》打つようなとどろきと、エンジンの轟音《ごうおん》が混じり合い、世にも奇妙な響きを奏でていた。それでも、船長はすべてを掌握《しょうあく》しているように見えた。操舵手や航海士は、船長の落ちつきはらった態度に、海を知りつくした男の姿を見た。

ヴァレンティンはブリッジを出ると、一瞬、両足を踏んばってデッキに立った。凍《い》てつく風に、顔がひりひりした。不意に得体《えたい》の知れぬ力が身内にふつふつとこみあげてきたかと思うと、荒々しい憤怒《ふんぬ》の叫びとなって口を突いた。

「ナビル、待ってろよ！」

ヴァレンティンは吹きすさぶ嵐に向かって叫んだ。このひと声で、不安は消し飛んだ。ヴァレンティンは動物たちを引き連れたノアだった。自分の女房と同じ名前のこの方舟《はこぶね》は、荒天に打ち勝つだろうと思った。

ヴァレンティン・サマーニはこれまでに何度も――拍手喝采《はくしゅかっさい》が鳴りやまぬときや、ナイアガラの滝の横断に成功したときに――高揚した気分を味わったが、これほど圧倒的な瞬間を体験したことはなかった。

動物たちのいる船倉へ下りたヴァレンティンは、そこで団員たちに出会った。酔っぱらったマルティンがいちばんしっかりしているように見えるのは、なんともおかしかった。

「アルコールの酔いが、揺れを打ち消すのさ」

ロベルト爺さんが哲学的な講釈《こうしゃく》をした。みんながどっと笑った。この危機にピッポなしではいられないとでもいうように、エヴァは嵐が吹きはじめてからずっと彼のそばを離れなかった。ふたりが何年も前から愛し合っていることは、サーカスのだれもが知っていた。マルティンもとっくのむかしに気づいていたはずだ。けれども今まで、ピッポとエヴァがその熱愛ぶりをこれほどあからさまに見せたことはなかった。みんな神経を張りつめ、それぞれに不安をまぎらわそうとしていた。ヴァレンティンは、あの船長ならばこれしきの荒海は乗り切れるだろうと、団員たちを安心させた。

「俺たちは陸に慣れきってしまった。今日の海は少々きついかもしれないが、船乗りにとっちゃあ、中の下ってとこだな」

嵐は朝の三時まで続き、急に静かになった。夜どおし起きていて疲れはてた動物たちは、すぐに眠りに落ちた。乗組員もベッドに引きあげた。だがヴァレンティンは寝つけなかった。もう一度、船長のところに上がっていくと、二、三時間の仮眠をとるためにキャビンに引っ込んだと聞かされた。ヴァレンティンが訪ねてみると、黒檀《こくたん》や大理石でできたほこりまみれの人形に埋もれたベッドに、船長は横たわっていた。

「悪い報《しら》せだ」

船長はこう言って目をとじた。

「もうじき、次の嵐がくる」

ヴァレンティンはそっと船長のキャビンを出ると、ドアを閉めた。

外はまだ暗かった。前甲板でチロル出身の船員に会った。船長がベッドに入ったと聞くと、彼はにたりと笑った。

「船長は眠りはしないよ」

と言うのだ。

「船長は悪魔と手を組んでいる。俺は知ってるんだ。俺がここから逃げ出したいと思っても、それはできない相談だ。何度やってみても、悪魔に連れ戻される。船長は悪魔に魂を売り渡し、悪魔は船長のために働くんだ。船長が目をとじると、抜け出した魂があちこちまわって、鉄板を一枚一枚、リベットを一本一本、発電機を一台一台、点検するのさ。隅から隅まで調べ終えると、悪魔の手で船首から舵まで、そして煙突から船底まで、具合の悪いところをなおしてまわる。しまいには、彼の魂は船そのものになっちまうんだ。俺の言うことが信じられなければ、船長が寝ているところを観察してみるといい。俺は一度やってみた。開けっ放しになったドアの前にしゃがんで、じっと船長を見ていたんだ。そのあいだに、航海士と機関士はひそかに速度を二、三ノット上げようとした。けれども、ほんの少し船が振動しただけで終わってしまった。十秒と続かなかったんじゃないかな。振動が止むか止まぬかのうちに、俺は、目に見えない悪魔の手が船長の耳を引っぱっているところを見たんだ。そう、たしかに見たんだよ。船長の耳が頭ごと上のほうに引っぱられていくのをね。悪魔の船長は眠ったまま立ちあがると、服に着替えた。それから悪魔の手を払いのけ、大声で『ありがとうよ、ディアボロ《悪魔よ》！』と言ったんだ。それで一件落着さ。臆病者《おくびょうもの》の航海士と機関士は、船が振動しはじめるとすぐエンジンを絞ったけれど、あとでこっぴどくやられていたよ。

船長は悪魔と手を組んでるって言ったよな。この錆《さび》ついた船は、船長が兄のマルチェロから引き継いで以来、一度も修理をしないで走ってるんだ。今じゃ機関士はぶくぶく太って、グズになっちまった。だって、なにひとつやることがないんだからな。半分の給料をもらって、エンジニアとしてではなく、通路を掃除したり、電球を交換したり、ベッドやラジオやドアを修理して働いている。だけど悪魔の船長の虜《とりこ》になった以上、そうするしかないんだ。俺は、俺は、できれば……」

チロルの男はことばをのみ込むと、不安そうにあたりを見まわし、走り去った。

それからヴァレンティンはせいぜい二時間も眠っただろうか。目を覚ますと、夜が明けるところだった。船は穏やかな灰色の鏡の上を滑るように進んでいた。太陽は見えないが、空は明るくなっていた。ヴァレンティンは、またしても自分がノアのような気がした。

若い船員二人が、救命ボートを洗い、油をさし、ボートを海面に下ろす釣り柱《ダヴィッド》を点検していた。

一艘のボートにだれかが横たわっていた。布にくるまって、カンバス地の寝袋にもぐり込んでいるのだ。

「あれは、だれだ？」

ヴァレンティンはぐるぐる巻きにされた梱包《こんぽう》のようなものを指さした。

「タハルさ、モロッコ人だよ」

レーゲンスブルク出身の若い船員が言った。

「あいつは海に出て十年になるけれど、この間ずっと、毎晩、救命ボートの中で寝てるんだ。船長はもう何百回、禁止したかわからないが、まるっきり効果なしさ。嵐が吹こうが、雹《ひょう》が降ろうが、あそこで夜を明かすんだ。タハルは不安なんだよ。寝ているうちに船が沈むんじゃないかって。近ごろじゃ、マッサーリ船長も大目に見てやっている。それ以外の点じゃあ、タハルは有能なやつだからさ。これだけが、あいつの欠点なんだ」

若者はこう言って笑った。

後部甲板の手すりにもたれて、客室係のルートヴィヒが立っているのが遠くに見えた。ルートヴィヒは両手で頭をかかえていた。ヴァレンティンは彼のそばへ行こうと思ったが、よく考えた末に、ひとりにしておいてやることにした。

船長の言ったことはほんとうだった。船員もサーカスの団員もまだ昨夜の疲れがとれないうちに、海は次の嵐にみまわれた。空もふたたび暗くなった。これほど激しい暴風は、地中海では七十年ぶりのことである。嵐に襲われたトリエステではたくさんの建物が倒壊して、大型の貨物船が二隻沈没した。荒天を避けて港に避難していた十隻あまりのヨットは木端《こっぱ》微塵《みじん》になった。けれども老朽船の**ヴィクトリア**号は、まるで目に見えぬ手に護《まも》られているかのように無傷だった。その手が、いつまでも自分を記憶にとどめさせたいと思ったのだろうか、六日間というもの、午後も早くから夜明けまで、船員たちは風や波との格闘を強いられた。船も乗組員も、すでに力の限界にきていた。

　ヴァレンティンだけは例外だった。彼はもう疲れも忘れ、左肩や背中の痛みもまるで感じなくなっていた。七日目、ヴァレンティンは元気潑剌《はつらつ》、はればれとした顔で左舷の手すりに立ち、嵐が最後のブラシをきれいにかけ終えた空をじっと眺めた。相変わらず風は強いが、空は澄みわたっていた。ちぎれ雲がふたつだけ、ヨットのように天海を走っている。ヴァレンティンは心の中で勝利を確信して、にんまりした。彼はノアだった。こぶしで手すりをトントン叩き、

「よくやったぞ、ヴィクトリア！」

と、風に向かって叫んだ。客室係のルートヴィヒが目をしばたかせながら甲板に出て来るのが見えた。ヴァレンティンは大声で呼びかけた。

「おい、これでキールへのみやげ話ができたな！」

「うん、そうだな」

髭を生やした小柄な船乗りの笑い声が返ってきた。

　八日目の早朝、船は三日遅れでウラニアの港に入った。今日もよく晴れそうだ。そよ風が陸か

らアプリコットの花の香りを運んできた。夜も昼も荒れ狂った大波はさざ波に変わり、ピチャピチャと船体をくすぐるだけだった。

ヴィクトリア号は強力なタグボートに引かれて、灰色をした大規模で近代的な港湾施設のあいだを進む。石油や液化ガスの貯蔵施設がある。新しいコンテナ・ターミナルや、魚の缶詰工場の細長い建物が見える。定期航路の豪華船が何隻も停泊《ていはく》している埠頭《ふとう》のそばを通り過ぎる。ヴァレンティンはひそかに自問した。どうして自分は、帆船《はんせん》でいっぱいの、のどかな港を想像していたのだろう。最後にタグボートは右へ曲がり、いちばん奥の船泊りに着けた。そこには税関が待ち受けていた。

ヴィクトリア号は係留《けいりゅう》された。向かい側の埠頭には小口貨物の倉庫があり、二隻の貨物船が煙草の積込み作業の真っ最中だった。ブリッジから下りてきた船長は、ちょうど彼のところに行こうとしていたヴァレンティンと目が会った。小柄なイタリア人船長は見るからに疲労困憊《ひろうこんぱい》していたが、にわかに躁《そう》状態に陥《おちい》り、ヴァレンティンを抱きしめたまま、グルグルまわりだした。彼は息もつけぬほど、狂ったように絶叫した。

「おい、嘘じゃなかっただろう？　わがいとしのヴィクトリアよ！　またしても海と寝やがって！　チクショウ！　全員、無事に到着だ！」

ヴァレンティンはこのときはじめてわかった。船長でさえ、船が嵐を乗り切れるとは思っていなかったのだ。

踊りながら口汚い言葉を吐いているルチアーノ・マッサーリの肩に、飛んできたカモメの白くて臭い糞《ふん》が命中した。迷信深い者なら、**ヴィクトリア**号を救った運命の手は船長の言いまわしがお気に召さず、お灸《きゅう》をすえようとしたと考えるだろう。なにを隠そう、ヴァレンティンは迷信深かった。

9　五十年の歳月がその重みを失った

税関の手続きは予想以上に早くすんだ。そもそも通関《つうかん》業務というよりは、歓迎行事と言ったほうが近かった。担当の係官は満面に笑みを浮かべて、少しぎこちないザクセンなまりのドイツ語でヴァレンティンにあいさつした。かすかにつやのある赤っぽい髪をした、五十がらみの男だ。以前、ライプツィヒの大学に学んだという。妻は生粋《きっすい》のライプツィヒ人で今はウラニアに住んでいるが、なかなかアラビア語が上達しない。おかげで、夫のザクセンなまりのドイツ語が錆《さび》つかずにいるのだ。ともあれ、ザクセンなまりのドイツ語を話すアラビア人ほど滑稽《こっけい》なものはない。

税関の職員がそれぞれの旅券に応じたスタンプを押しているあいだ、親切な係官はサーカスの団員や船長や船員たちにアラビア・コーヒーとピスタチオのロール・ケーキ、クッキー、甘くてよく冷えたバラ水、それにオリエントの煙草をふるまった。船員が密輸品を持ち込んだのではないかと直感した係官は、何度もそれとなくほのめかし、ヴァレンティンに向かってこう言った。

「密輸人も、地中海も、その秘密をつきとめるのは無理でしょうな」

胃潰瘍《いかいよう》になったり、頭にみっともない穴をあけられたくないから、密輸業者や盗品の売人を港から一掃するのはあきらめたとでも言いたげな口調だった。

「そりゃあ、賢明だ」

髭《ひげ》の客室係、ルートヴィヒが口笛を鳴らして野次《やじ》ると、その口もとからみんなの顔に笑みが伝染した。

なにひとつ検査がないのでヴァレンティンはびっくりした。動物や自動車の書類さえ見ない。友人のナビルが全職員にたっぷり鼻薬《はなぐすり》を嗅がせて、税関審査を通りやすくしていたことを、ヴァレンティンはそのときまだ知らなかった。冷たい飲み物でひと息つくと、到着の遅れと悪天候をとても心配しているナビルに、この事務所から電話をかけてほしいと係官は言った。このときはじめて、ほんの一瞬だけ、ヴァレンティンの胸から国境に対する不安が消えた。それは両親から受け継ぎ、年を重ねるうちにますます強くなっていった不安だった。そのためにヴァレンティンは、わずらわしい税関審査を少しでも短縮させようと、ちょっとしたトリックを考え出していた。どの車両も、攻撃的なトラやライオンの檻《おり》をいちばん前に出しておくのだ。コンテナのドアが開いたとたん、猛獣たちは唸《うな》り声をあげ、今にも襲いかからんばかりに闖入者《ちんにゅうしゃ》を威嚇《いかく》する。ふだんはイライラするほど仕事ののろい税関吏も、これにはさすがに急がざるをえない。ヴァレンティンは何度もこの手を使って、動物はもちろん、ときには人間さえも難攻不落《なんこうふらく》といわれる国境を通してきた。だが、それはまたべつの機会に話すとしよう。ヴァレンティンが
「おはよう。もうウラニアの港に着いたよ!」

と話しかけると、電話の向こうのナビルは半分も聞かずに、たちまち大歓声をあげた。

「神の思《おぼ》し召《め》しだ。とうとう来たんだね、ヴァレンティン。よく来てくれた！　あまりにひどいニュースだから、この四晩、ほとんど眠っていないんだ。無事に着いてなによりだ。税関の連中はとても親切で、おまえたちの邪魔をしたくないと言っている。海の上じゃ、たいへんだったんだろう。ま、その話はあとだ。一時間でそっちへ行くよ」

ナビルはこう言うと、受話器を置いてしまった。ヴァレンティンは、係官がよろしく言っていると伝えるひまさえなかった。係官ときたら電話のあいだじゅうヴァレンティンの向かい側にいて、ナビルに聞こえるように小声でさかんにおべっかを言っていたのだが。

手続きは終わった。みんなそれぞれパスポートを返してもらったのに、ヴァレンティンだけがまだだった。係官はへたな芝居がかった深刻そうな顔をして、ヴァレンティンを招き寄せた。その目はパスポートからヴァレンティンの顔へ、そしてまたパスポートへと動いた。

「少々うかがいますが、これは、あなたご本人ですか、それとも、お父さまの旅券でも出されたのですか？」

なにごとかと見守る船員やサーカス団員の前に、係官は笑いながらパスポート写真を示した。たしかにヴァレンティンの写真は、少なくとも十歳は老けて見えた。

「あのころは、べつにどうということもなかったんだが」

ヴァレンティンは口ごもりながら、自分でも動揺していた。ところが内心の声は、うれしそうにこう言っていた。

「なあ、おまえ。こんなこと、みんなに話せるか？　日一日と若返っていくなんて、想像もつかないだろうからな。ところで今日のおまえは、いったい何歳になったんだ？　言ってやろうか。どう見たって五十は越えていないぞ」

ヴァレンティンはにやりとすると、人なつっこい笑みを浮かべている係官にあいさつをして、外に出た。さんさんとふりそそぐ陽の光に、思わず目を細めた。

ようやくしっかりと地面を踏みしめたところで、仕事にかかる前にみんながしたかったのは、もちろん朝食をとることだった。港のレストランは六十年代に建てられた、コンクリート製の平べったい灰色の建物だ。どんな国の通貨でもわずかな金を払えば、うまい朝食にありつけた。ドイツ産のソーセージとビールまでそろっている。ヴァレンティンはお茶とオリーブを数粒、それに羊のチーズ一個で十分だった。船長と船員の食事はヴァレンティンのおごりだった。ヴァレンティンと船長は、部下たちから少し離れたところに座った。ほかのみんなは、レストランの中央にありったけのテーブルをくっつけて大きく陣取った。食べては笑い、どっと盛り上がる彼らのあいだには、少なくとも六ヵ国語が飛びかったが、話はみごとに通じていた。

ヴァレンティンとマッサーリ船長は、海の見える小さなテーブルで黙々と食事をした。船長はエスプレッソを続けざまに注文した。イタリアの香りに、ご満悦《まんえつ》だった。

「それで、ドイツへはいつ戻るんだい？」

船長は沈黙を破り、唐突《とうとつ》に聞いた。

「たぶん、二、三年後かな。神のみぞ知る、だよ」

ヴァレンティンはそう言いながら鳥肌《とりはだ》がたった。

船長は沈黙した。ナビルがサーカスを招待したという不思議な話は船員から聞いていたが、ヴァレンティンが口を開きそうもないので、無理に聞こうとはしなかった。

「で、家族は?」

船長がたずねた。

「家族はいないよ。女房は死んじまったし、子供はなかったからね。俺の友だちは、みんなここにいるというわけさ」

ヴァレンティンは、ことばに詰まった。

「いや、女友だちがもうひとり、ドイツにいるけどな。ピアっていうんだ。郵便局に勤めている。わかるかい? いっしょに来られなかったんだよ」

「もちろん、わかるとも」

船長はこうこたえながら年老いたウェーターの手から新しいコーヒーを受け取り、

「どうも」

と、ほとんど機械的に言った。

ヴァレンティンは約束した運賃の残りを支払い、それに二千マルクを添えた。

「千マルクはあんたに、あとの千マルクは勇敢な船員たちにだ。俺はあんたの船で、めったに味わえない大冒険をさせてもらった。二千マルクじゃあ、安すぎるってもんだ」

ちょうどそこへ、背の高い痩せた男がレストランに入ってきた。ヴァレンティンは
「ナビル」

とつぶやいて、立ちあがった。

ナビルも旧友に気づいた。

「そこにいたのか！」

ナビルが喜びの声をあげた。ふたりは歩み寄ると、しっかと抱き合った。

ルチアーノ・マッサーリ船長は少しとまどっているようだった。なぜ二千マルクも上乗せしてもらえるのか、ほんとうはよくわからなかったのだが、これでは、もうたずねることもできなかった。

「よく来てくれた！」

ナビルは続けた。

「こうなったら、死神にたのもう。もうしばらく待ってくれって」

ヴァレンティンはこたえた。

「具合はよさそうじゃないか。少し痩せただけだ」

「おまえだって。とてもその歳《とし》には見えないぞ」

ヴァレンティンはナビルをまじまじと見た。するともう、そこにいるのは上品なライトブルーの服に身をつつんだ富豪《ふごう》ではなく、ヴァレンティンにあこがれ、いっしょにライオンやトラをからかって吠えさせては喜んでいた、はにかみ屋の少年だった。

「そっとトラを見に行かないか？」

ヴァレンティンは、ナビルがまだむかしのことを覚えているかどうか試すように誘った。

ナビルはヴァレンティンをじっと見つめた。

「あのときみたいにかい？」

ナビルは確かめるように聞いた。

「そうさ、あのときみたいにな。連中はまだ朝めしの最中だ。みんなが荷降ろしをはじめる前に、トラのやつを吠えさせてやろうじゃないか」

ふたりはこっそりレストランを出ると、大きな船泊りに錨《いかり》を下ろしている船まで走った。そしてあのときのように、手に手をとってタラップをのぼって……いや、ぴょんぴょん跳びあがって行った。それにしても、あのときのようにとは？　つまり、ふたりはそれぞれ五十年の人生を払い落とし、胸をドキドキさせながら猛獣のところへ向かう少年に戻ったのである。港を巡回中の警官が二人、不思議そうに老人たちを目で追った。

そしてあのときのようにナビルが手にした棒でトラを怒らせ、唸り声をあげたトラが電光石火《でんこうせっか》、前足で襲いかかると、ヴァレンティンは大笑いした。

「まるで、あのときのトラみたいだ」

ナビルはこう言って棒をわきへ置いた。ヴァレンティンも、まったく同じ思いだった。

ふたりは動物の檻や自動車のあいだを歩きまわり、ときに団員たちの騒ぎに中断されながらも積もる話に興じて、手短にそれぞれの来し方を語り合った。ところがこれは友情の飢えを満たすどころか、その後の何日間、何週間を思えば、食前のちょっとしたカナッペでしかなかった。

「おまえたちは見本市の会場に、いちばんいい場所をもらうことになっている。おまえはウラニアでは俺の家に泊まってもらおう。そのあとは俺がおまえの客になり、ずっと旅をさせてもらうから」

とナビルは言った。団員たちは団長ヴァレンティンのまわりに集まって、次の指示を待っていた。

「ありがたいことだ。でも、俺はみんなといっしょにいたい。サーカスの団長たるもの、外国で団員のそばを離れてはいけない。彼らが寝るところに、俺も寝る。それがうちのサーカスの伝統だ。だけどおまえがこっちへ来て、サーカス村でいっしょに寝起きするのは、かまわないよ。みんな、どう思う？」

ヴァレンティンは一同を見まわした。

「いいぞ。そりゃあいい！」

という返事に、ナビルは大喜びだった。

「だけど今夜はべつだよ。テントが張れたら、団長に敬意を表して、うちでパーティーを開くことになっている。もちろん、君たちも招待したい。友人が何人も来て、いっしょに祝うことになるだろう。文化大臣もみんなにあいさつしたいそうだ」

これにはみんなが喜んで応じた。団員たちはヴァレンティンをとても誇らしく思った。この男なら、地獄の底までついて行っても見捨てられる心配はないと確信したのだ。ところがこの夜、団員たちは地獄の恐怖ならぬ、スペクタクルに次ぐスペクタクルを味わうことになった。「こんなこと、あるはずがない！」と魔術師のフェリーニが叫んだほど、信じられないようなことばかり続いたのだ。

10　愛は死に、ふたたびよみがえる

サマーニ・サーカスの荷降ろしの最中に新たな仕事が舞い込んできたルチアーノ・マッサーリ船長は、大喜びだった。大量の積み荷は、オーストリアの自動車屋が何ヵ月もかけてオリエントじゅうから集めた中古車だった。これをトリエステまで輸送するのだ。おそろしく旧式でも由緒《ゆいしょ》正しい車のスクラップだったのだろう。さすがに車軸はまだしっかりしていた。たえず乾燥しているオリエントの気候が、良質の鋼《はがね》を腐食から守ってきたのだ。**ヴィクトリア**号の船長はヴァレンティンから受け取った額のほぼ倍にあたる金を請求した。それでもオーストリアの業者は急いでこの土地を離れなければならない事情があったとみえて、値切りもせず即金《そっきん》で払った。

ルチアーノ・マッサーリは別れのあいさつをすると、ヴァレンティンの手に小さなカードをそっと握らせた。

「これが、俺の電話とファックスだ。あんたが国へ帰ることになったら、ルチアーノは飛んでくるよ。それも、ただでな！」

「そりゃあ、ありがたい。覚えておこう。でも、あんたにただでドイツへ連れ帰ってもらうはめにならないようにしたいよ。じゃあ、元気でな！」
ヴァレンティンは船長の手をぎゅっと握った。

港を出ると幅の広い国道が通っていて、十キロも走ると首都ウラニアのいちばん美しいあたりにさしかかった。国道はヤシやキョウチクトウに縁《ふち》どられた海沿いの並木道に変わる。樹々は排気ガスの悪臭に戦いをいどむように芳香《ほうこう》を放っている。それは死にもの狂いの戦いであり、樹々が優位に立って付近に濃密な香りのケープを広げることができるのは、夜のあいだにかぎられていた。一キロほど行くと、オフィスの入った高層ビルや、しゃれた構えの店がぎっしり立ち並ぶ市の中心部だ。ちらほらと、むかしの広大なマツ林の名残《なごり》が見える。マツは大通りでくり広げられるあれこれを知りたくてたまらないとでもいうように、家々のあいだから一本また一本と、こちらをのぞいている。

独立記念橋を渡ってまっすぐ進み、中央駅と映画館やナイトクラブがたくさん集まっている地域を通り、そのままバザールを抜ければ旧市街だ。けれどもヴァレンティンたちは橋の手前を右に折れ、大学や国立博物館を経て見本市会場に到着した。そこはメインストリートから歩いてたったの五分という場所で、ウラニアのどこを探しても、サーカスにとってこれほどめぐまれた会場はなかった。シラカバとポプラの古木や、かたわらを流れる川がもたらす空気は爽快《そうかい》で、市民の憩《いこ》いの場となっていた。次のバス停に「ファルドゥス」、つまり楽園という名前がついているのも不思議ではない。じりじりと容赦《ようしゃ》なく照りつける太陽のもとで暮らすオリエントの人々は、日陰や水辺のない楽園など想像できないのだ。

港からこの見本市会場まで、サーカスの車や芸人たちに手を振る人の波は、途切れることがなかった。市民は大歓声をあげ、四台のバイクに乗って先導する警官の制止も、広々とした車内にナビルがゆったり腰をおろしてほほ笑んでいる黒塗りリムジンの運転手の罵声《ばせい》も、まるでおかまいなしだった。若者たちは歩道からアスファルトの車道へ飛び出してはとんぼを切り、腰や腹をねじり、カナリアの声に似た口笛を吹いたかと思うと、若いオオカミのように吠えたて、カラフルなサーカスの車に向かって挑発《ちょうはつ》するように笑いかけた。彼らは、ひとりひとりが胸の内に一個ずつ自前《じまえ》のサーカスを持っていることを伝えたかったのかもしれない。ヴァレンティンは笑顔を返し、パチパチと拍手を送った。実際、彼のサーカスの円形舞台《マネージ》に登場しても十分通用しそうな、みごとなジャンプや逆立ちも多かった。

川のほとりの見本市会場には、サマーニ・サーカスのためにあらゆる準備が整っていた。水道も、トイレも、シャワー・ボックスもある。電気の接続は申し分なかった。おまけにナビルが手伝いの作業員を手配しておいてくれたおかげで、テントの設営はいつにも増してスピーディーにはかどり、十八メートルもある四本の支柱はたちまちすっくと立った。団員たちはウィンチを使って巨大な覆いを張った。

午後おそくには、必要なものはすべて完成した。ヴァレンティンみずから作業の指揮をとり、具合の悪いところはやり直させ、なにかにつけても最後は自分の手で仕上げた。入り口で切符を売る車のことでは、ひと騒動だった。客が受皿にのせた硬貨が、外側にではなく車内にころがるようにトレーラー・ハウスの傾きを調整して、ヴァレンティンはようやく満足した。箱馬車の中にころがり込んだ金はサーカスに幸運を呼ぶという、古くからの縁起《えんぎ》をかついだのだ。

団員たちはカラフルに塗った券売用の古いトレーラー・ハウスを、ジャッキを使って一ミリずつ動かしていった。ナビルはその様子を立ったまま辛抱強《しんぼうづよ》く見ていたが、やがてヴァレンティンに近づくと、貧しい人々が親子そろってサーカスを見られるように、入場は無料にしたと、すまなそうに伝えた。

「わかってるよ」

ヴァレンティンはほほ笑んだ。

「それでも、レジの車は必要なんだ。団員や業者や職人への支払いもあるからな」

ナビルは歳《とし》も病気も忘れて、自分にできることを手伝った。団員の指示をウラニアの人々に伝える必要があれば、通訳も買って出た。ナビルはヴァレンティンにちょっと相談をしてから、グラフィック・デザイナーを呼んだ。二人の若い助手を連れてやってきたデザイナーは、ポスターや出入り口の表示を美しいアラビア文字で描いた。入り口を飾るネオンサイン入りの大きな看板も発注された。アラビア文字で「サマーニ・サーカス」と記した看板の納期《のうき》は、翌日。デザイナーは目を白黒させ、「助手の十人もいなくてはな」と捨鉢《すてばち》な調子で言った。ナビルは「じゃあ、二十人つけてやろうじゃないか！」と手厳しく言い返した。デザイナーは首をたてに振ると、思わぬ注文に感謝して、そそくさと出ていった。動物のエサをあつかう二軒の業者がサーカスに呼ばれた。短い交渉のあと、業者は一世一代の取り引きにほくほく顔で帰っていった。

春とはいえ夏のようにじりじり照りつける太陽のもとで重労働をしているというのに、団員と手伝いの作業員は、たがいに負けてなるものかと嬉々《きき》として働いた。ナビルの運転手だけは、ひとり浮かぬ顔をして突っ立っていた。運転手には、上着を脱ぎ捨てて汗まみれになり、悪態《あくたい》をつき、笑いころげ、叫んだり走りまわったりしている男が、あの重病の主人だとはとても思えなかった。たくましい体つきの運転手は、まるで石膏像《せっこうぞう》のように車の前に立ちはだかり、スモーク・ガラスの奥をのぞきたくて好奇心たっぷりに近寄ってくる子供たちを追い払った。ときには、足げりや平手打ちさえ食らわさなければならなかった。すると子供たちは蜘蛛《くも》の子を散らすように逃げ出し、運転手の父親や爺さんやそのまた爺さんをののしるかと思えば、子犬の群れのようにわめきたてるのだが、それはもう泣き声というよりは歓声に近かった。

「七時に迎えにくる」

とナビルが言うと、運転手はようやくほっと胸をなでおろして、車のドアを開けた。こんなに汚れた主人の顔は、どうしても好きになれなかった。重量級のリムジンはクラクションを鳴らしながら猛スピードで発進すると、砂ぼこりのなかに姿を消した。

団員たちは英気を養うために、それぞれのキャンピングカーに引っ込んだ。横になったまま、束《つか》の間の睡眠をむさぼるメンバーも多かった。

二十三番のキャンピングカーからだけは、大きな声が響きわたった。ナイフ投げに軽業師《かるわざし》を兼ねるヤンと、その妻で綱渡り師のマリッタのあいだで、火のついたような激しい言い争いがはじまったのだ。衣裳係のアントワネットに急を告げられてヴァレンティンが駆けつけると、たちまち痴話喧嘩《ちわげんか》は下火になった。三十分後に車から出てきたふたりは、すっかり黙りこくっていた。

おたがいにひと言もことばをかわさないが、はた目にはマリッタの勝利は明らかだった。ふだんは陽気で礼儀正しいマリッタが自分の意志を押し通した理由を知っているのは、ヴァレンティンだけだった。マリッタは、ヤンがアニタに一度でも色目《いろめ》を使えば、ナビル邸での夜のパーティーを台なしにしてやると凄《すご》んだのだ。アニタはアンゲラとフェリーニの娘で、十九歳。ナイフ投げではヤンの助手をつとめていた。

「命にかえても決着をつけるわ。これ以上、あんたの女ぐせの悪さにはつき合えない。一年で、もうたくさん」

マリッタの声は、静かななかにも固い決意を秘めていた。ヴァレンティンは、いつもなら意気軒《いきけん》昂《こう》なヤンが見る影もないほどしおれているのがわかった。ヴァレンティンはことばを失っているヤンの後見人にでもなったように、しっかりとした口調で言った。

「マリッタ、俺が保証する。だいじょうぶさ。君はパーティーを楽しみ、腹の底から笑えばいい。ヤンはお行儀よくするだろうよ」

そして、びっくりしているヤンのほうを向くと、気迫のこもった声で続けた。

「外国に来てまで、俺の顔に泥を塗るな、わかったか」

もちろんヤンにはよくわかった。それは解雇《かいこ》への警告にほかならなかった。「俺の顔に泥を塗るな」とヴァレンティンに釘をさされて、それでもなお破廉恥《はれんち》なことをすれば、次は一も二もなく解雇が待っていた。サーカスの団長たるもの、厳格かつ公正でなければならない。職場の秩序をわきまえぬ者は身を滅ぼす。ヴァレンティンはそのことをよく承知していた。

ヴァレンティンは外に出た。ウマの調教師マンズーアのキャンピングカーの前で、アニタが彼とお茶を飲んでいるのが見えた。アラビアの空気を吸ってからというもの、マンズーアは刻一刻と自信にあふれ、ウラニアは俺の町だといわんばかりだった。説明や通訳をたのみたい団員たちが自分を探す視線を、彼自身、たえず感じていた。今やマンズーアは引っぱりだこだった。

レバノン人のマンズーアは世界でも指折りのウマの調教師だ。本人もそれを自覚し、自分は他の団員よりも格が上だと思っていた。むかしからサーカスの基本中の基本はウマであり、それは今も変わらないからだ。舞台の直径はウマに合わせて決める。ウマはサーカス・ファンみんなの心をとらえて離さない。アラビアでウマよりも他の動物のほうがいいという人間を探すとしたら、きっとずいぶん長いことかかるに違いない。マンズーアは、サーカスでいちばんきつい仕事を受け持つモロッコ人の小道具係をからかうのが好きだった。そうすることで、自分と彼らを隔てる越えがたい溝《みぞ》を見せつけようとしたのかもしれない。表向きマンズーアを持ち上げなければならないモロッコ人たちも、裏では彼を嫌っていた。豚肉を食べ、ワインを飲み、なにものも信じないと広言してはばからぬマンズーアは、厳格に信仰を守るモロッコ人からみるとイスラムの教えの背教者《はいきょうしゃ》だった。それでもモロッコ人たちはマンズーアのほうが立場が上だということをわきまえて、ひそかに彼を避けていた。

さて、そんなマンズーアのところに、いわゆる速成コースで団員たちにアラビアの礼儀作法《れいぎさほう》や習慣を教えるという仕事がころがり込んできた。彼はアラビア人の道徳観についてはさらりとすませ、どちらかといえば宗教儀礼に重点を置いて話した。ところがその宗教儀礼だが、当のご本人はうわべの知識しか持ち合わせていなかった。十歳のときからずっと外国に暮らしていたからである。彼の父親は長いことレバノンの外交官をつとめていた。馬術をこよなく愛し、後年はカナダでウマの飼育をはじめた。マンズーアが本領を発揮するのは料理である。母親は、五十年代にはレバノン随一と謳《うた》われた料理人だった。それは彼女が客に必ず見せることにしていた数々の金メダルが証明している。マンズーアは、母親の優秀な生徒だったのである。もちろん彼は、母親がパリの蚤《のみ》の市でなんのへんてつもないスポーツ・メダルを買い集めたことも、いつも相手からずっと離してメダルを見せるようにしていたため、水泳選手がスプーンに、体操選手がフォークに見えたということも知っていた。彼はその話をよくみんなに聞かせていた。それにしても、マンズーアの母親は、それだけで物語になりそうな人物だ。ともあれ彼自身も料理ができる。おまけにドイツでは作れないとされる栄養たっぷりのメニューともなると、夢見心地《ゆめみごこち》の彼の口からは、それを讃える美しいことばの数々があふれ出すのだった。その才能たるや、料理の腕をはるかにしのぐものがあった。マンズーアは母親の料理について講釈《こうしゃく》を聞かせるばかりで、ご馳走《ちそう》の香りをかがせてくれたことも、ピリッと辛いというその味を舌で味わわせてくれたこともない

――ヴァレンティンはよくそう言って笑った。

「アニタ」

ヴァレンティンは呼びかけると、立ち止まったまま言った。

「話がある」

用件をすばやく察知《さっち》したアニタは、ヴァレンティンのところに飛んで来た。ヴァレンティンは彼

女を連れてサーカス村の中をぶらついた。アニタは青ざめた顔で二、三度うなずくと、もうけしてヤンに近づかないと約束した。

七時少し前、ナビルはうしろに二台の小型バスを従えて、中央テントまでリムジンを乗りつけた。

団員たちはそろって晴れ着を着込んだ。モロッコ人の小道具係でさえ、すばらしく美しい色鮮やかな伝統衣裳に身をつつみ、先の尖《とが》った黄色い靴をはいた姿は、さながら千夜一夜の王子たちだった。ピッポだけは、どうしても道化師のいでたちでパーティーに出たいと言い張った。

バスから十人の男が降り立った。ヴァレンティンや団員が心おきなくパーティーを楽しめるように、夜どおしサーカスを警護《けいご》する者たちである。これでみんなといっしょに行けることになった飼育係のカリムは、あたふたと着替えた。あわてて体を洗い、髪をなでつけたので、寝すごしてシャワーも半乾きのまま学校に駆けつけた生徒のように見えた。カリムはバスの座席についてからも、もう一度シャツのボタンをとめ直さなければならなかった。

黒塗りのリムジンが先頭を走る。ヴァレンティンは団員たちに強くすすめられてナビルの車に乗り込んだが、彼も本心ではそれを望んでいた。車列は海辺の並木道まで戻り、港を通り過ぎて、最後に一区間だけ広い高速道路を走る。そして運転手が次の出口でハンドルを切ると、そこからは急な国道がふたたび町の方角に向かい、バジリコ地区とも呼ばれるウラニア市の裕福な一角へと続いていた。丘の上にあるバジリコ地区からは、四百万都市のはるか向こうに海が見わたせる。むかし、空気が澱《よど》んで汚れる前は、この屋敷からキプロス島が見えたものだとナビルは豪語《ごうご》した。

車用の門を開けるために、使用人が急いで出てきた。車列はイトスギの古木の並木を進んで、ナビルの豪邸前の円形広場につけた。

団員たちは、この光景を見ただけで、晴ればれとした気分になった。ナビルが招待したほかの客たちはサーカスの一行を今や遅しと待ちかまえていて、彼らが車を降りると、心から歓迎してくれた。団員たちは大いに感激した。その瞬間、アニタとシャリフははじめて顔を合わせ、激しい恋の幕が開いたのである。

11　夜と朝のあいだの旅がはじまった

ヴァレンティンはここに到着したときから、ナビルの歓待ぶりに目を見はっていた。どうやら招待客はみんな、ヴァレンティンとナビルがむかしから固い絆《きずな》で結ばれ、たがいに尊敬と愛情をいだいていたことをよく知っていた。彼らは四日も前から歓迎パーティーを心待ちにしていたのに、悪天候のせいで延期に次ぐ延期を強いられたのだ。

招待客は邸宅の周囲をめぐる細い小道を通って庭園に案内された。豪華なプールのまわりには二十を超える大きなテーブルが並べられ、正面には前菜《ぜんさい》のコーナーがもうけられていた。料理はおいしそうな香りとすばらしい彩りだけでなく、凝《こ》った盛りつけでもみんなの食欲をそそった。

フェリーニは思わず

「うわあ、すごい料理だ。せっかくのご馳走《ちそう》の山を崩したりしたら、ばちがあたりそうだ！」

と叫んだが、これはみんなの気持ちを代弁《だいべん》していた。

厨房《ちゅうぼう》からはもう次の料理の匂いが漂ってきた。招待客は空腹を覚え、ずっと前からなにも食べていないような気がした。

不意にあちこちからひそひそ話す声が聞こえた。ナビルはヴァレンティンとの会話を中断して、いそいそと来賓《らいひん》を迎えに出向いた。ボディーガードと警官の一団に囲まれて、文化大臣が到着した。あたりは夜の帳《とばり》がおりて、庭の大きなランタンが煌々《こうこう》と輝き、目に痛いほどだった。ボディーガードは大庭園の奥深くまで探るような目を光らせていたかと思うと、そのうちの三人がすばやく暗闇《くらやみ》に姿を消した。

文化大臣は信仰が篤《あつ》いわけでもないのに、オレンジ・ジュースのグラスを手にした。パーティーには報道陣も来ているからだ。ヴァレンティンと団員たちは赤ワインを飲むことにした。山のめぐみは実にうまかった。アーチ型の貯蔵庫で十五年ねかせて、はじめてその神秘に満ちた香気《こうき》を存分に放つという上質のワインだった。

文化大臣はアラビア語で

「ドイツからの客人のために」

と言ってグラスをかかげた。するとナビルが大臣の言葉をしまいまで通訳しないうちに、突然あたりが真っ暗になった。人間どうしがたがいにぶつかり合うような感じがしたかと思うと、ヴァレンティンは衝撃を受けて地面に倒れ込んだ。倒れながら、北アイルランドでも歓迎レセプションで似たような経験をしたことを思い出した。そのときの停電は仕組まれたものであり、プロテスタント系の銀行頭取の娘をねらった誘拐劇《ゆうかいげき》のはじまりだった。

ヴァレンティンは地面に倒れたまま、みんながさまざまなことばで叫び、助けを求める声を聞いていた。北アイルランドのベルファストのときのように、この状態は永遠に続くように思われた。あのときは、あとで確かめたところ、時間にしてほんの二、三分にすぎなかったのだが。ヴァレンティンはようやく、アラビア語でなにか叫んでいるナビルの声を耳にした。するとまもなく、懐中電灯とトーチの明かりがぱっと灯《とも》った。地面に横たわる大臣を身を挺《てい》して護《まも》っているボディーガードの姿が見えた。ところがもうひとつ、手に前菜の皿をのせて器用にバランスをとりながらその場を走り去る、こびとか子供のような小さい人影が目に飛び込んできた。少したって照明がつくと、ヴァレンティンの見た信じがたい光景はほんとうだったことがわかった。子供の盗賊団が前菜をひとつ残らず盗んでいったのだ。大臣は青ざめた顔で起きあがり、曲がったネクタイを直した。

あとから団員たちは、みごとに組織された子供盗賊団の、身の毛もよだつ話をいくつも聞かされた。子供たちは時計職人のように正確に、腹をすかせたヒョウのような大胆さで、風よりもすばやく、危険な仕事をやってのけるのだ。捕まることはめったにない。たとえ捕えたところで、薬にもなりはしない。いまだにこの国では、哀れな子供たちの命をつなぐ小屋よりも、刑務所のほうがよほど安全で人間的なのだから。

ところで、大臣とお付きの者たちは立腹して、礼儀もなにもあらばこそ、ガーデン・パーティーを引きあげてしまった。

「では、残念だが、大臣ぬきではじめましょう」

ナビルは意に介さずといった様子で、客をテーブルへとうながした。魔法の手でも使ったのか、そこには厨房からどっさり料理が届けられていた。客は目を白黒させた。湯気をたてている料理は、半分も手をつけるのが精一杯だった。ラム肉の松の実とライス詰め、野菜のグラタン、鶏肉料理、魚料理、サラダ、詰め物をした平焼きパン。なにもかも、とほうもない量だった。

ヴァレンティンはたちまち満腹になった。彼は子供の盗賊団にひそかに共感を覚え、その綿密《めんみつ》な計画、組織力、勇気に感心した。母親のことを小説に書くときには、同じようなエピソードを入れようと心に決めて、ヴァレンティンはにんまりした。彼の心の眼には、腹ぺこの子供たちが笑いをこらえながら銀製の盆のまわりに車座になり、汚れまみれの手でとびきりうまいご馳走と格闘している様子が、ありありと見えた。

続いてデザートになった。テーブルは、おいしいくだものや甘い菓子を盛った器で埋めつくされた。アラビア服の給仕たちは、鳥の口ばしのような注ぎ口をした、首の長い大きなポットでコーヒーをついでまわった。コーヒーは鈍い光を放ちながら、魔法の手にあやつられたように美しい曲線を描いてカップに吸い込まれていった。

ヴァレンティンは、まるで儀式のようなコーヒー・サービスを見るのは生まれてはじめてだった。客がデザートを楽しんでいるあいだに、バンドがプールの向こう側の席につき、最初は静かに、やがて熱のこもった演奏がはじまった。遠く離れて座っている客の鼓膜《こまく》も破れんばかりのドラムの音が鳴りだすと、暗闇の中から踊り子が登場し、その優雅な動きに客は酔いしれた。踊り子はすらりと細く、身体にはまったく骨がないように見えた。彼女はまるでヘビのように身をくねらせた。はじめはフル・バンドに合わせて円を描いて舞っていた踊り子が、旋回を止めた。ヴァレンティンは、彼女が体の動きによって、奏者から奏者へと即興演奏の指示を出していることに気づいた。すると、ほかの楽器は鳴りやむのだ。ヴァレンティンは踊り子の動きのなかに、寄せては返す海の波やうねりを感じた。竹笛の音も、同じように波やうねりを表現していた。やがて踊り子は海から浮かびあがり、砂漠へと入っていった。ヴァレンティンは笛の音色に風の息吹《いぶき》を感じ、オアシスに生えるヤシの枝のささやきと、遠いむかしの孤独を聞いた。大地が震えたかと思うと、手打ち太鼓が地球上の火山という火山を爆発させる。雷鳴がとどろき、嵐が樹々の枝を地面に叩きつける。ヴァレンティンは背筋がぞくぞくした。ヴァイオリンにタンバリン、リュート、ツィターが、踊り子について陸地や大洋のはてまでさまよいながら、怒りを爆発させ、喜びの祭りを祝った。やがて歌声と楽器の音がひとつになって、圧倒的なフィナーレを迎えた。地面に横たわったまま、身じろぎもせず拍手の鳴りやむのを待っている踊り子に、客はやんやの喝《かっ》采《さい》を浴びせた。

「ご馳走になにか入ってたんじゃないのか。こりゃあ、ぜーんぶ、幻覚《げんかく》だぜ！」

フェリーニが大声をあげると、みんながどっと笑った。続いてすぐに二番手の踊り子があらわれ、頭上に一本の剣を立ててバランスをとりながら、テーブルのあいだを踊ってまわった。こうなるとピッポも、もう居ても立ってもいられなかった。ワインのせいで足もとを軽くふらつかせながら、立ちあがって踊り子のあとについてまわった。踊り子はとても優雅な身のこなしでテーブルのそばを離れ、プールの向こう側の広場に移動した。そこではもう、バンドが最後の和音を奏でていた。ピッポは地面を転げまわり、駆けだしたかと思うとつまずいては、体を大きくよじって起きあがった。これには客はもちろん、踊り子やバンドの人たちも大笑いだった。

ナビルはヴァレンティンの手を叩いた。

「さあ来てくれ。おまえと話したいんだ」

ふたりは連れ立って、みんなにわからないようにナビルの書斎に入った。高い天井にはフレスコ画と装飾模様が描かれている、ヴァレンティンはアルハンブラ宮殿を思い出した。はじめてアルハンブラを見て以来、あれに匹敵《ひってき》するほどのものには今まで一度もお目にかかったことがなかった。

「この家とは、今日で永遠におさらばだ」

ナビルは話しはじめた。

「必要なものはもう、ぜんぶキャンピングカーに入っている。ここに積んである本の箱は、あした、運転手が最後の仕事として、サーカスまで運ぶことになっている。俺の愛読書、アルバム、あれこれ走り書きしたノート、それに身のまわりに置いておきたい、ちょっとした思い出の品さ。あしたから、ここは喘息《ぜんそく》の子供たちのサナトリウムになるんだ」

ヴァレンティンは、一瞬、冗談かと思ったが、やがてナビルの考えていることを理解した。ナビルは本気でサーカスとともに生きたいのだ。

「せっかくおまえがサーカスを引き連れて、わざわざウラニアまで来てくれたのに、このまま家で死を待つなんて、ばかばかしいにもほどがある。俺の願いはただひとつ。サーカスで生きたいんだ」

その声は、かすかに憂いを含んでいた。ヴァレンティンはうなずいた。彼にはナビルの気持ちがよくわかった。

　ふたりはしばらく黙ったまま座っていたが、やがて、これからの段取りについて打ち合せをはじめた。公演中、ヴァレンティンがずっとドイツ語で司会をして、それをいちいち通訳していたのでは、まだるっこしくてしかたがないということで、意見が一致した。

「どうだい、俺が出し物をひとつずつ教えてやるから、おまえ、やってみないか？」

　ヴァレンティンはナビルに提案した。

「はじめのうちは、俺がついていてやろう。おまえには舞台でしゃべってもらう。観客にプログラムを案内するディレクターか、エンターテイナーってところだ」

　どうかナビルが同意してくれますようにと、ヴァレンティンは思った。そうなれば、母親の愛の物語を書く時間もとれるかもしれないからだ。

「もちろん、喜んでやらせてもらうよ」

　ナビルはすっかり感激していた。

「とても光栄だ。でも、むずかしくはないかい？　パーティーで司会の真似ごとをした経験はあるよ。だけど、今度はサーカスだろう？」

「なあに、むずかしくなんかないさ。ただ、自分のスタイルを見つける必要があるな。それに、観客がおまえの登場を待ちこがれるような、とっておきの話もね。けしてプログラムのあいだの埋め草だなんて思わせちゃいけない。司会者のいちばん難しいところだ。そこを間違うと、司会者なんかよけいだということになってしまう」

「とっておきの話って言ったな？　ちょっと待てよ」

ナビルは本の箱を積み上げた部屋の隅へ行った。必死になにかを探していたが、とうとう水色のぶ厚いノートを引っぱり出してきた。

「このノートは、俺のいちばんだいじなコレクションだ」

「なんのコレクションだい、切手かな？」

「いや、放屁《ほうひ》の話を三百ほど書きとめてある」

「おならの話ねえ」

ヴァレンティンはあっけにとられた。

「そうさ」

ナビルは話を続けた。

「まあ、聞いてくれ。三十年ほど前、湾岸《わんがん》の国に住んでいたころ、俺はこの目で殺人を見た。その原因が、ほかならぬ、おならだったんだ。ちょうど俺の家のバルコニーの下だったが、街角に空軍の将校が立っていた。アラビア男の誇りともいえる、黒々とした大きな口髭《くちひげ》をひねくりまわしながらね。この将校の近くで、ある通行人がおならをしたんだ。わざとやったかどうかは、わからない。おまけにそいつはすっきりしたせいか、照れ隠しからか、にやっと笑いやがった。将校はピストルを抜くと、即座に男を射ち殺した。将校は自分の国が惨敗《ざんぱい》を喫《きっ》した戦争に、三度、参加した経験の持ち主だった。ところが彼にとっては、三度の敗北をぜんぶひっくるめたよりも、死の天使が彼に引きあわせる定めになっていたあの哀れな男のおならのほうが、はるかに屈辱的《くつじょくて》に思えたんだ。当時この事件は、俺にはものすごいショックだった。裁判官は将校にきわめて寛《かん》大《だい》な判決を下したよ。六ヵ月の執行猶予《しっこうゆうよ》つきだぞ。つまり、将校の出世には、なにひとつ汚点を残さなかったわけだ。俺はこの判決に憤慨《ふんがい》した。なんでアラビア人はおならをそこまで重大に考えるのか、知りたいと思った。学術的な資料なんてまるでなかったから、自分でおならにまつわる話を集めはじめたんだ。どんな民族だって、その魂は物語のなかに眠っているからな。驚いたねえ。おならに関する話ってのは、じつにたくさんあるんだよ。最初はノートも小さくて、薄っぺらかった。だが、いつの間にか、集めた話は三百を超えていたんだ。ひとつだけ悲しいのは、俺にはもう、おならについて広く学問的に研究する時間がぜんぜん残されていないってことだ」

「三百の、おならの話だって?」

いやはやと、ヴァレンティンは頭を振った。

「そうだ。しかも、とっておきの話ばかりだよ。集めた話の大半は、おもしろくもなんともなかった。そういうものは屑《くず》かご行きさ。珠玉《しゅぎょく》の物語は、地域ごとに整理してある。それをひと晩にひとつか、ふたつ話して聞かせたら、客はたちまち俺の登場を待ちわびるようになるだろう。しかもストックは大量にあるから、同じ話をくり返さずにすみそうだ。よかったら、ちょっと試しに聞いてみるかい? でも、サーカスには合わないかもしれないないな」

「うん、喜んで聞くよ」

ヴァレンティンは興味津々《きょうみしんしん》だった。

「同じような話でも、登場する王さまの名前はまちまちだ」

ナビルははじめた。

「俺のノートでは、ハールーン・アッラシードということになっている。ある日のこと。伝説のカリフ(注)は詩人のアブ・ヌッヴァースにたずねた。この国の価値やいかに、と。

口の悪い詩人はこたえた。

『さながら屁《へ》のごとし』

怒りに青ざめたカリフは、詩人を牢屋《ろうや》にぶちこんだ。ところが一週間後のこと。カリフは猛烈な胃の痛みに襲われた。薬草も、呪文《じゅもん》も、あんまも、薬も、祈禱《きとう》も、なにひとつ効き目がない。カリフはあまりの痛さに眠ることもできなかった。そこで、しゃれたことばで気分を爽快《そうかい》にしてくれることで知られた、あの詩人を呼びにやった。

『これはこれは、偉大なカリフさま』

アブ・ヌッヴァースは来るなりたずねた。

『腹痛が消えたら、かわりになにをくださいます?』

カリフはあまりの痛さに転げまわり、うめき声をあげ、ほとんど息もできないありさまだ。

『ううっ、痛みがとれるなら、わしの国を、ぜんぶだっ!』

カリフは脂汗《あぶらあせ》を流しながら叫んだ。ところが、最後まで言い終わらぬうちに、死体の腐臭《ふしゅう》にも似た強烈な一発があたりにたちこめた。あとで寝室の悪臭を消すのに、一週間も換気しなければならなかったそうだ。

『おお、楽になったぞ!』

カリフは叫んだ。痛みがとれると、カリフは大喜びで飛び起きた。すると詩人は
『ああ、信心深き者たちの主君よ』

と言って、にやにや笑った。

『おならのせいで私を牢屋に叩き込んだのは、どなたさまでしたっけ？』

カリフは詩人と声をそろえて笑うと、彼に莫大《ばくだい》なほうびをとらせたそうな」

「よっ、おみごと！」

ヴァレンティンは叫んだ。

「これでおまえもエンターテイナーとしてキャリアを踏み出したってわけだ」

それからふたりは、ウラニアの出身者は世界中の大サーカスで芸人としておおぜい名を馳《は》せているのに、どうして地元にはひとつもサーカスがないのかという謎に、長いこと頭をひねった。しかしヴァレンティンにもナビルにも、納得のいく答えは見つからなかった。

「たぶん」

突然ナビルが切りだした。

「ここじゃあ、どんなサーカスも生き残れないんだよ。アラビア人はみんな、心の中に自分のサーカスを持っているからな」

長い沈黙ののち、ヴァレンティンが言った。

（注）初期イスラム国家の君主のこと。

「だとすれば、みんなを励まして、持てる力を発揮させてやらなければな。サーカスの演目が終わったところで、芸人たちを客席に座らせ、観客のなかでも才能にめぐまれた何人かの演技を特別に見てもらうというのは、どうだろう。そうなれば、いいアイディアもひらめくだろうし、思いがけない発見もあるだろう。うちの団員だって、新しい演目のヒントになるかもしれない」

けれどもふたりは、サーカスの熟練《じゅくれん》した公演を損《そこ》なわないように、まず午後に志願者を集め、ナビル、マルティン、アンゲラ、マンズーアで構成する小さな委員会の前で、どんなことができるのか見せてもらうことにした。選《よ》りすぐりの芸だけが、あとで観客の前で披露《ひろう》されるのだ。

ナビルと庭園に戻ったヴァレンティンは、いったい何時ごろなのか見当もつかなかった。いずれにしても、夜もかなりふけているのはたしかだった。すでに客の多くは、ナビルの運転手が手配した車で、それぞれの家やサーカスに送られていった。

ヴァレンティンはしばらくひとりで庭園をぶらついた。すると、エヴァとピッポの姿が見えないのに気づいた。夜の酒が入ってエヴァの夫マルティンの警戒心がゆるむと、ふたりはたちまちチョウのようにひらひらと逃げ出すのだ。マルティンは大酒を食らい、戻ってきたエヴァが彼を起こしてベッドに連れて行くまで、テーブルに突っ伏して寝入った。翌朝マルティンは深く恥じて、もう二度と酒は飲まないと誓う。ところがその舌の根も乾かぬうちに、きっかけがあろうとなかろうと、たちまち誓いを破るのだった。

ランタンの下の小さなテーブルでは、もうひと組、アニタと、彼女が新たにお熱をあげたシャリフがいちゃついて、子供のようにカラカラと笑い声をたてていた。ヴァレンティンはアニタの人生に自分も一枚かんだことに満足して、愛し合うふたりを目を細めて眺めた。

ヴァレンティンがふたたび彼らの様子をうかがうと、ふたりの姿は庭園の暗闇にのみ込まれていた。もう一度、短い笑い声が聞こえて、漆黒《しっこく》の夜に水音のように響いた。


ヴァレンティンはまたナビルと合流した。ナビルは籐の安楽椅子でくつろぎ、もう一杯コーヒーをついでもらっているところだった。

「何時ごろだろう？」

ヴァレンティンは聞いた。

「このひとときの美しさを、時計なんかでぶちこわしにするなよ」

ナビルは続けた。

「人生でいちばんすばらしい時間だ。だから、たいてい人間はこの時間に死を迎える。夜はゆこうとしているが、まだ朝にはなりきっていない。そんな時間だ。色調は夜だが、もう朝の匂いがする。俺はいつからかこのひとときをナッハモルグ(注)と呼んでいる。この時間のように、謎に満ちた名前だが」

ヴァレンティンには聞き覚えもないことばだが、ほんとうに神秘的なひとときだった。ふたりの友は心地よい椅子に並んで座り、これからはいつもナッハモルグにたがいの想いをうち明け、

(注) ドイツ語のナハト (夜) とモルゲン (朝) からの造語。

秘密を語り合おうと誓った。

その最初のナッハモルグに、ナビルは切りだした。

「女房だけじゃない。俺の一族はみんな、どこか死に時が狂っていた。死神はオリエント人のように思えてしかたがない。おふくろは死を待ちながら、五年もの悲惨《ひさん》な年月をベッドですごした。もう手のほどこしようもないまま、うつらうつらと生死の境をさ迷った。おふくろは死神に忘れられたまま、よだれを垂れ流すだけのみじめな姿をさらした。逆に十七歳でウイルスに感染したいとこは、まだ人生の花が実をつける前に、十九歳で死んでしまった。いとこはウラニアでも指折りの笛吹きだった。有名な金細工師《きんざいくし》だった父親は、寝ても覚めてもひとり息子の健康のことを考え、まるで恋人のようにだいじにしていた。だけど、大理石の柱の上に娘を住まわせておいた王さまと同じように、俺のおじさんも息子を救ってやることができなかった。知ってるだろう、この気の毒な王さまの話を?」

「いや、知らないな」

ヴァレンティンはこたえた。それにもう、いくつ目の話を聞いているのかもわからなくなっていた。

「俺の爺さんは、この話を、たびたび聞かせてくれたよ。そのまた爺さんがこの王さまのことをかろうじて知っていたとも言っていた。ある王さま夫妻に月よりも美しい娘が生まれたときのことだ。占い師は、この娘はとても若くしてサソリに刺されて死ぬだろうと予言したそうな。両親は悲嘆にくれたが、天才的な建築家が名案を見つけるにおよんで、ようやく明るさをとり戻した。

『王女さまのために、鏡のようにつるつるした大理石の柱を六本立て、その上に小さな城を建てましょう。それなら、サソリはけしてよじ登ることができません』というわけだ。王女はその小さな城で、たいへん快適に暮らした。性格も陽気だった。サソリを持ち込まないよう徹底的に調べてもらえば、両親も、友だちも、好きなときに王女を訪ねることができたんだ。食事はかごにのせて引っぱり上げていた。ある日のこと、王女はブドウが食べたくなった。季節は晩秋。ブドウはたっぷり熟して、甘い。そこで、ブドウの入った大きなかごが王女のもとに届けられた。侍女がブドウを洗おうとした、そのときだった。大きな葉っぱの裏から、サソリがはい出してきたんだ。侍女はぎょっとして助けを求めた。そうして彼女は悲劇の侍女となった。そこへ王女が駆けつけ、強力な毒をもったサソリに刺されて死んでしまったからだ。王さまは、その日のうちに城をめちゃめちゃに壊させた。ただし、記念碑として柱を一本だけ残しておいた。それは今でも、ウラニアから南へ百五十キロ離れたところに立っているのさ。

俺のおじさんは息子をアメリカやヨーロッパ、中国、アフリカまで連れて行った。各地の医者や魔術師にどうか息子を助けてくれとすがったけれど、打ちひしがれて帰ってきた。そして息子が亡くなると、アル中になっちまった。おじさんは精神病院で死んだよ。死神は俺の一族をこんなふうにぞんざいにあつかうんだ。だけど、おかしなこともあるもんだ。俺の女房は、まるでスイスの時計職人に注文したんじゃないかと思うくらい、ぴったり時間どおりに死を迎える一族の出だったんだ。おそらくおまえは信じないだろうけど、女房の親父は、自分の死期を精確《せいかく》に知っていた」

「えっ？　自分がいつ死ぬか、わかっていたのか？」

ヴァレンティンは耳を疑った。

「日にちまで精確にだよ」

ナビルは言った。

「十一月のはじめ、彼は女房、つまり俺の義理の母親に『俺は、今年いっぱいは生きられない』と言ったんだ。彼女は笑い飛ばし、『それなら二月にしてくださいな』と返答した。毎年恒例にしていたが、義母はそのときすでに、夫が好んで休暇をすごすスイスの定宿《じょうやど》に、一月のはじめの二週間ということで予約を入れてあったんだ。女房の両親は十年来、一月になるとスイスへ行き、いつも同じホテルに泊まって、ほかの国から来たアラビア人の金持ちと顔を合わせることにしていたのさ。

義理の母親が冗談を返したのは、夫は退屈しのぎに、あんなおかしなことを言うのだと思っていたからだ。ところが十一月七日のことだ。寒いが、よく晴れた日だった。義理の親父は墓地へ行ったんだ。そして墓守《はかもり》に、一族の入っている大きな墓所を掃除して、墓の扉をあけておくようにと言った。義父は、いつも自分の家の墓所を特に念入りに世話してもらっていることに感謝して、墓守にたっぷりチップをはずんだ。墓守はびっくりして、『死者の霊に恩寵《おんちょう》あれ。で、どなたさまが亡くなられたのですか？』と丁重《ていちょう》にたずねた。

義理の親父は驚いている墓守に『いや、だれも死んではおらん。だが、俺の命は明日で終わりのような気がする』とこたえると、帰宅した。翌日、朝食を終えた彼は、中庭の噴水のそばに腰かけて、ハトのエサをかっさらっている二羽のスズメを楽しそうに眺めていた。義理の母親は『コーヒーでも飲みますか』と声をかけた。しかし、もはや応答はなかった。

俺は女房と知り合ったころ、こんな話をいろいろ聞かされた。結婚したとき、俺は女房に言ったよ。

『これから、おまえはシャヒン家の一員だ。俺がこの世から消えるまで、死神がずっとおまえを忘れていてくれるように願っているよ』ってね。

女房は死の床についたとき、

『私、ほんとうにシャヒン家の一員になれたわ。でも、死神が早く来すぎるほうの運命だったの』

と言って泣いたよ」

ナビルはしばらく黙っていたが、やがて先を続けた。

「俺の親父だって、生粋《きっすい》のシャヒン家の人間ではなく、祖父母の養子だったっていうのに、例外じゃなかった。いつか、親父の話をするよ。とにかく親父も変な時に死んだんだ。しかし今度はおまえが話す番だ。つい、死んだ人間の話ばかりしちゃって。ところで、今日おまえは、俺が招待しなくてもウラニアに来たかもしれないって言ったよな。ある物語のためにって。そのとき、だれかが、俺たちの話の腰を折ったんだ。たしか、そうだ、大臣が着いて……」

「そうそう」

ヴァレンティンは相づちを打った。

「じつは、おふくろのことで、ここへ来たいと思ってたんだ。その物語っていうのが、熱烈な恋の話なんだよ。聞きたいかい？　この話は、まだだれにもしていないんだ。だけど、どうしても、その物語を書きたいと思っている。おまえに話して聞かせることで、たぶん俺自身も、もう少しはっきりつかめるんじゃないかな。よかったら、次のナッハモルグからおつき合い願うよ」

「うん、大歓迎だ」

と応じながら、ナビルは、自分が造りだした言葉をヴァレンティンがこんなふうに、いとも自然に使ったことがうれしかった。

「わかった。ナッハモルグのたびに、少しずつ続きを聞かせるよ。きっと、連続小説みたいになると思うんだ」

「だけどおまえ、息詰まるような場面で、ぷっつり中断する気じゃないだろうな？　ああ、その手の話、俺はいやだな。続きを聞きたくて、禁断症状《きんだんしょうじょう》が出ちまうよ。おまえは話をしながら、俺を手ひどくいたぶることができるわけだ。主人公は監獄《かんごく》につながれています。ひそかに持ち込んだヤスリで、牢屋の窓にはめられた三本の格子《こうし》の切断にかかりました。一本目の格子も、二本目の格子もうまくいきました。処刑を前にした最後の晩でした。これで三本目もほとんど切れたぞというところで、彼は廊下を歩く看守《かんしゅ》の足音を耳にしたのです――するとそこでだ、おまえはどうするかというと、話を中断して『この続きは次のナッハモルグに！』と言うんだ。なっ、そうだろう？　こんな殺生《せっしょう》な刺激スパイスを使わずに話を聞かせてくれると、ありがたいんだけどな」

ヴァレンティンは笑みを浮かべてこたえた。

「うん、うん。おまえの言うことはよくわかる。でも、悪いけど、お察しのとおりさ。俺はそんなふうに話すつもりだ。おまけに、たぶん、俺ならもっといやらしく、こうつけ加えるだろう。『それはそうと、ぎょっとしてぶるぶる震えている囚人のところには、なんと窓からちっぽけなヤスリまで落ちてきたではありませんか』——そして俺は立ちあがり、囚人の運命とおまえだけを残して立ち去るだろうな」

12

いっしょに探してくれる人があらわれて、ヴァレンティンは心から感謝した

ヴァレンティンは先代からちょっと変わった習慣を受け継いでいる。サーカスの公演中、日ごとに、その日もっともよい出来だった芸人の名前をつけるのだ。たとえば「この前の火曜日は満員札止《ふだど》めだった」というのではなく、「エヴァの日は満員札止めだった」という言い方をする。すると団員は、火曜日のエヴァの綱渡りはふだん以上によかったのだとわかる。そして後々まで観客にサーカスのよい思い出を残すために、自分たちもすばらしい演技をしようと心がける。サマーニ・サーカスはこういう団員たちに支えられてきた。ヴァレンティンはひとつでも完璧な失敗があった日を、悪魔の日と呼んだ。三月半ばから十一月半ばまでの公演期間中、そういう日はきまって雨が降っていた。

この町に客演《きゃくえん》する世界的に有名なサーカスが、すぐれた才能をもつ観客にも芸を披露《ひろう》するチャンスを提供する。このセンセーショナルなニュースを伝えるポスターが、毎夜の公演がはねるまで会場にかかげられた。

12 いっしょに探してくれる人があらわれて、ヴァレンティンは心から感謝した

ヴァレンティンは昼ごろ、少し時間をとり、祖母アリアの墓を見ておきたいと思った。ナビルがタクシーを手配して、ふたりは墓地に向かった。カトリック墓地はウラニア市街から五キロほど離れた、絵のように美しい山の中腹にある。そこからは遠く地中海まで見わたせた。あまりに美しい場所なので、ウラニアでは「キリスト教徒は敬虔《けいけん》に生き、死んでから五感を楽しませる。もしも死者に目があるならば、大地は日没のたびに絶景《ぜっけい》をめでる者たちのため息に揺れることだろう」と言い慣わされていた。

ギリシア風の柱に重厚な鉄の扉がついた巨大な正門から、樹齢を感じさせるイトスギの古木に縁《ふち》どられた並木道がはじまる。この重々しさとは対照的に、墓地の管理人はまるで安手《やすで》のホラー映画のスクリーンから抜け出したように見えた。男は小柄で、背中にこぶがあり、瞳孔《どうこう》が白く濁《にご》った片目は見えていなかった。吐く息は、一メートル半ほど離れていても酒臭かった。慇懃《いんぎん》にアリア・バルダーニの墓のことをたずねるナビルを、男は不審《ふしん》そうに眺めまわした。

「そんな人の墓は、知らねえな」

管理人は不機嫌《ふきげん》そうに口ごもった。ナビルはなおも食い下がり、こちらはわざわざドイツからやってきた方《かた》で、ウラニアの司教《しきょう》とはきわめて親密な間柄《あいだがら》だと詰め寄った。管理人はますます疑り深いまなざしでヴァレンティンを見た。

「ドイツ人《アルマーニ》か」

管理人はぶつぶつ言った。そしてよだれをすすると、ついて来いと合図した。右足をひきずる管理人は、道に敷きつめられた雪のように白い大理石の玉砂利《たまじゃり》の上で、騒々しい音をたてた。あち

こちにツルバラがはびこり、救い主の口づけを待ち受ける魂が眠る、宮殿と見まがうばかりの墓を覆い隠している。なかには朽《く》ちはてた墓もある。あちこちに点在する一族ごとの大きな墓所は、大理石や白い石を正方形に積んだ平屋の建造物だ。階段を下りると、地面より低いところに墓の扉がある。ある墓所を通り過ぎたとき、油とニンニクの強烈な匂いが鼻をついた。ヴァレンティンは不思議に思った。次の墓所からは、香水入りの石けんの強い香りが漂ってきた。

管理人は不意に立ち止まった。ひときわ美しい場所にある、黒大理石の大きな墓所の前だ。管理人は投げやりな態度で階段の前の街灯にもたれかかり、下に向かって叫んだ。

「シャーケル！　シャーケル」

ナビルはヴァレンティンを振り返ると、ばつの悪そうな笑いを浮かべた。

「どうやら」

ナビルは小声で言った。

「とんでもないやつに当たっちまったようだ。ここは、様子を見よう」

そう言うナビル自身、顔が青ざめていた。鉄の扉が開くと、中から十歳ほどの半裸の少年が姿をあらわした。少年のうしろから、キャベツを油で煮込むいやな臭いが漏れてきた。

「こっちへ来い！」

管理人は乱暴に呼びかける。

「だんなたちに、お探しの墓をお見せするんだ！」

管理人は地面に鼻汁を飛ばすと、手の甲で鼻をぬぐい、その手を上着にこすりつけて乾かした。

そして無言で踵《きびす》を返すと、足を引きずりながら帰っていった。

「だんな、ちょっとお待ちを」

少年はそつのない口調で言うと、また扉のうしろの暗闇《くらやみ》に姿を消した。顔に入れ墨をした女が、ドアのすき間から、待っているふたりをしげしげと眺めた。

「そうか、あれが死神の義母か。彼女に愛想よくしてやれよ」

衝撃から立ちなおったナビルは、ヴァレンティンにうながすともなくこう言うと、ほほ笑んだ。

　自分もいっしょに笑ったらいいのか、それともこの場から逃げ出そうか、ヴァレンティンはとまどった。少しして、ブルー・ジーンズに半袖の緑色のシャツを着た少年が戻って来た。

「死んだ人は、なんていう名前？」

少年はナビルに事務的な調子でたずねた。

「女の人だ。アリア・バルダーニといって、ある世界的に有名な……」

「サーカス団長」

少年はナビルのことばをさえぎった。

「そうだ、サーカス団長と結婚した」

ナビルは驚いて、大きくうなずいた。

「それで、いくらもらえるんだい？」

少年は表情ひとつ変えずに聞いた。

「ほら」

ナビルは少年に十リラ札を握らせた。

「ありがとう。えっ、こんなに！　あんたたち、気前《きまえ》がいいね。アリア・バルダーニは、ちょうどマハディ・アメルっていう学者の墓の隣に眠っているよ。そんなに遠くない。ここから石を投げれば届くところだよ。すぐに着くさ」

少年は大きな札を折りたたんで尻のポケットに入れ、前にたって、しっかりした足どりで先を急いだ。

　アラビア人が「石を投げれば届く」ほどの距離と言うとき、外国人はそれを近いところだと思ってはいけない。もしかすると相手はベドウィン(注)の生まれではないかと疑ってかかるべきだ。ベドウィンが石を投げれば、悪くても月に当たる。少年のあとを追うナビルとヴァレンティンも、まもなく息を切らせて悪態《あくたい》をつくはめになった。

「ところで、おまえ、墓の中でなにをしているんだ？」

ナビルはこう聞くと、立ち止まり、息をととのえようとした。

　少年も足を止め、いぶかしげにこたえた。

「住んでるんだよ、だんな」

「あそこで生活しているのか？」

「快適だよ、だんな。あの家は部屋が三つあって、造りもしっかりしている。極上の石や大理石を使ってね。いつも乾燥しているし、冬のいちばん厳しいときだって、暖房する必要がないんだ。なにしろ、地面の下だからね。内装も立派なもんだよ」

「内装だって？　墓穴だぞ。怖くはないのか？」

「ねえ、だんな、それがなんだっていうの？　ここの暮らしは、王さまみたいさ。イトスギの匂い。目の前に広がる海。犯罪者やネズミがうようよいて、イヌの死骸がごろごろしているスラム街より、何千倍もいいよ」

「それなら、死者はどうなんだ？」

「父さんは言ってるよ。死んだ人たちは生きている人間よりも平和好きだって。死んだ人はけしてぼくたちを襲ったりしないけど、スラムにいたら、強盗や殺人や殴り合いのない夜なんて、ひと晩もないんだからね」

「いや、そうじゃなくて、墓の中には死体が置いてあるだろう。死体はどうした？　ベッドの下にでも、押し込んだのか？」

ナビルは意地悪《いじわる》な質問を執拗《しつよう》に浴びせた。

「あそこに死体はなかったよ。母さんがあの墓を見つけたんだ。母さんは、一八六一年にアルゼンチンから渡ってきたジダヴィという一族の出さ。あそこには、ちょっと灰があっただけだってさ。母さんはそれを掃《は》き集めて、墓のわきのバラの茂みに埋めたんだ。真心を込めて、丁重《ていちょう》にね」

「あんなに深いところで、息が詰まらないのかい？」

（注）砂漠に住む遊牧民。

ここまでくると、さすがにナビルの口調にも少し温かみがこもっていた。

「そんなことないよ。天井に換気穴がいくつもあるもの。おまけに父さんが二枚の大理石板をすべすべに磨いて、ぼくたちが簡単にずらして新鮮な空気をもっと入れられるようにしてくれたんだ。でも、夜しか動かせないけどね。昼間は、そんなことして墓参りの人を驚かしちゃいけないからさ。外の人は夜中に墓地で探しものをしたりしないって、父さんは言ってる。ひとつだけ悲しいのは、ここにはあんまり友だちがいないことさ。キリスト教徒は一人用の墓ばかりで、一族が入る大きな墓所はめったにないからね。スンニ派の墓地にいるぼくのいとこは、もっとめぐまれてるよ。遊び友だちがたくさんいて。だってあそこには、有名無名のイスラム学者たちが入っている、四つも部屋のある墓がどっさりあるんだから。ここには一族の墓なんて、たった十しかないよ。そのうち人が住んでいるのは、四つだけ。あとの六つは、まだ死んでほやほやの人たちでふさがっているんだ」

少年があまりに事もなげに話すので、ナビルは胃の具合がおかしくなりそうな気がした。

「さあ、行こう」

ナビルは、このやりとりのあいだずっとイトスギにもたれて海を見つめていたヴァレンティンに声をかけた。すると同時に、少年が声をあげた。

「これが、アリアの墓だよ」

少年は、遠くの墓所から合図を送っている人影にあいさつを返した。人影は姿を消した。

白い大理石プレートのつつましい墓は、キズタと雑草にすっぽり覆われていた。ナビルが草をかき分けると、アリア・バルダーニの墓があらわれた。ナビルは、アラビア文字で書かれた墓碑《ぼひ》銘《めい》をヴァレンティンに読んで聞かせた。

世界中に名を馳《は》せたサーカス団長ヴァレンティン・サマーニの妻、
アリア・バルダーニ、ここに眠る。
世界を旅してまわり、この地に永眠せり

「ここの墓なら、ひとつ残らず知ってるよ」

少年は誇らしげだった。

「大きなノートに名前をぜんぶ書き出して、暗記するまで、いっしょうけんめい覚えたんだ。だから管理人は、ぼくたちにちょっぴり甘い顔をするのさ。そうじゃなきゃ、ぞっとするくらいいやなやつなんだ。ねえ、だんな方、あいつに二、三リラやってもらえると、ありがたいんだけどな。そうすれば管理人はぼくのおかげだってわかるし、次にあんたたちみたいな客が来たとき、ほかに三人いる子供たちじゃなくて、またぼくを案内に出すだろうからね。管理人はアラク酒(注)を浴びるように飲まないといられないんだ。かわそうなやつだよ」

「おまえ、シャヒン一族の墓のあるところも知ってるかい?」

(注) ナツメヤシの実やブドウから作るアラビアの強い酒。

ナビルはたずねた。

「もちろんだよ、だんな。いちばん上の、東の壁のすぐ近くさ。だけど、あの一族の息子は大物だから、ぼくたち、あそこの花一本、折ることもできないんだ。その人の奥さんは、一年前にここへ運ばれてきたよ。ぼく、見たんだ。若くて、きれいな人だったよ」

ヴァレンティンは祖母の墓を前にして、これといった感慨もなかった。なにか肌寒いものを感じた。けれども少年の潑剌《はつらつ》とした態度には好感がもてた。その手に十リラ札を握らせると、ヴァレンティンはナビルのほうを向いて言った。

「この子に言ってくれ。この墓の面倒をみてほしい。月に一度は来るから、そのときに、同じだけ金をやるからって」

ナビルは少年に通訳してやった。そしてふたりは、もと来た道を引き返した。門の外には管理人が待っていた。

「タクシーを呼んでくれ。アリアの墓によく気を配ってくれよ」

ナビルはごつごつした管理人の手に十リラ札を押しつけた。

「かしこまりました、だんな。そういたしましょう」

管理人はこうこたえると、足を引きずりながら小屋に入って行った。
二、三分すると、タクシーが猛スピードで墓地に乗りつけた。車はほこりを巻きあげながらブレーキをかけ、ナビルの目の前で止まった。
「おまえたち、ずっとなにをしゃべっていたんだい？」

ヴァレンティンが聞いた。ナビルは彼に少年との話を聞かせた。

翌日は、いよいよサーカス開幕の日。それまでにヴァレンティンとナビルは、プログラムの隅々まで三度、目を通した。けれどもナビルは、観客を入れる直前まで、なかなか自信が持てなかった。ヴァレンティンは練習の結果にとても満足していたのだが。

「なにも心配するな。俺は円形舞台《マネージ》のカーテンのうしろにある出待ち通路にひかえている。おまえは出し物をひとつ紹介したらすぐに俺のところへ戻るんだ。それから二人で、次の演目のアナウンスをもう一度おさらいしよう」

ヴァレンティンはこう言って、デビュー前の友人を落ちつかせた。

人々は午後からもう長蛇《ちょうだ》の列を作っていた。入場は無料だが、ヴァレンティンは、あくまでもサーカスが用意した座席分しか観客を入れない方針だった。たちまち、全席の券がなくなった。ヴァレンティンとナビルは、外で入場券がさかんに闇取引《やみとりひき》されていると聞いて腹をたてた。「サーカスは、まだしばらく当地に滞在し、無料にてご覧いただけます」という拡声器のアナウンスも、まるで効き目がなかった。楽団が公演のスタートを飾るパレードの演奏をはじめるまで、入場券の売買は続いた。

オープニングの日は、間違いなく「マルティンの日」になると思われた。原生林に住むターザンの衣裳をまとったマルティンは、ライオン、黒ヒョウ、ジャガー、トラ、ヒョウといったさまざまな動物を一堂に集めて演技を披露《ひろう》した。アラビアの人々はこれほどの猛獣ショーを見たことがなかった。観客は演技に夢中になったが、なかでも、黒ヒョウを背中に乗せた白馬がぐるぐる円を描きながら疾走《しっそう》する場面では、場内は熱狂のるつぼと化した。それだけでもう、この日にマルティンの名を冠するに十分だったかもしれない。ところがどっこい、クライマックスはそのあとにきたのだ。マルティンはライオン、トラ、ヒョウ、黒ヒョウを通路からふたたび檻《おり》に戻すと、四頭のジャガーだけを従えてステージに立った。そして二つの根源的《こんげんてき》な力、つまり猛獣と火のショーを披露したのである。スポットライトが消され、数秒間、テント内は完全な闇に閉ざされた。檻も、防護のための格子《こうし》も見えない。目をぎらつかせ、荒い息づかいと唸《うな》り声で闇をずたずたに引き裂く猛獣たちに、観客は恐怖を覚えた。なかにはサーカス通も混じっていたが、彼らでさえ、ぞくぞく鳥肌《とりはだ》がたつほどだった。突然、ぱっと炎が燃えあがった。マルティンがたいまつに火を灯《とも》し、二つのリングに火をつけたのだ。ジャガーは火を前に尻込みしている。それに気づいたマルティンは、全身から汗が吹き出した。動物たちが旅のせいでふだんにも増して神経を高ぶらせ、気分が不安定になっていることも見てとれた。ジャガーを刺激して攻撃に転じさせないように、ここは細心の注意が必要だ。これまで一度だってマルティンの心配をしたことがない、サーカスの陽気者エヴァでさえ、一瞬、不安を覚えた。いつもは夫が舞台に立っても平然としていて、そのわけを聞かれるたびに、

「私、マルティンは猛獣に嚙まれたって死なない、きっと蚊に刺されて命を落とすんだと思っているの」

と確信に満ちてこたえていたエヴァである。しかし、この夜のエヴァは、黒い猛獣にすっかり落

ちつきを食いつくされてしまったように、ぶるぶる震えていた。一頭のジャガーが振り向いて、マルティンに唸りかかり、火のついたリングをぐるかわりに鋭い前足で空を蹴ったとき、エヴァは恐怖に身を硬くした。マルティンは、ぎょっとしてうしろに退き、ジャガーに向かって大声をあげた。

「ああマリアさま、どうかうまくいきますように」

エヴァはこうつぶやきながら、ヴァレンティンの腕をぎゅっと握った。

「おまえ、やっぱりあいつを愛してるんじゃないか」

ヴァレンティンは小声で返した。

「それとも今のは、愛とは双子の姉妹の『世話女房《せわにょうぼう》』の声だったのかな?」

エヴァはほほ笑んだ。

「私だったら、『世話焼き姉さん』って言うわね」

マルティンはようやく四頭の猛獣を鎮《しず》めることができた。それからは四頭とも、名指揮者のもとで演奏するベテラン音楽家のようにふるまった。もう一度スポット・ライトがつくと、観客は舞台を揺るがすほどの拍手喝采《はくしゅかっさい》を送った。マルティンは深々とおじぎをして、気品あふれる猛獣たちをそれぞれの檻に下がらせると、自分も急ぎ足で退場した。

「すんでのところだったよ」

マルティンはしばらくたってからヴァレンティンにうち明けた。それはあの夜、ジャガーの眼の奥から二度も自分を凝視《ぎょうし》した、死のことを意味していた。

続いてピッポが登場して観客を楽しませ、そのあいだにサーカスのスタッフは舞台の中央に置かれていた大きな檻を撤去した。ピッポの道化は子供たちに大受けだった。子供たちは無言の演技をちゃんと理解して、歓声をあげた。けれども、いちばん楽しそうに、大きな声で笑っていたのはエヴァだった。

ナイフ投げでは、リタとマルコの十二歳になる娘のフランカが、アニタにかわって助手をつとめた。水の入ったコップを使った珍しい芸をいくつか持ちネタにしている母親のリタは、ふだん直立人間ピラミッドに出ている娘が、こうしてヤンの投げるナイフを待ち受けているのを見ても、平然としていた。ただフランカの父親である火食い芸人のマルコは、がっちりした体格で声もかくべつ大きく、力自慢だというのに、この話を聞いたときにはあやうく失神《しっしん》するところだった。マルコはナイフ投げのあいだじゅう、一分たりとも静かに座っていられず、ましてやのぞいて見ることもできなかった。まるでトラのように舞台のうしろの出待ち通路をうろうろして、ナイフを構えるたびに鳴らされる太鼓の連打を聞かずにすむようにと、耳をふさいでいた。マルコがようやく落ちつきをとり戻したのは、カーテンをすり抜けて帰ってきた娘がうれしそうに自分に抱きついたときだった。信じるかどうかはともかくとして、リタが言うには、夫のマルコはその晩のうちに、髪の毛がひと束《たば》ほども白くなったそうだ。

ナビルはヴァレンティンにつきっきりで手伝ってもらって、司会の役目をはたした。いくらかおぼつかないところもあったが、観客には気づかれずにすんだ。ただナビルの遠い親戚にあたる女性客だけは、この国でもっとも有名な建築家がサーカスの舞台のど真ん中に立っているのを見て目を丸くし、次から次へとおならの話を聞かされるにおよんで肝《きも》をつぶした。おまけにナビルは、してやったりという顔でにやりと彼女に笑いかけた。公演が終われば電話回線の二、三本はパンクするだろうとナビルは確信していた。あの女が、ナビルは正気を失っていると親戚じゅうにふれまわるに違いないのだ。

ところで、観客の中の芸達者《げいだっしゃ》たちはどうしただろう。こちらは、ひとりの青年がシャボン玉を使った芸でみんなを魅了《みりょう》したのである。青年はすでにこの日の午後、大小さまざまな管の先に奇妙な針金の輪をとりつけたものを持参して、ナビル、マルティン、アンゲラ、マンズーアの前で技《わざ》を披露した。伝説上の人物たちをつくったり、細かいシャボン玉を何重にも入れ子にして見せたり、キラキラ輝くシャボン玉の細長い筒を出してみたり、シャボン玉の房をつくり、それを花火のように炸裂《さくれつ》させたりと、次から次へくり出される芸に、観客は熱狂のあまり総立ちになった。

公演が終わると、ナビルはヴァレンティンを探した。ナビルは、見るからにみすぼらしい老人を連れていた。

「おまえに聞いてほしいというんだが」

ナビルは通訳した。

「クマの芸に興味はないかって。大きな茶色いクマを飼っているそうだ。すぐ近くに住んでいるのかどうかは知らんが、明日にでも見てやってはどうかな」

老人は懇願《こんがん》するようにヴァレンティンの顔をじっと見つめた。

「ああ、いいよ」

ヴァレンティンはしぶしぶ承知した。

「だけど、言っといてくれ。約束はできないって」

ヴァレンティンはクマ使いが嫌いだった。彼らは燃えるように熱い金属板に向かってクマを追い立てながら音楽をかける。するとクマは熱さのあまりピョンピョン足をあげて踊りだし、次々にダンスを覚えてゆく。そうして、音楽が鳴ると、クマはたちどころにその意味を理解するようになる。この世でもっとも賢く感受性《かんじゅせい》の強い動物に、人間はこんな仕打ちをしてきたのだ！　ナビルは老人に、ヴァレンティンがクマの調教についてどう考えているのか説明した。ところが老人は手を打ち鳴らして喜ぶばかりだった。そしてナビルになにごとか長々とまくしたてると、その場を走り去った。

「なんて言ったんだい？」

ヴァレンティンは聞いた。

「きっと、あいつは大ぼら吹きさ。女房が感激するだろうっていうんだ。女房を連れてきて、これがクマでございなんてほざいたりしなきゃいいんだが」

ナビルはこう言って笑った。


夜おそく、ヴァレンティンはサーカスのカフェの隅にある小さなテーブルに、ナビルとナッハモルグをすごすための席をもうけた。ヴァレンティンは、馬鹿でかいクマをさかなにおそらくナビルをまんまとかついだ、あのクマ使いと称する男のことが頭を離れなかった。ヴァレンティンは首を横に振りながら、パンやチーズ、サラミ、オリーブ、ワイン・グラスをテーブルに並べた。ところが彼は、あの老人について、とんでもない思い違いをしていたのだ。

カフェの主人は営業をやめ、すべてを片づけて寝に帰った。団員たちはいつまでカフェにいても、締め出されることはなかった。しかし、さすがにこれほど遅い時間になると、残っている者はいなくなる。心身ともに疲れはてた一日が終わり、サーカス村はどんどん静かになっていった。やがて近くを流れる川のピチャピチャという水音だけが聞こえるようになった。相変わらず暖かく、まるで夏の夜のようだった。ヴァレンティンとナビルは小さなテーブルについた。

「もうナッハモルグだろうか？」

ヴァレンティンはたずねた。なにかをしゃべりたくて、うずうずしているようだった。

「もうその頃合《ころあ》いだと思うよ」

ナビルは笑みを浮かべた。

「だけど、ちょっと待ってくれ。キャンピングカーからジャケットを取ってくるから。あとになって話に夢中になったら、きっと立ちあがるのがいやになるだろうからな」

「俺のほんとうの父親はな」

ナビルが戻ってくると、ヴァレンティンはグラスにワインを注ぎながら切りだした。

「ルドルフォ・サマーニではなく、タレク・ガザールという名の、この町の出身者なんだ。おふくろがタレクとどんなふうにして出会ったかといえば、ざっとこんな話だ」

ヴァレンティンは咳ばらいをひとつしてから、母親の愛の物語をはじめた。

「凍《こご》えるように寒くて、どんよりとした一九三一年十二月のある日のこと。絶望しきった女がベルリンの通りを歩いていた。彼女は人間を二人も殺しかねない量の睡眠薬を飲んだうえに、シュプレー川に身を投げて死のうと考えていたんだ。当時、彼女は有名な綱渡り師。そして輝かしい成功をおさめたサーカス団長、ルドルフォ・サマーニの妻だった。なぜ彼女がどんな手段を使っても死にたいと思っていたかといえば、それは長い話になる……」

ヴァレンティンは母親がハンガリーですごした子供時代までさかのぼって、くわしく話した。一時間たったころ、話はようやく、十歳の少女がウマの背に乗っていてあやうく命を落としそうになったところまできた。ウマはスズメバチに驚いて、パニックに陥《おちい》り、深い谷底めがけて疾走したのだ。ちょうどそこで、ヴァレンティンは話を中断した。

「続きは、あした話そう」

「それはないだろう」

ナビルはやり返した。ふたりのあいだに長い沈黙が流れた。

「で、親父さんが住んでいた場所はわかってるのか?」

「タレクはウラニアに住んでいたんだが、おふくろの日記には住所が書いてない。けれどおふくろは、彼の家の近くにあるはずの喫茶店の話を記している。それに、べつの箇所には、むかし、自分がどうやってタレクの居場所を知ろうとしたかということや、そっと彼のあとをつけたことなども書かれている。道筋の描写はくわしい。だから、タレクの家の近くにモスクと風呂屋《ハンマーム》があることはわかっているんだ」

「モスクのとなりに風呂屋があるのは、旧市街しかないな」

とナビルは言った。

「もし俺がおまえの立場だったら、まずそこから、探しはじめるだろうな。住民登録局はあてにならないよ。入っていた建物が戦争中に破壊されて、いろんな文書や戸籍や出生・死亡届が灰になってしまったんだ。この十年はコンピュータを使って全住民のデータを記録しているけどな。気が遠くなるような作業だよ。でも、過去何百年にもおよぶ系図のたぐい、それにまつわる数々の物語は、永久に失われてしまったんだ。いいかい、旧市街は広いってことを頭に入れておかなくちゃいけないよ。あそこには、ほぼ二百万人がひしめき合って暮らしている。二十年前の十倍だよ。だから住民は、たがいに相手の顔もろくに知らぬありさまだ。情報ひとつ集めるにも、辛《しん》抱強《ぼうづよ》くやらなくてはな。よかったら、お供するよ」

「うん、そう願うとして、明日からはじめるよう。動物にやるエサの管理は、マルティンとカリムに任せられるから、午前中は休みがとれる」

ふたりはまたおし黙った。しかしヴァレンティンには、喜びのあまり心臓が歓声をあげているのが聞こえた。旧市街がどんなに複雑に入り組んでいようと、ヴァレンティンはかつてなかったほど、実父と母親の愛の物語に近づいていた。必要とあらば、旧市街で一軒一軒ドアをノックしてまわることも辞さないくらいの気持ちだった。この数日ほど幸せな気分になったのは、近年まれなことだった。積年《せきねん》の心の錆《さび》が落ちてゆくような気がした。では、それまで彼の魂はどうだったのだろう。ヴァレンティンの魂は、ちょうど母親の日記が入っていた箱のように、鍵《かぎ》をかけたまま、どこかの屋根裏に置き忘れられていた。それが思いもかけず、オリエントから友人の救いの手がさしのべられ、蓋《ふた》をあけてくれたのだ。すると、鮮やかな色彩と目くるめく想念、そして生きる喜びにあふれた少年時代が飛び出してきた。生への投げやりな態度は影をひそめ、一瞬一瞬の大切さ、この世のかけがえのない宝である時間の大切さを、ヴァレンティンは心の底から確信するにいたった。

ヴァレンティンはしみじみと幸せをかみしめた。それは、数日離れているだけなのに今すぐにも会いたくてしかたがない、愛するピアのおかげばかりではなかった。体をむしばむガンと命を賭けて闘いながら、目の前でこうして静かにワインを飲んでいる、高貴にして懐《ふところ》の広い男、ナビルがいればこそであった。ヴァレンティンは彼への感謝のあまり、うれしそうに両手をこすり合わせた。ナビルの顔にほほ笑みが浮かんだ。ヴァレンティンは自分の喜びがナビルにも移ったような気がした。どこかのキャンピングカーの下でコオロギが鳴いた。

ナビルが言った。

「俺はコオロギの声を聞くたびに、子供のころのある夜のことを思い出すんだ。俺のお祖母さんが最後に俺たちの家に来たときのことだ。お祖母さんはいちばん下の息子を訪ねてニューヨークへ飛び立つ前に、親戚のみんなを訪ねてまわったんだ。それはもう、感動的な光景だったよ。叔父さんは結婚式を挙げることになった。けれどもアメリカで亡命生活を送っていたんで、母親のほうから出かけて行くしかなかったんだ。お祖母さんは旅行のたびに親戚や知り合いぜんぶにお別れを言って、それぞれに『なにかほしいものは？　あちらであんたのためにしてあげられることがあるかしら？』とたずねるような、まだそんな世代の人間だった。そうやって質問するのは儀式みたいなものさ。旅行する人間に用事までたのんで面倒をかけようなんてやつは、ほとんどいなかったよ。話を戻せば、お祖母さんが俺たちの家に泊まったのは、あれが最後だった。暑い夏の夜。お祖母さんが飛行機に乗って大西洋の上を飛んで行くんだと思うと、俺は興奮しちゃってねえ。眠るどころか、海の上を飛ぶ航路をああだこうだと考えて、何度も飛び起きては地図を引っぱり出し、距離を測っていたんだ。夜もふけて、俺はそっと、中庭に面したバルコニーへ出た。そこにはお祖母さんが座っていて、コオロギが鳴いていたよ。オレンジの花の香りがした。

『おまえも眠れないんだね、ぼうや』

お祖母さんはこうささやくと、にっこり笑って手をさしのべた。

『そんなんじゃないよ』

俺はそう言いながらも、お祖母さんのやわらかい腕に飛び込んだ。お祖母さんは床に腰をおろし、俺はお祖母さんの肩に頭をあずけた。そうやって俺たちはじっとコオロギの声を聞いていた。お祖母さんは目に見えない小さな虫たちがあれこれ話していることを、俺に通訳してくれたんだ。ふたりとも泣き笑いさ。

『ところで、おばあちゃん。おばあちゃんはなんで眠れないの？』

最後に俺は聞いた。

『興奮しちゃってね』

お祖母さんは言った。

『頭のなかでは何度もニューヨークに飛んでいるんだけれど、それでもちっとも気が楽にならないんだよ。もし飛行機が墜落したら、私はどうすりゃいいんだろう？　だって泳げないいんだから』

そんなわけで、俺はコオロギの声を聞くたびに、最後にお祖母さんを見たあの夜のことを考えるんだよ。お祖母さんは息子のところで一年暮らしてから亡くなったんだ。ほんとうに穏やかに眠りについた。シャヒン家の例にもれず、早すぎたけどな」

ナビルは黙った。その顔に哀愁《あいしゅう》の影が落ちた。

「おまえ、今日の公演でいちばんまずかったのはなんだと思う？」

二、三分して、ヴァレンティンは沈黙を破ろうと、ナビルにたずねた。

「俺のことなら」

ナビルはほほ笑んだ。

「おそろしく神経質になってたと思うんだ。公演のあとでシャツを絞ったら、半リットルも汗をかいていた。俺のほかには……」

やはり批判めいたことはやめておこうとでもいうように、ナビルは少しことばをのんだ。

「ロベルト爺さんのステージかな。よくわからないが、最初から最後まで、ついてなかったからね」

今年七十五歳の気まぐれな芸人が見せるショーを、ナビルは遠まわしな表現を選びながらふり返ってみせた。出し物は熱帯産のヘビとワニの闘いだ。ところが異様に長い手と大きな足、おまけに骨と皮ばかりの老人のぎくしゃくした体の動きがあまりにグロテスクだったために、会場は笑いの渦《うず》につつまれた。ロベルトはそれに憤慨《ふんがい》して観客にひどい悪態をつく始末だった。

「ついていないって言うけど、あれだけは大失態《だいしったい》だ！　だけど、俺にはどうにもできない。ロベルトはルドルフォ・サマーニの言うことしか聞かなかった。そのルドルフォも、世を去ってすでに久しい。ロベルトは、俺の親父だってことになっているルドルフォの親友だったんだ。俺とおまえが知り合った一九四六年には、ロベルトもいっしょにウラニアに来ていたんだ。そのころの彼は、大理石でできてるんじゃないかと思えるほど筋骨《きんこつ》たくましい男で、クマのティーモと舞台に上がっていた。ロベルトはティーモのためだけに生き、クマのほうもその愛情にこたえた。クマの愛を勝ち得るなんて、そうあることじゃない。クマはわれわれ人間に不信感をもっているといわれるが、そのとおりだ。だからこそ、ロベルトの話が語り草になるんだ。ロベルトはティーモの心を征服したってわけさ。けれども俺たちがブラジルから帰国してまもなく、ティーモは突然、治る見込みのないウイルス性の病気にかかってな、二、三週間後に恐ろしい死に方をした。あれからかれこれ四十年になるが、ロベルトは二度とそこから立ちなおれない。ロベルトの息子は外科医としてフランクフルトで名声を博《はく》し、莫大《ばくだい》な資産を築いたが、自分の父親を恥ずかしく思っている。ロベルトがフランクフルトに姿を見せないという条件で、毎月、金を送ってくるんだ。ロベルトは意固地《いこじ》で、聞く耳をもたないも同然……」

ヴァレンティンはさらにナビルのそばににじり寄った。そのことばはほとんど聞き取れなかった。

「……でも、解雇《かいこ》を言いわたして、あの男を悲しみのどん底に突き落とすなんて、俺にはとてもできないよ」

そうこうするうちに、地平線にはもう朝の光の帯があらわれた。ふたりは心からおやすみのあいさつをかわし、急いで帰っていった。翌日はたいへんだとわかっていたからだ。もちろん、午後に彼らを待ち受けていた思いもかけぬ出来事など、まだ知るはずもなかった。

13　ほほ笑みは、見失った希望を呼び戻す

ヴァレンティンが、これほど長く熟睡《じゅくすい》したのはほんとうに久しぶりだった。目を覚ますと、すでに陽の光は枕のすぐ横まで届いていた。九時をまわっている。サーカス村は、さながらミツバチの巣箱のようだった。ヴァレンティンの眠りを邪魔《じゃま》しないようにという配慮から、彼のキャンピングカーのまわりだけは、目に見えない壁が築かれていた。ナビルはもうテントに姿をあらわし、ロープの上で練習中のエヴァをじっと見ていた。かたわらではヤンが、マルコとリタの十歳になる息子のシルヴィオを相手に、西部劇ショーに新たに加える投げ縄の離れ技《わざ》を試していた。投げ縄を渦《うず》のようにまわしながら、回転をどんどん早めてゆく。そして縄の真ん中でカウボーイがジャンプする。すると縄はカウボーイの体のまわりを上へ下へとダンスするのだ。ヤンはこの演技を完璧にこなしたが、シルヴィオがやると、そのたびにロープはピシャッと音をたてて地面に落ちた。

ヴァレンティンはテントに入ると、軽くあいさつをした。どことなく恥ずかしそうなそぶりだった。彼はナビルに向かって、サーカスのカフェに来てくれと合図を送った。なんのことはない。

自分が腹ぺこだから、朝食を食べに行きたかったのだ。

「あんたが朝めしを食うなんて」

とカフェの主人は驚いた。

「こりゃあ、初耳だぜ」

「それに、そんなにがつがつ食らってると、今にサーカスは破産しちまうぞ」

ナビルが追い打ちをかけ、三人は高らかに笑った。

ヴァレンティンは動物の世話について簡単な指示を与えると、十時ごろナビルといっしょにサーカスを出た。ふたりは旧市街へ向かう橋にさしかかった。数歩渡ったところで、歩道の上の大きな黒いしみのまわりに男や女が群がっているのが見えた。

「ここで、なにかあったのかい？」

ヴァレンティンは聞いた。

「あるドラマの終着点さ」

ナビルはいきさつを話した。

「ひとりの老人が何年も、紙芝居の箱を背中にしょって町の中をめぐり歩いていたんだ。路地から路地をまわっては箱を降ろして、子供たちを呼び集める。すると子供たちは物語が聞けるし、おまけに箱の中のおとぎ話のようにきれいな絵も見られるわけさ。ところが年がたつにつれて、箱の中の巻き絵は古びてくるし、子供たちはテレビにくらべて穏やかな老人の話に退屈するようになった。そうなると、老人が一日じゅう町を歩きまわっても、一ピアストル払って物語を聞いたり絵を眺めたりしようという者はひとりもいない、なんて日が多くなった。絶望した老人は二、三週間前に、背中の紙芝居の箱にガソリンをかけ、われとわが身に火をつけたんだ。なんとも恐ろしい光景だった！　老人は苦しさのあまり走りまわった。炎は何メートルもたち昇ったそうだ。通行人は、なすすべもなかった。ここが、老人が倒れて息絶えた場所だ。炎が消えたあとに残った黒いしみは、どんな洗剤を使っても消せないそうだ。老人と紙芝居の箱は、橋の石に永久に焼きついたんだ。見てごらんよ。今になって急に老人とその物語に引き寄せられた人々が、町のあちこちから集まってきている。今になって彼は、自分が死んだ場所でまた観客をつかんだというわけだ」

ナビルが話しているあいだに、ふたりは橋を過ぎてバザールへ入っていた。ヴァレンティンは母親の日記に記された道筋を、しっかり頭に刻み込んでいた。いっぽう、ナビルはどこまでも辛《しん》抱強《ぼうづよ》かった。ふたりはモスクからモスクへ、浴場から浴場へと捜しまわったが、このあたりの人間で、ガザール、ガッサール、ガザル、またはそれと似たような名前の理髪師を知っている者はひとりもいなかった。ヴァレンティンはナビルの有名人ぶりに驚いた。行く先々で敬意をこめて迎えられるのだ。ふたりはくたびれると、お茶を飲みながら子供時代の話に花を咲かせた。

「ところで、俺たちが屋根によじのぼって中の女たちをのぞき見した風呂屋は、どこにあったたっけ？」

ヴァレンティンが聞いた。ナビルは笑いながら言った。

「そうか、おまえも忘れてなかったんだな。あの立派な風呂屋は、残念ながら六十年代の建築ラッシュの犠牲《ぎせい》になって閉店したよ。バザールの北のほうの出口にあったが、今じゃそこに灰色の錆《さ》びついたアパートが建っているよ」

ヴァレンティンは、当時のことを思い出していた。あやうくつかまりそうになったが、すばしこい友だちが見つけた屋根伝いの道を逃げ、ひとつ路地を越えたところで梯子《はしご》を下りて、気づかれずに逃走したのだ。

「もうひとつモスクを訪ねたら、今日の捜索は終わりにしないといかんな」

ヴァレンティンは病気の友人によけいな負担をかけたくなかった。

「サラディン・モスクならここから遠くない。おまけに、町じゅうでいちばんすばらしい風呂屋が近くにある」

ナビルは言った。

野菜市場を過ぎると、魔法にかかったように、急に路地への違和感《いわかん》が薄らいでいった。あたりは、母親が記した道の様子にますます似てきた。ヴァレンティンはまるで夢の中をさまようように、しだいに足どりをゆるめていった。なにもかも、母親が四十年前に書いたとおりだった。色とりどりの木を使った美しい扉も、いくらか色あせただけで、まだそこにあった。

「この道だ」

ヴァレンティンはつぶやいた。ナビルも歩調をゆるめた。

「そこの急なカーブを曲がると、道行く人が水を飲む、小さな噴水があるはずだ。おふくろは親父のあとをつけているとき、そこで水を飲んだんだよ」

するとまだ角を曲がりきらないうちに、ピチャピチャと水音が聞こえてきた。ふたりは噴水の前に立った。オンドリのかたちをしたブロンズ製の噴水で、母親が書いているとおり、鎖でとめたコップが下がっていた。

狭い路地を抜けると、シルク通りという活気のある商店街だ。むかしはもっぱら絹をあつかう店ばかりが立ち並んでいたが、今では二軒を残すだけになり、家庭用品や衣類、香辛料、象嵌《ぞうがん》細工を売る店が続いている。道はそのままモスクの階段に通じていた。ヴァレンティンは階段の右手に、入り口の造りがみごとな浴場を見つけた。「ハンマーム・エル・サルヴァーン」つまり「忘《ぼう》却《きゃく》と癒《いや》しの湯」という、なかなか味のある名前がつけられている。母親はモスクのあたりで愛する人の姿を見失った。けれども、きっとこのすぐ近くに彼が住んでいると考えて、名も知らぬモスクや浴場の入り口の様子を記したのだ。建物の名前をたずねる勇気もないまま、気づかれることを恐れて、すばやくその場をあとにしたに違いない。ここが、捜していた場所だ。もはや疑う余地はなかった。ナビルは浴場のすぐ隣にある小さなカフェの主人に、タレク・ガザールという名を聞いたことがあるかとたずねてみた。ここでふたりは、決定的な確証を得た。小太りの五十がらみの主人は、にやっと笑った。彼はその理髪師の親戚だったのだ。主人はオリエント人特有の好奇心を発揮して、二人の老紳士がなぜ自分のおじさんにそれほど関心があるのかとたずねた。ナビルのほうも単刀直入《たんとうちょくにゅう》に、ヴァレンティンはその理髪師の息子であり、自分の父親に関する話を聞きたがっているのだと説明した。主人は驚いたそぶりさえ見せず、ドイツ人がウラニアの旧市街で父親を捜しているなどという話は世間に掃《は》いて捨てるほどあるといわんばかりに、こっくりとうなずいた。主人は寝ぼけたようなどろんとした眼でヴァレンティンを眺めまわしていたが、そのうちに無言で首をたてに振った。そして、

「ちょっと、待っててくれ」

と言い残してカーテンの向こうに姿を消し、しばらくすると額に入った写真を手に戻ってきた。

「この人が、おまえの親父さんだ。ここの主人の父親は、彼のいとこにあたる。いっしょにピクニックに行ったときの写真だそうだ」

ナビルは通訳した。ヴァレンティンは驚いた。写真の男は、今の自分とほんとうに瓜ふたつだった。おそらく四十歳くらいと思われる男は、木の幹に腰かけ、カメラに向かってほほ笑みながら手を振っていた。

「これが親父か」

ヴァレンティンがこう言ったとき、走り使いの少年が目立たぬようにそっと店を出て行った。主人は少年の後ろ姿をすばやく目で追うと、すぐに客のほうへ向き直《なお》った。理髪師タレクの親戚だというこの男は、見かけほど親切な人間ではないとナビルとヴァレンティンが知ったのは、あとになってからである。この時点ではまだ、お茶を飲んでいってくれと盛んにすすめられて、ふたりとも大いに感激していた。ところがその裏で、主人はふたりを引き止めておき、少年をヴァレンティンの異母妹たちのところへ走らせ、警告を伝えようとしたのだ。しかし、そうとは知るよしもないヴァレンティンの胸にも、だんだん疑問がわいてきた。主人がナビルと話しこんでいるあいだに店内を見まわすうちに、父親がこのカフェから電話をかけたはずはないという確信をも

ったのだ。そこは、いまだに電話もないほど貧相な店だった。ナビルも店を出るとき、このカフェは開店して十五年にも満たないと断言した。

そうだとすれば、哀れな理髪師は、毎週月曜日になるとなじみのない新市街へ出かけて、おふくろからの電話を待ったに違いないと、ヴァレンティンは思った。自分の質問になにひとつはっきりこたえなかった主人をののしりながら、ナビルは左のほうを指さした。主人も最後にはしぶしぶながら理髪師の住所だけは明かしたのだ。今もまだヴァレンティンの異母妹たちが住んでいるその家は、ナビルが指さした方角の、ほんの一本先の路地にあった。

ナビルは、ヴァレンティンの用件のあらましをゆっくり時間をかけて説明しようと考えていた。しかし異母妹たちは、とっくに事情を聞かされていた。下の妹は年のころ四十半ば。彼女はうしろに引っ込んだまま黙っていたが、六十近い上の妹は一方的に拒絶のことばを並べたてると、あとはもうひと言も口をきこうとしなかった。

「でも、あんたがたの兄弟なんだから」

ナビルは相手の気持ちを変えさせようと懇願《こんがん》した。

「私たちに兄弟なんていません。まったく、ずうずうしい嘘つきだこと。私たちのことなら、放っといてほしいわ」

上の妹は顔色ひとつ変えずにこう言うと、ドアをバタンと閉めた。

ナビルは悪態《あくたい》をついた。そして彼女が言ったことを通訳しようとしたが、ヴァレンティンはその必要はないと手で制した。彼にも話の内容は通じていた。けれども心の中のなにかが、下の妹は親しくなるのを拒《こば》んでいるわけではなさそうだと、ささやいていた。下の妹はヴァレンティンに、二度、はにかんだ微笑を見せた。このほほ笑みが彼に希望をいだかせたのだ。

ナビルはヴァレンティンを慰《なぐさ》めようと、懇意《こんい》にしている店で昼食をおごった。ヴァレンティンはアラビア料理をたっぷり堪能《たんのう》した。マンズーアのところで何度も食べたことのあるなじみの料理だったが、その店のほうがおいしいような気がした。

サーカスに戻ったふたりは、へとへとに疲れていた。少し休みをとろうと、足音をしのばせてキャンピングカーにもぐり込んだ。ところが休息も長くは続かなかった。いくらもたたないうちにマルティンがふたりの車をノックして、クマを連れた老人が入り口でおおぜいの子供たちに囲まれていると伝えてきたのだ。どれだけ面倒をかければ気がすむんだと、老人にぶつぶつ悪態をつきながら、ヴァレンティンは不機嫌《ふきげん》そうにサーカスのテントに向かった。

明るいところで見ると、クマ使いの老人は前の晩よりもっとみすぼらしく、老けて見えた。いっぽう、クマは健康そうで毛並みが美しく、手入れも行き届いている。ヴァレンティンが語気を荒げて、子供たちは家に帰れと言うと、ナビルも負けじとつっけんどんに通訳した。ふたりとも苦虫をかみつぶしたような顔でテントに入った。中ではちょうど楽団がフィナーレに演奏するラデツキー行進曲を練習していた。ヤンと十歳のシルヴィオは、まだ投げ縄にとり組んでいた。シルヴィオはロープを空中にしっかりキープできるようになっていた。ぴたりと動きを止め、水を打ったように静まり返ったテントの中に、だれかの声が——たぶんヴァレンティン自身の声だったのだろう——響きわたった。

「ロベルトを連れて来い！　あいつなら、少しはクマのことがわかるだろう」

カリム、マンズーア、ヤン、シルヴィオが観客席に座った。それにマルティンも加わった。獰《どう》猛《もう》なクマを見てみたいと思ったのだ。あのマルティンでさえ、どうしてもクマを猛獣の仲間に加える気にはなれなかった。どんなにしぶといトラだって、クマよりは――たとえ、いちばん人なつっこいクマを選んだとしても――慣らしやすいと考えていたのだ。

クマ使いの老人サベルは、自分とクマの身の上話をはじめた。それをナビルが通訳する。老人は話のあい間にたびたび小さなタンバリンを打ち鳴らし、歌まで歌った。

腹いっぱいになったなら
クマはダンスをしたくなる
平らげたのは男が七匹
そりゃまたなんで？
おあいにくさま、クマはそんなこと忘れちまったとさ

老人はカラカラ笑い、タンバリンを叩きながらクマとダンスに興じる。そして踊りを中断しては、また話を先へ進めた。ところがなんと。老人は急にシャツのボタンをはずしたかと思うと、首かられそこにまで達する長い傷あとを見せたのだ。

ロベルトは、団長がなぜ自分を昼寝のベッドからたたき起こすのかよくわからないまま車

を出て、のろのろとテントに向かった。彼の足どりは、テントに近づくにつれて、ますます重くなった。ヴァレンティンに急いでくれと言われると、ロベルトはいつもそうなのだ。煙草までとり出して火をつけ、最初の一服をうまそうに吸い込んだ、そのときだった。ロベルトはぎくりとした。この声は、この匂いは、クマではないか。ロベルトは煙草を投げ捨てると、テントの中に飛び込んだ。そこではスポット・ライトを浴びて、クマと老人がダンスをしていた。もちろんロベルトの眼に老人の姿など入らなかった。膜《まく》のかかったような眼を通してロベルトがそこに見たのは、彼のティーモが踊る姿だった。

「わしのクマとぜひとも試合を、という人はいないかな？　みなさんのなかで、いちばん強い人がいい」

クマ使いのサベルは、熱狂している見物人に向かって呼びかけた。みんなにせがまれ、屈強《くっきょう》な猛獣使いのマルティンも逃げるわけにはいかなかった。マルティンはクマにつかみかかった。ところがクマは子供をあつかうようにマルティンを地面に投げ倒すと、まるで狩人がしとめたイノシシにやるように、マルティンの腹を右足で踏んまえた。

「このクマは、そのむかし、英雄サムソン(注)を打ち負かしたんだ」

サベルは声高らかに言った。もう、おずおずしたところはみじんも感じられなかった。

ヴァレンティンはずいぶん前から、疲れも吹き飛んでいた。老人とクマは、明らかに、並々ならぬ愛情で結ばれていた。

「では、みなさんのなかで、いちばん弱い方《かた》にご登場ねがいたい。その人ならきっとクマに勝てるだろう」

とサベルは呼びかけた。

　今度はみんながいっせいにロベルトのほうを見た。いちばん弱いのがロベルトだということは、疑う余地もなかった。ヴァレンティンは思わずにやりとした。彼は子供のころベルリンで、伝説のサラサーニ・サーカスがこのトリックを演じるのを見たことがあった。ロベルトはクマ使いに近づくと、なにやら彼にささやいた。ヴァレンティンには、これから起きることが手にとるようにわかった。ロベルトはクマに向かって突進すると、気づかれぬように脇の下をくすぐったのだ。まるで雷にでも打たれたように、クマは地面にドスンと倒れた。ロベルトはここぞとばかりクマに飛び乗った。

「おみごと、こりゃあ信じられない！」

ヴァレンティンは歓声をあげて拍手した。しかしその夜の公演で目にする光景にくらべれば、この午後の演技など、まだミルクのようになまぬるいとは思いもしなかった。

（注）聖書に登場する怪力の英雄。

14　羽根のように軽い愛でも、重いクマを動かせる

サーカスの人々は遊牧民の親類だ。どちらも、ゆっくり成長しながら地中深く根をおろすカシの木ではない。彼らはどんな環境にも住みついて、あちこちに広がってゆける不思議な気根《きこん》の持ち主なのだ。遊牧民はいかになじんだ土地でも、ここには一度もいませんでしたとでもいうように、彼ら特有の軽快さでまたその地を離れてゆく。別れのたびに傷を負うことはたしかだが、それは強引に根っこを引き抜かれたカシの木が受けるような、死にいたる傷とは違う。

サマーニ・サーカスも例外ではない。団員たちは到着して二日目には、もうずっと以前からウラニアにいたように、すっかり落ちついていた。次々にくり出される演技はどれも日増しに洗練され、磨きがかかった。音楽は芸人や動物の動きとますますぴったり合ってきた。サーカスのあれこれを覚えようと熱心なナビルは、午前中だけでなく、ときには公演の直前まで芸人たちが励むトレーニングの厳しさに驚かされた。そこには暖かい照明も、観客も、心からの拍手もなく、冷たく醒《さ》めた空気だけが張りつめ、がらんとした空虚《くうきょ》な広がりはテントからその魔力を奪っていた。サーカスほど嘘と真《まこと》、美と醜、栄光と悲惨が紙一重《かみひとえ》に同居しているところは、地球上のどこ

を探してもないと、ナビルは二日目にして思った。

それにしても、サーカスがこんなふうにまたたく間に人々の心をつかんだのは、ウラニアの歴史はじまって以来のことだった。

二日目、芸人たちはテントを埋めつくした観客を前に、オープニングの日にもまして華麗な演技を披露《ひろう》した。その夜、だれもが認める女王はエヴァだった。観客は嵐のような拍手で彼女の妙技にこたえた。ヴァレンティンは、今日は「エヴァの日」になると確信していた。ところがそのあとで、あの老人とクマが登場したのだ。サベルは巨大なクマにぴったり身を寄せながら、ぱっとしない足どりで円形舞台《マネージ》に進み出た。クマは樽《たる》に腰かけると、こんなにおおぜいのみなさんにびっくりしていますとでも言いたげに、観客を眺めている。ナビルは老人の話を通訳するために、ヴァレンティン、エヴァ、マルティンのほうを向いた。ほかの芸人たちはカリム、マンズーア、シャリフのまわりに群がった。

「ようこそ、みなさん」

老人は話をはじめた。

「このクマには長い物語があります。その半分だけお話ししますが、みなさんにはさらにその半分でも信じていただけたらと思います。このクマはわしの人生を変えてしまったんです。わしは、親父や爺さんやひい爺さんと同じように北のほうで百姓をしていました。寒さや飢え、暑さやほこりに苦しめられながら、それでも自分が黒い土くれになりきるまで、四十年間、地べたにしがみついてきたんです。わしの祖母さんが言うには、ひいひい爺さん夫婦は巨人のように大きかったそうです。爺さん夫婦も背丈《せたけ》が二メートル以上ありました。ところが親父は一メートル八十センチしかなく、わしにいたっては、わずか一メートル六十です。

二十年ほど前のある日のことです。わしは森のなかで小さなクマを見つけました。そのころ、北のほうの森は木がうっそうとしていて、わしらのまわりには動物がたくさんいました。オオカミ、キツネ、ノウサギ、ヘビ。でもクマは、それまで一度も目にしたことがありませんでした。それは爆弾が東の森という森を炎の海に変えちまった、あの大きな戦争が終わって一年後のことでした。動物たちは不安にかられて浮き足立ち、行く先もわからぬまま、仲間ともはぐれて四方八方に散りました。ちょうど、夜を徹して内戦から逃げ出す人々のようなもんです。溺れたカモシカやラクダの死骸を地中海から引きあげた漁師のなかには、あまりのことに気が変になった者もいます。町の近くでは、疲れきってうろたえたイノシシがつかまり、砂漠には腹をすかせたクマやバッファローがあらわれました。

わしは自分たちの村からそんなに近い森にクマがいるなんて、思ってもみませんでした。こいつはまだ小さかったんです。母グマは、たぶん猟師の弾が当たったんでしょう。血の海と茂みの中へ消えている血痕をのぞけば、どこにも形跡はありませんでした。わしは母グマが腹をたてるのがこわくて、こいつには触れたくなかったんです。だって、手負いの雌グマほどやっかいなものはないですからね。あとになって隣人から聞いた話では、手負いの雌グマの恐ろしさときたら、悪魔だって角《つの》を引っ込めるほどだそうです。それはともかく、まるでうしろから悪魔に追いかけられているみたいに、わしは走って森を出ました。冬にそなえて集めた薪《まき》まで置きっぱなしにしてね。息もたえだえに、村はずれの集落までたどり着くと、うしろを振り返りました。いったい、なにが見えたと思います？」

「そのクマだ！」

観客が叫んだ。

「そう、そのとおり」

老人はにこにこした。

「わしはこいつを森のほうへ追い立てました。ところがわしが向きを変えると、こいつはまたあとを追って走ってきては、じゃれて飛びつきます。そして不安そうに震えながら、わしのひざのあいだにもぐり込むんです。あまりに哀れっぽい声を出すんで、いっしょに家へ連れ帰ることにしました。それがどんなに愚かで危険なことだったか、今ではよおくわかっています。もしも母グマが生きていたら、わしがどこにいようと探し出して、殺したに違いありません。

そのときから、わしと女房は子グマの面倒をみました。わしらには子供がなかったので、こいつをかわいがりました。村の連中はわしらを笑い者にして、からかいました。ときがたつにつれて、人々はひどい陰口をきくようになりました。なかには笑いも凍るような話もありました。うちの女房は罪のむくいとして、あろうことかクマを産んだなんてことまで言われました。まあ、とにかく、悲しい思い出を口にする前に、わしらに歌とダンスをさせてください。そうでもしないとクマは退屈して、男の二人や三人、平らげてしまいますからね」

サベルは小さなタンバリンを叩いて、歌った。

腹いっぱいになったなら
クマはダンスをしたくなる
平らげたのは男が七匹
そりゃまたなんで？
おあいにくさま、クマはそんなこと忘れちまったとさ

サベル老人はしわがれ声で、くり返し何度も歌った。クマはそれに合わせて円を描きながらダンスを踊り、片足ずつぴょんぴょんスキップした。すぐに観客も歌いだし、いっしょに踊りはじめた。クマが口輪も安全縄もつけていないことに気づいた者は、ほとんどいなかった。クマは完全に自由だった。老人がタンバリンをやめると、クマもすぐに動きを止め、おじぎをして、またおとなしく樽に座った。


クマがあまりにものびのびと演じ、自分のつとめをしっかりはたすので、ほんとうはぬいぐるみを着た芸人ではないかというささやきが客席を駆けめぐった。ヴァレンティンをはじめ、午後にクマの演技を見た何人かは、満足そうにほくそ笑んでいた。サベルがパンの大きなかたまりを口に突っ込んでやると、クマはぺちゃぺちゃ音をたてて食べはじめた。

「しばらくすると、わしと女房に向かって、子供たちが石を投げるようになりました」

サベルは話を続けた。

「でも、子供に罪はない。小さな手で投げる石は、彼らの両親の心が放ったものです。飛んでき

た石で女房が額《ひたい》にけがをしたとき、わしは村人を呪《のろ》いました。石ころ一個で一年、飢えに苦しむがいいってね。すると天がわしに味方してくれたのか、開花を前にして小麦の穂が干からびはじめました。ところが村人ときたら、わしら夫婦は悪魔と手を結んでいるに違いないと思い込んだのです。わしらは村人たちに殺されそうになり、しかたなく逃げました。どこへ行けばいいのかわかりませんでした。ところがこのクマは、真っ暗な夜道を先頭にたって歩いて行くんです。こいつはそうやって、わしらをこの首都まで連れてきました。こいつはわしらの救いの神でした。なにもかもわかっていて、ここに着くなりダンスをはじめたんです。子供たちが近寄ってきます。親たちもつられてやってきます。こいつのダンスで、わしははじめて金を稼ぎました。そう、ほんとに、クマはめぐみの神なんです。町に一日いるだけで、農民の半年分の稼ぎを手にしました。クマとの共演はますます脂《あぶら》がのり、リクエストを求める声もひんぱんにあがるようになりました。あっけにとられて見ていたかと思うと、突如《とつじょ》として笑いだす子供の顔ほどすばらしいものは、どこを探してもありません。

ちょうど二十年のあいだ、クマはめぐみの神でした。ところがこの三年というもの、女房はこいつを疫病神《やくびょうがみ》だと言うんです。街の通りはどんどんにぎやかになってきました。そして気がついてみると、もうわしらの我慢《がまん》の限界を越えていたんです……今でも状況は変わりません。むかしはあちこちの街角で、ちょっと寄っていかないかと声をかけられたもんです。それが今では、とっとと向こうへ行けと言われる始末ですよ。クマが踊れる場所なんて、どこにあるでしょう？　それを見物するひまなんて、だれにあるでしょう？　おまけにわしらは、もう旧市街で演じることを禁止されてるんです。観光客を驚かせないようにってね。警察には三度も引っぱられています。女房には、辛抱《しんぼう》してくれとたのみましたよ。わしら三人は、たしかに良い時代をすごさせてもらいました。でも、女房にとっては、今のみじめな生活がすべてです。まったく女房の言うとおりです。クマと演じることを天職《てんしょく》と考えてきたわしは、ほかに仕事もなく、なにか手に職をつけようともしませんでした。この何年かは、物乞いをして、かろうじて飢えをしのいできたんです。そのうち女房は、こいつをやっかい払いしなけりゃって、そればかり口にするようになりました。

それでわしはクマを連れて山に入り、ハチミツや木の根っこを探させました。こいつはたちまち夢中になったんで、わしはこっそりその場を離れ、風よりも速く家へ飛んで帰りました。ところがです。まだ近くまで帰りつかないうちに、ふと見ると、うちのテラスに影が二つあるんですよ。それは泣きわめく女房と、うれしそうに飛びはねるこいつでした。

隣の人はクマを売るようにと忠告してくれましたが、こいつはもう長いこと、わしの体の一部になっていたんです。こいつと離れることなんか、とてもできません。そうして、わしらの生活はますます苦しくなっていったんです。わしらの住んでいるスラム街には、動物が食べるような残飯なんてひとかけらもありません。それに高級住宅街はずっと離れたところにあります。それでもわしは、見つけたものならなんでも背中にしょって運んできました。疲れて出かけられないときは、自分の食べ物をこいつに分けてやりました。女房は、つまりその、わしが自分で食べるふりをして、ひそかにクマに食べさせているのを見て毒づきましたよ。女房の目は、けしてごまかせませんでした。『さあ、口をあけて』と言って、わしの口の匂いを嗅ぐんです。そして、『あんた、また自分の食べ物をあの畜生《ちくしょう》にやったのね』となじっては泣きました。わしはこの長い人生、どんなことにも耐えてきました。でも女房の涙には、どうしてもかないません。

やっぱりわしは隣人の忠告を聞き入れることにしました。きちんとした服を着込み、クマの体を洗ってブラシをかけると、連れだって金曜市場に出かけました。あそこじゃ、ウマやニワトリ、雄ウシ、それにヤギやヒツジが売りに出されています。わしとこいつは何時間も、そこに突っ立っていました。こいつはなにもかも承知していました。うちひしがれた目をして、わしの隣にうずくまっていたんですが、こいつに関心をもつ人はだれひとりいません。わしはものすごく腹がへっていました。おまけに、市場じゅうに焼いた肉のいい匂いが漂ってたんです。そこでわしは、スパイスのきいたおいしそうな肉の串刺しを売っているスタンドのほうへ歩いて行きました。そこで起こった出来事は……もうちょっとしたらお話ししますが、ここはわしらにダンスをさせてください。そしてクマになにか歌って聞かせてください。そうすれば、退屈しきっているこいつも、男を二、三人、食わずにすみますからね」

サベル老人が呼びかけると、子供たちはあの歌を大声で歌いはじめた。観客は客席でダンスを踊り、クマが踊りながらサベルをトンと突いて床に倒すのを見て、笑いころげた。ヴァレンティンの長い人生でも、これほどのショーはめったに見たことがなかった。こうしたクマ使いがいるということはマンズーアから聞かされていたが、そのたびにヴァレンティンは首をかしげてきた。ところでロベルトはどうなのだろう。ロベルトこそは、人間によって破壊されたクマ社会について、信じられないような話をヴァレンティンに聞かせた張本人《ちょうほんにん》だった。あれから、ほぼ五十年になる。そのころヴァレンティンはロベルトをあざ笑い、クマ文明の話など妄想の産物にすぎないと思っていた。けれどもそれは、二、三年前にまじめな新聞記事を読んで、驚くべき情報に接するまでのことだった。その記事によれば、ほんとうは人間が未開の薄明から目覚めて直立歩行に移るよりもはるか以前に、クマはことばと道具を獲得して文明の歴史の入り口に立っていたらしい。ところがクマの二つの弱点が、人間に最終的な勝利を与えたのである。クマは長い冬眠を必要として、そのあいだは邪悪な敵に対してなすすべもない。おまけにクマは、理由もなく殺害だけを目的に相手を殺したりできる動物ではない。そんなわけで人間はクマを打ち負かし、どこであろうとクマに出会えば迫害して、滅ぼしたのだ。人間はクマの安住の地を破壊しては、厳しい森の奥へと追い返した。それ以来、クマは人間に不信感をいだいている。当時ヴァレンティンはロベルトに、あんたは本なんかぜんぜん読んだこともないのに、どこでそんな知識を仕入れたのかとたずねた。ロベルトはにこにこしながらこう言った。「どこで知ったかって？　それは、長い長い物語さ。年寄りのヒグマから教わったんだよ」

ダンスが終わると、クマはまたパンをひと切れもらった。それからサベルは客席に向かって大きな声でたずねた。

「わしはどこにおりましたかな？」

「串焼肉のスタンドだよ」

客席から応答がこだました。

「そうそう」

サベル老人はにこにこした。

「さて、わしはそのスタンドに近寄りました。すると主人はクマのあまりの美しさに感心して、どこでこいつを手に入れたのかとたずねたんです。わしは、大金を払って買ったんだとこたえました。それから大きな串を十本注文して、主人に言いました。『わしはこれから市場の入り口で自分を待っている助手たちに肉を届けなくちゃいけない。すぐにクマを連れに戻るから』ってね。主人は有頂天《うちょうてん》でした。そのうち物見高い人々がおおぜい、そのスタンドに集まってきました。人が集まっているところには、だれだって近寄ってみたくなるものです。クマのおかげで、スタンドは大いに活気づきました。クマのほうもまんざらではありません。何人もの客がパンや肉をくれましてね。こいつはそれを残らず平らげたんですから。わしは串焼き肉を十本受け取ると、一目散に家へ帰りましたよ。女房はわしをほめちぎりました。女房はうれし泣きしたんですが、そのあと、良心の痛みをいやっていうほど味わわされることになります。翌日、わしらはそろって下痢をしたんです。あの肉が悪かったんでしょうか、それともクマの呪いでしょうか。

一週間後のことでした。外でクーンクーンという、大きな声が聞こえたんです。このクマでした。餓死寸前で、あちこちにけがをしていました。こいつは一週間なにも食べていなかったんです。ちょうどそのあいだに、女房のほうはひどい病気になっていました。女房は空腹を忘れようと煙草を吸いはじめたんです。わしは彼女のために吸い殻を拾い集めました。女房は吸い殻から中身の煙草をとり出して、かき集めるんです。まもなく女房は煙草のほかにはなにも口にしなくなりました。もくもくと煙を上げながら背中をまるめてベッドに座っている姿は、まるでストーブのようでした。

わしは相変わらず、見つけた吸い殻はどんなものであろうと拾い集めていました。自分では煙草を吸わないので、わからなかったんですよ。ところが女房はどんどん機嫌《きげん》が悪くなっていきます。よくよく考えてみて、やっと理由がわかりました。女房はそれはそれはたくさんの吸い殻を吸っていたんで、吸い殻に残っていた前の人の息までいっしょに吸い込んでいたわけなんです。とかく人は悩んだりイラついたりすると、よく煙草を吸います。そうすると吸い殻にはイライラや悩みがくっついたままになるんです。わけがわかってからは、にこにこしながら煙草を吸っていた人の吸い殻だけを集めるようにしました。こりゃあ、むつかしいことですよ。目ぼしをつけた喫茶店のテーブルにさっと近寄り、灰皿を引ったくるや、その中身を手にした袋に空けるわけです。ウェーターが目を丸くすることも少なくありませんでした。そういうテーブルでは、わしが女房にもそうなってほしいと思うくらい、客は腹の底から笑ってたんですよ。信じていただけるかどうかわかりませんが、まもなく女房の機嫌はいくらかよくなりました。けれども彼女は相変わらずクマを憎んでいました。毎朝、『こん畜生を捨ててきな!』と、こうです。ある朝、とうとうわしも『これじゃ三人とも、地獄にいるも同然だ』と思わず口にしたのです」

サベル老人は口をつぐんだ。どこか遠い世界にひたっているように見えた。テントを静寂《せいじゃく》がつつんだ。フウー、フウーとますますはずんでゆくクマの息づかいだけが聞こえた。サベルは着ていたシャツのボタンをはずすと、スポット・ライトのどぎつい明かりのもとで胸をはだけて見せた。そして老人は話しはじめた。

「そのあとに起きことを、お話ししましょう。もうクマを殺すしかありません。でも、いったんそう決めた以上、毒を盛るなんていうひきょうな手段ではなく、高貴な存在にふさわしい方法で死なせなければいけません。わしはもう精も魂もつきはてていました。古いピストルをとり出し、弾丸をこめると、こいつのいる小屋に向かいました。ところが、いつもならとんぼ返りをしてわしを迎えてくれるやつが、小屋の隅に横たわったままなのです。わしをじっと見つめる目には、生きたいというせつない想いがこもっているようでした。わしはこいつと向き合って箱に腰かけ、よおく説明しました。ほかに方法はない。おまえを殺そうと思うが、最後までおまえの目を見ていたいとね。わしはこいつにピストルを向けました——すると、こいつは急に飛び上がったんです。ほんの一瞬のうちにどうやって三メートル以上も離れることができたのか、今でもわかりません。こいつは前足でわしの手からピストルを払い落としました。爪がわしの胸に勢いよく当ったのも、そのときなんです。みなさんは、それでもこいつを射止めるチャンスがあったんではとお思いでしょう。はっきり申し上げておきましょう。こいつのほうこそ何秒もたたずに、わしをずたずたにできたはずです。でもこいつは走ってテラスに出ると、涙を流して大声で叫びました。隣人たちがわしを発見するまで、ずっと叫んでいたんです。みんなはわしを病院にかつぎ込みました。かろうじて間に合い、医者はわしの命を助けることができました。それ以来、女房の病気は回復しました。女房はクマの心根《こころね》を理解して、わしの勇気もほめてくれました。けれどもそれからというもの、貧乏はわしらの肩に鉛よりも重くのしかかったままでした。クマはわしが病院にいるあいだ姿をくらましていました。ところが二週間後にわしが家に帰った晩でした。こいつはあの森にいた赤ん坊グマに戻っちまったみたいに、悲しそうにクーンクーンといいながら小屋にもぐり込んだのです。

これがわしらの物語です。前にも言ったように、みなさんにはその半分しかお話ししていません。もしもさらにその半分でも信じてくださるなら、わしも満足というものです。さて、笑って楽しく遊びましょう。わしのクマは格闘が得意です。これまでにもたくさんの英雄に土ぼこりをご馳走《ちそう》してるんですよ。さあ、みなさんのなかで、いちばんの力自慢はどなたかな？」

われこそはと名のりをあげる者がおおぜいいたので、クマ使いのサベルは志願者を一列に並ばせた。強者《つわもの》どもは次々とクマに挑む。クマはひとりずつ高々と持ち上げては、ゆるゆると地面に降ろすと、例の狩人のポーズをとった。これには観客も涙を浮かべて笑いころげた。サベルが何人かの痩せぎすの挑戦者に、クマを負かす方法をそっと教えているとは、だれも気づかなかった。秘訣《ひけつ》を教わった者はそれを忠実に実行し、胸を張って自分の席に戻った。

最後の挑戦者が地面に降ろされるまでに、三十分もたっただろうか。そのときはじめて、クマ使いの姿が消えていることがわかった。クマだけはまだ舞台の中央にいて、なにかを探し求めるようなそぶりであたりを見まわしている。ヴァレンティンはとっさに、サベルは女房のもとに向かっていると察した。口輪も安全縄もつけていないクマは、自分が見捨てられ、おびやかされていると感じたときには危険な存在になることもわかっていた。観客は息をこらした。英雄のように闘っていたクマは、孤独で、悲しげで、体も小さくなったように見えた。ところが突然うしろ足で立つと、匂いの痕跡《こんせき》を嗅ぎつけたように、鼻をクンクンさせたのだ。その視線はテントの丸天井と客席のあいだをしきりにさまよっていた。そして不意に円形舞台をとり囲む低いフェンスに飛び乗ると、自分を安心させる匂いのみなもとを観客の中に探しはじめた。クマは二、三度行ったり来たりした。それからまた上体を起すと、探していたものが見つかったように、ある方角を見すえた。クマが子供の泣き声のような声をあげたとき、ヴァレンティンは血も凍る思いがした。

「ロベルトを連れて来るんだ!」

ヴァレンティンはクマが観客席に飛び込む寸前だと見て、怒鳴《どな》った。

ところがロベルトはもうその場にいた。彼は匂いを探し求めるクマの視角にぴったり入るように立ち、だれもがまさかと思うような声で、

「さあ、おいで!」

と呼びかけた。次の瞬間、クマはひと声吠えて、急ぎ足で自分に向かって来るロベルトめがけて飛びかかった。大きく開いたクマの口にロベルトが砂糖をひとかけら突っ込んでやるのを見て、ヴァレンティンはあっけにとられた。ロベルトとクマがまるで竹馬《ちくば》の友のように仲良く歩調をとりながら舞台に戻ると、どっと拍手がわき起こった。そこには、安堵《あんど》と感動の思いがこめられていた。

夜もふけてヴァレンティンとナビルがサーカスのカフェで落ち合うと、マルティンはもう、し

たたかに酔っていた。ふたりはマルティンをキャンピングカーまでかかえて行かなければならなかった。

「エヴァはどこだ？」

マルティンを送り届けてまた外に出ると、ナビルはけげんそうに聞いた。

「あそこだよ」

ヴァレンティンは、色とりどりに塗られたピッポのキャンピングカーを指さした。

15　子供時代は、置いてきたはずの場所には残っていない

ウラニアは夜明けがいちばん美しい。おおぜいの詩人が早暁《そうぎょう》のウラニアのたおやかな魅力を歌っている。早起きをして、古いコーヒー・スタンドで有名な夜明けのコーヒーを味わおうと、ヴァレンティンは毎日のように決意を新たにした。だが彼は毎朝、寝すごしていた。いっぽう、海辺で夜明けのコーヒーを欠かさず堪能《たんのう》しているナビルは、いつも夢中になってそのすばらしさを話して聞かせるのだった。

「きのうの朝、町で会った友だちに言われたよ。早起きして朝っぱらから動きまわるのは、年寄りには毒だって。それにしても、俺は、こんなに全力をかたむけて真剣に生きたことは一度もなかった」

ナビルはほほ笑んだ。

「サーカスがわざわざ俺のために来てくれた。そのことを考えながら、コーヒー片手に地中海の朝にあいさつを送る、これはもう楽園だよ」

そしてとうとうヴァレンティンも、あのクマが登場した翌日ナビルに起こされ、寝ぼけまなこ

で適当にシャワーを浴びて、そのわりにしっかりした足どりで浜辺のバーをめざすことになった。ヴァレンティンはとりたててそこが気に入ったわけではなかった――しかし、カルダモンの香りがするコーヒーを幸せそうにすするナビルを見て、そのことは胸にしまった。ふたりは近くのポプラの木で盛んにさえずるスズメの声に耳をかたむけた。

「海の音が聞こえるかい？」

ナビルがたずねた。

「これは海が身をもって体験した物語や冒険を話してくれてるんだよ。地中海には、海の水よりもたくさんの物語が詰まっているんだ」

急にまた眠気が戻ってきたみたいだとヴァレンティンがふざけ半分に愚痴《ぐち》ると、ナビルは声をたてて笑った。

「それはウラニアの空気がよそから来た人間を歓迎して、眠くさせているんだよ。ウラニアはよく知っているんだ。よそから来た人は旅の疲れが出るだけでなく、悩みを引きずっているためにけだるいんだって」

たっぷり朝食をとったあと、ナビルはその日、自分が子供のころに住んでいた家や路地を案内したいと言った。ふたりは海岸をあとに橋を渡って旧市街に入った。するとナビルは突然立ち止まり、通りの真ん中を指さした。そこには三メートルにも満たない路面電車のレールの残骸《ざんがい》がアスファルトのあいだから顔を出し、太陽の光を受けてキラキラ輝いていた。

「ここは路面電車の終着駅があったところだ。その向こう側、今は商務省の一部が入っているあの石の建物に、ドイツ学校があったんだよな。この学校に入って優秀な教師たちから授業を受けられるのは、大金持ちの息子にかぎられていた。同窓生の名前も顔もほとんど忘れたけれど、シャラン家の二人の王子が休暇のあとに校門までキャデラックで送られてきた光景は覚えているよ。おかかえ運転手はハンドルを前にミイラみたいに身じろぎもしないで座っていて、アラビア服を着た図体《ずうたい》のでかい黒人の奴隷がキャデラックから降りてきたんだ。まるで千夜一夜さ。奴隷は小さなご主人さまのために無言でドアを押さえてたよ。俺たちから見れば、まぬけな小僧にすぎないし、その馬鹿さかげんのせいで、次の休暇まで笑い者にされ、悪口を言われ続けたようなやつのためにね。

俺のほうは毎日、路面電車で学校に通ってた。それも、ただでな。俺は運賃をただにするために、終点の駅でパンタグラフの向きを変えなくちゃならなかったんだぞ。当時、パンタグラフは棒の先に輪っかがついたものだった。パンタグラフを架線にしっかり押さえつけている鋼鉄製のバネを、全体重をかけて引っぱらないといけなかったんだ。俺はそれがうまくてな。運転手は俺が作業をやっているあいだに、お茶を一杯飲むことができるというわけだ。この路線の運転手はみんな俺と顔なじみだったよ」

ナビルは路面電車についてまだ夢中でしゃべり続けた。ヴァレンティンは黙って聞きながら、アラビア人のお話好きに自分まで楽しくなった。話に耳をかたむけることが好きな者は、話してくれる相手の才能にも感心するものだ。たとえば、マンズーアがそんな話術の才をそなえていた。前にヴァレンティンのキャンピングカーでマンズーアとお茶を飲んでいたときのことだ。

彼はヴァレンティンが安く買った小さなバジリコの鉢を見つけると、まるでスイッチが入ったように話しはじめた。自分のお祖母さんはこうだった、彼女はバジリコがこよなく好きだった、それと同じくらい隣近所の人々にも熱い愛情をそそいだと、話は次から次へとめどなく続いた。ヴァレンティンは細かいところは忘れてしまったが、小さなバジリコの鉢をきっかけに、人をこれほど話に引き込めるマンズーアに目を見はったのを覚えている。

バザールに入るとすぐに、ナビルは小さい店の多いバザールのなかでもほんとうにちっぽけな店が何百軒も集まっている横丁へ曲がった。どれも革製品を売る店ばかりだ。ヴァレンティンは、これだけ同じような店が軒《のき》を並べて、どうしてやっていけるのかとたずねた。ナビルはにやりとした。

「何百年も前からこうなのさ。それぞれの店が、けして浮気をしない顧客をつかんでるんだ。だけど、この手の市場もここが最後さ。新市街にできた今風《いまふう》の大きなマーケットには太刀打《たちう》ちできないからな。ここから曲がってすぐの路地が、生まれてから十歳まで俺が住んでいた場所だ。そのあと、両親は町のなかでも近代的な、金持ちの住む地区に引っ越したんだよ」

ヴァレンティンはナビルと肩を並べて、陽のささない路地をことば少なに歩いた。彼の想いは何度となく、謎に満ちたほほ笑みを浮かべていた下の異母妹に向かった。ナッハモルグにナビルにこの話をしてみたが、彼は軽く受け流した。妹たちの失礼な態度に憤慨《ふんがい》するだけで、姉と妹の対応の違いに気づいていなかったのだ。それにしても二人の妹は、なぜ兄の出現を喜べないのだろう。いくら考えても、ヴァレンティンにはわからなかった。

ナビルはある家の前で立ち止まった。

「ここに、友だちのギブランが住んでいた。俺たちは六年間、学校で机を並べてたんだ。ギブランは音楽が好きでな、五歳でもうピアノが弾けたんだぞ。エリート学校が自慢してみせるような神童だったんだ。ところがその父親っていうのが金の投機《とうき》に失敗して身代《しんだい》をつぶしてなあ。ギブランは学校をやめざるをえなくなった。だけど俺は彼を尊敬してたし、愛してもいたから、しょっちゅうここを訪ねていたんだ。するとギブランはどぎまぎしてな。自分のみじめな姿を俺に見せたくなかったんだ。彼の父親はどんどん落ちぶれていったよ。今度こそは立ちなおろうと新しいことに手を出すたびに、ますますあぶない話にはまっていった。フランス香水の輸入業、飲食店の主人、タクシー屋、そして最後は宝くじ売りだよ。だけどこの家族でいちばん変てこなのは母親だった。とにかく、家が没落しているってことを、ぜんぜん気にかけない人だったんだ。もう長いことそんな者はいないのに、ずっと使用人の名を呼び続けていたし、教養をひけらかすためにフランス語をしゃべっていた。一日じゅうモーニング・ガウンを着て、あちこちうろつきまわってたんだぞ。そのうす汚れたガウンを着たまま料理もすれば、隣近所の連中を食事に招き、路地まで出歩くんだからなあ。

ギブランは感受性《かんじゅせい》の鋭い青年に成長した。頭のいかれたタイル職人のところに落ちつくまで、あちこちの見習いをしたけれど、どこも我慢《がまん》できなかったんだ。そのタイル職人はギブランを自分の息子のようにかわいがった。だから才能あふれる青年も彼のところにとどまって、ほんとうにタイル職人になったんだ。だけどおかしなことは、まだまだ続くぞ。ギブランはリュートの演奏を独学で覚えた。おまけに声変わりのあと、ギブランの声はますますよくなっていったんだ。彼は毎晩タイル張りを終えて家に戻ると、体を洗い、眠気にたえきれず倒れ込むまでリュートをつまびいては歌を歌った。早くも二十歳で、この町いちばんのリュート弾きだった。だけど、それがいったいなんになろう?

ラジオにはいろんなアマチュアが出ていたけど、局はギブランに五分すら時間を与えなかったんだ。おまえ、想像できるかい? 二十四時間、退屈な放送を流しておきながら、彼にはなんのチャンスも与えなかったんだぞ。とうとうギブランは親方の娘と結婚した。恩も感じていたし、気の小さい男だったからな。女房は控えめな女で、絵に描いたような美貌《びぼう》の持ち主だが、少しおつむの足りないところがあって、なぜギブランがそれほど音楽に打ち込むのか理解できなかった。娘が二人生まれたんだが、彼らの生活はかつかつだった。ところがギブランはリュートをつまびき、歌を歌っていれば、自分のみじめな境遇やまわりの世界を忘れられたんだ。ギブランが歌に合わせ、魔法の指先でリュートからえもいえぬ美しい音色を誘い出すと、人々は道の真ん中に立ちつくしたもんだ。俺たちの国の退屈なラジオ放送は、思わず手を止めて聴きほれるほどの番組を、開局以来、一度だって流したことはないがね。

ある日のこと。ブラジルで何軒もナイト・クラブを経営している金持ちのアラビア人がウラニアにやって来た。ナイト・クラブはアラビアからの裕福な移住者たちのたまり場になっていて、男はそこで歌う歌手を探しにオリエントへ来たんだ。ラジオやテレビに巣くうゴロツキどもは、自分の義理の息子や娘だの、ゴマすりやおべっか使いだのを売り込もうと奔走《ほんそう》した。だが金持ちのアラビア人はそんなやつらを一瞥《いちべつ》しただけで、早々にお引き取り願った。とうとう彼は、もう二、三日だけここで骨休めをして、ブラジルへ帰ろうと思った。そうして旧市街を散歩していると、まさにこの路地で、自分が探していた歌声を聞いたというわけだ。彼はギブランに破格の十年契約を申し出た。ギブランは何度も夢に見たおとぎ話の妖精が、この男を自分に送り届けてくれたと信じて疑わなかった。だけど、なにせ遠い異国のこと。最初の一年は試しに行ってみて、それから女房や子供を呼び寄せようと、ギブランは考えた。俺は反対したよ。ブラジルから来たそのあやしげなアラビア人を、ぜんぜん信用してなかったんだ。けれどもギブランはもう破れかぶれになって、その男といっしょに行っちまったんだ。そして二度と帰って来なかった。女房はずっと泣き暮らして、繰《く》り言《ごと》のように言い続けた。

『あの人は死んだの！　ギブランは一度だって嘘をつかなかったわ。あの人は言ってた。ほんのまばたきひとつするあいだだけだ。そうしたら俺は迎えに来るからって。まばたきひとつに永遠の時間がかかるのは、死んだ人間だけよ』

ブラジルへ行ったギブランの運命については、あとになって、さんざん馬鹿げた話を聞かされたよ。だけど俺のおふくろだけは、ギブランは死んでなんかいないという意見だったな。おふくろの説によれば、『ギブランはずっとみじめな暮らしをしてきた。それが、二、三日、満ち足りた生活を味わってみると、あのみじめさがますますいやになったのだろう。だから二度と故郷へ帰ろうとしなかったのだ。今ごろはきっとレシフェ(注)でべつの名前を名のって、混血の女性と暮らしている。その女性といっしょになって、ギブランははじめてほんとうの愛を知ったのさ』とまあ、こうなるんだ」

ナビルが話しているあいだにふたりはさらに進み、角を曲がって次の路地に入っていた。

「ここが、その道だ」

ナビルはあらたまった口調で言った。

「俺は三十年以上、この道を歩いていない。ここは町でいちばん古い路地だ。キリストが生れる千年も前に、もう活気のある商店街だったんだ。ウラニアはアラム王国時代に栄えた中心地のひとつ。今じゃこんな狭い路地になっちまったが、当時は両側に商店や住宅や寺院、それに遊興の店が立ち並ぶ、歩道のついた十五メートル幅の道だった。真ん中には、荷車や動物や馬車のための広い道路も通っていた。何百年もかけて、ウラニアは山のほうや海沿いに広がっていったんだ。そのむかし、森や砂漠やゴミ捨て場、絞首台《こうしゅだい》の丘だったところが町の中心になり、いちばん洗練された住宅地となったわけだ。でも、広い通りだったところは人気《ひとけ》がなくなって、とてもさびれてしまった。夏の太陽に焼かれた道は、まるで古い骨のように色あせた。冬になれば、冷たい風に乗って砂がうつろな通りを吹き抜け、最後に残った人間たちまで追い払ってしまった。両側の家並みは苦悩に悶えながら、たがいにもっと近づきたいと願い、食い入るように道路を侵食していった。あとにはかろうじて、くねくねと曲がる狭い路地だけが残された。道は日陰が多くなったけれど、そうやって淋しさを忘れようとしたんだ」

ナビルはある家の前で立ち止まった。入り口の扉がとても大きい。彼はじっとまわりを眺め、何度か首を振った。ヴァレンティンは探していた家にたどり着いたのだと直感した。

「ここかい？」

ヴァレンティンはそっとたずねた。

「うん」

ナビルの声は聞き取れないほど小さかった。見るからにがっかりしている様子だった。凝《こ》った造りの木製の扉は半開きになっていて、中庭が見えた。たしかにむかしは立派な扉だったのだろう。けれども今では錆《さび》ついた蝶番《ちょうつがい》に斜めに引っかかったままだ。すき間からは、いやな臭いが漏れていた。扉の奥の壁には手描き模様のタイルが張られていたようだが、今はわずかに残った何枚かが、灰色の湿った壁に貼りついているだけである。中庭に通じる回廊の屋根は、その梁《はり》にいろいろな色で記されたアラビアの装飾文字を見るかぎり、かつてはこの家の自慢だったに違いない。しかし、屋根は湿気にやられて、灰色や黄色にくすんで見える。時間に抗《こう》して残った梁の文字も、ちらほらと見えるにすぎない。ナビルはやりきれない思いで扉を全開にした。中庭に面した建物にはブリキやベニヤ板が当たっていた。ガラスの割れたところは、乳白色の薄いプラスチック板で間に合せてある。ナビルがついきのうのナッハモルグに、よく水遊びをしたものだと夢中になって話していた丸い噴水には、灯油の入った錆びたドラム缶やペンキの缶、古い野菜箱の山が積み上げられていた。

「さあ、行こう」

（注）ブラジル、大西洋岸の都市。

ナビルは言った。騒々しい音をたてる軽油バーナーを部屋のドアの前に置いて、その上で洗濯物を煮洗いしていた隣の女は、ふたりをちらっと見上げて会釈《えしやく》すると、また仕事を続けた。二階のバルコニーには半裸の老人が座り、暗い目つきで中庭を見ていた。

「お祖母さんは、俺の家ですごした最後の晩に、あそこに座ってたんだ」

ナビルは蚊の鳴くような声でこう言うと、バルコニーを指さした。そして踵《きびす》を返すと、外へ出た。

ふたりはそこではじめて、道からたち昇る小便と下水の強烈な臭いに気づいた。ナビルは首を振った。

「あのころ、路地は謎に満ち、魔界めいた一角まであって、俺たち子供の天下だった。口を閉じてる貝みたいなもんで、ときどきぱっと開いては真珠の玉をのぞかせるんだ。どの路地もそれぞれに、よそには絶対にない匂いや雰囲気や秘密のコーナーを持っていた。それが今じゃあ、どこもかしこも下水の臭い。俺たちが住んでた路地は、ゴマの香りがしていたよ。ゴマを貯蔵して、評判のゴマペーストや油を絞る機械をそなえた大きな倉庫があったからだ。ゴマペーストのことはターヒナっていうんだが、ハルワー(注)やオリエントの珍味のベースになるんだ。ゴマ油は輸出されて、大いに外貨を稼いだ。来る日も来る日もゴマを篩《ふるい》にかけて、収穫のときについたごみや石をとり除いている老人がいた。その爺さんは十歳のころから、ゴマ挽き機をもっている一族のところで働いていたんだ。大きな篩を手にゴマをふるっては、きれいなゴマを袋に詰めてゆく――七十年間もだよ。爺さんは年とともに、どんどん背中が丸くなり、小さくなっていったよ。そして、ある日、姿を消しちまった。おふくろは、『あの人は天の星の数だけゴマをふるったのよ。

だから、星の数を超えたとき、妖精があらわれて、お星さまのところへさらっていったのよ』と言ってたっけ」

ふたりはそれからずっと黙ったまま歩いていたが、ふと、あるモスクの入り口の前で立ち止まった。

「これは、どこのモスクだい？」

ヴァレンティンはたずねた。沈黙が彼の心に重くのしかかっていた。ナビルはちらりと上を見あげ、

「サラディン・モスクの南側の入り口だ。北側の正面に、おまえの親父さんと無愛想な妹たちの路地がある」

と言った。ヴァレンティンは

「まずモスクのなかを見て、それから反対側の風呂屋《ハンマーム》へ行くってのはどうだろう？」

と提案した。

「そりゃあ、いいな」

ナビルは同意した。ふたりはこの聖域を訪れる人々にならって靴を脱いだ。そして世界でもっとも美しいモスクの中を敬虔《けいけん》な気持ちで歩いた。ナビルは建築家の本能がむくむくと頭をもたげ、この珍しい建築様式に対する深い愛着をヴァレンティンにも伝えようとした。ヴァレンティンは、

（注）菓子、キャンディーのこと。

精巧な仕事をやってのけたむかしの建築家の腕前に目を見はった。フレスコ画に窓、そして大理石の床やアーチは、まるで夢の中から抜け出してきたようだった。そして、なによりもすばらしいのは、モスクの空間自体である。静寂《せいじゃく》そのものをかたちにしたこの奇跡のわざは、人間がまだその手に時間をしっかりつかんでいて、自分たちが造り出したものにそれを分け与えていたころに生まれたのだ。彼らの建てたものが何百年も生きのびてこられたのは、この不思議な贈り物のおかげである。

ヴァレンティンは厚い絨毯《じゅうたん》に覆われた床を歩いた。遠くの隅のほうで、小声でなにかをしゃべる老人を囲んで座っている男たちに気づいた。ナビルが独特のかたちをしたモスクのアーチについて説明してくれているあいだも、ヴァレンティンは老人の声に磁石のように引きつけられる気がしていた。彼はゆっくり老人に近づき、驚いているナビルとともに、男たちの車座に加わった。老人は一瞬ことばをのみ、ヴァレンティンに向かってほほ笑むと、また話を続けた。だがヴァレンティンは、その微笑のベールのうしろに悲しみが隠されているのを見てとった。老人のことばはひとつも理解できなかったが、ヴァレンティンは一生聞いていたいと思うほど、その声に心を奪われた。老人が話し終えると、まわりの男たちは矢つぎ早に質問を浴びせた。ヴァレンティンは立ちあがって軽く一礼し、いとまを告げた。そしてナビルとモスクをあとにした。

ナビルがたずねた。

「話がわかったのかい?」

ヴァレンティンはこたえた。

「いや、なにも。だけど、あの老人は胸に苦い想いを秘めて、火のようなことばをバラの葉にくるんでいるんだと思うよ。きっと、底知れぬ不安をかかえているんだろうね」

ナビルが説明してくれた。

「あの人は有名なイスラム学者なんだ。三人の息子が若くして痛ましい死をとげてから、ずっと隠遁《いんとん》生活を続けてきたんだよ。息子たちは道の側溝《そっこう》で殺されているところを発見された。諜報機《ちょうほうき》関《かん》の犯行だと考える者も多かったし、このリベラルな聖職者に憎しみをいだく原理主義者たちが、神にかわって罰を与えるために殺したとみる者もあった。犯人については神のみぞ知るだが、それ以来、あの学者は大学の教壇を退いた。彼の姿を見かけるのは、ほんとうに珍しいんだよ」

「忘却《ぼうきゃく》と癒《いや》しの湯」は、その名にふさわしい浴場だった。大理石と、水と、鏡のかもし出す不思議な世界である。中に入るとナビルはすっかり上機嫌《じょうきげん》になり、子供のころに住んだ家が荒れはてていたことなど、どこか遠くへ押しやってしまった。ふたりは、蒸気というよりもはるかに密な温気の靄《もや》につつまれて座った。ナビルは悲しんでいたかと思うとすごく陽気になり、冗談を言っていたかと思うと憤慨《ふんがい》する。こうもあっさり変われるものかと、ヴァレンティンは開いた口がふさがらなかった。ナビルの考えは無限の広がりをみせるが、いっぽうで彼はとても細心だ。そこもヴァレンティンの理解に苦しむところだった。

ふたりは蒸し風呂を出て、二、三ピアストルもはずめば受けられるマッサージへ向かった。ヴァレンティンは最初、目の前に仁王《におう》立《だ》ちになったマッサージ師を名のる巨漢《きょかん》を見て、気おくれがした。男はアジアとアフリカの混血だった。ナビルはおじけづくヴァレンティンをなだめ、マッサージのあとは生まれ変わったような気分になるからと受け合った。たしかにそのとおりだった。マッサージ師の力強い指でもまれるうちに、こわばった筋肉がすっかりほぐれていくような気がした。ヴァレンティンはマッサージを受けながら、はじめてウラニアに来たとき、浴場を前にしてどうにも足がすくんでしまい、中に入れなかったことを思い出していた。かつての彼は、浴場に心引かれながら、恐怖も感じていたのだ。

風呂を出たふたりは、真っ白なバスローブに身をくるんで腰をかけ、小さなグラスに入った甘ったるくて熱いお茶を飲んだ。ナビルはすっかり満足しきった様子で、椅子の背にもたれていた。

「こりゃあ、天国だよ」

こうつぶやくと、ナビルは目をつむった。いびきをかきはじめるまでに、一分とかからなかった。噴水のピチャピチャという音を聞くともなく、マッサージを受けたあとの筋肉のほてりと瞼《まぶた》の重さに身をゆだねているのは、ナビルばかりではなかった。眠れなかったヴァレンティンはもう一杯お茶を注文して、ウェーターにフランス語で、砂糖を入れないでほしいとつけ加えた。ところが愛想のいいウェーターは、まるでことばが通じなかった。すると、あまり遠くないところからずっとヴァレンティンとナビルを見ていた年配の男が、うなずきながらほほ笑んだ。男はウェーターに通訳してやると、少しばかりこちらに近づいて来た。フランス語の文法などまったく無視して、ドイツ語やアラビア語もまじえながら話しているうちに、いつの間にかふたりは親しくなった。イブラヒムと名のる男は、町でいちばん有名なケーキ屋だった。この少し遠慮がちな人物から、ヴァレンティンはアラビア名産の甘い菓子について、いろいろ教わった。イブラヒムはウラニアに二軒の大きな店を構え、やり手の娘とその夫にそこをまかせている。もうひとつ、パリの店は長男がやっているが、必ずしも満足できる業績ではないらしい。イブラヒムは何度かベルリンやフランクフルトやシュトゥットガルトに行って、支店が出せるかどうか検討してみたという。この男の飾り気のない話しぶりに、ヴァレンティンはうれしくなった。

イブラヒムは骨休めに毎日、浴場に来ていると言った。ひとしきり風呂についてあれこれと話がはずんだ。そしてついにヴァレンティンは、自分のほんとうの父親はこの町の生まれだということを、それとなく匂わせた。イブラヒムはにわかに目を輝かせ、とても老人とは思えぬ、十歳の少年も顔負けの旺盛《おうせい》な好奇心を示した。ヴァレンティンはナビルがまだ眠っているのを確かめると、自分の父親はこの浴場からさほど遠くないところに住んでいた理容師のタレク・ガザールに違いないと、イブラヒムに小声で漏らした。なんと、イブラヒム老人はその理容師を知っていたのだ。そして理容師があるドイツ人女性を愛していたことも。ウラニアの路地や家並みは複雑に入り組んでいるので、どんな秘密も生き長らえることができないのだ。とうとうヴァレンティンは、異母妹たちに玄関先ですげなくされたことまでうち明けた。驚いたことに、内気なケーキ屋は急に生き生きとしてきた。イブラヒムは、こんなデリケートな問題に正面から馬鹿正直にとり組むとは、ヴァレンティンもナビルもおめでたすぎると笑った。

「旧市街の道はくねくね折れ曲がっている。あの方《かた》は」

こう言って、イブラヒムは眠っているナビルを指さした。

「たしかにウラニアの人かもしれないが、新市街にお住まいでしょう。あそこじゃあ、道路はぜんぶまっすぐに走っています。ここは、そうじゃない。旧市街では、いちばん曲がりくねった道こそが、最短の道なんです。それ以外の道はすべて、とんでもない場所に出るか、袋小路に突きあたるんです」

では、あなたの手を貸していただけないかと、ヴァレンティンはケーキ屋にたずねた。老紳士は首を左右に振っていたが、ふと動きを止めると、こう言った。

「でも、私はある人を知っています。その人物なら、遠縁《とおえん》のおばさんを介して二人の女性と接触できるかもしれない。もっとも、あまりあてにならない話ですがね。連絡してみましょう。だけど、けして過大な期待をしないでくださいよ」

イブラヒムはこう締めくくると、腰をあげて歩きだした。

「私は毎日ここに来ています。いうなれば、浴場は私のオフィスみたいなもんですな。よろしければ、二、三日うちにまたここでお目にかかりましょう」

それからまもなく、ナビルは目を覚ました。

ウラニアに着いてからというもの、ヴァレンティンはいつも午後の遅い時間に、ピアにラブレターを書いた。ほんの数行というときもあったが、浴場で思いがけないことがあったこの日は三枚になった。手紙を投函《とうかん》したヴァレンティンはまた団員たちに合流し、小道具係として入団したばかりのシャリフとアニタの燃えるような愛を、はらはらしながら見守った。

続く夜の公演は、またも大成功に終わった。この日につける名前の権利は、双子の兄弟マックスとモーリッツが手にした。この公演で彼らの演技がいちばんの出来だったのは、だれの目にも明らかだった。双子のバタリアン兄弟はアルメニア生まれだが、十年前にスイス国籍をとっていた。ふたりは友人でさえ見分けるのが難しいほど、よく似ている。マックスは次々に物語を紡《つむ》ぎ出す空想家、モーリッツは兄のアイディアを実行に移してゆく実務家である。デビューして最初の何年かは平凡な地上アクロバットを披露《ひろう》するだけの芸人にすぎなかったが、やがて兄弟はあるアメリカ人に言われて、ぴったり瓜ふたつという自分たちの持ち味を十分に生かしていないことに気づいた。そこでふたりは転向をはかり、取り違えのおかしさを生かした、ちょっとしたパントマイムをはじめた。そしてついに八十年代の終わりには、世界的な大成功をおさめることになるショーを考え出したのだ。それはこの夜もウラニアの観客をまずは仰天《ぎょうてん》させ、続いて興奮のるつぼに陥《おとしい》れた。円形舞台《マネージ》の真ん中には大きな鏡が立っている。道化師に扮《ふん》した兄弟のひとりが小さな笛を吹き吹き、踊りながら登場する。急に鏡の前で立ち止まると、しげしげとのぞき込んで、びっくりする。顔をしかめたり、ちょこんと飛びはねたり、ダンスをしたりすると、鏡の中の自分がどんな動きもそっくり返してよこすのだ。道化師は感激のあまり地面に身を投げ出して泣く。鏡の中の分身も、もちろん地面に身を投げ出して泣いている。これには道化師もますます感きわまって、鏡に近寄り分身にキスをする。すると爆発が起きて、舞台はもくもくと煙につつまれる。道化師は咳き込むこと、咳き込むこと。けれども鏡の中の分身は咳なんかしていない。悪態《あくたい》をつくと、分身も悪態を返してくる。脅かしてみると、分身も脅かしてくる。けれど、なにもかも、わずかずつ遅れてからだ。道化師は、もうわけがわからない。ガラス板に両手をついてみる。鏡の中の分身も真似をする。ふたりは手の平をぴったり合わせて、大股《おおまた》でどんどん横に歩く。とうとう鏡の端が切れ、分身が外にあらわれると、ふたりはいっしょになって舞台をずんずん歩いた。今度はダンスをはじめた。ふざけ合ったり、アクロバットのようなジャンプを披露したり。ふたりのやることは、なにもかも相手の完全な鏡像《きょうぞう》だった。するとそのとき、道化師がつまずいて倒れた。ところが、分身は倒れずに笑っているではないか。これが道化師を怒らせた。道化師は分身を追い払い、鏡の中に戻れと命令する。分身はうなだれて言いつけに従い、そこからはまた、道化師がやって見せるとおりに、生気《せいき》のない鏡像を演じる。怒ったことを早くも後悔した道化師は、分身をまた鏡の中から引き出そうとするが、分身は二度と出てこない。そして、分身はだんだん暗闇《くらやみ》に姿を消してゆき……。

しめくくりのパレードのあと、ナビルは芸人たちに観客席へ行くようにアナウンスして、その日の観客の中から選んだ芸達者《げいだつしゃ》を舞台へと誘《いざな》った。

はじめに、信じられないような強い歯を持った男が登場した。彼は五十キロ以上はある粉袋に嚙みつくと、まるで鳥の羽根のように高々と放り上げた。続いて綱引きに移り、三人の屈強《くっきょう》な男を向こうにまわした。頑強な歯を持つサムソンは、ロープの端にしっかと嚙みつき、男三人を楽々と負かした。三人は舞台の地面にがっちり足を踏んばったものの、その甲斐《かい》もなく倒れた。観客のやんやの歓声に送られて、男はロープにしがみつく三人を引きずりながら、舞台を横切って退場した。次に、みごとな口笛を吹くばかりか、ちょっと変わった記憶力を持つ女が登場した。

彼女は名前も電話番号も記憶できないが、世界中のどんなメロディーでも、たった一度、耳にしただけで永久に覚えていられるのだ。少なくともナビルの紹介によれば、そういうことだった。女ははじめに鳥の声を真似たが、これは観客の予想していた程度で、じきにみんな飽きてしまった。そうなったところで、彼女の技量を知っているナビルはようやく、「どんな音楽でもけっこうです。みなさんのお望みの曲を言っていただきましょう。彼女がこの場で口笛を吹いてみせます」と観客に呼びかけた。人々はてんでんばらばらに、アラビアや外国の古い曲やら最近のヒット曲やらをあげた。女は落ちつきはらい、笑みを浮かべながら、それをぜんぶ吹いてみせた。だれかが笑いながらフィンランド国歌をと求めたときでさえ、彼女はほんの少し考えただけで、すぐに美しいメロディーを奏でた。それが正しく演奏されているのかどうかはだれもわからなかったが、ひとりの女が

「あなたの唇に、神のご加護《かご》を！」

と高らかに叫んだ。きっとフィンランド人だったのだろう。いずれにしても、その女のことばにはふつうとは違うアクセントがあった。

この夜、観客はすっかり感激して、晴れやかな気分でサーカスのテントをあとにした。あの鋼鉄のような歯を持つ男だけは、舞台のわきに辛抱強《しんぼうづよ》く立って、なにかを待っている様子だった。ヴァレンティンはナビルに男のところへ行ってもらった。少したつと、まるで生命を吹き込まれたように、男の顔も輝いてきた。ナッハモルグの終わりに、ヴァレンティンはナビルにその男のことをたずねてみた。

「鉄の歯を持つあの男は、なんて言ったんだい？」

「あしたは、目のさめるようなものを披露するそうだ」

ナビルはこたえた。

「目のさめるようなものだって？　あれだけでも、すごいじゃないか」

ヴァレンティンは腑に落ちなかった。

「あんなのは、あした見せようっていうものにくらべたら、なんてことはないそうだ」

ナビルはこう言って大あくびをすると、謎めいた笑みを浮かべながらキャンピングカーのほうへ行ってしまった。まだ聞きたいことがあったヴァレンティンは、ひとりぽつんと残された。

16　パンが消え、希望はふたたび目覚めた

ロベルト爺さんは別人のように変わった。朝早くから夜おそくまで、自分が引き受けることになったクマにかかりっきりなのだ。それというのも、例のクマ使いの老人はあれから二度と姿をあらわさなかったからである。クマはサーカスで面倒をみてもらい、おいしいエサを食べるようになって、少し若返ったように見えた。けれどもあの年齢のクマに車輪やロープの上でバランスをとることを教えるのは、忍耐を必要とする。クマはダンスをしっかりものにしていたが、ロベルトはそんなものには目もくれなかった。彼はクマの調教師が教えるような高度な技《わざ》をたたき込みたかったのだ。生徒が不器用であろうと、ロベルトはいささかも動じていないようだった。だれかが嫌味《いやみ》たっぷりに口をはさんだりすると、ロベルトは

「年寄りグマは覚えるのに時間がかかる。だけど、その分だけしっかり身につくんだ」

と言ってクマをかばった。そうやってロベルトとクマは日夜、訓練を重ねた。彼らがサーカスにお目見えするまでに、そう長くはかからないだろう。

アニタと恋人のシャリフはエキゾチックな動物を連れて舞台に上がっていた。このショーの伴

奏に使われるのは、ロシアの作曲家リムスキー・コルサコフの『シェヘラザード』だ。アニタとシャリフが登場しただけで、舞台は大いに異国情緒《いこくじょうちょ》あふれるものとなった。もっともすでに初日から、観客は大蛇《ボア》にではなく、肌の透けるドレスをまとって三匹のボアを体に巻きつけるアニタに夢中なのだという、口さがない陰口《かげぐち》が聞こえてきたのも事実である。マンズーアは舞台でアニタの手助けをしているシャリフに、うしろ指をさして、

「あいつははじめ小道具係だったのに、今じゃ自分が小道具になりやがった」

と毒づいた。だが、観客はアニタの美しさに息をのみはしたものの、心の底からショーに感動した者はひとりもいなかった。アラビアではヘビはあまり縁起《えんぎ》のよい動物ではなく、気味悪がられているからだ。アラビア人はヘビを遠目に見てきれいだと思うことはあっても、できればそんなものは見たくもないというのが本音《ほんね》なのだ。

　ある日シャリフはヴァレンティンとナビルのほか、八人のサーカス団員を自宅の昼食に招いた。ヴァレンティンは用事を、そしてナビルは摂生《せっせい》を理由に断った。しかしふたりは、アニタが招待されていないのが気になった。ヴァレンティンは日記を手がかりにもう一度、母親のことをはっきり思い出してみるために、キャンピングカーに残った。午後も早いうちにヴァレンティンがふたたび車を出ると、招待されたメンバーはすでに全員戻っていた。ところが彼らはご機嫌《きげん》ななめで、見るからに興奮している。

「あの連中、なんであんなに虫の居所《いどころ》が悪いんだい？」

ヴァレンティンは、にやにやしながらこちらに向かってくるナビルに聞いた。

「マルティンが左利きだからさ」

と、ナビルは言う。

「それなら俺も知ってるが、それがどうかしたのか？」

「シャリフはそのことを知らなかったんだよ。シャリフの家族はドイツからの客を迎えるのをそれはそれは喜んだし、自慢にもしていた。だから、親戚や隣近所の人々をごっそり昼食に招待しておいたわけだ。マトンの肉添えライスが出た。こりゃあ、めったにありつけない、ぜいたくな料理なんだ。大きくて丸い金属の盆に盛って出される。みんなで盆を囲んで座り、手で食べるんだ。あとから湯で手を洗うんだが、さらに香水を手渡すことも多い。ただし、右手の三本指だけ使って食べなくちゃいけないんだ。俺はこれができないんだよ。子供のころからナイフとフォーク、スプーンだけで食事をするようにしつけられたからね。ところがシャリフの両親は、まだ古い習慣を守っている農民なんだ。三本指でライスと肉をちょこっとつまんで口の中に放り込む技術をマスターできなくたって、だれも悪くは思わないさ。しかし左手で食事をするのは厳しく禁じられているし、その場に居合わせた人をひどく侮辱《ぶじょく》したことになる。たとえばおまえたちヨーロッパ人が食事中に他人の皿につばを吐いたなんていうよりも、もっと由々《ゆゆ》しきことなんだ」

「どうして、そんなに厳しいんだ？」

ヴァレンティンは聞いた。

「オリエントでは左手と、そして左手を使ってやることすべてがタブーだからだよ。その点では、オリエントのキリスト教徒も、イスラム教徒と変わりはない。おまけにアラビア人は衛生上の理由からトイレを使ったあとで体を洗うんだが、尻も性器も左手だけで洗う。もちろんあとでもう一度、両手を徹底的に洗うが、それでも左手はいわば不浄《ふじょう》なものなんだ。だから、もしもだれかが左手で食事に触れたりすれば、そいつはほかの人を追い払ったことになる。これがシャリフの家で起こったわけさ。三つの盆が出されて、それぞれ七人前ほどの量があった。マルティンがもの珍しげに左手を使って食べはじめると、いっしょに食べていた六人はぎょっとしていっせいに立ちあがり、罵声《ばせい》を浴びせながらさっと部屋を出て行ったそうだ。あの内気なマルティンは、アラビア人たちの怒りの視線を浴びながら、盆を前にぽつんと座っていたらしい。シャリフが仲だちしようとしたけれど、時すでに遅しだった」

奇しくも同じ日の午後には、サーカスがウラニアに着いてはじめての、深刻な事故まで起きた。リハーサルの最中のことだった。ライオンのスルタンが宿敵《しゅくてき》ネロの攻撃をかわしてバランスを失い、台の上から落ちて、運悪く下あごを鉄製の台のへりに打ちつけたのである。それでもスルタンは起きあがり、また台によじ登った。しかしマルティンは瞬時に、スルタンは下あごを骨折していると見抜いた。彼はほかの猛獣たちを通路へ追いやり、檻《おり》に戻すと、獣医のクラウスを呼んだ。マルティンは獣医を手伝って、スルタンを特別の檻に移した。スルタンはその場で麻酔《ますい》をかけられ、救護テントに運ばれた。クラウスはウラニアに着いてから、こちらの向学心旺盛《こうがくしんおうせい》な若い獣医二人をボランティアの助手にしていた。クラウスは診察の結果、すぐにライオンの手術にかかることに決めた。それを聞いたヴァレンティンは、マルティンを慰《なぐさ》めるために飛んできた。マルティンはどうしても手術に立ち会いたいと言ってきかなかった。

「まず食事。それからだ」

マルティンは顔を真っ赤にして言った。

「ちょっと口にすれば、今日はもう十分だ」

マルティンは責任を感じていた。彼は毎日、猛獣たちを一頭ずつ世話し、気分を確かめ、話しかけては元気づけていた。どこか具合が悪かったり、けがをしていたり、機嫌の悪い動物がいれば、グループから引き離す。この日は雌ライオンのサマラにさかりがついたので、ライオンたちは興奮していた。マルティンがサマラをべつの檻に移すと、ライオンたちはまた落ちつきをとり戻した。けれどもネロだけはますます荒れ狂った。マルティンは昼食で大恥をかいたあとで、いつもの忍耐力を欠いていた。マルティンが大声で叱りつけると、ネロは身を伏せ、練習に連れ出された――そして、非運な事故が起きたのだ。

難しい手術は三時間を要した。そのあと、スルタンが口を開きっぱなしにしたまま粥状《かゆじょう》のエサを食べられるように、二本の小さな木片で上下のあごを固定した。スルタンは翌日の朝にはもう、肉の粉末をミルクで溶いたエサを、手助けなしに舌でなめて口に入れるようになった。スルタンは下あごが完全に治るまで、これを続けた。手術の日、クラウスははじめて自分の知識の限界を感じた。これがきっかけで、マルティンとクラウスのあいだに深い友情が芽生えた。それは生涯にわたって続くことになった。

ライオンのスルタンは六週間後に傷が癒《い》えた。体重は少し減ったものの、数日もたつとまた前のように溌剌《はつらつ》としてきた。そして休んでいたのが嘘のように、舞台で自分の仕事をこなした。もっとも、これはみんな何週間もあとの話だ。まずはそれまでに起きたことを、順番にお話ししたほうがいいだろう。

ヴァレンティンがケーキ屋のイブラヒムに出会った次の日は、空中ブランコを披露《ひろう》して観客を虜《とりこ》にした宙返りチームの日になるかと思われた。ところがそのあとで、驚異的な歯を持つあの男が、再度、登場したのだ。ヴァレンティンはそこではじめて、この男がひどく痩せこけて、骨ばっているのに気づいた。首と頭は華奢《きゃしゃ》な体格とまるでアンバランスだった。

男は前日、ものすごく大きくて丸い、重さ二十キロの平べったいパンを用意してもらいたいとナビルにたのんでおいた。玄武岩《げんぶがん》の底板とアーチ型のれんが屋根でできたオーブンをそなえていて、そんな巨大なパンを焼けるパン屋は、もう旧市街でも数少なかった。五時ごろ二軒のパン屋は、少しばかり誇らしげに、おおぜいの野次馬《やじうま》のあいだをかきわけて、上の面にゴマを飾った大きな円盤状のパンをサーカスに運び込んだ。

通常の公演が終わり、芸人たちが急いで客席にもぐり込むと、ナビルはその夜の呼び物をアナウンスした。男は口の力だけで、重さ二十キロもあるパンをあやつってみせるというのだ。力持ちの小道具係が二人で円盤状のパンを運んでくる。べつの二人は水差しをのせたバー・テーブルを運んできた。楽団のティンパニーが鳴り響くなか、男はにこやかに舞台に進み出る。場内はしいんと静まりかえった。小道具係の二人はパンを垂直に立てるようにして高々と持ち上げ、下の端を男がしっかり食わえるまで支えている。男が手を打って合図をすると、二人はパンから手を離した。男の口がくわえ込んだパンの円盤は、巨大な月のように見えた。その直径、およそ二メートル。この怪力わざだけではまだ満足できないとみえて、男はパンを一気に高く放り上げると、ふたたび口で受けとめた。何回かくり返すうちに、観客は気づいた。男はパンを食いちぎり、円盤は回転しながら宙を舞うたびに縁《ふち》が少しずつ欠けてゆくのだ。円盤の回転はますます弾みがついた。男はますます高く放り投げては、食いちぎり、また放り投げる。これには観客も大いに沸き、円盤が投げられるたびにウォーと歓声をあげ、ドッドッドッと足を踏み鳴らして伴奏をつけた。すると円盤はいっそう高く飛び上がるが、どんなに高く上がっても、ろくに噛まずにのみ込んで待ち受ける男の口におさまった。円盤が宙を舞っているあいだに、男は目にもとまらぬ早業《はやわざ》で水差しをつかむと、水をひと口飲み、パンを食いちぎる。そしてどんどん速くパンの円盤を投げる。とうとう円盤が手の平大になると、男は最後にひと噛みして、力いっぱい放り投げた。高く飛ばされたかけらは、サーカスの丸天井のどこかにでもひっかかったのだろう。男は歓声をあげ、観客に向かって大声で言った。

「三十四年ぶりに、満腹したぞ！」

これを聞いて、だれかがクスッと笑うと、口から口へ笑いの輪がひろがっていった。観客は自分たちも男にちょっと変わったプレゼントをしようとでも思ったのか、低く、高く、リズミカルに、そしてメロディーのように場内にこだまする笑いの渦《うず》を返した。まるで花火のような笑いの爆発は、ちょうど十二分も続いた。こんなことはサマーニ・サーカスはじまって以来だった。ヴァレンティンもじっとしてはいられず、舞台に突進すると、汗まみれの男を抱きしめた。それから二人は、腕を組んで観客に深々とおじぎをした。

サーカスがはねると、ヴァレンティンはスタッフや芸人をまわりに集め、その日の反省と次の公演の課題を話し合った。その日をだれの名前で呼ぶのか、団員たちはどうしても知りたがった。

「パンの日、だな」

ヴァレンティンはややためらってから、こう言った。興奮のあまり、男に名前をたずね損《そこ》なったのだ。


夜もふけて、ヴァレンティンとナビルはサーカスのカフェに腰をおろし、グラスをかたむけながら、静寂《せいじゃく》のひとときを味わっていた。遠くの隅では、アニタとシャリフがぴったり体をからませたままだった。

「毎日、なにを書いてるんだい？」

そろそろナッハモルグになろうかというころ、ナビルが聞いた。

「ラブレターさ」

「お若い、お若い。なるほど、それで血色もいいってわけだ。で、彼女の名前は？」

「ピア」

「年はいくつだい？」

「今日でいくつになるのか知らないが」

ヴァレンティンはこたえた。

「最後に俺たちが会ったとき、彼女は三十五で、俺はまだ五十三だったんだ」

ヴァレンティンのことばをどう考えたらいいのか、ナビルははかりかねた。

それからヴァレンティンは母親の物語の続きをはじめた。話はタレク・ガザールという理髪師が狩の最中に誤って豪族の息子を殺してしまい、父親の放った追っ手から逃げまわるはめになったところまで、たっぷり一時間かけてたどり着いた。

「タレクはもうポケットに偽《にせ》のパスポートをしのばせていた。トランクもすでに、ウラニア港に停泊している**ブリタニア**号という汽船の中だった。ブリタニア号は翌朝、ヨーロッパ経由でアメリカに出航する予定だった。この期《ご》におよんで、タレクはちょっとした間違いを犯した。最後に母親のところへ行って、別れを言おうとしたんだが、これはどうみても正気の沙汰《さた》とは思えない。三人の殺し屋はすぐさま追跡を開始した。けれどもタレクは路地やバザールの中をすばしっこくくぐり抜けた。カモシカという名の面目躍如《めんぼくやくじょ》といったところだな。しかし、タレクはついていなかった。誤って、ある中庭にまぎれ込んでしまったんだ。追っ手はもうそこまで迫っていた。どしゃ降りの雨だった。タレクはヒョウのようにすばやく、中庭に一本だけ立っていた木によじ登った。ダイダイの古木だよ。追跡者たちはタレクが中庭のどこかに隠れているに違いないとふんで、一人を入り口で見張りにつけ、階段から物置小屋まで、しらみつぶしに捜しまわった。タレクは木の上で闇《やみ》に身を隠していた。ところが夜が明けようとしているではないか。タレクはどっと疲れを覚えた。骨の髄《ずい》までずぶ濡れだった。こうなったら助かる道はひとつしかない。高い枝によじ登り、そこから思いきって建物の三階のバルコニーへ飛び移るのだ。首尾よくいけば、バルコニーから屋根に上り、そこからなにかを伝って隣の中庭に下りることができる。タレクは高い枝にそっとよじ登った。枝は太いが、よく滑った。タレクは全力をふりしぼり、えいやっとジャンプした。ところが足が滑ってしまい、思うように弾みがつかなかった。かろうじて指の先が三階のバルコニーにかかった。タレクは死にもの狂いでしがみついた。雨は相変わらず、滝のように降っている。タレクは体を引き上げようと、深呼吸をひとつした——その瞬間だった。追っ手が彼を発見したんだ」

ここでヴァレンティンはにやりとした。

「続きは、あした話そう」

「この野郎っ」

ナビルは笑った。

「それで俺が眠れるなんて、本気で思ってるわけじゃないだろうな。もう少しだけ話してくれよ。せめて、バルコニーでの話が終わるまで」

ナビルはせがんだ。

「オンドリの声が聞こえるじゃないか。あした、続きを話すからさ」

「ひどいやつだ!」

ナビルは叫んだ。あんなオンドリなんか、血も涙もない肉屋にくれてやれと思った。

そのナッハモルグ、ナビルは長いこと目がさえて眠れなかった。タレクが無事にウラニアからドイツへ脱出し、ツィカと知り合ったことはわかっているのに、こんなふうに心配でたまらない自分が不思議だった。それにしても、タレクはなぜ、どのようにしてドイツへ行ったのだろう。最初は、アメリカへ行くつもりだったはずだ。あるいは、殺された若者の父親がタレクの脱出を嗅ぎつけ、マルセイユで殺し屋を乗船させたのだろうか。そもそもタレクは大西洋航路の**ブリタニア**号でアメリカに向かったのだろうか。それとも早くもウラニアの港で、この先には確実に死が待ち受けていると察知《さっち》して、計画を変更したのだろうか。

とにかくタレクがのちにベルリンへ行ったことは確かだ。そこでヴァレンティンの母親と知り合ったのだから。だけど、なぜベルリンであって、パリではないのだろうか。パリなら、流暢《りゅうちょう》なフランス語が使えただろうに。ナビルはベッドに横たわり、タレクの運命にいつまでも思いを馳《は》せた。

ところがヴァレンティンも、長いこと眠れずにいた。ナビルのようなすばらしい聞き手の武器はなにか、ヴァレンティンはようやく気づいた。それは、耳である。ナビルの耳は語り手の口から出たことばを、まるで海綿《スポンジ》のように吸い取ってゆく。ヴァレンティンは、まだ舌のあたりに残る妙なむずがゆさを感じていた。

翌日ナビルは、定期検診を受けるために医者に行かなければならなかった。ヴァレンティンは父親の家に強く心を引かれていた。ちらっと、シャリフかマンズーアをいっしょに連れて行こうかと思ったが、やはり自分ひとりで出かけることにした。ひとりでウラニアの通りを歩きまわっていた母親の想いを、身をもって知りたいと考えたのだ。

実際にひとりで歩いてみると、町はずっと刺激的で、危険に思えた。バザールに数歩足を踏み入れただけで、ヴァレンティンはもう方角がわからなくなった。人々は彼のかたわらを、せわしなく通り過ぎてゆく。愛想よく笑いかける者などだれもいない。この町の住民は赤い糸をたどって路地の中を苦もなく動きまわっているというのに、だれもその糸を彼に手渡してくれないのだ。ヴァレンティンは、急に路地が暗くなり、息苦しいほど狭くなったような気がした。そこはもう折れ曲がった道に守られた安全な場所ではなく、寒々とした、袋小路ばかりのはてしない迷宮だった。母親が水を飲んだという、あのいまいましい噴水はどこだろう。サラディン・モスクは、バザールの南の端ではなかったか。驚いたことに、四十六年前には間違いなく知っていた場所も、店も、数ある教会やモスクさえ記憶に残っていなかった。あのころの自分は、それほど愚《おろ》かで盲目だったのだろうか。それとも、記憶力が落ちているのだろうか。そういえば、イタリアへは二十回以上も旅行したが、いったいなにが記憶に残っているだろう。トリエステの嵐は？　女房と休暇で行ったグラド？　南イタリアで大損害をこうむった旅？　イタリアではすばらしいひとときをすごしたはずなのに、その記憶はどこへ行ってしまったんだ。

ヴァレンティンは気持ちが高ぶり、汗をびっしょりかいた。それでも、父親の家に通じる道を探そうと決意した。それに、もしかしたらあのケーキ屋にだって会えるかもしれない。そう考えると、見知らぬ異郷にまぎれ込んでしまったような気分も、いくらかやわらいだ。ところが、行けども行けども堂々《どうどう》めぐり。何度もバザールに引き戻されては、天を呪《のろ》った。ヴァレンティンはファラフェルを買った。このヒヨコマメに香料を加えて揚げた小さなパンは、マンズーアに作ってもらったことがあるが、いつもおいしかった。みごとな黄金色《こがねいろ》をしていて、香りに食欲をそそられたものだ。けれどもここの市場では安物の油で一気に揚げているため、粉っぽくて焦《こ》げた味がした。腹いっぱいになるところが、唯一のなぐさめだった。

「サラディン・モスクはどこですか？」

ヴァレンティンはフランス語でたずねた。油でどろどろのフライ鍋の向こうにいた小さな男の子が、しっかりした口調で、すらすらと道順を教えるのには驚いた。ヴァレンティンはたっぷりチップをはずんで、歩きだした。言われたとおり、モスクも、浴場も、バザールからさほど遠くないところにあった。

はじめヴァレンティンは、父親の家の前を通って、その匂いだけでも嗅げればと思っていた。大きな家はよく手入れが行き届いていた。外壁は最近しっくいを塗りなおしたばかりとみえて、輝くばかりの白さだった。中庭から壁を伝って顔を出し、路地いっぱいに香りを漂わせ、花を気《き》前《まえ》よくまき散らしているジャスミンの茂みを見て、ヴァレンティンは胸がいっぱいになった。あこがれに満ちたまなざしで見つめた。ヴァレンティンはこの瞬間、自分がジャスミンの花だったら中庭を見られるのにと、羨《うらや》ましく思った。足は釘づけにでもされたように扉の前から動かなかった。すると、扉の向こう側で物音がした。ヴァレンティンは縮みあがり、逃げ出した。いたずらの現場を押さえられた少年のように、胸がどきどきしていた。

ヴァレンティンの母親は、この路地でどんな想いがしただろうか。故郷から何千キロも離れた、見知らぬこの土地で。けれども彼女の故郷とは、そもそもどこだろう。ドイツだろうか、それとも少女時代をすごしたブダペストだろうか。異国にいると、人はよく子供のころに住んでいた土地への郷愁《きょうしゅう》にかられるものだ。もっと長じてからすごした場所をなつかしく思うことはない。ヴァレンティンは長年サーカス・ツアーを続けて、いつもそう感じてきた。それは今、ウラニアに来ても変わらなかった。むかし、ヴァレンティンは母親のかたわらに寝そべって、ハンガリーでの子供時代の話をどれほど聞かされたことだろう。そんなときヴァレンティンはよく、母さんにとって生涯で唯一の家といえるのは、少女時代という岩のようにがっしりした家だと感じたものだ。母親は気分がふさいでくると、いつも心の中で子供のころへ戻っていった。ヴァレンティンはお話を通じて参加を許してもらえるかぎり、母親の旅のお供をした。母親が人形を隠したり、マリアおばさんがハチミツ・ドロップをしのばせたりしたブダペストの小路の秘密の一角が、ヴァレンティンには手にとるようにわかった。ヴァレンティンは母親のおおぜいの親類のことも、まるで隣の家に住んでいる人たちのようによく知っていた。ほんとうは、だれとも会ったことなどなかったのだが。

浴場の中に入ったのは、ちょうど昼ごろだった。ほかの男たちは熱い床に足が触れないように、厚底の木靴をはいてカランコロンと音をたてながら歩いていたが、ヴァレンティンは裸足のままだった。足の裏に感じる熱さが、なんとも心地よかった。ヴァレンティンは広い蒸し風呂の大理石板の上に横たわった。部屋は八角形で、ちょうどその中心に大理石の板が一段高く置かれている。ヴァレンティンが入ったのは、この浴場でいちばん熱い部屋だった。石柱の上に八つのアーチ型の梁《はり》がのり、それが装飾模様と青いタイルで覆われた丸天井を支えているのだ。天井に開いた何百もの小窓は、まるで星のようにきらめいていた。

ヴァレンティンは長いこと大理石に横たわっていた。熱すぎると感じたら、アーチの下に駆け込む。そしてさまざまな容器から温水や冷水をくんで体をさまし、またあおむけに横たわった。ヴァレンティンは、この浴場ではなかったが、ナビルといっしょに丸天井の窓から入浴中の女たちをのぞき見した、はるかむかしの冒険のことを思い出した。天井の真下では少女が顔を上に向けてまどろんでいたが、そのうち寝入ってしまった。そのかたわらで、娘の母親がむっちりした若々しい肌に石けんを塗りたくっていた。すると突然、少女が目を覚ました。彼女は真上に少年たちの顔を見つけると、肝《きも》をつぶして叫んだ。

「天使よ！　あそこに天使がいるわ！」

母親は肋骨《ろっこつ》にナイフでも突きつけられたように金切り声をあげ、アーチの下に身を隠そうとして足を滑らせ、大声で助けを求めた。ヴァレンティンはびっくりして足の力が抜けてしまった。そのヴァレンティンの胸ぐらをつかんで急げとせきたてたのは、ナビルである。――いやいや、記憶力もそれほど落ちたわけではない。路地をさ迷い歩いたせいで頭をもたげた疑いもこれで晴れた。マッサージ師があらわれたので、ヴァレンティンは大理石から起きあがった。

ヴァレンティンは今回もマッサージを受けた。タイルに横たわるうちに、裸でオリエント人と向き合うことへの不安も吹き飛んだ。マッサージ師はヴァレンティンの体に石けんを塗り込んで洗い、頭をシャンプーすると、サイザル麻でできたたわしで情け容赦《ようしゃ》もなく肌をこする。それから関節の緊張をほぐしはじめた。ときどき痛みを感じたが、それだけに、一連の苦行《くぎょう》を終え、あのケーキ屋の老人の笑顔を見つけたときの喜びはひとしおだった。ケーキ屋はバラの香りのする真っ白いバス・ローブにくるまり、ヴァレンティンの隣で横になってお茶をすすっていた。ケーキ屋もリウマチを患っていて、自分の病気にはここの熱さとマッサージがいちばんの薬だと考えていた。ひとり淋しくシャワーを浴びたり、バス・タブに浸かったりする狭い内風呂とは違い、この浴場はケーキ屋にとってたんに体を洗う所ではなく、憩《いこ》いと気晴らしの場でもあるのだ。

「なにか連絡がとれましたか?」

ヴァレンティンは単刀直入《たんとうちよくにゆう》に聞いた。

「まずは、またお茶を一杯、注文してごらんなさい。ここは、お気に召さないですかな?」

ケーキ屋はこう応じた。ヴァレンティンは彼の意図《いと》を了解して、ほほ笑んだ。

「じゃあ、教えてくださいよ、砂糖ぬきのお茶ってのはどう言ったらいいのか」

ケーキ屋はヴァレンティンのたのみにうれしくなって、彼が正確に発音できるようになるまで、ゆっくり、はっきり、ことばをくり返した。ヴァレンティンは胸を張って、

「シャーイ　ビドゥン　スッカル　ミン　ファドゥル」

と、ていねいなことばづかいで注文した。ウェーターはにこにこしながら厨房《ちゆうぼう》へ急いだ。

「今から、あんたは俺の先生だ。会うたびにアラビア語の文章を、五つ、六つ教えてほしいな」

ヴァレンティンは言った。彼はケーキ屋が自分の忍耐力を試していることに気づいていた。ケーキ屋のイブラヒムは、だいじな問題の潮時《しおどき》をはかることにかけては、鼻のきく男だった。腕のいいケーキ職人が生地を知りつくしているように、彼は人間というものをよく知っていた。

「よおし。では、すぐに授業開始だ」

イブラヒムはこう言うとウェーターを呼び、なにごとか指図《さしず》した。そしてまたヴァレンティンのほうに向きなおると、

「あいさつから、はじめよう」

と言った。ウェーターはノートを手に戻ってきた。イブラヒムはアラビア語の五つの文章を、上にアラビア文字、下にラテン文字で書いた。ヴァレンティンはその隣に、文章の意味をドイツ語で書きつけた。

「異母妹たちは、あんたにおびえてるんだ」

ケーキ屋はいきなり切りだした。

「もっとも、おびえているだけじゃない。あんたのお母さんにも、なんとなく反感をいだいてる。あんたたち、つまりあんたとお友だちが、カフェで彼女らの消息をたずね、その足で玄関先まで押しかけて古傷をあばいてしまったために、あれこれかかえていた感情がいっそう悪くなったというわけだ」

「ちょっと待ってくれ。傷って、どんな傷だい？」

ヴァレンティンはそのひと言がすごく気になった。

「理髪師のタレクとあんたのお母さんが恋愛関係にあるってことは、町じゅうに知れわたっていたんだ。毎週月曜日に、新市街のモスクの隣にあるカフェに行き、そこでランデブーをしていたこともね。なかには、その目で真相を確かめようと、理髪師のあとをつけてカフェにまで入り込

む者もいた。理髪師は一分とたがわずに、世界のあちこちから電話をもらっているというもっぱらの噂だった。この愛を讃《たた》える男はほとんどおらず、あざ笑う者が大半だったらしい。けれども理髪師は別世界に生きており、世間の噂など気にもかけなかった。莫大《ばくだい》な遺産のおかげで、彼は裕福だった。だから、そもそも理容サロンをやる必要などなかったけれど、人の髪を整えるのが好きで、みんなの頭を美しく仕上げることに無上の喜びを感じていた。彼の店は特に女たちに人気があった。路地という檻の中での窮屈な生活にうんざりしていた女たちの多くは、理髪師のアバンチュールがすごく羨ましかったんだ。彼の理容サロンは午前中は女性客に、午後は男性客に時間をとっていた。ところが女たちがおおぜい殺到するものだから、女は一週間前に予約しなければならなかった。けれどもほかの女たちが理髪師の愛を讃えれば讃えるほど、彼の女房はますます自尊心が傷ついた。そんなわけで、彼女は夫に魔法をかけてしまったドイツ女を憎みながら、あんたの異母妹を育てたんだ」

「そんなこと言われたって、俺にどうしろと」

ヴァレンティンは自信がなさそうに言った。

「それに、まだあるんだ」

ケーキ屋は続けた。

「あんたのお父さんは、さっきも言ったと思うが、別世界に生きていた。彼は自分が死んだら家はあんたにって遺言《ゆいごん》していたんだ。女房と娘たちはとほうもない財産を相続した。だけど、家はあんたに遺産として残されたわけだ。そして未亡人は慣れない投機《とうき》に失敗して、すっかり財産を失ってしまった。甘やかされて育った姉妹は、生きてゆくために縫い物や編み物をしなければならなかった。彼女たちは大きな屋敷の三分の二を人に貸し、どうかあんたが姿を見せませんようにと願っていた。だって、あの家はむかしも今も、彼女たちの唯一の生活のよりどころだからね。今ではあそこの地価もすごく上がっているし、家賃収入があれば二人で暮らしていけるんだ。そこへ突然、あんたがうれしそうな顔をしてあらわれたってわけだ。失礼を承知で言えば、馬鹿みたいにドアの前に突っ立って、

『ハロー、俺だよ！』

と大声をあげた。あんたたちがあんまりあけっぴろげに言い放ったもんだから、カフェの主人や隣近所や旧市街の連中みんなに知られてしまった。これであんたもわかるだろう？　あの日、妹たちがどんな気持ちになったか。彼女たちのショックが、わかるだろう？」

「そりゃあ、たいへんだっただろうな」

ヴァレンティンは深々とため息をついた。しばらく考え込んでいたが、もう一杯お茶を注文すると、また口を開いた。

「あんたの口から妹たちに伝えてもらえないかな？　用件はこうだ。家はふたりに譲《ゆず》るつもりだ。俺はおふくろの手紙がどうしてもほしい。それが残っているかどうかを知りたいだけで、それ以外はぜんぶ妹たちのものだ。それから、もしよければ、喜んで彼女たちをサーカスに招待したい。俺の世界を見てもらいたいんだ。そのうえで、父親のことを少しでも聞かせてもらえたら、こんなにうれしいことはない、とね」

ケーキ屋はうなずいた。ヴァレンティンははてしない悲しみがこみあげてくるのを感じた。

ケーキ屋は外に出てからも、まだ何歩かヴァレンティンについてきて、十字路で立ち止まった。

「あそこの大きな黒い扉の家を見てごらん。俺のいとこが住んでいたんだ。ひとりっ子で、親父さんの財産を相続したんだが、そのときから親戚や、悪党という悪党から逃れられなくなってしまった。玄関から一歩でも踏み出せば、そんな連中が待ち伏せしていて、まるで獲物を追う猟犬みたいにつきまとうんだ。二度もペテンにかけられたいとこは、次は十分にそなえをしてから家を出ようと考えた。そこで彼は、人類の文明がはじまって以来、詐欺師《さぎし》がしかけてきた罠についての記した書物を片っぱしから読みあさった。食事の面倒は家政婦がみていた。貧しい隣人が彼のために本屋へ行っては、人間の悪しき性格について書かれた本という本を買ってきた。いとこは三十年間も自室に閉じこもり、人間のふるまいについて本で勉強したんだ。こうして彼がようやくまた玄関に姿を見せたとき、あまりに誇らしげな態度に、隣近所の連中はぶったまげた。いとこは口もとに笑みを浮かべ、そう簡単にはだまされないぞという自信にあふれていた。実際、懲《こ》りずに彼を引っかけようとする人間もいたけれど、とりつく島もない態度に、さっさと退散したよ。いとこは人前に出てきた最初の日に、これまでがんばった自分に褒美《ほうび》をあげたいと思って、新市街でいちばん値の張る高級レストランに行ったんだ。そしてテーブルにつくと、いちばん上等な料理を注文した。すっかり満足した彼は、食事のあとボーイ長を呼んで料理をほめ、チップもたっぷりはずんで、支払いをすませた。

『このすばらしいレストランは、だれの店かね？』

いとこはボーイ長にたずねた。

『信じていただけないでしょうが、さる老家政婦が経営しております。その女性は、ある大馬鹿者のところで働いておりまして、そいつからたっぷりしぼり取ったというわけで』

ボーイ長は口に手をあてて、こうささやいた。いとこは、その女の名前を教えてくれないかとボーイ長にたのんだ――すると、なんたることか。女経営者は、いとこの家政婦その人だった。つくづく世の中がいやになった彼は、永久に扉の向こうに消えた。何度か窓辺に姿を見せただけだったよ。それからは、隣人が本だけでなく食事の世話までするようになった。いとこが死ぬと、貧しい隣人は、面倒をみてやったことへの感謝のしるしに、なにか見返りがあるだろうと期待した。なにしろ、十年間も、いとこにつくしたんだから。ところが遺言には、全財産を動物の施設に寄付するようにと書かれていたんだ」

ケーキ屋はヴァレンティンをじっと見つめた。

「心配ご無用。俺は黒い扉の向こうに引っ込んだりしないから。できるだけのことをするよ。じゃあ、あしたここで、同じ時間に会うとしよう」

ケーキ屋は踵《きびす》を返すと、ゆったりとした足どりで去って行った。

ヴァレンティンは、ほっと息をついた。なんだか、サーカスにいる四頭のジャガーみたいに強くなったような気がした。サーカスに戻る前に近くのレストランに入り、猛獣のように料理をむさぼった。

17 ていねいなことばづかいに驚いた男と、雄ヒツジの眼玉にショックを受けた男

ヴァレンティンは、うれしいことに、体内に力がみなぎり、気分がさわやかで、食欲も旺盛《おうせい》だった。ところがいっぽうでは、自分が挑戦している時間の流れにはね返されるような気がして、ちゃんと青春をとり戻せるのだろうかと、不安に襲われることもたびたびであった。絶望に陥《おちい》ることもあれば、若い男という男がピアに群がる光景が目に浮かび、激しい嫉妬《しっと》を爆発させることもあった。そんなときには全身の力が抜けてゆくような無力感にとらわれるが、やがて彼はナビルのことを考える。身中に敵をかかえているナビルは、ナッハモルグのたびに、ガンを征服してやると希望を語っていた。そのひとときだけ、ヴァレンティンも時間の吸引力《きゅういんりょく》をまぬがれ、胸の不安をねじ伏せるのだった。

目を覚ますと、見本市会場はまだ冷たい夜気《やき》が漂い、オレンジの花の香りに満ちていた。ヴァレンティンは朝いちばんで自分の想いやこちらでの体験をピアに書き送ったあと、ケーキ屋と出会ってからの息詰まるような事態の展開をナビルに報告した。しかし、この朝、自分の若さを実

感できたことは、ピアにも、ナビルにも漏らさなかった。どんなに親しい友人でもきっと笑い飛ばすに違いないと恐れたからだ。

ナビルにもいいことがあった。彼を診察した医者が、今のところ状態は申し分ないと告げたのだ。あと二、三日しなければ血液検査の最終的な結果は伝えられないが、今日、診ただけでも、前回より病状はよくなっていると言ったそうだ。ふたりはサーカスのカフェに座って朝食をとった。ナビルはすぐにヴァレンティンの落ちつきのなさに気づいた。彼はにこにこしながらヴァレンティンの顔を見つめて、こう言った。

「今日は厩舎長《きゅうしゃちょう》として、おまえに半日の休暇をやろう。そわそわしてここで椅子を壊《こわ》したりする前に、町へ行ってこい」

ヴァレンティンは待ってましたとばかり、キャンピングカーのわきを跳ぶようにすり抜け、中央テントを通り過ぎて、サーカス入り口のカラフルな大アーチをくぐると、旧市街をめざして出ていった。

ヴァレンティンはまた商店や屋台のあいだをぶらつき、路地から路地へと歩きまわった。今日は道に慣れたような気がして、父親の住んでいた路地へ通じる道もすぐに見つけた。ある道は、明らかに建物の入り口で行き止まりになっている。ヴァレンティンは一瞬、気おくれがして、先へ進むのをためらった。だれかの住まいかもしれない。しかしそれにしては、あまりにもおおぜいの人が重たそうな扉の向こうに消えてゆくではないか。ぱんぱんにふくらんだ買物袋を持って出てくる人々もいたが、ヴァレンティンは扉の奥をのぞいて見る勇気がなかった。しばらくたって、ロバを引いた農夫のあとについて扉をくぐると、ちっぽけな噴水のある中庭のような広場に出た。わきの扉を抜けると、まっすぐ野菜市場につながるべつの路地に通じていた。むかしのヴァレンティンならこんな経験はどうということもなかっただろうが、今こうしてウラニアの隠れた路地を歩くのは、なにか格別な味わいがあった。ヴァレンティンは探検家になったような気がした。コロンブスの感激でさえ、今の自分ほどではなかっただろうと思った。彼はナツメヤシの実とイチジクを買い、バザールを抜けて引き返そうとした。そのときふと、なにかの幸運で父親の理容サロンが見つかるんじゃないか、もっと運がよければ、むかし父親のもとで修業した人に調髪してもらえるかもしれないと考えた。事と次第《しだい》によっては、今の代の理髪師を口説いて、サロンの椅子をひとつ売ってもらえるかもしれない。そうなれば、椅子をドイツに持ち帰ることができる。そのサロンはもうないなどと、どうして言いきれるだろう。父親の死から三十年はたっていた。しかし、路地を流れ過ぎる時間も、その隅々までは届いていないように見えた。

ヴァレンティンはまた一区画戻り、理容サロンを探した。けれども旧市街の住宅地にはほとんど店がなかった。あっても、せいぜい小さな食料品店だけだ。路地が小さな広場に突き当たるあたりにだけは、ちっぽけな工房や商店が見える。ヴァレンティンはそんな広場をいくつか見つけたが、肝心《かんじん》の理容サロンはひとつもなかった。彼は疲れはてて噴水のそばに腰をおろし、ナツメヤシの実を食べながら、目の前の子供たちを眺めていた。自動車は狭い路地を通り抜けられないので、ここではまだ子供たちも安心しきって遊びに興じることができる。腰の曲がった老人がステッキにすがりながら通りかかった。小さな牛乳缶を下げ、ものすごく小さな歩幅で、信じられないほどゆっくり動いてゆく。老人は三、四歩進むたびに立ち止まり、ヴァレンティンにも聞こえるほど胸をぜいぜいいわせながらあえぐと、また歩きはじめる。ヴァレンティンは老人の姿がほの暗い路地に消えたところで、なぜ自分はケーキ屋に会うまで待てないのだろうかと、わが身のこらえ性のなさを呪《のろ》った。ケーキ屋なら、どこに理容サロンがあるか知っているに違いない。ヴァレンティンは立ちあがると、浴場へ急いだ。

今日もまた、浴場への道すがら、四十六年前にそこを通ったことがあるかどうか、ヴァレンティンの記憶はよみがえらなかった。もしかすると、彼の記憶からその部分は消えてしまったのかもしれない。ヴァレンティンには、こんな説明しか考えられなかった。時間が記憶を消したのではなく、脳に蓄えられたありとあらゆる記憶が戦闘をくり広げ、強い記憶が弱い記憶の座を占領して、それを囲い込んだり破壊したりしているのだ。脳は不思議な領域である。脳の持ち主であり、これを養っている人間でさえ、そのはたらきに介入することはできない。ヴァレンティンは考えた。これまでに何度も酒でなにかを忘れようとしたことがあったが、その結果はどうだったか。べつの楽しい思い出が消され、抹殺《まっさつ》したいと思った肝心の記憶は意識の表層に浮かびあがり、いっそう声高《こわだか》に自己主張しはじめたではないか。ヴァレンティンは首を振り苦笑しながら、浴場に入っていった。

まだ十一時になったばかりだが、ヴァレンティンは少しも気にならなかった。ヘビー級ボクサーのように仁王立《におうだ》ちになった押しの強そうな男が目の前にたちはだかり、腹をぐっとへこませながら胸を大きくふくらませて見せても、ヴァレンティンはいっこうに平気だった。目ざわりな巨《きょ》漢《かん》は、名前はなんというのか、なぜウラニアにいるのかと、しつこく聞いてきた。男はケーキ屋のイブラヒムより何百倍もうまいフランス語をしゃべったが、うるさいだけで内容がない。ヴァレンティンは口をきかなかった。

「ねえ、あんたがどこから来たか、当ててみせましょうか」

男はなおも食いさがり、ヴァレンティンの頭をじろじろ見つめて、まわりをぐるりとまわった。

「あんたはスウェーデンの人だ。もしかするとデンマーク人かな？　いやね、だんな、俺はスカンジナビアの人が大好きなんだよ。スカンジナビア人を見分ける目があるんだ。めったに間違わないよ。あんたはスウェーデン人だね」

そこへちょうどあらわれたウェーターに、ヴァレンティンは大きな声で言った。

「ナーワラ　サーイドゥ、シャーイ　ビドゥン　スッカル　ミン　ファドゥル！」

ヴァレンティンの、ほとんど外国人とは思えぬ口調に、ウェーターはにこにこ笑った。

「ナーワラ　ムバーラク、シャーイ　ビドゥン　スッカル。アッラー　アイニ」

ウェーターは復唱《ふくしょう》すると、厨房《ちゅうぼう》へ急いだ。

巨漢は目をむいてバス・ローブを体にきゅっと巻きつけると、黙ったまま、あいさつもせずに立ち去った。男がはいている木製の浴用サンダルは、石床の上でカランコロンと音をたてた。ヴァレンティンは今さらながら、男の巨大な腹に見入った。あのとんでもない脂肪が一気に胸腔《きょうこう》に移動したのかと思うと、笑わずにはいられなかった。

ヴァレンティンはお茶といっしょに、ことばの魔力を味わった。自分のことばが今日ほどめざましい効果を発揮するのを見たのは、生まれてはじめてだった。十二時にマッサージを受け、続いて入浴すると、白いバス・ローブにくるまった。バス・ローブは、またきついバラの香りがした。彼は目をとじた。そして、しゃべるときは暖かみをたたえ、沈黙のうちに希望を約束するイブラヒムの低い声が聞こえるのを待った。

まどろんでいたのか、だとすればどのくらいそうしていたのか、ヴァレンティンにはよくわからなかった。突然、だれかの手がそっと肩に置かれたのを感じて、彼は目をあけた。そこにいたのは浴場のボーイだった。ボーイはアラビア語で話しかけると、手の親指と小指で受話器のかたちを作って見せた。ヴァレンティンは飛び起きて、急いで彼のあとについて行った。電話は小さな厨房のテーブルの上にあった。ボーイは電話を指さすと、棚に山と積まれたタオルを片づけるために出て行った。電話の主はイブラヒムだった。彼は笑ったり、咳込んだりした。

「例の辞書で勉強してたかい？」

とイブラヒムはたずねる。

「アィ　ナアム」

ヴァレンティンははっきりと、誇らしげに返事をした。

「嘘じゃないだろうね？」

イブラヒムはフランス語で言うと、笑った。

「ラー」

ヴァレンティンは上機嫌《じょうきげん》で言い返した。ところが、なぜ浴場に来ないのかとたずねると、思わずぎょっとするような返事がきた。イブラヒムは夜中に心臓発作にみまわれたというではないか。病院に運ばなくてはならない容態《ようだい》だったそうだ。今は家に戻っているが、しばらくベッドで安静にしていなければならない。当面、無理はできないということだった。

「もっとも、こうして床についているおかげで、運が向いてきたかもしれない。病人の願いごとには勝てぬ、とアラビアではいうからね。遠縁《とおえん》の女が、あんたの妹たちを連れて来てくれればいいんだが。でも、たぶんあと二、三日待ったほうがいいだろうな。ところであんた、うちへ来ないかい？」

「ああ、喜んで」

とヴァレンティンは応じた。

「いつなら、いいかな？」

「今日は娘が子供たちを連れて来るんだ。そうなると、一分たりと静かな時間はもてないだろう。あしたはどうかな。今日と同じ時間では。俺の家は浴場から五百メートルくらい離れた、運河通りの三十番地にある。白い石でできた幅の狭いファサード(注)が目印だよ」

ヴァレンティンはぜんぶメモ用紙に書き取って、厨房を出た。それから服を着ると、ボーイにたっぷりチップを渡し、サーカスへの帰路についた。「アラビア語の練習を忘れるなよ」というケーキ屋の声がまだ耳に残っている。思わず笑みがもれる。まだ昼食をとっていなかったので、すぐ近くの食堂に入った。入り口の前に人だかりがしているところをみると、よい店のようだし、好奇心もそそられた。ヴァレンティンはテーブルについた。すると、ものうげなウェーターがやって来て、テーブルの上の食べこぼしの半分をヴァレンティンのズボンに、あとの半分を床に払い落とした。ウェーターはなにかをたずねるのだが、ヴァレンティンにはひと言もわからない。ウェーターはくるりとうしろを振り返ると、大声でだれかを呼んだ。十歳ほどのかわいい少年が、おどおどした様子で飛んできた。小さくて賢そうな目をしている。少年は英語で、なになさいますかとたずねた。

「食事を」

ヴァレンティンも英語でこたえ、手でスプーンを口にもってゆく真似をした。父親らしきウェーターは少年が通訳するまでもなく理解した。まわりを見まわすと、隣のテーブルでは農夫がスープを前に座っていた。ヴァレンティンはそれを指さして、

「同じものをたのむ」

と言った。

少したつとスープが運ばれてきた。ヴァレンティンは皿を目の前にして、めったにないような嫌悪感《けんおかん》を覚えた。そこには、小便の臭いが鼻をつく脂《あぶら》ぎった雄ヒツジの足の先から眼の玉まで、ありとあらゆるものが浮いていた。ヴァレンティンは皿の真ん中に浮かんでいる眼玉をじっと見た。眼玉は訴えるようなまなざしを返してくる。ヴァレンティンはスプーンをわきへ置くと、カウンターで支払いをすませ、転がるように店の外へ出た。

（注）建物の正面のこと。

午後、ヴァレンティンは団員たちを集め、むこう何日かのプランを話し合った。サーカスは今週もウラニアで公演をして、そのあと北のほうへ旅立つことになる。ナビルは立ち寄るすべての町に前もって詳細を知らせてあった。サーカスは所帯《しょたい》が大きく、宿営《しゅくえい》には費用がかかるため、滞在できる場所もかぎられる。電気や水道に不安のある小さな村落は除き、北にあるこの国第二の都市サニアに向かう西海岸沿いのルートに点在している小さな町がいくつか候補にあがった。東の内陸部を通って首都へ戻る途中には、三つの町がある。

「サーカスはこの国の中に、まあるく円を描くんだ。円形舞台《マネージ》や、俺たちの人生のような円をな」

とヴァレンティンは説明した。われながら詩的な比喩《ひゆ》だとご満悦だったが、ほとんどだれにも受けなかった。団員たちは、このすばらしいウラニアの町をあとにして、荒涼《こうりょう》たる地域へ旅に出るという考えに、あまり気が乗らなかったのだ。

道化師のピッポは、ウラニアには四百万も住民がいるのだから、サーカスはずっと公演を続けられると主張した。ようやく団員との長い話し合いを終えて、ヴァレンティン、ナビル、アンゲラ、マルティンは、旅行の準備を細部までつめる相談にかかった。ヨーロッパならばどこでも簡単に手に入るような物品の調達《ちょうたつ》が、オリエントではきわめてやっかいな問題になる。燃料、飼料、水、医薬品、各種の納入業者、自動車の修理工場はもとより、ほかにもいろいろと早めに手はずを整えておく必要がある。四人とも、この何日かのあいだにやるべきことがたくさんあった。ナビルはまたしても本領を発揮した。なんといっても彼は、国じゅうにまあるく広がる、目に見えぬ巨大な建築現場をとり仕切ってきたのだ。この国はドイツとオーストリアとスイスを合わせたほどの大きさだが、人口はたったの千二百万。そのうち半分は、南部のウラニアと北部のサニアという二つの大都市に集中していた。

サーカスの芸人たちはみんな、だんだんナビルに好感をいだくようになっていた。恩義を感じたからではなく、死にさからい、死と闘う姿に感動したからである。ナビルの行動のすべてが死との闘いにほかならないということを、みんなは見抜いていたのだ。サーカスの人々が仲間うちで「ガッジ」とか「ガッジョ」と呼ぶよそ者をその中枢《ちゅうすう》に迎え入れるのは、よくよくのことだ。団員たちはそれぞれがナビルを観察した結果を持ち寄り、それをめぐってまた、いつはてるともしれぬ議論を静かに進めた。こうしてはじめてナビルはみんなに好かれるガッジとなり、たちまちよそ者の域を脱してメンバーの一員になったのだ。ナビルは、そんなこととはまったく知らなかった。彼はサーカスに生きるという夢がかない、ナッハモルグに聞く熱烈な愛の物語の続きを楽しみにしている、子供のように幸せな男だった。

翌日、ヴァレンティンは朝食をすませるとすぐに旧市街へ向かい、ケーキ屋の家を探した。狭い石造りのファサードのあるその家を難なく見つけただけで、いわゆるツキがまわるということはたしかにあると思った。けれども、まだ十時を過ぎたばかりだったので、もうしばらくこの近くを散策してみることにした。バザールのはずれの小さなカフェにピッポとエヴァが座って、アイスクリームを食べているのが見えた。授業をさぼった生徒のように、ふたりはにこにこ笑っていた。ヴァレンティンは子供のころから告げ口をするやつには我慢《がまん》ならないたちだった。彼はふたりに気づかれないように、こっそりその場を立ち去った。

ヴァレンティンは、なんの屈託《くったく》もない幼な子のようにピョンピョン跳び歩いた。早くも、幸運の女神の口もとがほころぶのが、目に見えるようだった。ところが彼は、そのあとすぐに、またもや喜ぶのは早すぎたと認めざるをえなくなる。

18 死との闘い、おとなになること、そして風車

ヴァレンティンは運河通りのイブラヒムの家についてあれこれ想像をめぐらしていたが、まさかもぬけの殻《から》だとは思いもよらなかった。入り口の扉が細目に開いている。ヴァレンティンは少しためらった。しかしどこにも呼び鈴がない。意を決して扉を押し開けた彼は、思わず目を見はった。暗く長い廊下の先は、陽の光がふりそそぐ中庭へ抜けていたのだ。ヴァレンティンは小さな声で呼びかけた。

「ハロー、どなたかいらっしゃいませんか?」

応答がないので、彼は急ぎ足で暗い廊下のはずれまで進み、釘づけにでもされたようにその場に立ちつくした。ジャスミンの灌木《かんぼく》とダイダイが生い茂る中庭を眺めた。中央にある噴水のいただきにはライオンの石像が飾られ、その口から吐き出す水は銀の弧を描いている。つつましいファサードとぜいたくな屋内の、なんというコントラスト! そういえば、前にナビルから聞いたことがあった。

「自分が持っているものをひけらかさないのが、オリエントの流儀《りゅうぎ》なんだよ。その裏返しが、オ

リエント人の無いもの自慢さ」

「ハロー、どなたかいらっしゃいませんか?」

たずねる自分の声が、今度はいくらか大きく聞こえた。花の香る中庭に重くのしかかる静寂《せいじゃく》を、ピチャピチャという水音がいっそうきわだたせていた。象嵌《ぞうがん》をほどこした小さなテーブルのまわりには、スツールが何脚かとロッキング・チェアーが置いてある。テーブルの上にのっている二つの小さなモカ・カップには、まだ四分の三ほどコーヒーが残っていた。そんなにあわてて出て行くなんて、なにがあったのだろう? ヴァレンティンはゆっくりと中庭を横切り、ひと部屋ごとに声をかけた。

「イブラヒムさん、ボンジュール! イブラヒムさん、ボンジュール!」

けれどもほの暗い部屋に、自分の声がこだまするだけだった。四つ目の最後の部屋に行き着いたところで、ヴァレンティンは息をのんだ。毛布や枕が散乱した大きなベッドを見つけたのだ。大理石の床に敷いた大きな赤い絨毯《じゅうたん》の上には、室内履きが乱雑に脱ぎすてられている。ヴァレンティンは身をこわばらせた。とほうに暮れて噴水のところまで引き返すと、スツールにへたり込んだ。きのうから今日のあいだに、なにが起こったのだろう? 奥さんはどこだ? イブラヒムが話していた、昼も夜もこの家の面倒をみているという家政婦はどこだ?

ヴァレンティンは思案《しあん》にふけった。いったいどれくらい時間がたったのだろう。物音にぎくりとして飛びあがると、不審《ふしん》そうにこちらを見ている女性に気づいた。ケーキ屋の娘、サミアだった。ヴァレンティンは無礼をわび、自分の素性《すじょう》と用件を話した。しかし説明するまでもなく、サミアには事情が通じていた。イブラヒムはサミアとその夫に、ヴァレンティンのことを事細かく、夢中になって話したのだ。父親はヴァレンティンの訪問を楽しみにしていて、ドイツからの客人にふるまいたいと、料理をあれこれ書き出していたという。

「それで、イブラヒムさんは今、どこに?」

ヴァレンティンは心配そうにたずねた。

「今朝の八時ちょっと過ぎに、私はコーヒーを飲もうと、母とここに座っていたんです。夫はもう子供たちを連れて学校に向かい、私は母と家政婦を手伝って、食事のしたくにかかろうというところでした。まだコーヒーを飲み終わらぬうちに——私たちと父に、神のご加護《かご》を——寝室から父の叫び声が聞こえたんです。駆けつけると、父はほとんどことばもしゃべれない状態で、顔じゅうが真っ赤でした。私はすぐさま隣家へ走り、急いでタクシーを拾ってきてくれるようにたのみました。なんという幸運！　バザールのはずれで、ちょうどタクシーが空車になったんです。このウラニアでですよ！　神は父を生かしておこうとなさったんです。それに、タクシーの運転手は度胸のすわった人でした。車を猛スピードで走らせ、交通規則なんかほとんど無視だったんですから。もしも救急車など呼んでいたら、今ごろ父の命はなかったでしょう。けれども父は生きています。お医者さまは父を救うことができました。今は集中治療室です。母は、今日はずっとあちらにおります。そうしていても意味はないんですが。と申しますのも、父はまだ意識が戻っていないんです。家政婦はじきに帰って来るでしょう。でも、父の新しいパジャマを買いに出るくらいしか用事はありません。そういうわけですから、どうかゆっくりしていらしてください。

コーヒーをお入れしますわ。それに、なにかお作りしましょう。食事もされずにサーカスへお戻りになられたら、父が悲しみますわ。お腹をすかせたままお客さまをお帰ししたことなど、一度もないのですから」

「ありがとう、奥さん。でも、おいとましなくちゃなりません。それに、今は食事をする気分にもなれませんし」

ヴァレンティンはうろたえながらも、こうこたえた。こんなときでなければ、喜んで長居をして、父親に生き写しの若夫人と話し込んだことだろう。

「お見舞いはできますか?」

ヴァレンティンは小声で聞いた。

「この何日かは、だめだと思います。一週間もすれば、だいじょうぶでしょうが。父はしばらく入院が必要でしょう。うまくすれば三週間ですむかもしれませんが、それは神だけがご存じです」

イブラヒムの娘はこう言うと、天を仰《あお》いだ。

ヴァレンティンはいとまごいをした。けれども、冷蔵庫からとり出した箱をどうしても受け取ってほしいという若夫人の申し出は断れなかった。父親がヴァレンティンのために手ずから用意したという話だった。

ヴァレンティンはサーカスへ戻ると、真っ先に箱を開けた。ときどきマンズーアからもらったことのある、ピスタチオのロール・ケーキが入っていた。しかし、とても食べる気にはなれなかった。そこでナビルのところへ行き、食べないかとすすめた。ナビルは、ウラニアでも病院に花を送ることができるからと、ヴァレンティンを慰《なぐさ》めた。そして今すぐ、ヴァレンティンとサーカス団員みんなの名前でイブラヒムのもとに花を届けさせようと約束した。

「安心しろ。ウラニアでいちばんすてきな花を届けるから」

ナビルはこう言いながら、ヴァレンティンの気持ちを察して、彼の肩に手を置いた。

「ところで、今日は風呂屋《ハンマーム》に行ったのかい？」

ナビルは聞いた。

「いや。とてもそんな気分じゃなかった」

ヴァレンティンはこたえた。

「そりゃそうだろうが、俺につき合えよ」

とナビルは言う。

「今日は動物の小屋をぜんぶ、ぴかぴかに磨きあげたもんだから、シャワーを浴びても、なんだかまだ体が汚れているような気がするんだよ」

ヴァレンティンはこっくりうなずくと、黙ったまま旧友と肩を並べて歩いた。彼は自分を絶望的な気分から救い出してくれたナビルに感謝していた。風呂に行くと、すっかり元気をとり戻したような気がした。マッサージは筋肉の凝《こ》りだけではなく、沈んだ気分まで吹き飛ばしてしまうのだ。

「おふくろが風呂屋の『女の日』に俺を連れて行くのをやめたとき、俺がどんなにつらい思いをしたか、前に話したことがあったかな？」

ナビルが聞いた。ふたりは白いタオルにくるまって腰をおろし、お茶を飲んでいた。

「おぼろげにしか、覚えてないな。好きだった女の子と、そこでなにかあったんじゃなかったかい？」

ヴァレンティンはこたえた。

「俺はそのころからずっと、風呂が大好きでなあ。こうして入ってみれば、おまえにもその気持ちがわかるだろう。体にたまった汚れを汗といっしょに流して、肌をごしごしこすってもらう。それから、白いタオルを巻いて熱い湯に入る。そして小さな噴水の奏でる水音に耳をかたむけながら、お茶をすするわけだ。

今もむかしも、風呂屋には『男の日』と『女の日』がある。もっとも、少年時代の俺にとっては、『女の日』のほうがずっと魅力的だったけどな。十歳までは、おふくろにくっついて行けたんだ。親父とも『男の日』に何度となく行ったけれど、男たちは風呂に入り、座ってひと休みすると、商売や政治の話をするんだ。これは、子供にとっちゃあ退屈以外のなにものでもない。女たちの風呂とは、雲泥《うんでい》の差だよ！　女たちは笑って、おしゃべりをして、浮かれて、食べて、念入りに体の手入れをする。人間は他人だけではなく、自分自身を愛することもできるんだって、俺はそこではじめて学んだね。女たちは風呂で体の手入れをするだけじゃない。まるで体をくすぐるように戯《たわむ》れ合い、毛穴を全開にして、心の底から笑うんだ。女たちがそこで交換し合う情報は、世の中のどんな心理学の本よりも、ずっと内容がゆたかだった。風呂を出てから年かさの少年に出会うと、どんな様子だったかしつこくたずねられたよ。やつらは女の秘密ならなんでも聞きたがったもんだ。連中はよく毎週水曜日になると、まだ女と風呂に入ることができた俺たちをアイスやナッツや甘い菓子でつって、女たちのエロ話だとか、たくらみだとか、女の体について事細かに報告させるんだ。俺はそのころ、ことばの力というものを知って、名人級の嘘つきになったんだよ。というのも、『女の日』といったって、たいていはなんということもないんだが、年かさの連中にそのとおり話したりすれば、やつらはさっさといなくなってしまうと思ったからさ。そこで俺は信じられないような話をでっちあげ、とうていこの世にはありえないような女体を描き出してやるわけだ。話が最高潮に達すると、中断して、こう言うんだ。

『のどが渇いちゃった。レモネードね。そうじゃないと、続きは話せないよ』

おまえにも見せたかったよ。十七、八の若者が、俺みたいなチビにへいこらするんだぞ。だけど水曜日の風呂屋行きが楽しみだったのは、そのせいだけじゃない。俺はそこで、初恋もしたんだ。アーイダという子だった。十三そこそこだけど、もう一人前の女のような、みごとな発育ぶりだったよ。俺は血色が悪いうえに、小さくてな。そのせいで実際の年齢よりも子供っぽく見えた。考えてもみろよ。そのアーイダが俺の手を引いて人気《ひとけ》のない部屋へ連れ込むと、夫婦がどうやって愛し合うのか、教えようとしたんだ。その小部屋で、俺は唇にはじめてのキスを受けた。彼女もくわしくは知らなかったんだが、俺を自分の胸に押しつけた。すばらしい肌ざわりだった。浅黒い肌は、なんともいえぬ心地よい香りを放っていた。香水をつけていたわけではないし、どちらかといえば汗の匂いがしたんだけれど、俺にとっては、この世ならぬ香水のような香りだった。

錯覚かもしれないが、あんなにいい香りは、あれから二度と嗅いだことがないよ。

浴場を管理しているおばさんは俺たちをつかまえると、こういって俺を叱ったよ。

『ナビル、しょうのない子だねえ。お母さんがなんて言うかしら？』

アーイダは横で俺の手を握っていたけれど、まるで人ごとのような顔をしていた。管理人のおばさんがくすくす笑いながら行ってしまうと、アーイダは俺を小部屋に引き戻した。

『でも、君の母さんが』

俺は心配で心配で、こう言った。ところが彼女は、

『母さんなら、心配ないわよ。さあ、早く！』

と言うんだ。

俺を愛しているかいと聞くと、

『ええ。でも私、あんたとは結婚しないと思うわ』

と彼女は言った。この妙に醒《さ》めた返事は、今でも耳の底に残っているよ。みんなのところに戻ると、管理人のおばさんは、ちょうどアーイダの母親をマッサージしているところだった。おばさんは目をあげると、にやりと笑った。それからアーイダの母親に、小部屋であの子たちの現場を押さえたと話して聞かせた。

『現場って、なんのことかしら。ふたりともまだ子供よ。それにアーイダはなんにもわかっていないんだから』

母親はいともあっさり、こう言ったよ。

今なら俺もわかるよ。彼女は娘のはじめてのセクシャルな経験を喜んでやりたかったんだ。そのときから、俺は水曜日ごとに風呂屋へ行くのが楽しみでしょうがなかった。なによりもアーイダに会うのがね。彼女は道で会っても、俺と口をきこうとしなかった。そして、見知らぬ者どうしのようなふりをするんだ。浴場で服を脱ぐと、ようやく彼女は意味ありげな笑みを浮かべて、じっと俺を見つめる。まもなくアーイダのほうからサインを送ってきて、俺たちは小部屋探しをするわけだ。ときどき、俺たちが姿を消すのを、女たちがうれしそうに見ているような気さえした。想像はついたよ。そのあと女たちは、子供が知ってはならない話で盛り上がるんだろうってね。

ある日アーイダに、なぜ道で会うと俺を無視するのか聞いてみた。すると、彼女はびっくりしたような目で俺を見つめて、こう言うんだ。

『まだ子供ね、お馬鹿さん』

どうやら俺がわかっていないとみた彼女は、続けてこう言ったよ。

『私、あんたのこと、自分の眼みたいにだいじに思ってるわ。でもおとなの男たちに気づかれてはこまるの。だって、そんなことになると、だれも私をお嫁さんに欲しがらなくなるじゃない。きのうなんか、金持ちの歯医者が父さんと母さんのところにきて、私と結婚したいって言ったのよ』

『だけど、君はまだ、学校に行ってるじゃないか』

と、俺は言ってやった。

『それに、ぼくは高校を出たら、君と結婚するんだ！』

俺はもう、泣き出さんばかりだった。

『だからねんねのお馬鹿さんだっていうのよ。あんたのことなんか、待ってられないわ。私、今がいちばん美しいのよ。今なら、男たちは私を欲しがるわ。いつまでも美しくいられるかどうか、だれにもわからないじゃない』

実際、男どもは彼女の両親の家に群がった。アーイダはそのうち、二十歳《はたち》かと見まがうばかりになったからね。彼女はこのあたりでも一、二を争う美しい娘だった。まもなくアーイダは、南のほうの裕福な商人と結婚したよ。まだ十五にもなっていなかった。何年かしてもう一度、彼女に会う機会があった。そのときにはもう、アーイダはおそろしく太っていたよ。

やがて、風呂屋で女たちとすごした時代は、突然、終わりを告げた。女たちは、少年がもう少年でなくなる瞬間を見逃さない。それも、性的興奮のしるしがあらわれるずっと前から、少年がおとなになりかけていることに気づいているんだ。あどけないまなざしが消えれば、その時が来たというわけさ。石けんを体に塗りたくりながら忠告する近所のおばさんのことばが、俺の耳をかすめた。彼女は北の出身で、髪はブロンド、眼は青かった。俺はたぶん、彼女を少しばかり長く見つめすぎたんだろうな。

『おたくの息子、そのうちすぐに、お嫁さんが必要になるわ』

おばさんはうちのおふくろにこう言うと、かん高い声で笑ったよ。次の水曜日、俺はいつものように石けんとタオル、くし、スポンジをせっせと荷造りして、中庭に出ていたおふくろの前に立った。けれどもおふくろは首を横に振るんだ。

『今日からおまえは一人前の男よ。父さんといっしょに行きなさい』

おふくろはこう言うと、妹を連れて、外の路地で待っているほかの女たちのところへ急いだ。俺は中庭にひとり立ちつくして泣いたよ。俺にとっては二度目のへその緒の切断とでもいえる体験、そして楽園からの追放だった……」


翌日からヴァレンティンは、サーカスの仕事に最優先にとり組んだ。時間はまたたく間に過ぎ、しばしの別れを告げる公演の日が来た。ウラニアの人々に最高の思い出を残したいと、芸人たちはこの最後の晩に全力をそそいだ。なかでも、次から次へとあふれ出るアイディアの宝庫《ほうこ》、道化師のピッポは群を抜いていた。彼がドン・キホーテに扮《ふん》して登場すると、会場はもう抱腹絶倒《ほうふくぜっとう》だった。サーカスのみんなは知っていたが、このショーにはちょっとしたエピソードがあった。ある日のこと、ピッポはマンズーアとヴァレンティンのお供をして馬市場に出かけた。前年の収益もよかったので、ヴァレンティンは手持ちのウマを増やしたいと思ったのだ。マンズーアが玄人《くろうと》の目で選んだウマに、ヴァレンティンも目をつけた。漆黒《しっこく》の三頭と、とびきり美しい栗毛の一頭である。ところがピッポは、よぼよぼに老いた駄馬がいいと言い張った。そのウマは馬商人にお情けで飼われ、あちこち連れまわされて、この市にも来ていたのだ。ヴァレンティンとの景気のいい取り引きに気をよくした馬商人は、ピッポに駄馬をプレゼントすることにした。それはちょうど、ヴァレンティンがスペインの小説家セルバンテスに目覚めたころの話である。そこで彼は、哀れな姿の騎士が水車を巨人と思い込んで戦いを挑む場面をもとに、道化師のピッポのために出し物を考えてやることにした。

前にも話したように、その日のショーは大成功だった。ピッポ扮するドン・キホーテは、ロシナンテにうってつけの老いぼれ駄馬に乗って舞台に登場した。肥満ぎみのシルヴィオ扮する農夫上がりの盾持ち、サンチョ・パンサは、強情なロバにまたがって騎士につき従う。腕ききの職人がヴァレンティンのために、ひと目見たら忘れない、少しガタのきた風車を組み立てた。風車に襲いかかろうとしたピッポが羽根に槍を命中させると、槍は突きささったままになり、しがみつくピッポは上にもっていかれた。哀れな姿の騎士は絶叫し、両足を乱暴にばたつかせながら何回も回転する。観客は恐怖と興奮のあまりウォーッとどよめく。ロシナンテは事態をまったく理解できない様子で、騎士が背中に落ちてくるまで、ぼんやり前を見ていた。それから、ウマは疲れきった足どりで、舞台を出て行き、風車はさっと折りたたまれた。観客はもう座ってなどいられなかった。ピッポの同僚たちでさえ笑いころげてしまい、次の出し物に支障をきたすほどだった。ヴァレンティンはピッポにお祝いを言い、あまりのおかしさに涙を浮かべながら、この日を「ピッポの日」と命名した。すると道化師はこう言い返した。

「あんたを笑わせようと思ったからこそ、こんなにうまくやれたんだ。だから、名前の権利はあんたにプレゼントするよ。『ヴァレンティンの日』を祝して、乾杯だ！」

ピッポはグラスを高々とかかげ、みんなは二人のために乾杯した。

サーカスの解体作業は夜おそくまでかかった。ウラニア出身の作業員たちは、世界中のことばを織りまぜながら、ぜひまたウラニアに戻って来てほしいと団員に訴えた。芸人たちは、誓いを立てさせられた。子供じみているとは思ったが、彼らは誓った。まるで裁判官の前でやるようなあらたまった宣誓《せんせい》に、今度はアラビア人のほうが目をむく番だった。

けれども、サーカスが戻って来るまでに団員たちの身にふりかかろうとしていることなど、その夜、だれひとり予想していなかった。

19　ひとつの時間のなかに、たくさんの時代が共存できる

早朝、サマーニ・サーカスは北に向けて出発した。町の中はパトカー一台とバイクに乗った二人の警官が車列を先導する。海沿いを走る道は自動車専用道路に変わった。港を過ぎて数キロほど、右へ行けばバジリコ地区への出口に通じる分岐点に、巨大なごみの山がそびえていた。その背後には、海側だけを残して三方向からウラニアをとり囲む三つのスラムのうち、最も規模の大きい北の貧民街が広がっている。家は地中に沈むのではないかと思うほど、どんどん小さく、みすぼらしくなってゆく。やがて、あかつきの靄《もや》のなかに、トタン屋根の海が浮きあがった。こんなに早い時刻だというのに、もう煙を吹き出している煙突もあり、道路の橋の下の、とても人間が住むところとは思えないような小屋でも、かまどがくすぶっていた。木の燃えるきつい匂いに、下水溝の腐敗臭が混じり合っている。風向きがよくないとみえて、二、三キロ先へ行くと、海沿いにある魚の加工工場が放つ不快な悪臭まで加わった。

自動車専用道路がそのままサニア方面に向かう三車線のアウトバーンになる前に、警察の車は最後の合図を送り、去って行った。ウラニアのいちばん外側の丘陵《きゆうりよう》地帯を越えると、風はしだい

にさわやかになり、潮の香りもしてきた。見晴らしが大きく開ける。ウラニアでの最後の夜をあわただしくすごしたヴァレンティンは、眠気を覚えた。そのナッハモルグに、ナビルははじめて、女房のむかしからの友だちに寄せる想いを告白した。その女性はこれまで四十年のあいだ、一度も口には出さずに、ナビルを愛してきたのだ。思わず引き込まれるような話に、ヴァレンティンはことばをはさむのも忘れて聞き入った。彼は今、ピアに想いをめぐらしていた。この早朝の時刻、ピアはいつものように冷えびえとした街路を配達してまわっていることだろう。もう四月のはじめとはいえ、彼も知っているように、ドイツの気温はまだ零度にはりついている。それにくらべてウラニアでは、昼間は夏を思わせ、夜ともなればすごしやすくはなるが、涼しいと感じることはめったになかった。ヴァレンティンはため息をついた。車列は人っ子ひとり見えぬ地帯を走っていた。はるか遠くに、荒れはてた村がいくつか見えるだけである。おそらく住民はそこを引き払って、湾岸《わんがん》の国々かウラニアへ行ってしまったのだろう。ときどき、ヨーロッパでも有数の美しい海岸を彷彿《ほうふつ》とさせる、絵に描いたような景色が開けるものの、あたりに人影はなく、行けども行けどもカフェひとつ見あたらない。

最初の滞在地はタルテの予定だった。この国でいちばん肥沃《ひよく》な地帯にある、人口二十五万の町だ。ふつうなら四時間で着くところだが、団長の車を先頭に、サーカスの車列がタルテへの出口を出たころには、出発から六時間たっていた。疲れたうえに腹ぺこのヴァレンティンは、到着できてやれやれといったところだった。ナビルはヴァレンティンの車の前にまわり込んで、スタジアムへの道順を教えた。そこならば広さも十分だと、ナビルは町の当局から聞かされていた。ところがヴァレンティンの目に飛び込んできたのは、スタジアムでもなければ、サッカー場でもなく、荒れはてた庭園の真ん中に立つ、工事を中断したままの建物だった。あたりには小さな川がいくつか流れているし、海から吹く風にもめぐまれていた。おそらく、かつては緑のオアシスだったのだろう。ところが今では一面に雑草やイバラが生い茂り、そのあいだから、長いこと放っておかれた果樹がにょきにょき突き出ている。このスタジアムは保養センター計画の中核施設として、緑地の真ん中に建てられた。国はホテルやプールを造るために、周辺の広大な果樹園や耕地を農民から無理やり買い占めたのだ。硫黄《いおう》を含む水源も三ヵ所にあった。最初は大いに関心を示したサウジアラビアの人々も、湾岸戦争が終わると、もう見向きもしなくなった。建設中の建物は、いつの間にか錆《さ》びついてしまった。硫黄を含んだ水は使われぬまま、腐った卵の臭いを放ちながら地面にしみ込んでいた。全員の宿営地《しゅくえいち》を確保するとなると、ヴァレンティンにはひとつしか方法がないように思えた。原っぱに沿って広がる、かつての大駐車場である。

「たぶん、なにかの行き違いだろう」

ナビルは、がっかりしている団員たちを慰《なぐさ》めた。

「まず、ここで小休止だ。とにかく今日は公演もない。俺はひとっ走り市長のところへ行って、真相を明らかにしてくる。きっと、なにかの間違いさ」

ナビルはわずかな休憩のあいだも惜しんで車に飛び乗ると、轟音《ごうおん》をとどろかせて走り去った。車はたちまち樹々の向こうに消えた。

団員たちが腹ごしらえをして喉《のど》の渇きを満たし、動物にもエサや水をやっているあいだに、ヴァレンティンは駐車場の周辺を歩きまわって、付近の様子をくわしく観察した。しかし、吸い込まれるような静寂《せいじゃく》のなかには、希望のかけらひとつ落ちていなかった。ヴァレンティンは居心地の悪さを振り払うように、食事をはじめた。そして地面からそそり立ち、先端の錆ついた鉄骨が助けを求める指先のように天に突き出ている巨大なコンクリート・パネルを見やりながら、この柱の上でサーカスをやれというのかと、冗談を飛ばした。

ヴァレンティンがちょうどコーヒーをひと口飲んだとき、突然、石ころが降ってきた。最初は小さかったが、そのうち握りこぶしほどの大きさになった。団員たちは驚いて飛びあがった。石が当たった者もいた。いっせいに叫びながら、あわてて物陰に隠れた。まもなく第二派が襲ってきて、乗用車やトラック、キャンピングカーに当たってガンガンと音をたてた。みんなは不意をつかれてパニックに陥《おちい》った。猛獣を前にしていささかもたじろがないマルティンでさえ、死人のように真っ青になってキャンピングカーのうしろに身を隠した。

結局、この騒動に終止符《しゅうしふ》を打ったのはシャリフとマンズーアだった。ふたりはアラビア語で叫びはじめた。ヴァレンティンには、「いや」とか「そうではない」を意味する「ラ」と、「平和」を意味する「サラーム」ということばしかわからなかった。しばらくすると、あたりは静まり返った。ロベルトが小声でののしり、アニタがうめく声だけが聞こえた。尖《とが》った石が彼女の肩をかすめたのだ。

シャリフとマンズーアは攻撃をしかけてきた正体不明の相手と二、三度、大声で叫び合った。

それからまた静寂が訪れた。シャリフとマンズーアは隠れていた場所から出てくると、他のメンバーを落ちつかせてまわった。面と向かって相手と話してみようと衆議一決《しゅうぎいっけつ》、ヴァレンティンにだけはついて行ってもらうことになった。ほかの団員たちは、身を護《まも》るために逃げ込んだ自動車のうしろから、恐るおそる様子をうかがった。彼らが目にしたのは、とても楽観できるような光景ではなかった。五十人以上の若者が工事現場の入り口を封鎖している。覆面《ふくめん》姿で、石を手にしていた。ヴァレンティンは、リーダーとおぼしき四十がらみの髭《ひげ》の男に目をやった。男は石も持たず、顔も隠していなかった。髭男の左右を固め、カラシニコフ銃を構える二人の青年が、男の立場を物語っていた。

話し合いがはじまった。それは延々と続き、ヴァレンティンはとほうにくれるばかりだった。男が自分の言い分をしゃべる。それをマンズーアがくり返し通訳する。そのたびにヴァレンティンは、頭のおかしな人間を相手にしているような気分になった。「サーカスは不道徳だ。それに、憎っくきウラニア政府の手先である。わが派は、けして公演を認めない。そしてわれわれが認めないものは、この町では存在しえない。タルテは解放都市だ。よく覚えておけ」というのが男の言い分だった。ヴァレンティンは、マンズーアとシャリフの身ぶりを見てわかったのだが、ふたりは男にしきりにたのみ込み、なんとか取り入ろうとした。けれども髭男は死んだような眼をして遠くを見つめるばかりで、とりつく島もなかった。ヴァレンティンはマンズーアに、「サーカスは民衆の芸術であり、みんなに喜びを与えるものである。自分はこの国に大いに尊敬の念をいだいているが、それは政府に対してではない」と、男に言うようにたのんだ。しかし無駄だった。

なんの反応もないのだ。けれどもヴァレンティンはいっこうにめげず、頭のおかしな男の気持ちをなんとか変えさせようとがんばった。

「こちらのご立派な方《かた》に言ってくれ」

ヴァレンティンは笑みを浮かべながらマンズーアに指示した。

「われわれはこの国の客だ。助けと友情を必要とする外来者だ。あの男に言ってくれ。われわれはアラビアの人と文化が好きで、この国を見たいがゆえに、三千キロの道のりをやって来たのだ。アラビアに来た客は、今まで一度だって石つぶての歓迎を受けたことはない。そう言ってやるんだ」

ヴァレンティンのことばには熱がこもっていた。マンズーアも全力をつくして通訳した。ところが髭男は死んだ魚よりも冷やかだった。

「おまえたちの友情などお断わりだ。おまえたちが政府の祝賀行事に参加するために来たことはわかっている。そんなことをするやつは、友人でもなんでもない。客人としてのもてなしを期待するなど、お門違《かどちが》いもはなはだしい。おまえたちにふさわしいのは、死だ」

髭男は落ちつきはらって言った。まるで遠いイタリアの天気のことでも口にするような、気のない調子だった。その無表情な顔には、興奮の気配《けはい》さえうかがえなかった。

アニタとアンゲラがそばに近寄ると、髭男ははじめて態度を荒げた。アニタの傷を見せて男の同情を引こうというのがアンゲラの作戦だった。しかし男はシャリフとマンズーアを怒鳴《どな》りつけ、片手を振りまわした。

「二人の女は即刻、みんなのところに戻るように。女たちに用はない、と言っている」

マンズーアが通訳した。そのあいだにも、シャリフはまだ説得を続けていた。しかしシャリフが男に一歩近づくと、護衛の二人は彼に銃を向け、どやしつけた。シャリフは身をこわばらせ、アニタとアンゲラは引き返した。

残念ながら髭男は、ヴァレンティンが期待したような、少し頭がいかれた人間などではなかった。それどころか、計算ずくの冷酷な男であることがわかった。

「すぐにここを明けわたして立ち去れ、と言っている。さもないと若い連中の抑《おさ》えがきかないそうだ」

マンズーアが通訳した。とうとうヴァレンティンも堪忍袋《かんにんぶくろ》の緒が切れた。

「この大馬鹿者に言ってやれ。ナビルが戻りしだい、ここを離れよう。もしも彼が帰って来なければ、ドイツ大使館が俺たちを捜し出すまで、ここを動かない。そうなると、事態はおまえたちにとって非常にまずいことになるかもしれないと、こう言うんだ。それからまだあるぞ。この先、石ころ一個でも飛んで来てみろ、四十頭の猛獣が檻《おり》を破らないとは保証できない。責任を負うのはおまえひとりだ、とな。これをあいつに、ずばりと言ってやれ」

ヴァレンティンはマンズーアに向かって文字どおり吠えたてた。マンズーアはつっかえつっかえ話しはじめ、カラカラになった喉を湿らすために、わずかに口に残った唾をのみ込んだ。最初はかすれたしわがれ声だったが、やがてヴァレンティンに負けない大声になり、語調も強くなった。髭男は表情ひとつ変えずに聞いていたが、首をたてに振ると、くるりと後ろを向いて歩きだした。

部下たちもあとに続いた。

　ナビルが戻ってくるまでに、それからまだ一時間以上もかかった。

「こんないまいましいところは、さっさと出よう」

ナビルは怒りと失望で顔面蒼白《そうはく》になり、息をはずませながら言った。

「どうやらここには犯罪者と腐敗した政治家しかいないようだ。市長はそんな約束などいっさい知らんとぬかしやがった。あのイヌ野郎め、自分は心の中ではあなたがたの味方だが、テントを張ったりすれば、反対派の武装部隊が町を手中におさめて、サーカスに火をつけるかもしれない、だとよ。まったく、臆面《おくめん》もないとはこのことだ。市長はウラニアの政府から金をもらってるくせに、ここでは敵側の忠実なイヌを演じているんだ」

ナビルは車のボンネットに地図を広げると、タルテからおよそ三十キロ離れた地点を指さした。

「もう、次の州都までは無理だ。この隊商宿《キャラバンサライ》の廃墟《はいきょ》に泊まろう。ここなら一時間あれば行ける。俺はこの廃墟を知ってるんだ。眺めはすばらしいし、車を置く場所も十分ある」

ナビルは深く息をついた。その顔に笑みが浮かんだ。

「そこで夜を明かすとしよう。たぶん、かつてこのキャラバンサライで夜をすごしたおおぜいの旅人の霊のほうが、タルテのぞっとするような連中よりも、よっぽど俺たちに好意的だろう」

　ヴァレンティンはそのあと、ほとんど放心状態で運転した。恐怖がまだ骨の髄《ずい》にしみついている。ハンドルを握りながら、言いようのない淋しさを感じた。国に残してきた小さな家が急に遠くなったような気がして、なつかしさで胸がいっぱいになった。わが身に不幸が起こり、ピアとの幸せを味わわずにこの世を去ったりする前に、家に戻って彼女の腕に飛び込みたいと思った。すぐ目の前で先頭を走るナビルの車が右にウィンカーを点滅させるまで、ヴァレンティンにはこのドライブがはてしなく長いものに思えた。彼方《かなた》の水平線では、太陽が海の向こうに沈もうとしていた。ヴァレンティンは赤く染まった夕暮の光のなかに、今では使われていないキャラバンサライの母屋《おもや》を見つけた。保存状態はよさそうだった。

20 行列はすごくいい商売になる

一行は隊商宿《キャラバンサライ》の廃墟《はいきょ》がことのほか気に入った。太陽の最後の照り返しが空から消え、闇《やみ》があたり一帯にすっかり重いベールを広げてしまう前に、団員たちは木ぎれや乾いた柴やアザミを集めてきた。さっそくキャラバンサライの中庭の真ん中に火をおこすと、みんなで車座になった。かつてはここで遊牧民や、羊飼いや、旅人が休息をとったのだ。高い壁は、夜間に東から吹いてくるステップ地帯の冷たい風をさえぎってくれる。団員たちは飲みかつ食らい、話に花をさかせた。ナビルは、タルテで襲撃《しゅうげき》を受けたのは不幸な偶然だったと力説して、事件の衝撃をやわらげようと、ひと晩じゅうむなしい努力をした。けれども、みんなの胸に刻み込まれた、この地方への底知れぬ不安をぬぐい去ることはできなかった。ヴァレンティンは黙っていた。その沈黙を、団員は自分たちへの同意だと理解した。そして、政府と武装した反対勢力との紛争地域を通過する危険な旅を拒否する声は、ますます大きくなっていった。サニアとウラニアだけが全世界とつながる町だった。そこには、もしもの場合に助けを求めることができる領事館《りょうじかん》もある。そのためみんなはそろってナビルの計画に反対して、翌日はこのままアウトバーンにのってサニアへ向かうことに決めた。ナビルは明らかに不服そうだった。

夜もふけ、団員たちはねぐらへ引きあげたが、ナビルとヴァレンティンだけは、まだ焚火《たきび》のそばに座っていた。ナビルが火をかきまわす。みんなが自分の言い分を聞こうとしなかったことに気分を害し、落胆していたのだ。意をつくして説明しているときにマンズーアが野次《やじ》を飛ばして話の腰を折ったことに、ナビルは憤慨《ふんがい》していた。あのとき彼はマンズーアに向かって、ヨーロッパで生活するうちに堕落《だらく》しやがってと、ののしった。マンズーアはヴァレンティンの懇願《こんがん》するようなまなざしを見て、口まで出かけた痛烈な反論をぐっとのみ込んだ。ナビルがきちんとその非をわびたので、マンズーアもすっかりいい気分になったが、それはあとの話だ。

ヴァレンティンは、ひとかかえもある柴とアザミの束《たば》をくべて火をあおった。自分はナビルのために使える時間がたくさんあるし、その苦悩もわかっているということを知らせたかったのだ。

「さあ、ナッハモルグだ。腹をわって話そう」

ヴァレンティンはこう切りだすと、サーカスの芸人が事故もなく仕事をやりとげるために、平穏な環境をどれほど必要としているか、ナビルに話して聞かせた。そして、静かな口調のなかにも、はっきりと指摘した。

「俺も、タルテの襲撃はけして偶然ではなかったと思う。この国は反体制派の武装集団に支配されているというマンズーアの見方は、間違っていない。内部の反目や抗争がなければ、反体制派はとっくのむかしに権力を手中におさめていただろう。一九九〇年以降、政府がおさえているのはウラニアとサニアの二つの都市だけだ。そんなこと、今さらおまえに説明する必要もないけどな」

ヴァレンティンは一方的にしゃべり続けた。ナビルは最後の最後になって、ようやく張りつめていたものがほぐれた。そして、一日たりとも忘れたことのない恋人、バサマへの想いを語った。

「バサマという名前には、どんな意味があるんだい？」

ヴァレンティンは聞いた。

「ほほ笑み」

ナビルはその名前を舌の上で味わうように、抑揚をつけて言った。

ヴァレンティンはにこにこ笑うと、

「俺の話の続きを聞かせよう。いっしょに暗闇の中を歩いてみないか。これから話す出来事を、おふくろは真っ暗な草原で体験したからなんだ。暖かい格好をしてきてくれ。当時おふくろが手にしていたのと同じような、大きい懐中電灯《かいちゅうでんとう》を持って行くことにしよう」

と誘った。

ナビルは五十年前によくやった冒険を思い出したのか、真夜中の散歩という提案に大喜びだった。ふたりは漆黒《しっこく》の闇のなかへ歩きだした。ヴァレンティンは話しながら、ときどき、懐中電灯をぱっとつけた。するとジャッカルのギラギラした目が幽霊のように浮かびあがったかと思うと、あっという間に、また闇にのみ込まれて……。

ヴァレンティンは朝早く目覚めた。靄《もや》のかかる東の草原に、ひときわ大きく、まだ赤みをおびた太陽が昇り、大地を黄金色《こがねいろ》に染めた。ヴァレンティンは上着を手にすると、朝の散歩に出かけた。空気は冷たく、草原の息吹《いぶき》はさわやかだった。小道具係のキャンピングカーで、テレビの受像機がザーザーと音をたてている。けれども小道具係はまだ全員眠っていた。サーカスで働くアラビア人がオリエントの大地に足を踏み入れてからというもの、テレビのスイッチは切られたためしがなかった。彼らは昼も夜もテレビに釘づけになり、公演のあいだでも、ちょっとした休み時間を見つけては、キャンピングカーに駆け込むのだ。食事中も、カードの最中も、この悪魔のような機械はつきっぱなしだった。ヴァレンティンが戻ってくると、もう焼きたてのパンの香りが漂っていた。何分もたたないあいだに、モロッコ人たちが焚火の上に薄い金属板をのせてパンを焼きあげたのだ。

手短に打ち合せを終え、サーカスはアウトバーンをめざして出発した。それからちょうど三時間後、石造建築で有名なサニアの町が地平線上に見えてきた。今回はすべてが順調にいった。ナビルは市の子供関係のプロジェクトに出資《しゅつし》した縁《えん》で、市長とは昵懇《じっこん》の仲だった。サーカスは市の中心部に近いフェスティバル会場に、絶好の場所を提供された。そこは、よく保存されている旧市街への入り口の真ん前でもあった。芸人たちは、会場から五十メートルと離れていない体育学校の宿舎に寝泊りできることになった。ドイツを出発して以来はじめての、しっかりしたねぐらだった。

またたく間にテントが組み立てられた。ナビルはグラフィック・デザイナーといっしょに国立印刷所に出向き、午後おそくまで新しいポスターの印刷を監督した。そのあいだ、団員たちは快適な宿舎の住み心地を満喫《まんきつ》していた。キッチンで好みの料理を魔法のように作りあげ、温かいシャワーに打たれて体をのばし、学校のプールに飛び込んでは子供のように陽気にはしゃいだのである。タルテで受けたショックは、ゆっくりと体から抜けていった。カナヅチのヴァレンティンは、プールサイドでコーヒーを飲んでいた。ふとそのとき、シャリフとアニタの姿が目に入った。ふたりの愛が、出会った最初のころに予想されたのとは違ってきていることに気づき、ヴァレンティンは愕然《がくぜん》とした。ふたりはまだ努力しているが、うまくいっていないように見えた。それまでヴァレンティンは、この愛がますます激しく燃えあがり、息もつかせぬ展開をみせるようにと願ってきた。そうなれば、自分の母親の不幸な物語の対極として、これから書く小説に組み入れられるかもしれないと考えていたのだ。

アニタは二、三日前にヴァレンティンを人気《ひとけ》のないところに連れ出し、いざとなったら相談にのってもらえるかしらと小声でたずねた。そのときの感触から、ヴァレンティンは、空前絶後《くうぜんぜつご》の熱愛に発展するという確信を強めこそすれ、疑ってみようともしなかった。いったいどうしたのかとたずねたヴァレンティンは、アニタが世界中でだれよりもシャリフを愛していることを、今さらのように知ったのだ。「シャリフはこの先もサーカスで働き、私といっしょに世界中を旅してまわりたいと考えているわ。でも、あの人はこの国を離れられないの。話はこみ入っているけれど、とにかく合法的にはけして国外へ出られないのよ」とアニタは言った。ヴァレンティンはアニタに、「心配しなくてもいいよ。俺はもう何人もの人間の逃亡を助けてきた。シャリフだってこの国から連れ出せるさ」とこたえておいた。猛獣をだしに使う秘密の方法は漏らさなかったが、早くもヴァレンティンは、自分が書こうとしている小説のすばらしいフィナーレを思い描いていた。主人公の女はトリエステに着くやいなや、猛獣の檻《おり》の奥にうまくカムフラージュした隠れ家から出てきた恋人を抱きしめる。すると読者は、破天荒《はてんこう》の恋にもついに幸運が訪れたと、胸をなでおろすのだ。それに、自分の母親の忍耐強さも浮き彫りにできるかもしれないと、ヴァレンティンは考えていた。

「これは、まずい」

ヴァレンティンはもう一度、ふたりの様子を眺めながらつぶやいた。この愛は二週間ともたないだろうということが、はっきりわかった。ところがそれからまもなく、アニタの明るい笑い声がするではないか。ヴァレンティンはさすがに好奇心をかきたてられた。ふたりのあいだに突然のすきま風が吹き出した理由を知りたかっただけではない。元のさやに戻れるものかどうか、見きわめたいと思ったのだ。

ヴァレンティンはアニタを呼んだ。彼女は水から上ると、大きな乾いたタオルで体をぬぐいながら、ヴァレンティンのところへ走ってきた。

「おまえたち、なにがあったんだい？」

ヴァレンティンは聞いた。

「べつに」

アニタはそっけなくこたえる。

「シャリフは親切な社交家。それだけのことよ。シャリフは夜中にときどき、血を吐くほどひどい胃潰瘍《いかいよう》になっても、たえず笑っていられる人なのよ」

たぶんアニタはシャリフの体の具合のことではなく、自分たちの愛について言いたいのではないかと思ったヴァレンティンは、こうたずねた。

「まあ、とにかく、順番に話そう。正直なところ、なにがあったんだい？」

「シャリフは私への愛をサーカスの中だけにとどめておきたいのよ。彼にとっては恋の冒険《アバンチュール》にすぎないのね。でも私は、ちゃんと愛してほしいのよ」

「愛だって、冒険になりかねないよ」

ヴァレンティンは言った。

「そうかもしれない。でもね、外だと私のことを恥ずかしがるくせに、サーカスの中ではライオンやトラみたいに刺激的な愛を味わいたいと思ってるなら、私、そんなの、とても耐えられないわ」

アニタは一気に思いのたけをぶちまけた。

「おまえのことを、恥ずかしがるって？　そりゃあ、ちょっと言いすぎじゃないか？」

ヴァレンティンはびっくりして聞き返した。

「いいえ。シャリフは自分の住んでいるあたりを私に見せようとしないの。それに、両親にも私を紹介したがらないのよ。シャリフはお姉さんのことを、進歩的な考え方のせいで苦労してるって、いつもほめてるけれど、私、そのお姉さんにもまだ会っていないわ。お姉さんとも親しくなりたいのに、シャリフはいやがるの。彼のなにを信じたらいいのか、私、だんだんわからなくなってきたわ。シャリフは、なににでも勇気をふるって挑戦してきたって話を、いつも聞かせてくれるの。でも残念ながら、堂々と愛を認める勇気が足りないのよ。私、最初のうちだけだろうと思っていたの。でも、ますますひどくなったわ。いつの間にか、路上で私といっしょにいるところを見られまいとするようになった。いっしょのところを見られたら、どんな災いが降りかかるかわかったもんじゃない、と言うのよ。だけど、そんなのお笑い草よ。この町では、シャリフなんて、スズメ一羽にも劣るちっぽけな存在よ。だれも、あの人のことなんか気にもとめないわ」

アニタは怒って、空いている椅子にタオルを投げつけた。ヴァレンティンは黙ったまま、彼女の気がすむまで待った。

「そのくせ、ピッポやマンズーア、マルティン、エヴァ、それにほかのみんなを自分の家に招いて、友だち自慢をするのは平気なのよ。両親が疑いをもたないようにと、私だけ参加させてもらえなかったわ。隠れてなくちゃならないなんて、いったい私はシャリフのなんなの？」

アニタの目には涙があふれていた。けれども持ち前の意志の強さが、その舌に力を与えた。彼女は静かに続けた。

「マルティンが左手で食事をしたって聞いたとき、かわいそうなマルティンにはそんなこと感じなかったけれど、正直いって、シャリフのやつ、恥をかいていい気味だって思ったわ。私、毎日ひとりぼっちで、ウラニアの町をうろついたの。あれほど平和な町は見たことがない。シャリフのいる路地も……」

「なんだって」

ヴァレンティンはびっくりして、話をさえぎった。

「シャリフの住んでた路地にも行ったのかい？　あそこはかなり環境の悪いところで、だからナイフ通りと呼ばれているって、マンズーアから聞いてなかったのか？」

アニタは笑った。そしてまたタオルを手に取ると、涙をぬぐった。

「マンズーアはどうかしてるわ。あの路地はシカック・アルダカキンって名前で、小さなお店がいっぱい並んでいるところ、という意味よ。マンズーアはきれいなことばになおそうとして、かえてひどい名前にしちゃったのよ。ダカキンを、アラビア語でナイフを意味するサカキンに変えてしまったんだから。そんなんじゃないわよ。私、あそこに行ったんだもの。貧しい人たちが暮らす平和な路地よ。シャリフの両親は、中庭に面して十家族以上が住んでいる住宅のなかの二部屋にいるの。だけど私、その路地に長くはいられなかったわ。だって子供が二人、私に気づいて、大騒ぎになったのよ」

「そうか。で、おまえたちふたりは、この先どうなるんだろう」

ふたりの関係がもう終わったことなどまるで知らぬげに、ヴァレンティンはたずねた。シャリフの運命が自分の父親のそれとよく似ていることは、わかりすぎるほどよくわかっていた。父親もまた、オリエント人の家族のしがらみをふりほどくことができなかったのだ。ヴァレンティンはこの青年に哀れみに近いものを感じた。そして、大いに落胆したとはいえ、この青年と自分の父親である臆病《おくびょう》な理髪師がよく似ていることにひそかな感動を覚えた。二人とも敵に対しては雄々《おお》しく立ち向かえるくせに、相手が家族となるとまるでひよこのように意気地《いくじ》がないのだ。ヴァレンティンはシャリフを通して、父親の気の弱さがますますよく理解できた。あとはもう、アニタが自分の母親のような忍耐力を身につけてくれることを期待するしかなかった。

「これ以上、なにもないわ。シャリフが私への愛を公言するか、ふたりの仲がおしまいになるか、そのどちらかよ。ヤンとのときは、私、こそこそ隠れていたわ。そして今度シャリフともまた……。いつもこそこそしてなくちゃいけないなんて、まっぴらだわ。私を隠しておきたいやつなんか、こっちから願い下げよ。もういや。そんなことなら、ひとりのほうが、よっぽどましよ」

アニタはこうしめくくった。自分がある男の脳裏《のうり》に映る母親の面影《おもかげ》を激しく揺さぶっていることなど、彼女は思いもよらなかった。

「だけど、なぜそう結論を急ぐ？　なんでシャリフにもう一度とチャンスを与えないんだ？　もしかすると、両親から遠く離れたこのサニアで、愛の味を知るかもしれないじゃないか」

「おあいにくさま、ボス。そんなこと、あきらめてるわ」

アニタはつらそうに笑った。

「この町には、シャリフのお母さんの、頭が半分ぼけちゃったおばさんが暮らしているのよ。それにもう、いっしょに散歩に行かないってことで、話がついてるの。だって、シャリフが言うには、おばさんは三百の眼を持っていて、それがどこの街角でも待ち伏せしているそうなのよ。私、彼に言ったの。わかったわ、それならいっしょに行くのはやめましょう。でもそうなったら、もう、心の結びつきもなにもあったもんじゃない、ってね」

アニタは立ちあがった。

ヴァレンティンは黙ってアニタの頬《ほほ》をなでた。彼女はキスを返して、プールへ戻って行った。その直後にヴァレンティンがシャリフとかわした会話は、事態を読むアニタの目に誤りがないことを証明していた。シャリフは自分の考えをやたらに仰々《ぎょうぎょう》しく話した。いつもなら完璧なシャリフの英語は、急にたどたどしく、つたなくなった。けれどもヴァレンティンにはよくわかった。このアラビア青年は、自分の町でアニタといっしょにいるところを見られるのを恐れているのだ。ヴァレンティンがその点をずばりと突くたびに、シャリフの返答はいつも聞こえのよいことばかりで、どうもはっきりしなかった。そして、あとには空虚なことばの靄だけが残った。

ヴァレンティンはツキのない自分を呪《のろ》った。ずっとあとになって部屋の中を行ったり来たりしているうちに、ようやく間違いに気づいた。現実の内に母親の物語の鏡像《きょうぞう》を探そうとやっきになるあまり、「人生はくり返される」というコルセットに愛を無理やり押し込もうとしていたのだ。ヴァレンティンは絶望的な気分で、小説ノートに書きつけた――「愛はくり返さない」と。彼はどこか心の隅で、母親が四十年かけてもできなかったことを、たった数日でやってのけてしまった娘に感心していた。アニタは恋人に、自分への愛を公言してほしいと求めたのだ。同じ想いは、母親の日記の一行一行に透けて見えた。しかし母親には、それをはっきりと記す勇気はなかった。やはり時代が違ったのだろうと、ヴァレンティンは思った。母親と理髪師に同情を覚え、「小説はふたりを断罪《だんざい》するのではなく、時代の条件が厳しかったことを読者にわからせるように」とノートに記した。

なんとしても、母親の愛に匹敵する、目もくらむような愛を書こう。父親の足跡をたどるあいだに展開される、手に汗にぎるような愛の物語を。そう心に決めて、ヴァレンティンはサーカスの男や女たちを一人ずつ思い浮かべてみた。しかし、ヴァレンティンがめざす小説のヒーローやヒロインの素質《そしつ》を持つ者は、だれもいなかった。ナビルの新しい恋も使いものにならない。かくなるうえは、自分で愛の物語を紡《つむ》ぎだすしかないだろう。「まあ、待つんだな」とつぶやきながら、ヴァレンティンは部屋を出た。すると、もうすっかり元気をとり戻したような気がした。心の中ではアニタとも、シャリフとも仲直りしていた。ふたりはヴァレンティンに物語こそプレゼントしてくれなかったが、愛についての大切なことを教えてくれたのだ。

すばらしいポスターができあがった。ナビルは下のほうの左端にのっている自分の写真を誇らしく思った。ヴァレンティンは団長である自分の写真をナビルが中央の星形の枠に入れてくれたことにまんざら悪い気もしなかった。ところがポスターなど、なくてもよいようなものだった。サマーニ・サーカスの噂は、実物のはるかに先をいっていたからだ。たとえウラニアが首都であれ、そのウラニアより優位に立ちたいという願いを、サニアは一時も捨てたことがなかった。たぶんそのせいもあって、サニアではどこへ行っても人々は親切で、愛想がよかった。すでに午後おそくには、入り口の前におおぜい人が詰めかけて開門を待っており、四百人以上は門前払いを食わされるはめになった。

サニアでの最初の晩に、観客をいちばん魅了《みりよう》した芸人はマリッタだった。ヴァレンティンはこの日を「マリッタの日」と名づけた。エヴァの場合、その華奢《きやしや》な体形が、高く張られたロープの上での演技をいっそう高く、いっそう危険に見せた。エヴァとは対照的に大柄でたくましいマリッタは、地面から二メートルそこそこの高さにたるませて張ったロープの上で踊った。ところがそのたるんだロープの上でマリッタがアクロバットを演じると、観客は地面との近さをすっかり忘れてしまうのだ。彼女はまるで宙に浮かんでいるように見えた。輪やボールを器用にあやつり、ネコのようにたくみに踊るかと思えば、小さな傘をさして優雅にロープの上を散歩する。やがて助手に傘を放り投げると、両手をパンパンとたたき、片方の手でロープをしっかりつかむ。そして、肥満に近い巨体をえいっと中空へ振り上げて逆立ちし、最後は片手でロープを押さえるようにしてバランスをとった。観客はしばらく水を打ったように静まり返り、それから大歓声でこたえた。マリッタは、まるでスローモーションを見るように、両足をゆっくりロープの上に戻すと、鉄の握り拳《こぶし》をほどいた。

「空中のプリンセスに、神のご加護《かご》を！」

観客の女がこう叫ぶと、みんなが声をそろえた。

ポスターを見てわれこそはと奮《ふる》い立った住民が何人か、もう午後の早い時間から、さまざまな離れ技《わざ》を売り込みにやってきた。けれども、これはと思うものはひとつもなかった。男四人と若い女一人のグループは、棒や梯子《はしご》を使った軽業《かるわざ》で、マルティンやアンゲラ、マンズーアの関心を引こうと努力した。しかし彼らが得意げに披露《ひろう》する演技も、サーカスの子供なら、五歳になればだれでももっとじょうずにこなす程度のものだった。ナビルは丁重《ていちょう》にお引きとり願った。ところがそこへ急に小柄な男があらわれ、自分は世の中でいちばん奇抜な商売をしていると言い放った。

ほかの志願者たちの情けない演技にうんざりしていたナビルは、男の申し出に正直なところほっと胸をなでおろした。男の話をじっくり聞いた彼は、たちまち、これなら観客も喜ぶだろうと自信を持った。

その晩、男を連れて舞台に登場したナビルは、「こちらは、この世でいちばん奇抜な商売をなさっておいでです。さて、自分だって負けないぞとお思いの方《かた》は、どなたでも挑戦してみてください」と観客に紹介した。三人の男が対決をいどみ、舞台に出てきた。ナビルは観客に、話を聞いて、その商売がどれくらい奇抜だと思うか拍手で示してくれるようにとたのんだ。だれが勝者か、耳で聞き分けようというのだ。

最初の挑戦者の仕事は、どこにでもいるような鳥に色を塗って、高価な外来種《がいらいしゅ》に仕立てあげることだった。二番手は砂漠の土地を成金《なりきん》に売り飛ばしていた。三人目は、密航者の世話をしていた。密航がバレて捕まってしまい、どの国にも受け入れてもらえず、どこかの航空会社が本国への送還を引き受けるまで空港に足止めされる哀れな連中の面倒をみるのだ。しかし勝者はあの小柄な男だった。観客はほかの三人の話は最後まで聞いていたのに、この男のときはもう待ちきれなかった。男の話は盛大な拍手に何度も中断され、挑戦者たちまでいっしょになって手をたたいた。

「俺は生まれながらに楽天的な人間です」

勝った男はこうして話をはじめた。

「親父は貧乏で、迷信深い百姓でした。ほんとうにツキに見離された男で、俺が生まれたときにも、いつまでも続く不運を追い払おうと、友だちの意見を入れて、俺にナカド、つまり不幸という意味の名前をつけました。ところがです。生まれた翌日、俺が泣くと、おびただしい雨が降ったのです。親父のまいた種は芽を出し、予想を十倍も上まわる大収穫になりました。それからというもの、遠くから不幸が近づいてくる気配《けはい》を感じるたびに、親父は俺をひっぱたくようになりました。俺が激しく泣くまで、延々と打ちのめすのです。わが身にふりかかる不幸も、自分の名をつけられたやつが苦しむ姿を見れば、恐れをなして逃げ出すだろうと、親父は考えたんです。だけど、親父は磁石のような人間でした。人生に失敗した哀れなやつらを次々と家に引っぱってきては、面倒をみてやっていました。そういう連中は気力をとり戻すと、家の物を盗んで姿をくらますわけです。でもそれだけではなくて、親父は世界中の不幸を引き寄せたんです。そのたびに俺はさんざんひっぱたかれ、じっと耐えなくてはなりませんでした。もう我慢《がまん》も限界でした。俺は昼夜を問わず方角を知る方法を学ぶと、夜中に逃げ出しました。健脚《けんきゃく》と幸運の予感に導かれて、サニアまで来たわけです。はたして予感は当たっていました。俺はこの町で、よくできた女に出会ったんです。彼女はサイーデ、つまり幸福な女という名前でした。市場で会ったサイーデに、『いっしょにならないか。幸福と不幸からは生命が生まれる』と言うと、相手は笑いました。笑いながらも、サイーデは俺に惚《ほ》れ込んだのです。あれ以来、俺たちは楽園に暮らしています。子供も十人。いちばん上が十五で、末が五歳。俺はよく仕事を変わりましたが、五年前、女房と俺は偶然、正真正銘《しょうしんしょうめい》の金のなる木に出くわしました。十人の子供と俺は、待ち行列の順番を売り出したんです。そこへいたる経緯《けいい》については、それだけでまたひとつ物語が書けるほどです。ご存じのとおり、われわれはヨーロッパから機械や薬品だけじゃなく、行列の習慣も輸入しました。今では行列をネタにした国産のジョークまであります。俺の耳にも、毎日、新しいやつが聞こえてきます。最新のジョークをひとついかがですか？」

抜け目のない男は呼びかけた。

「おお、たのむぞ」

観客は笑いながら、大声をあげた。

「ある男が靴ひもを結ぼうと、身をかがめた——終わってみれば、うしろにはもう、ながーい行列ができていた。通りかかった人が『なにをお待ちで？』と男にたずねた。『知りませんよ』と男はこたえる。『しかし、生まれてはじめてですな。自分が先頭だなんて』」

観客は、テントがどうかなるのではと心配になるほど笑いころげた。

「列を作って待つ習慣は」

男は続きを話しはじめた。

「政府が旧東欧ブロックの国々から輸入したんです。あちらでこの習慣が発明されたのは、人間を教育して、馬鹿な考えを持たせないようにするためだそうです。理由はわかりませんが、アラビア人は列を作って待つことができません。政府はモスクワから行列待ちのエキスパートを呼び寄せました。けれども、彼らはすぐに頭がおかしくなってしまったんです。二、三分、静かに立っていることを唯一の目標に、なんとか人々を並ばせることには成功したものの、エキスパートが目を離したすきに、静かな行列は騒然《そうぜん》とした人の群れに変わっていたのです。暑さのせいかもしれません。網の目のように枝分かれした家族や部族のせいかもしれません。理由は神さまだけがご存じです。エキスパートたちは次々に気が変になり、気力も失せて本国へ送り返されました。アラビア人の友人としてやって来て、敵になって帰って行ったわけです。刑罰も、威嚇《いかく》も、効果がありませんでした。政府が行列の順番とりを商売として認める法律を公布して、ようやく万事が円滑に進むようになりました。おまけにそれ以来、わが国のほうがモスクワよりも行列が長くなったんです。お金を払って順番を確保した以上、だれもが順位を尊重するからです。いきなり前に割り込んだり、だれかが買った順番を横取りしたりするのは、認められなくなりました。警官なんかいなくたって、整然としたもんです。一糸《いっし》乱れぬ秩序を乱そうとするふとどき者もあとを断ちませんが、足げりや平手打ちを食らって撃退されるのが関の山です。うちの子たちも商売を手伝っていますよ。行列待ちが導入されてから、俺たちはかつてなかったほど暮らし向きがよくなっていますからね。

俺は朝四時に目を覚ますと、十人の子供を全員起こします。さっと朝めしをすませて、その日とくにおおぜい人が押しかけそうな場所に急行するんです。食料品や燃料や衣類を売る店もあれば、世界的に評判のフィルムを上映する映画館なんてこともあります。たとえば今日はこのサーカスですよ。明日はどこがねらい目かなんてことは、神さまと、信頼のおけるひとにぎりの情報提供者にしかわかりません。状況は一日ごとに変わります。わが順番とり業界でも、商売がたきによる詐欺《さぎ》や情報操作が横行していますが、どんな商売だって、しょせんはそんなものでしょう。

うちの子たちはいつも、何時間も前から、高い収益の見込める行列の前のほうに並びます。そして俺はお客を待ちかまえるわけです。長年やってますとね、客がどれくらい急いでいるかってことにかけては、第六感ならぬ第七感が発達してくるんですよ。たとえ相手が、自分は世界中の時間をぜんぶもっていて、順番のあと先なんかに興味はないって顔をしたところでね。すべて、はったりにすぎないんです。婚礼の客がどんな顔をしていようと、宴会を楽しみにしているのと同じことです。イヌが恐怖を察知《さっち》するように、俺は待ちきれない客のもどかしさを嗅ぎわけるんです。料金は均一ではありません。当然ですが、前のほうは後ろより値段が高くなります。猛暑のときは値が上がりますし、売り切れの直前も同様です。値段は混み具合によっても違ってきます。五十番目に並んでいた客が三番の順位を買うには、二百七十番目にいた客よりも少ない額ですむわけです。子供がとっておいた順番を俺が売ると、その子はまた行列の最後尾に並びなおします。楽しく立ちんぼうができるように、子供たちには食べ物や飲み物、それに子供向けの雑誌やジョーク集を渡します。完全に合法的な商売ですから、こそこそする必要はありません。こらえ性のないやつらに自分たちの根気を売りつけるわけですからね。でも、交渉には応じますよ。商売がたきを避けて、いつも俺のところで買ってくれる常連《じょうれん》さんには、喜んで値引きをしています。もちろん、商売がたきはごまんといます。翌日はどの場所が儲かり、どこがだめかということをいち早く知りたいと思ったら、なにはさておき、情報提供者のところに行列しなければなりません。だけど、いちばんの情報通というのは、まあここだからこっそり言えることですが、俺の女房でして……」

夜もふけてナッハモルグを迎え、ヴァレンティンは母親の愛の物語の続きを話した。ところが、すぐにナビルが口をはさんだ。

「おまえはいつも、女がとか、おふくろがと言って、けして名前で呼ばない。名前がないと、顔も人柄も想像できないよ。それだと、彼女のことを好きになるのも難しいと思うんだ」

「ごめん、ごめん」

ヴァレンティンが言う。

「ほんとうにまだ名前を言ってなかったかい？　これはしたり。小説を書くときには、気をつけなくては。おふくろはツァンドラっていうんだ。だけどそれは戸籍上の名前さ。小さいころからツィカ、つまりネコちゃんて呼ばれていたんだ。ネコみたいにすばしっこかったからさ。おふくろはこの名前が好きだった。ルドルフォ・サマーニだけはツァンドラと呼んでいたな。俺にとっては、ツィカだよ」

「で、タレクはおまえのおふくろさんを、なんて呼んでたんだい？」

「タレクはツィカという名前のほうをとった。おふくろはうれしかっただろうな」

「ツィカか。ツィカって、きれいな名前だな」

ナビルはつぶやくように言った。ヴァレンティンは、ルドルフォ・サマーニが団員たちの目の前で女房を侮辱《ぶじょく》し、そのために彼女は四歳のヴァレンティンを連れて、シュヴァルツヴァルトにいる女友だちのもとへ逃げたというところまで話を進めた。ツィカの逃走は、サーカス団長のメンツをつぶすことになった。ルドルフォ・サマーニは人も知るかんしゃく持ちだった。すさまじい怒りを爆発させたルドルフォは、ピストルを手に女房のあとを追った。ルドルフォにはツィカが身を隠した場所がよくわかっていた——ヴァレンティンはここで話を中断すると、続きはあした話そうと約束した。

「おまえ、ますます意地悪《いじわる》になったな」

ナビルはからかった。

「だけど、なあ。これくらいは教えてくれてもいいだろう」

ナビルはなおも小声でそそのかした。

「ルドルフォはツィカをつかまえたのかい？」

ヴァレンティンはナビルのほうに身をのりだした。

「そうだな、ほかならぬおまえのたのみだ」

ヴァレンティンはほとんど聞きとれぬくらい小さな声で言った。

「ルドルフォはツィカを撃ったが、弾はそれた。ここからがほんとうに、手に汗にぎる話になるわけだ」

　ふたりは笑いながらグラスを打ち合わせ、赤ワインをひと口飲んだ。

「だけど冗談はさておき」

しばらくするとナビルが口を開いた。

「おまえの両親が羨《うらや》ましいよ。なんたって、真剣にぶつかり合ったわけだからな。俺の両親はけんかもしなかったよ。そのくせ、ぜんぜん理解し合っていなかったんだ。両親はそれぞれ違う惑星に住んでいて、俺はそれをつなぎ止めておく鎹《かすがい》さ。親父はずっと、自分は間違った女と結婚したんじゃないかと考えていた。親父には、自分のそばにいる女性にはこうあってほしいという理想があったが、おふくろのやること、しゃべること、考えることすべてに、それが欠けていると思っていたんだ。ある日、親父は目覚め、おふくろのほんとうの大きさがわかった。そして、自分にはすぎた女房だったかもしれないと後悔しながら、残りの人生を送ったんだ。親父は、ちょっと風が吹いただけでわっと舞い上がるアラビアの砂ぼこりみたいに、すぐにかっとなる人だった。しかしおふくろは、静かに横たわる岩のような人だったな。砂ぼこりは誰彼《だれかれ》となくひっついて、人目にもつきやすいが、岩は自分のことで大騒ぎをしたりしない。いうなれば親父は火山、おふくろは海だな。親父があふれ出る滝だとすると、おふくろは滝からあふれた水を受けとめ、地層の奥深いところで濾過《ろか》してきれいな水だけを地上に返す、深い泉だった。子供のころ、俺は親父を尊敬していたよ。金持ちだし、力はあるし。経営していた織物工場に親父が姿をみせると、みんながその手にキスをしたもんだ。親父はここではじめて大規模な産業を興《おこ》した企業家のひとりだった。イギリス仕込みの近代的な織物工場は、むかしながらの機織《はたおり》を押しのけていった。そして親父はたちまち、アラビア各国に製品を輸出するようになった。宗教上の祝日を前に、労働者たちが親父にいとまごいをするために列をなして、感謝のことばとともに贈り物を受け取る姿を見て、俺は親父を誇らしく思ったよ。そういう日にかぎって、俺は親父といっしょに表敬《ひょうけい》の儀式に立ち合うことを許されたんだ。だけど、いっしょに遊んでもらったとか、いっしょに笑ったという思い出はない。俺がなにをしようと、親父は高みからけげんそうに見ていた。だからときどき、親父は俺をこの家の客のように思っていて、なすがままに任せ、アラビアのしきたりどおり丁重にあつかっているだけじゃないかと感じたものだ。親父は気前がよく、なにごとにも非の打ちどころのない人だったけれど、喜びを分かち合ってもらった覚えはない。俺を尊重してくれてはいたがな。俺は同級生たちが父親にしょっちゅう叱られたり、殴られたりしていることをよく知っていた。でも、うちの親父は、その役目をおふくろに任せたのさ。俺がなにかしでかすと、親父はおふくろに、何発殴っておけと伝えるんだ。親父は、組織をとりしきる名人ということでは、会社でも家庭でも変わりはなかった。自分で働いているようには見えなかったけれど、五百人以上の労働者や事務員をかかえる工場は、時計じかけのように何十年もきちんと動いていたよ。

俺はそんな親父に尊敬の念をいだき、その行動力に感服していた。それが愛だと思っていたんだ。おふくろってなんてすごい女だろうとようやく気づいたのは、十六歳のときだよ。親父は大金持ちだったが、不況のせいで不眠症になったんだ。健康を害して、不安に全身をわなわなさせていたよ。じっと動かない岩のようなおふくろは、まるで壊《こわ》れ瓶《がめ》みたいな親父を用心深くつつみ込み、冗談を言ったり、落ちついた態度で接したり、ワインを飲ませたり、笑わせたりしながら、砕けた一片一片を再生していった。親父はそのとき、おふくろは強くて大きな人間だとはっきりわかったんだ。そして俺は、もう親父を愛していない自分に気づいた。そのころの親父は精彩《せいさい》がなく、見るも哀れだったからね。俺の心の中には、親父への同情しかなかった。

けれどもその数ヵ月のあいだに、俺はもっとだいじことに気がついた。知ってのとおり、アラビアを舞台とする家族の神話はまだ書かれていない。ギリシャ神話では、ライオスと息子のオイディプスが母親をめぐって争った。ローマ神話ではロムルスとレムスの兄弟が覇権《はけん》を求めて闘った。しかしアラビアでは、父親と母親が子供に気に入られようとして闘うんだよ。アラビア人は砂漠の出だ。砂漠はそこに住む人々の顔や肌ばかりでなく、心にもしっかり刻印《こくいん》を残して、その生き方に決定的な影響をおよぼす。父親は馬で戦いに出る。そして自分たちがやった襲撃や強奪を、英雄的な行為として詩人に歌わせるわけだ。そのいっぽうで、母親は子供の命を救う木陰になってやる。極点のように動かず、護《まも》りの盾《たて》となってくれるのは、常に母親だった。父親は馬の背中と同じで、ちらりと姿をあらわすが、そのまま帰って来ないこともよくあった。けれども母親たちは、間違いなくそこにいた。父親たちもそのことはよく承知していた。だからこそ、母親の権力を殺《そ》いだり、自尊心を傷つけてやろうと、やっきになって策をめぐらすんだ。つまり父親と母親の闘争は、すでに砂漠で生活していたころからはじまっているんだよ。なにしろ、子供に気に入られたほうは、輝かしい未来を手にするんだからな。そして町の人々がとうのむかしに砂漠を忘れてしまってからも、この闘いは続いたんだ。ある家庭で夫婦のどちらが勝利をおさめるかなんて、前もってだれにもわからないよ。俺んちの場合、勝利者は明らかにおふくろだった。当然のことだが、俺は親父が死ぬ間ぎわまで面倒をみたよ。だけど俺が愛したのは、九十年の時を歩みながら、その若々しい心で俺たち夫婦を驚かせることも多かった、冗談好きで賢明なおふくろのほうさ。俺と女房が若い連中の反政府運動を批判したときなんか、おまえたちこそ反動的だとおふくろは言い放ったものさ。対照的なのが親父で、俺が建築家になりたい、あんたの工場を継ぐのは願い下げだと言うと、すっかり人生を投げてしまった。大金と引きかえに工場を手放したんだよ。そうなると、もうなにもやることがない。突然、自由な時間がころがり込んだわけだが、もはや安心してなにかを任せられる人もいなかった。親父は隠居《いんきょ》して一年で死んだよ。ちょうど六十だった。あまりにも早すぎるし、天命をまっとうしたともいえない。だけど養子だったとはいえ、シャヒン家の人間に典型的な死に方だった。俺の祖父母は長いこと子供ができなくて、親父を養子に迎えたわけだ。そのあとで、祖母はようやく子供を四人産んだが、おまえが信じようと信じまいと、親父はいつまでも祖父母のお気に入りだったんだよ。実の子供たちはだれひとり、親父が養子だということを聞かされていなかったが、親父を嫌って、遺産の取り分を渡してくれなかった。俺は、今では疑っているんだ。彼らは、親父が養子だってことを、ほんとうは知っていたんじゃないかって……」

たえて久しくなかったことだが、ヴァレンティンはこの日、夜の祈りを口にした。ケーキ屋のイブラヒムに力と健康をと、心をこめて願ったのである。

21

理髪店ではよく話を聞かなければいけない

「愛するピア」とヴァレンティンは書きはじめた。

「朝を迎えるたびに、君が俺のかたわらで目を覚まし、この国の人々の味わう喜びをいっしょに分かち合えたらと思う。こちらはもう夏のような気温だ。きっと君は、こんな真っ青な空をまだ見たことがないだろう。俺たちはこの一週間、サニアという町で歓迎を受けている。こうしている間に、団員たちはいつか君にも知らせたタルテでの思いがけない事件を忘れたようだ。サニアでも反政府主義者、とりわけ原理主義者の勢力は強いものの、彼らはもっぱら地下にひそんで活動している。たくさんの眼が俺たちを監視しているような気もするが、なにしろサーカスの人気はすごいので、それでも攻撃を加えようという者はまずいないだろう。この町のいろんな地区から二十人の青年と三人の女性が出て、夜どおし見張りをしてくれている。おかげで、俺たちは安心して眠ることができる。考えてもごらん！　彼らはみずから進んで、無償で警備を引き受けているんだ。数ある反体制グループのどこかが、俺たちの興行に反対するビラを配ったというだけでだよ。信じられないかもしれないが、そのビラには、サーカスは罪深い場所だから、燃やしてしまうべしと書かれていたんだ。

ときどき頭の片隅に不安がよぎる。すると、全身の力が抜けてしまうような感覚におそわれるんだ。どこへ逃げたらいいのか、みんなとどう話をしたらいいのか、まるでわからなくなるんだよ。それに、残された年月を君といっしょに楽しもうと思い、こんなにたくさんプランを練っている最中に、愚か者があらわれて、鼻をつく焼夷弾《しょういだん》で俺の夢を木端微塵《こっぱみじん》に打ち砕くんじゃないかという恐怖もある。俺たちはあと二、三日で、ウラニアに戻る予定だ。君をこの手に抱きしめさせてくれ。返事を待ってるよ。住所はこれまでどおり。ウラニア、国際見本市会場内、サマーニ・サーカス。

君のオールド・ベアー
ヴァレンティン

追伸。ナビルは昨晩、俺の部屋のソファーで寝たよ。船をこぎはじめるまで、彼の両親や愛するバサマの話を、ずっと聞かせてくれたんだ。今、ナビルはセイウチみたいないびきをかいている。あいつのいびきさえ、俺には心地よい。すてきなやつだよ。でも、このへんで終わりにしよう。ではまた！

追追伸。忘れていた。君と、そしてなによりも君のうなじの小さなほくろに、千のキスを届けよう。どうか公平にわけてくれ」

ヴァレンティンはみんなを起こさないように、そっと宿舎を出た。入り口で見張りをしている三人の若者にあいさつすると、ぶらぶら歩いてサーカスのカフェに向かう。主人はちょうどカウンターを拭きはじめたところだったが、コーヒー・メーカーはもう白い湯気をたてて、あたりにかぐわしい香りを漂わせていた。ヴァレンティンは熱いコーヒーを一杯飲み、若い監視員たちにとびきりおいしい朝食を出してやってくれと主人にたのむと、散歩がてら郵便ポストまで出かけた。ヴァレンティンは途中で、商人たちをしげしげと眺めた。彼らは隣近所の安眠を妨げずに度《ど》胆《ぎも》を抜いてやれとでもいうように、そーっと音もたてずに店を開けていた。

並木道を抜けると市立公園に入る。この時間、広い庭園はがらんとしていた。ときおり人なつっこそうなイヌがどこからともなく姿をあらわすものの、すぐにまた茂みや灌木《かんぼく》のうしろに消えてしまう。重たい靄《もや》が雲のようにたちこめている。ヴァレンティンは毎日、噴水の向かい側にある同じベンチに腰をおろすことにしていた。目をとじて、ゆっくりと深く息を吸い込み、吐き出す。こうして自分の息づかいを聞いているうちに、世の中のことを忘れてゆくのだ。数分間、ヴァレンティンは無心になる。すると、若くて元気のよい自分がロープの上で演技をしているのが見える。ロープは暗黒の宇宙に張り渡され、足もとの大地は小さな青い球体にすぎない。朝のこの時間に公園へ来るたびに、ヴァレンティンは全身に力がみなぎるのを感じた。この日は、どれくらいそこに座っていただろうか。さすがに彼の耳にも町の喧騒《けんそう》が届くようになった。ヴァレンティンはようやく腰をあげ、大股《おおまた》でサーカスへ帰っていった。

サニアに来て一週間、サーカスの運営も板についてきた。アンゲラ、ナビル、マルティンのコンビはぴったり息が合い、芸人たちの演技はまるで神わざだった。ヴァレンティンは裏へまわれる時間が増えて、母親の愛の物語の執筆に精を出すことができた。何度となく、下の異母妹の不思議な微笑を思い出した。妹たちとの初対面は短く、そっけなかったが、下の妹の顔には明らかに喜びの表情が見てとれた。ヴァレンティンは、今度ウラニアへ戻るまでに仲介役のイブラヒムの病気が回復し、妹たちとのほんとうの意味での対面の実現に力を貸してもらえるようにと、心から願った。

サニアへの移動で、ウマは人間以上に痛めつけられていた。ウマたちは臆病《おくびょう》になり、激しい腹痛を起こしていたが、ベテランのマンズーアと、どこまでも忍耐強い獣医のクラウスの看護で、しだいに体力と色つやをとり戻した。七日目の夜には、ウマたちは熱のこもった演技で観客を沸きに沸かせ、光り輝いて見えた。ヴァレンティンはその日を「マンズーアの日」と名づけた。このステージで観客からどのウマよりも長い拍手をもらったのは、雄のペガサスだった。マンズーアと彼がお気に入りの栗毛は、まさに一体となり、重力などものともせず、スローモーションのようにゆっくりとしなやかに舞ったかと思うと、突然、火花を散らして左右に別れ、ペガサスはまるで翼でも生えているように、空中高く跳び上がった。そのあとマンズーアは背筋をぴんとのばし、意気揚々とペガサスの背にまたがった。そしてうっすらと笑みを浮かべ、威厳《いげん》にみちた態度で観客の喝采《かっさい》にこたえた。

観客のなかの技《わざ》自慢たちが披露《ひろう》する出し物には変わったものも多かったが、ヴァレンティンがいちばん印象深かったのは、ハーモニカを持って登場した男だった。体重百五十キロを上まわる男は、肉づきのよい巨体にも似ず、手の中に隠れてしまうようなハーモニカで、とても静かな美しい曲を吹いた。

サニアの北にある小さな町の庭師は、サーカスが来たことを聞きつけ、飼いネコのトレーニングぶりを見てほしいと申し出てきた。小型の猛獣を思わせる三十匹以上のネコを動員した演技は、完璧な仕上がりだった。色を染めたのか、はたまた自然の奇蹟なのか、ネコたちは小さいというだけで、トラや黒ヒョウ、ヒョウ、雌ライオン、ピューマそっくりだった。おまけに、ネコ科の猛獣特有の野性的な動きを見せる。ウーッと唸《うな》りながら火の輪をくぐり抜け、小さな踏み台の上でポーズをとるかと思えばピラミッドを組み、幅の狭い板の上を渡るのだ。午後のうちに試演を見たナビル、マルティン、アンゲラは、すっかり夢中になった。ところが観客の反応は違った。こうした演技のすばらしさも、舞台のそばの桟敷《さじき》席と一列目の客席までしか届かなかったのだ。うしろの席からは、かろうじて、小さな動物たちがなにやらやっているのが見えるだけだった。ようやく最後になって、会場のみんなが楽しめるショーがはじまった。庭師は一匹の黒ネコを大きな檻《おり》に入れた。檻は車輪を四個つけた台座の上にのっている。こうすれば、二重底でないことがわかるわけだ。庭師は檻が背景の幕とつながっていないことを観客に確認させるために、ゆっくりと場内を一周させた。そして、さっと赤い布をかけ、二人の小道具係に檻を何度もぐるぐるまわさせると、おもむろにその布を引いた。すると中では、堂々たる黒ヒョウが唸り声をあげているではないか。観客は最後列にいたるまで、ウオーッと歓声をあげ、町じゅうを揺るがすような拍手を浴びせた。

ただマルティンだけは憤慨《ふんがい》していた。こともあろうに自分のいちばんだいじなヒョウを、知らないうちに初心者の出し物に使われたのだ。マルティンは舞台の幕のうしろで、じりじりしながら待ちかまえていた。庭師が出待ち通路にあらわれると、マルティンは腸《はらわた》の煮えくり返るのをおさえて、なんとか笑顔を作りながら、

「いやあ、すごかった。だけど、檻が少し小さすぎるな」

と声をかけた。

「俺のドナーをすぐに外へ出してやらなくちゃ。やつのことなら、よく知ってるんだ。そうしてやらないと、気が立つからな」

「どいつのことだね？」

庭師はたずねる。

「俺の黒ヒョウさ」

マルティンはいらいらしながら言い返す。

「その中にいるのは」

庭師は、ちょうど小道具係が出待ち通路に引っぱってきた、大きな赤い布のかかった檻を指さした。

「ビロード・ネコだよ。俺のネコのつもりだけどな」

マルティンは疑り深そうに檻を見て、小道具係を怒鳴《どな》りつけた。

「待て！」

小道具係は素直に従った。マルティンは自信に満ちた足どりで檻に近づき、赤い布をはぎ取った――すると中にいたのは黒ネコ。なんですか？　というような目でマルティンを見つめているではないか。小道具係たちはくすくす笑った。

「フェリーニだ！　またしても、あのいまいましいフェリーニにしてやられた！」

マルティンは大声でわめくと、烈火のごとく怒りながら足早に出待ち通路を立ち去った。


ツキはどんな不運も幸運に変える。十日目。ヴァレンティンは本日の課題として、猛獣の檻の掃除を指示した。見まわりの最中、トラの檻から鼻をつくような臭いがするのに気づいたからだ。サーカスの作業員は急いで仕事にかかり、ほかの動物の檻まですっかりきれいにした。ブラシをかけ、汚物をとり除き、水洗いし、磨きあげる作業は午後いっぱいかかって、なにもかもとどこおりなく終わった。ところが、毎度の決まり仕事だったせいもあって、ライオンの檻の扉をきちんと閉めないままにしてしまった。最初にそれに気づいたのは、いつも落ちつきのないライオンのネロだった。ネロは扉に体当たりすると、外へ飛び出した。ネロのあとにサマラ、スルタン、ティターン、レオが続いた。世界中のどこのサーカスの猛獣も、急に自由になるとそうするのがふつうだが、あとから檻を出た四頭もご多分にもれず、すぐさま自動車の下に身をひそめて、不安そうにしていた。四頭はじきに発見され、猛獣使いに導かれて慎重に檻へ連れ戻された。ところがいちばん獰猛《どうもう》で攻撃的なネロはただちにサーカスを出ると、自動車から自動車、茂みから茂みへと逃げまわり、町はずれをあてもなくうろついた。ちらりとネロを見かけた通行人は、目の錯覚だろうと思った。

　ネロが徘徊《はいかい》していた町はずれのある通りに、男性用の理容サロンがあった。店を経営する理髪師は、サニアでいちばん大きなサッカー・クラブの名だたるファンだった。腕はいいし、料金も安いが、客はとどまるところを知らぬ主人のサッカー談義につき合わされる。理髪師は、口を開けばサッカーの話ばかり。スタジアムやラジオ、テレビ、新聞で見聞きした世界中のありとあらゆる試合について、夢中でしゃべり続けるのだ。最後まで我慢《がまん》して聞いている客には、腕によりをかけた整髪と髭剃《ひげそ》りに、熱い蒸しタオルと主人みずから調合した最高の香水のおまけがつく。

それでも、万人向きのサロンとはいえず、商売はそこそこといったところだった。ライオンのネロが逃走したその日も、いつものように、客はたった一人。ちょうど蒸しタオルの下で心地よい熱さを楽しみながら、理髪師のおしゃべりに興味のあるふりをして、ときどき「えっ？　ほんとうかい？」などと相の手を入れているところだった。この日、理髪師の舌は絶好調だった。布とラクダの毛で、ひいきのチームの紋章であるライオンの人形を作ってマスコットとして売り出し、新たな財源にしてはどうかという彼の提案を、クラブの役員が受け入れたからだ。ライオンが戸口にあらわれたとき、理髪師は、毛足の長いビロードで作るマスコット人形のすばらしさを自慢しているところだった。鏡の中にライオンを見つけて、彼は叫んだ。

「ラッ……イオン！　ライオンだあっ！」

ライオンは大あくびをしながらかたわらを通り過ぎた。理髪師はライオンが音もたてずに理容椅子の下に陣取ったのを見て、ドアに駆け寄り、息もたえだえに外へ飛び出した。椅子のひじ掛けに両腕をあずけていた客は、右手がライオンのたてがみに触れたような気がした。てっきりマスコット人形にさわったものと思い、きっと感想を求められると考えて、ライオンの毛をぐいっとつかんで引き寄せた。そしてて手の平をそろそろとたてがみの奥深くうずめると、ライオンをなでた。

「かわいいじゃないか」

客は蒸しタオルの下で目をとじたまま、お世辞を言った。これは理髪師の粋狂《すいきょう》だと、とことん信じて疑わなかったのだ。ところが眠くてしかたがないライオンは、なでてもらって気持ちがよくなり、吠えるような声をたててあくびをしたものだから——客は全身から血の気が引いた。タオルをかなぐり捨ててあたりを見まわし、眠気に目をしょぼつかせているライオンのわきをすり抜け、一目散に戸口へ向かった。

翌日の新聞は、けして語学に堪能《たんのう》とはいえない客が、この一件のあとでは十ヵ国語をすらすらと口にし、中国語までしゃべったと、ちょっと大げさに書きたてた。ライオンのネロはマルティンに連れ戻された。町はサーカスと、理髪師と、マスコット人形の話題でもちきりだった。

午後おそく、ナビルがヴァレンティンの部屋に駆け込んできた。

「四十年も会うのを避けてきたのに。それが今日、まさかサニアでとっつかまるとは」

ナビルは息もつかずにまくしたてた。

「だれ？　だれのこと？」

ヴァレンティンは不安そうに聞いた。

「むかしの同級生さ。俺は四十年ものあいだ、あの男の鼻もひんまがるような口臭から逃げまわっていたんだ。ところが今日、そいつにつかまっちまってな。すっかり見違えちゃったよ。ふさふさの髪は薄くなるし、すらっとした細身はビヤ樽になるし、眼は涙でいっぱいだ——変わってないのはひとつだけ、その口臭だよ。考えられるかい？　カナリアも殺す毒気を吐くんだぞ」

「カナリアを？」

ヴァレンティンはあっけにとられた。

「しかも、近所でいちばん高いカナリアさ」

ナビルはにこにこした。

「ある女が黄色いカナリアを何羽も飼っていたんだ。ある日、卵からひながかえった。その羽根っていうのが、火のように赤かったんだ。これは百年に一度の珍事だと、みんな言ってたな。カナリアはこの世のものとも思えぬすばらしい声でさえずる。鳴き声の美しさにかけてカナリアにかなうのは、南アメリカのアンデス山中にいる鳥くらいのものだ。生まれたカナリアは姿も鳴き声も、神のたまものとしか思えなかった。その女にとっては、まさに天のめぐみさ。人々はこの奇蹟をひと目見ようと列をなした。なかには、少しでも長くその場にいられるようにと、彼女からふつうのカナリアを買う者もいた。そこへ、例の口臭男がやって来た。やつは鳥かごのすぐそばに立つと、鳥に見ほれて『アーッ』と感嘆の声をあげ、歯のすきまから二度、息を吐いた。するとカナリアは、ばたりと死んでしまったのさ」

ヴァレンティンは大笑いしながらコーヒーを入れたが、ナビルは窓の外ばかり気にしていた。

部屋から出ようともしない。例の男が外で待ち受けているからだ。公演の直前、口臭男が切符を手にしようとあせっているころ、ナビルはようやく意を決して外に出た。

ライオンの脱走があってからすぐに、サニアに別れを告げる日がきた。みずからも市の手品サークルの熱心な会員である市長は、次のサニア公演のときにも同じ場所を提供するから、ウラニアで使わないものは残していくようにと言ってくれた。盗まれたりしないよう、市が会場を警備してくれるというのだ。市の破格の好意に甘えて、ヴァレンティンは大量の飼料ストック、タンク車一台、トレーラー一台、入り口のセット、照明機器一式、まだ一度も使っていない発電機を残していくことにした。おおぜいのファンがプレゼントを手につめかけ、お別れパーティーは深夜まではてなかった。ヴァレンティンは、アニタがみんなから離れた場所でスペイン人といっしょにいるのを見て、胸をなでおろした。世界中を旅してまわっているスペイン青年は、ドイツ領《りよ》事館《うじかん》で臨時に働いていたのだ。ホアンという名の青年は機知にとみ、痩せた体に小さな落ちつきのない目をしていた。彼がアニタをものにしようと目立たぬように張りめぐらしている糸を、ヴァレンティンは見逃さなかった。

夜おそく、ヴァレンティンは千鳥足で部屋に戻り、じゃがいも袋のようにドタッとベッドに倒れ込んだ。闇《やみ》の中から狂おしいばかりの夢の数々が浮かびあがったかと思うと、ヴァレンティンをつつみ込み、ふたたびはてしない闇の奥へと連れ去った。しかしウラニアに着いたヴァレンティンを待ち受けていたのは、どんな奇想天外《きそうてんがい》な夢もおよばぬ出来事だった。

22　おしゃべりなヴァレンティンが二度もことばを失った

信号機が故障して警官が交通整理に立つと、アラビアの道路は目もあてられないことになる。信号機がはたらいていても、せっかちなドライバーが待ちきれず、歩道や対向車線を暴走して混乱を引き起こさないという保証はない。けれども警官が整理にあたれば、大混乱になるのは間違いなかった。ふだん、交通は電気システムによって制御《せいぎょ》されている。ところがアラビアの警官は、秘密のプランに従って車を止めたり通したりする。逆にしたほうが流れがよくなる場合でも、彼らはそのプランに忠実に従うのだ。

十一時ごろ、ヴァレンティンはウラニアの交差点でもう十五分以上も立ち往生していた。サーカス会場までほんの一キロたらずだが、警官はこちらのことなど忘れてしまったように、幅の広い背中を向けたままだった。運を天にまかせたヴァレンティンの視線は、サーカスの門に通じる道のあたりを行きつ戻りつしていた。ふと、ピアを見たような気がした。ヴァレンティンは目を疑い、窓ガラスを下ろすと、外に身をのりだした。彼女だ、たしかに彼女だった。

「おい、ピアじゃないか！」

ヴァレンティンは大声で呼びかけた。びっくりした警官はさっと振り向き、停止を解除した。ヴァレンティンは合図を送り、ブルルンとエンジンをふかした。ピアは笑いながら助手席に駆け寄り、さっと彼の車に飛び乗った。ヴァレンティンは思いがけぬ出来事にすっかり動転していた。舌がマヒしたような、どうにも重い感じで、泣き笑いしかできなかった。それでも彼は、また警官の気が変わらぬうちに、サーカスの駐車場へ車を走らせた。駐車場に着くと、ピアとヴァレンティンはようやく抱き合った。再会の喜びは涙まじりのしょっぱい味がした。愛するふたりは喜びの翼にのって、ウラニアからも、サーカスからも、地上からも遠く舞い上がった。車の屋根をそっとノックする音に、ふたりはわれに返った。

「おい、若いレディーを食べてしまわないうちに、俺たちにも歓迎のあいさつをさせろよ」

ナビルはこう言って笑った。

「あなたがナビルね」

ピアは車を降りながらこう言って、白髪頭の男の手をとった。まもなくほかのメンバーも目を輝かせながら近づいてきて、ピアを歓迎した。

「すごいよなあ」

もみくちゃになったヴァレンティンの耳もとで、聞き慣れたナビルの声がした。

「美人だし、なんたって健康そのものだ」

それはピアが少し肉づきがいいことを、やんわりとほのめかすことばだった。焼けつくような太陽のもとでわずかな食物しか口にしない砂漠の民の血を引くアラビア人は、骨の上に皮と神経しか張りついていない。彼らにとって、むかしから、太っているのは富と健康のしるしだった。

　数時間もしないで、サーカスはまるでウラニアから一歩も外に出なかったかのように、いつもの日常をとり戻していた。

「私、もう、我慢《がまん》できなかったの」

ヴァレンティンのキャンピングカーで二人きりになると、ピアは切りだした。

「凍《こご》えるように寒い朝、あなたからの最後の手紙をもう一度、読み返してみたの。あなたのいないここで、いったい私はなにを探し求めているんだろう、って考えたの。でも、なにひとつ答えは見つからなかった。だから、一年間の休暇をもらったのよ。先のことは先のこと。軽率なのはわかってるわ、でも……」

「君のしたことは、きわめて当然だよ。俺は若返りたいと思っているが、それだって、君がいなくては、うんと遅れてしまう」

ヴァレンティンはこうこたえた。

　サーカス会場は静まり返っていた。とりわけ団員が「官邸街」の愛称で呼ぶヴァレンティン、ナビル、アンゲラ、マルティンのキャンピングカーのあたりは、もの音ひとつしなかった。午後おそくなって、少し寝ぼけまなこのヴァレンティンとピアはようやく車の外に姿をあらわし、ばつの悪そうな笑いを浮かべた。そんなふたりを団員たちはぜんぶお見通しとばかり、うなずいたり、にやにや笑ったりして迎えた。

その晩は、マルティンのためにあるようなものだった。マルティンの猛獣たちは、まるで熟練したオーケストラが指揮棒に合わせて演奏するように、彼の手の動きに従った。この日が「マルティンの日」になることは、疑いの余地もなかった。最後にひとりの男が登場し、火を使った魅力的な技《わざ》を披露《ひろう》した。男は火をのみ込んだり、吐き出したり、そうかと思うと炎の中にもぐっては、火の玉からまた姿をあらわす。これには観客も思わず息をのんだ。おまけにフィナーレでは信じられないことが起こった。火の玉がサーカスの丸天井から男めがけて猛スピードで落下してくると、彼の手の平でパーンとはじけたのだ。そしてあとには、小さな氷の玉が残った。男は氷玉を細かく砕くと、客席に向かって投げた。続いて沸きあがった熱狂的な拍手のなかで、男が髪の毛や眉毛を焦《こ》がし、手の平にやけどを負っていることに気づいた者はだれもいなかった。急いで男を舞台から連れ出し、冷水で肌を冷やしてやったのは、ヴァレンティンとピアだった。

その夜ヴァレンティンは、ほんとうのところナビルはバサマとうまくいっていないのではないかと感じた。はじめは激しく燃えあがり、ナビルを深い冬眠から目覚めさせたバサマだったが、このところどんどん消極的になってきていた。彼女に首ったけのナビルは、わが身の不幸を嘆いた。けれどもヴァレンティンは、いっぽうでナビルがそんな状況を楽しんでいることも見抜いていた。

「俺はもう老人だ。これはもう、どうしようもない事実さ」

ナビルはうめくようにこう言うと、コルクが抜けないワインのビンをヴァレンティンに手渡した。

「でもナビル、六十なんてたいした歳《とし》じゃないわ！」

ピアが言った。ヴァレンティンは栓抜きからコルクをはずしながら聞いていた。

「そんなことないさ」

ナビルは苦笑いした。

「カメなら、まだそんな歳でもないんだろうけどな」

ナビルは首を振った。

「老いぼれて人畜無害《じんちくむがい》だからこそ、女だって安心して俺のひざの上でキャッキャとはしゃぐのさ」

「年齢なんて問題じゃないわ。灰の下の残り火が熱ければ熱いほど、灰は白く、きれいになるものよ」

ピアが言い返す。ヴァレンティンはピアのことばにつられて笑った。

ところがナビルは真剣だった。

「人間は老いる」

とナビルは切りだした。

「そして、人生の道しるべがどんどん少なくなってきたことに気づくんだ。若いころの俺は、朝、目を覚ますと、あふれんばかりの可能性を前に、胸の高鳴りを覚えたもんだ。すべてをなしとげ、すべての道をきわめたいと思うあまり、迷うことさえあった。ところが今じゃ、どこを見わたしても『出口』という標識しか立っていない」

翌日、朝早く目覚めたヴァレンティンは、もう一度ナビルのことばを思い出した。穏やかな笑みを浮かべて眠っているピアを見つめ、これは楽園だと思った。テーブルの上には、ピアがドイツから持ってきた手紙の束《たば》がのっていた。ピアがヴァレンティンに宛《あ》てて書いたものの投函《とうかん》しなかった、色とりどりのラブレターが九通と、銀行からの灰色の封筒が一通。ヴァレンティンは銀行の封筒を乱暴に開けた。四百万マルクを超える預金残高を確かめると、思わず頬《ほほ》がゆるんだ。きっと世間のことなどそうそうわかっちゃいないはずの、支店長の生気のない顔を思い出し、ヴァレンティンはにやりとした。それからラブレターを次から次へと手にとって、そこにしたためられたピアの遠慮がちなことばをかみしめた。読みながら、ふと、自分を探すピアの手のぬくもりを感じた。ヴァレンティンは手紙がぱらぱらと床に散らばるのもかまわず、ピアを抱きしめ、まるで十五歳の少年のように彼女を愛撫した。これこそが楽園だと思った。その日、さらに思いがけなくうれしいことが自分を待ちかまえていようとは、想像もしなかった。

ヴァレンティンはピアといっしょに通りをぶらつきながら、自分がたどった母親の愛の足跡について話した。ふたりは理髪師の家の前を通り過ぎ、さらに路地を抜けてケーキ屋の家に向かった。イブラヒムの家にたどり着くと、ヴァレンティンはそっとドアをノックした。ほどなく、エプロンをかけ頭にスカーフを巻いた家政婦があらわれた。家政婦は二人の外国人をじっと見つめて、笑みを浮かべた。

「イブラヒムさんはおられますか?」

ヴァレンティンはフランス語でたずねた。

「いいえ。だけど、ご主人は元気ですよ。奥様といっしょに娘さんのところに行っています。午後には戻るでしょう。そうですね、三時ごろには」

家政婦は少しつっかえながらも、じょうずなフランス語で言った。

「でしたら、三時にまたうかがいます」

ヴァレンティンはこう伝えると、ピアとともに路地を抜けて、近くのバザールに向かった。

ピアは居並ぶ店の多さと、路上で遊ぶ子供たちの楽しげな様子に目を丸くした。写真屋のショーウインドーに飾られた、幸せそうなカップルたちの写真を眺めながら、ピアがぽつりと言った。

「ピッポはエヴァを愛してるわ」

「そして彼女も彼をね」

と応じながら、ヴァレンティンは、一瞬、ピアの観察眼の鋭さにぎくりとした。そして、いったいマルティンはどうやって耐えているのだろうかという、これまで何度となく考えてきた疑問に思いいたった。

サーカスに戻ったふたりを、ナビルはすばらしい知らせで迎えてくれた。「ナビルの体はガンの活動を封じ込めている。ゆっくりとではあるが、主導権を握りつつあることは百パーセント間違いない。このままいけば、もっと長く生きられるだろう」と医者が言ったというのだ。

「そりゃあ、すごい」

ヴァレンティンはこう言うと、続けた。

「こうなったら俺からも、このサーカスを国立サーカスにしてくれるように、本気でたのむとするかな。そうなれば、かつてこの国になかったサーカスという芸術の礎《いしずえ》が築かれることになる」

ナビルはヴァレンティンをじっと見つめた。彼が高らかに笑うだろうと思ったのだ。しかし、どうやらヴァレンティンは大まじめなようだった。

それからピアはオーバーオールに着替えると、サーカスの中で自分にできそうな仕事を手伝った。いっしょにケーキ屋の家へ行く話は断った。

「最初はひとりで行って」

ヴァレンティンが誘うと、ピアはこう返事をした。

「イブラヒムに気をつかわせずに、ふたりが腹をわって話せたほうがいいわ。もう何週間か何ヵ月かしたら、また訪ねる機会もあるでしょう」

二時半ごろ、ヴァレンティンは旧市街を歩いていた。ケーキ屋の家のすぐ近くまできて、ヴァレンティンはふと、この空の独特の明るさや色合い、路地を歩きまわるよそ者の目に映る印象、そして中庭や浴場のたたずまいを、ほとんど書きとめていなかったことに気づいた。これからはテーマ別にノートを用意しよう。一冊には建物について、一冊には市場の様子を、また一冊には浴場のことを、べつの一冊にはそのほかの珍しい光景について書くのだ。ファサードや中庭、噴水、フレスコ画、装飾模様、敷石、タイル、扉など、これはいいなと思っても、いちいち細部まで記憶にとどめておけないものは、写真に撮る。ヴァレンティンは、さっそく翌日からはじめることにした。

入り口でヴァレンティンを出迎えたのは、イブラヒム夫人だった。夫人が暗い廊下の奥に向かって
「ヴァレンティンさんよ」

と大きな声で呼びかけると、ケーキ屋の老人は満面に笑みをたたえて出てきた。

「元気そうでなによりだ」

ヴァレンティンは声をかけた。

「うん。またしても死神の鎌《かま》を逃れたってわけだ。死神のやつめ、いきりたってるだろうが、どっこい、俺の家系はしぶといからな。親父は有名な棟梁《とうりょう》だった。足場から三度も落ちてな。医者はそのたびに骨を接《つ》ぎながら、心の中では、墓掘り人夫に功徳《くどく》をほどこすだけだと思っていた。ところが親父は毎度、再起して、現場に戻ったんだよ」

イブラヒムはにやっと笑った。それから、四度も未亡人になった末にアメリカから帰国し、ウラニアでさらに三人の夫と死に別れ、九十七歳で笑っている最中にむせて死んだおばさんの話をした。死を前にして、息子のひとりが最期《さいご》の望みを聞くだけの時間があった。すると老母は、

「ボリュームたっぷりのレモン・アイス。煎《い》ったアーモンドの入ったすごく大きな板チョコ。それと、情熱的に愛していける若い結婚相手」

とこたえたそうだ。

　ヴァレンティンがサーカスに戻ろうと腰をあげたときには、もう五時になっていた。それまでケーキ屋は、ヴァレンティンが聞きたくてたまらない問題にはひと言もふれなかった。彼が別れ

のあいさつをするために立ちあがると、ようやくイブラヒムはこう言った。

「あんたの妹たちは、この俺を失望させなかったよ。あんたは家の権利を放棄する。そのかわり、下の妹はあんたのおふくろさんの手紙をぜんぶ、それに、あんたとおふくろさんと理髪師がいっしょに写っている写真を進呈するそうだ」

ヴァレンティンは思わず身を硬くした。

「俺も写ってるのか？」

「そうだ、あんたも写ってる。妹のハーナンが、はっきりとそう言ってたよ」

「家の件は、いつ片づけたらいいだろう？　妹たちにあいさつをして、話をつけたいと思うんだが」

「あんたさえよければ、明日の朝、弁護士をここへ来させるよ。それから風呂へ行こう。そのあと、妹たちのところで、ご馳走《ちそう》になろうじゃないか。彼女たちがお得意の酢漬け料理は、このあたりじゃ有名なんだ」

「よし、わかった。じゃあ、あしたまた」

そう言うヴァレンティンの耳には、自分の胸の鼓動が聞こえていた。

「どう思う？　連れ合いもいっしょに行ってかまわないかな？」

「明日はまだ、ひとりのほうがいい。妹たちも困るんじゃないかな」

イブラヒムはクスッと笑った。

「それに、どのみち俺たちといっしょに風呂へは行けないからな。だけど彼女がお望みなら、

『女の日』に俺の女房といっしょに行けばいい」

ヴァレンティンは路地の中を飛ぶように歩いた。急に足どりが軽くなったような気がした。バザールの中央入り口のアイスクリーム屋に、団員たちのためにミックス・アイスの大盛りを八十人前、この場で注文できるだろうかと丁重《ていちょう》にたずねた。アイス屋は大量の注文とたっぷりのチップに大喜びした。くわしい道順を説明するまでもなかった。ヴァレンティンがまだサーカスに着かないうちに、アイス屋のバイクは矢のようなスピードで彼を追い越していった。ドライバーの頭上には、色とりどりの小鉢をぎっしり並べた盆が二段重ねにのっていた。

「おーい、アイスだぞ！」

という呼びかけは、一分とたたないうちにサーカスじゅうに伝わった。みんな仕事の手を休め、うれしそうなヴァレンティンのまわりに車座になって、思いがけない甘味を味わった。「なにがあったんだい？」と聞きたくて、みんなの冷たい舌はうずうずしていた。けれどもヴァレンティンはなにも説明しようとしなかった。ピアは彼の口数が少なくなったわけがわからなかった。ヴァレンティンはピアに、話がまとまったところで聞かせたいと語るだけだった。

やがてヴァレンティンはキャンピングカーにこもり、町の印象や、自分の不安と喜びを何ページにもわたって書きつけた。人々のあけっぴろげな態度に驚いたこと。町でとほうにくれたこと。人々は心の内に秘密をかかえており、笑いでそれを表に出すのではなく、むしろ深くしまい込むように思えること、などだった。ヴァレンティンには、友人であるナビルの心も謎めいて見えた。この間、ナビルは長年サーカスで働いてきた者のようにあちこちで手を貸し、動物の檻《おり》の掃除さえ手伝っていた。ナビルがなぜそこまで懸命にはたらくのか、彼はよくわからなかった。

その夜、ヴァレンティンは長いこと寝つけなかった。ピアは彼を落ちつかせようと頭をなでてくれていたが、興奮はおさまらなかった。明け方近くになって、ようやくピアは浅い眠りにおちた。ヴァレンティンはそれからまだしばらく、アラビア語の単語を勉強して、やっと眠りについた。ところが少し眠っただけで、また目が覚めてしまった。ヴァレンティンはピアをじっと見つめた。彼女は若く、美しかった。一瞬、自分のピアへの愛は、溺れかけた人間が死にもの狂いで救命ボートにしがみつくようなものではないか、という想いが胸をよぎった。ヴァレンティンはしきりに頭を振りながら、そっとキャンピングカーを出た――「愛してるよ」と書いた紙切れを枕もとに残して。ヴァレンティンがこっそりサーカスを抜け出したことに、団員はだれも気づかなかった。

彼は七時にケーキ屋の家に着いた。開け放たれた扉から、食器の触れ合う音がする。軽くノックすると、「どうぞ！」という陽気な声が聞こえた。ヴァレンティンは中に入った。イブラヒム夫妻はにこやかに彼を迎え、ところ狭しと料理の並んだテーブルへ案内した。

「出かける前に、ちょっと腹ごしらえをしておこう。弁護士が来れなくなったものだから、無理を言って、こちらから出向くことにさせてもらったんだ。もっとも、時間がかかりそうだからそのつもりで、と言われたがね」

ヴァレンティンはテーブルの上の小鉢に盛られたご馳走をぜんぶ食べてみた。いちばん気に入ったのは、さまざまな種類のオリーブと、中にクルミやにんにく、辛いパプリカを詰めてオリーブ・オイルに漬け込んだ小ナスだった。家政婦は興奮のあまりそわそわして、ヴァレンティンに次から次へとお茶をそそぎ、そのたびに「失礼いたします、お客さま」とわびを言うのだが、いったいなにをわびているのか、彼にはさっぱりわからなかった。

経験ゆたかなイブラヒムのことばに誇張はなかった。ふたりは二時間も待たされた。話がはじまってからも、弁護士の仕事ぶりは、カメでさえかんしゃくを起こしそうなくらいのんびりしていた。宣誓《せんせい》をした通訳を呼んでおいて、くわしく説明させたがるのだ。けれども、弁護士のつまらぬ穿鑿《せんさく》にすっかりまいった通訳は、知らぬふりを決め込んだ。蒸し風呂に入って快適なマッサージを受けようという予定は、とうとうご破算《はさん》になった。弁護士が手続きを終え、ようやくヴァレンティンに証書を手渡したときには、もう正午になっていた。ヴァレンティンとイブラヒムはなんとか時間どおりに妹たちの家に着こうと、バザールの人混みをかきわけて急いだ。

それでもふたりが到着したのは刻限ぎりぎりだった。上の妹のタマームが扉を開けた。ばつの悪そうな表情を見せながらも、今度ばかりはタマームもほほ笑んでいた。下の妹のハーナンはにこやかに笑って、兄の頬に心を込めてキスをした。フランス語しか話さない姉と違い、ハーナンがドイツ語をしゃべるのを聞いて、ヴァレンティンは驚いた。

「ようこそ、お兄さま」

ハーナンはドイツ語でこう言ったのだ。ヴァレンティンがことばも出なかったのは、この二日間で二度目だった。

23　損して得すること

　ヴァレンティンが不動産の相続放棄を表明した証書は、いつの間にかどこかへ消えてしまい、それとともに遺産の問題は解消した。昼食は儀礼的な会話に終始したものの、客間でコーヒーがふるまわれるころになると、ハーナンはヴァレンティンのそばに腰をおろした。タマームはイブラヒムと話し込んでいる。彼女はイブラヒムをとても信頼しているようだった。

「十歳のころでした」

ハーナンが話をはじめた。

「夢を見たんです。あなたが出てきたわ。夢の中のあなたは写真とそっくりで、お父さんを探しにこちらへ来たいと言っていました。私はそのことをみんなに話したわ。でも、だれも耳をかたむけようとしなかった。なかでも母は、まるで受けつけようとしなかったんです。けれども私は夢を信じて、父についてドイツ語を習いました。父は私が見た夢を本気にしてくれたけれど、そのことについては話したがらなかったわ。だから、あなたのお母さんがドイツ人だって知ったのは、だいぶたってからのことでした。写真や手紙の入った小さな木箱を見つけて、子供らしい好奇心にかられ、中をかきまわしたのよ。父は怒りこそしなかったけれど、当時はまだ、あなたが兄さんだとは教えてくれなかった。とってもかわいい少年で、ツィカという女友だちの息子だと説明したのよ。私は子供の純粋な気持ちから、あなたの使うことばを習ったの。そうすれば、もしあなたが訪ねてきても、異国にいるような気がしないだろうと思って。もちろん、みんなに笑われたわ。だって、毎日毎日、窓から首を出して待っていたんですもの。三十五年間、あなたが来てくれるのを待っていたのよ。そのあいだに、いろんなものを失ったわ。戦争で夫を亡くしてね。いくらなんでも早すぎたわ。夫は結婚式の翌日には前線に出なければならなかったの。南のほうにあった凝《こ》った造りの私たちの家は、爆撃《ばくげき》の犠牲《ぎせい》になったわ。だけど私は、あなたが来るという確信を、一秒だって失ったことはありませんでした。姉がその証人です。なんなら、親戚じゅうにたずねてみてもかまわないわ。みんなは私のことをエルナートゥラ、『待つ女』と呼んで笑い者にしたんですから。でも私は自信があったの。だから、あなたのことばを一生懸命、習ったわ。学校を出たあとはゲーテ協会でドイツ語の勉強を続けたし、それからは忘れないようにドイツの本や新聞を読んでいたの。こうやってお話しするために、三十五年間も準備してきたのよ。その努力が、こうして報《むく》われたってわけね」

妹はにこやかに、しかしすさまじいばかりの自信にあふれて話した。

「君は、俺が来るということを、まったく疑わなかったのかい？」

ヴァレンティンは聞いた。

「ええ、一秒たりとね」

妹はこう言った。やがて姉のほうはしばらく姿を消したかと思うと、象嵌《ぞうがん》細工をほどこした黒っぽい木の小箱を手に戻ってきた。タマームは少しこわばった口調で、あなたに喜んでいただけるといいのですがと言いながら、ヴァレンティンに箱を手渡した。まるで暗唱《あんしょう》した台詞《せりふ》をしゃべるような調子だった。ハーナンは姉のことばを通訳した。ヴァレンティンは上の妹のいかにも気のなさそうな冷たい手を、感謝をこめて握りしめた。彼はタマームにあまり好感を持てなかった。

いっぽう、ハーナンはまたたく間に彼の心をとらえた。

「あとでじっくり拝見させてもらおう」

ヴァレンティンは言った。

「ところで、君たちの都合《つごう》をうかがいたいんだが。いつ、サーカスにおいでいただけるかな？」

ハーナンが招待の話を通訳すると、タマームは困ったような笑いを浮かべ、アラビア語でこたえた。けれども自分の言ったことを通訳しないでくれとあわててハーナンにたのんでいるのが、ヴァレンティンにも見てとれた。

「姉は、口さがない隣近所の手前、サーカスにうかがうのは遠慮したいそうです。でも、私は行きたいわ！」

とハーナンは言った。

「今日から私、毎日、あなたのところへ行きたいの。あなたを待ちながらなくしてしまった時間をとり戻すためにね」

ハーナンはこうつけ加えると、姉に向かって自分の望みを力説《りきせつ》した。姉は苦笑いをして、だめだめというように手を振った。

「家の中をご覧にならない？」

ハーナンは、二人だけでもっと話したいという気持ちをほのめかすように、ヴァレンティンにたずねた。

「ああ、喜んで」

ふたりは立ちあがると、イブラヒムとタマームを居間に残したまま部屋を出た。

「親父はどんな人だったんだい？」

寝室で理髪師の写真を見ながら、ヴァレンティンが聞いた。

「とてもすてきな人だったわよ。でも素直な性格ではなかった。ときどき、すごく頑固《がんこ》になったわ。要するに父は、生涯、おとなになりたくなかったのよ。だから私をけして子供のようにあつかわず、対等に見ていたの。だって、自分自身が子供だったんだから。子供って、遊び仲間に親切にしたり、邪険《じゃけん》になったり、乱暴なことをしたり、心が広くなったり、けちんぼうになったりするでしょう。でも、けして相手を子供あつかいはしないものよね。父があちこちで騒ぎを起こすたびに、母は恥ずかしがったわ。近所の人が父を笑い者にしてうしろ指をさすのが、母のところまで伝わってきたのよ。姉のタマームも、小さいころはまだ父のことが好きだったの。でも成長するにつれて、どんどん父から離れていったわ。そのうちに、タマームは母と同じことしか言わなくなった。父はそれがすごく悲しかったの。他人の言うことなどまったく気にしない人だったけれど、姉にことばで傷つけられると、とてもこたえたのよ。ある日タマームが父といっしょに外出するのをいやがったときなど、すっかり落ち込んでしまったわ。もちろん姉は、あからさまにではなくて、いつものようにうまくオブラートにくるんで言ったのだけれど、まさにそのことが父を深く傷つけたの。だけど私は父が大好きだったし、父はずっと私の友だちだったわ。最期《さい ご》の日まで、いちばんの親友だったの。私には、世界中さがしても、この父にかわる人なんていないわ」

ふたりは中庭に出た。そこには、すっかり錆《さ》びついた子供用の自転車が置いてあった。

「こんなスクラップを、どこで手に入れたの?」

ヴァレンティンはからかった。

「私のだいじなものに、そんな言い方しないでちょうだい。これは宝物なんだから」

ハーナンはぴしりとこたえた。

「この自転車にまつわる体験を聞いていただきたいの。私ね、ウラニアで自転車に乗ったはじめての女の子だったのよ。ここでは革命にも匹敵する大事件よ! 今でも、はっきり覚えているわ。ちょうど七歳になるころだった。ある日、父は自転車を四台、家に持ち帰ったの。さっきも言ったように、父はなんでも自分で決めてしまう性格だった。一台は自分用、一台は母に、小型のきれいな自転車はタマームに、もうひとまわり小さいのは私にというつもりだったのね。母はそのとき、台所にいたの。今でもきのうのことのように思い出すわ。父が自転車を一台、また一台と中庭にひいてきたとき、母はナスを揚げていたの。父が女性用の自転車を誇らしげに、うれしそうに指さすと、母は全身をわなわなさせ、金切り声をあげたわ。持っていたフォークを放り出すと、両手で顔を覆って、『精神病院に連れて行かなくちゃ』って叫んだの。言っとくけど、そのころ、このあたりで自転車に乗る女なんてひとりもいなかったのよ」

ハーナンは話を中断してにっこりほほ笑むと、また先を続けた。

「当時としては、どれほど異例のことか、おわかりになって？　今でも、自転車に乗る女はいません。女が自転車に乗るのは健康によくないという、馬鹿げた理屈がまかり通っているんですもの。父の考えがどれほど進んでいたか、今では以前にもましてよくわかるわ。たぶん父は、時代よりも先へ進んでいたんでしょうね。だから、孤独だったのよ。姉と私はきらきら輝く車輪を見たとたん、すっかり夢中になってしまった。私たちは父に走り寄って、抱きついたの。父は『かわいそうなママ。また、ママを驚かせてしまったよ』とささやいただけでした。父は母をなだめようと、母の自転車は返して、かわりに金のブレスレットをプレゼントするって約束したわ。それでも母は狂ったように泣き続けたの。タマームも私も、しまいには母が気が変になるんじゃないかと思ったわ。その夜、姉と私は、王子さまじゃなくてパパと結婚しようと心に決めたの。それくらい感動したのよ。

ところがそのうちに、親戚の人たちが自転車のことを聞きつけて、会うたびに父をとがめたものだから、とうとうタマームは乗りたがらなくなったの。私と父だけは、路地で自転車を乗りまわしていたわ。やがて、近所の人たちは私のことをハーナンではなく、ハッサン・サビー、つまりハッサン少年と呼ぶようになった。彼らにしてみたら、私はもう女の子ではなくて、男の子の仲間だったのよ。それにハッサンには、しつけの悪い、頭のいかれたやつ、という意味があるの。

だから、この名前で私をこきおろそうとしたのよ。けれども父と私はそんなの笑い飛ばしたわ。父は私を侮辱《ぶじょく》した人に向かって、『おまえ、どこに目をつけてるんだ。よく見やがれ。俺だって、ハッサン・サビーだぞ』と怒鳴《どな》ったの。父はそう言いながら自転車から転げ落ちたものだから、みんな大笑いよ。しかも、地面に落ちたんじゃなくて、目の悪い男のひざの上に転げ込んだのよ。その人は死ぬまでずっとサラディン・モスクから遠くないところに座っていた乞食で、しゃれたもの言いで知られていたの。父は大きなボールみたいに男のひざに転落したわ。自転車は無人のまま先へ進み、まるで魔法の手に導かれたように、壁の手前でぴたりと止まったのよ。目の悪い男は死ぬほど驚いたけれど、そのうちに笑いだし、父の顔を手でそっとなでたわ。そして父のことがわかると、大きな声で、『近ごろの連中は、なんでもぽいぽい捨てやがる。こちらのお若いのはまだ新品だ。あと何年も使えるぜ』と言ったのよ。父は大笑いして、すっかりうちとけた乞食に、新しい曲乗りを稽古《けいこ》していたところだと説明したの。『自転車からジャンプして、ひと様のひざの上に着地し、自転車のほうは壁の前まで行ってひとりでに止まるなんて、だれにでもできる芸当じゃないよ』ってね。父はそのあと、自分はベルリンのあるサーカスでその曲乗りを見たと大見栄《おおみえ》をきったものだから、私たちをとり巻いていた物見高い人たちは、これは練習なのか、それともやっぱり事故なのか、さっぱりわからなくなってしまったのよ。私だけはほんとうのことを知っていたから、吹き出すのをこらえるのに苦労したわ。

父は約束した純金のブレスレットを母にあげたの。母はうれしそうな顔もせず受けとったわ。さっきも言ったように、タマームはもう自転車に乗ろうとしなかった。だけど父は、姉がいつかまた使ってくれればと思って、何年も精魂こめて手入れをしていたわ。無駄骨《むだぼね》でしたけどね。父の死後、タマームは自分の自転車をいとこにプレゼントしたの。私はだれにもあげなかった。錆だらけだけど、私はこの自転車が大好きなの。崩れた家の瓦礫《がれき》の山からこれを救い出せて、ほんとうによかったわ。どこへ行くにも、この自転車といっしょ。お墓の中まで持ってゆくつもり。遺言状《ゆいごんじょう》にもそう書いたわ」

ハーナンがタマームの部屋を見せてくれたとき、ヴァレンティンは、ベッドの上に振り子のように掛かっている金の懐中時計《かいちゅう》に目を奪われた。見慣れない奇妙な時計だった。ハーナンは、ヴァレンティンが関心をもったことに気づいた。

「これは祖父の形見で、お金では買えない貴重なものなの」

ハーナンはこう説明した。

「今でも、わが家のどの時計よりも正確に時を刻んでいるわ。父はこの時計をチョッキのポケットにつけていたけれど、三十歳を期してぷっつりとやめてしまい、『時計は俺たちの時間に毒を流す。今から俺は自分の年齢《とし》を、リンゴの花で三十と数えることにしよう』と宣言したの。母は『あなたって、謙虚になれない人ね』と笑ったわ。父は『おまえの言うとおりだ。自分をリンゴの花にたとえるなんて、思い上っているかもしれん』と認めて、『では、控えめにジャガイモでいこう。今から俺の年齢は、ジャガイモの収穫で三十だ』と訂正したの。時計はタマームが欲しがったから、彼女にあげたのよ。二、三年して近所の人から、新しい化学肥料とガラスの温室を使えば、たちまち年に二、三回はジャガイモがとれると聞いて、父はすっかり落ち込んでしまったの。『こりゃあ、お手上げだ。すっかり包囲されちまってる』とぼやいてたわ」

「じゃあ、どうやって月曜日ごとに、ぴったり五時にカフェに行けたんだろう？」

ヴァレンティンは聞いた。

「私も、ずっとあとになって、そのことをたずねてみたわ。私たちの仲が親密になり、父があなたのお母さんとの愛をうち明けてくれるようになってからのことよ」

ハーナンの話はこうだった。

「父が言うには、月曜日の五時だということは心の中でわかったそうよ。私は信じられなかったから、『どんなふうに？』とたずねたの。父は、『一種独特の渇きを覚えると、ちょうどその時間なんだ。すると俺は、いつもお茶を飲むカフェに行かずにはいられなくなる』とこたえたわ」

別れぎわ、ハーナンは、夜の公演の席をとってほしいとヴァレンティンにたのんだ。イブラヒムとともに姉妹の家をあとにしたヴァレンティンは、感動に震えていた。イブラヒムもサーカスに招く予定だったことを、あやうく忘れるところだった。イブラヒムは人がおおぜい集まる場所は避けることにしているからと、申し訳なさそうに招待を断ったが、翌日、浴場での再会を約束した。

サーカスに戻ると、三時少し前だった。ときおり猛獣の唸《うな》り声が聞こえるだけで、あたりは静まり返っていた。ピアは眠っていたが、ヴァレンティンがキャンピングカーのドアを開けると目を覚まして、

「どうだった？」

と聞いた。

ヴァレンティンはピアにキスをした。

「夢のようだよ。どこから話したらいいのかわからないけど」

こう言うと、ヴァレンティンは下の妹のことをピアに話して聞かせた。

割れやすいガラス人形がぎっしり詰まった宝箱でもあつかうように、ヴァレンティンは象嵌をほどこした黒っぽい木箱のふたをそっと開け、思わず息をのんだ。中には手紙と、はがきと、写真が上まですき間なく詰まっている。母親から届いたどの手紙にも、どのはがきにも、いくぶんおぼつかないドイツ語で書かれた理髪師の返事が貼りつけてあった。理髪師はこうして返事を書くことで自分の心に大きな穴を開け、風を通していたのだ。返事のない手紙は一通もなかった。

赤ん坊のころ、子供のころ、そして青年のころのヴァレンティンが写った写真も何枚かあった。母親は写真の裏側に、自筆で日付を書き入れていた。理髪師その人が写っている写真もあり、そこには**「私のツィカとヴァレンティンへ」**と記されていた。タレク・ガザールは背筋のしゃんとのびた、やさ男だった。その眼は、内気で気立てのよい人柄をうかがわせた。髪は当時の流行を追って、油で上品になでつけられていた。

日付順にきちょうめんに重ねて二つに束《たば》ねられた手紙の下に、殉教者《じゅんきょうしゃ》広場の近くの写真館で撮った一枚の写真が入っていた。ヴァレンティンをはさんで父親と母親が立ち、彼の肩に手を置いて、カメラに向かってほほ笑んでいる。不思議なことに、ヴァレンティンはこの写真を撮った日のことをまったく覚えていなかった。ひょっとしたら、あのころ、母親と二人で出かけた写真館で、偶然、古くからの友人に出会ったということはないのだろうか？

「かわいい子ね」

ピアはヴァレンティンの耳元でこうささやくと、耳たぶを嚙んだ。

「ひ弱で、ちびで、痩せ衰えているだろう。これでもまだ、写真屋が修正したんだよ。でも、ひとつだけわかったことがある。俺は小さいころから親父に似ていたんだ。サマーニの家系はもっと無骨《ぶこつ》だからな。今なら確信をもって言える。ルドルフォは、心の中だけとはいえ、俺が自分の息子じゃないとわかっていたんだ」

ヴァレンティンは黙ったまま、コーヒーを入れる湯を沸かした。

「タレクはおふくろを、それはそれは愛していたんだ」

彼は話を続けながら、テーブルにカップを二つ並べた。

「考えてもごらんよ。ハーナンから聞いたんだが、親父は伝書バトを飼っていて、いちばん優秀なやつを四羽、おふくろに預け、旅先から放って帰してくれるようにとたのんだそうだ。いつかドイツにいるおふくろのもとへハトを飛ばし、そのハトがだれの目も、どんなチェックもくぐり抜け、おふくろの愛の手紙を持ち帰ってくれればと、遠大な夢をいだいていたんだ。親父はわざわざ屋根の上にハト小屋まで造った。ところが、おふくろに預けた四羽のハトは一羽も戻って来なかった。おふくろからの電話で、四羽のハトに短い恋文をつけて、一羽、また一羽と飛ばしたと聞かされたとき、親父の落胆ぶりはたいへんなものだった。たぶんハトは、地中海のあちこちで銃弾をぶっぱなし、空を穴だらけにしているハンターに撃ち落とされたんだろう。

親父はよく屋根に上って、ハトと話をしていたそうだ。女房は愚痴《ぐち》をこぼしたらしい。ウラニアでは、ハトを飼うなんてあまりほめられたことではなかったし、親父が仕事をおろそかにしたからだ。それでも、親父の理容サロンはけしてすたれなかった。親父はこのあたりでいちばんの理髪師だったからな。それに、だれかが親父に髪を刈ってもらおうと長いあいだ待っていて、目的を果たせずに帰ってしまったと店の職人から聞かされると、彼は自転車に飛び乗って客の家に急いだ。親父は客が義理堅く自分を待っていたことも、自分の訪問を期待していることもわかっていたんだ。たった一度、ハーナンが九歳のころ化膿《かのう》性の脳膜炎《のうまくえん》にかかったときだけ、親父は長年つとめている職人に店を任せて、彼女が回復するまで、昼も夜もそばに付き添ったそうだ。ふたりのあいだに愛よりもはるかに強いきずなが生まれたのは、このときだ。ふたりの心と心が通い合ったのさ」

ピアは黙ってコーヒーを飲んだ。ヴァレンティンは古いほうの手紙の束をほどいた。なにもかも最初からたどってみたいと思い、引き出しから母親の日記とサーカス年代記も出してきた。これで、全体像を描く手がかりがそろったことになる。母親はこの三つの世界に生きていたからだ。サーカスでは綱渡り師であり、ルドルフォ・サマーニの妻であると同時に、子供にとっては母親であり、目に見えぬ橋でタレク・ガザールと結ばれていた。そして二人の男はどちらも、彼女の三つめの世界には気づいていなかった。それは彼女ひとりの世界だったのだ。彼女は孤独のなかでアバンチュールへの期待に胸ふくらませて日記を綴《つづ》り、古今の偉大な物語作家たちでさえ顔色《がんしょく》を失うほどの想像力を駆使して、いつか自分たちを縛《しば》りつけている枷《かせ》から自由になれたら、タレクと行きたいと考えている旅を、ありありと描き出していた。再会に欠かせない小道具である、ろうそくやシャンパンのビンも忘れてはいなかった。日記には、そのときにタレクに言おうと思っている最初のことばも、すでに記されていた。「この瞬間のために、これほど長い年月、夜の闇《やみ》に耐えてきたのよ」と。

ヴァレンティンの母親は孤独だった。孤独であればあるほど、彼女の思い描く計画は多彩で奔《ほん》放《ぽう》なものになった。ウラニアの愛する人のもとへ楽しげな手紙を書き送り、サーカスの成功を年代記に記しながら、日記には苦しくせつない想いを綴っている日も多かった。しかも、すべては同じ時刻に書かれたに違いなかった。

この日の午後、ヴァレンティンはさらに不思議なことを発見した。タレクがヴァレンティンの母親宛《あ》てに書きながら投函《とうかん》しなかった返事には、正確な日付が記されていた。返事は紋切《もんき》り型の美辞麗句《びじれいく》ではなく、情熱的に心情を吐露《とろ》し、ときには厳しい自己批判を含んでいた。しかしそれだけなら、不思議というほどのことでもない。タレク・ガザールの愛するツィカが日記にだけ綴り、タレクには言わずにおいた内容とそっくり同じことを、彼が返事に書きつけているのを見つけて、ヴァレンティンは息をのんだ。一通や二通だけでなく、返事の半分以上は、ふたりの愛の関係を母親とほとんど変わらぬ視点から見つめていた。ことばの選び方も、調子も、愛する人の日記とほぼ一字一句違わなかった。ヴァレンティンはピアに二つの対応する箇所を見せた。ピアは目を疑い、驚きの声をあげた。

「なんという愛でしょう」

ピアはヴァレンティンにキスをすると、外に出て行った。ヴァレンティンは母親の愛の足跡を一歩ずつたどりはじめた。それは公演の直前にピアが戻ってくるまで続いた。

「妹さんがいらしてるわよ」

閉めたドアの向こうから、ピアの呼ぶ声がした。ヴァレンティンはさっと跳ね起き、外に飛び出した。

サーカスの門の前にいたハーナンは、ヴァレンティンを見つけてほほ笑んだ。彼は妹の手をとって、いちばんいい桟敷席《さじきせき》まで案内した。サーカスのスタッフは賓客用《ひんきゃく》の小さなカフェ・テーブルを運んできた。ハーナンの目の前に、たちまち、冷たいレモネードと塩味のついたピスタチオの皿が並んだ。

「どうだい、この席、気に入ったかい？」

ヴァレンティンはたずねた。

「ええ、もちろんよ」

「それならここは、全公演を通して君の指定席だ。もし君が来られなくても、空けておくからね」

ヴァレンティンはこう言って、妹の頬《ほほ》をなでた。

「だいじょうぶ。私、毎日来るから」

ハーナンはこたえた。

この晩、ヴァレンティン自身はどうしても公演に気持ちがのらなかった。胸の内に燃える炎が落ちつきを奪ったのだ。ヴァレンティンはピアのところへ行き、フィナーレの二、三分前になったら、車まで呼びに来てほしいと耳打ちした。母親の物語が心をとらえて離さなかった。彼は資料に読みふけり、母親のどんな気分も、どんな出来事も見逃さず、綿密に検討しては、数えきれないほどメモをとった。そして、もっと調べて答えを出す必要のある重要な疑問点を、小さなノートに書き出しはじめた。

打ち合わせどおり、ピアは公演が終わる少し前にドアをノックして、小声で言った。

「もう時間よ」

ヴァレンティンはテントに急ぎ、芸人たちに合流した。芸人たちはそろって舞台に出て、楽団の演奏するラデツキー行進曲に合わせてお別れのパレードをくり広げているところだった。

舞台がはねてから、ハーナンはワインの小さなグラスをかたむけ、ヴァレンティンやピアと少しばかりおしゃべりを楽しむと、帰って行った。ハーナンはピアを注意深く観察していた。別れぎわ、ハーナンは、なくしたとばかり思っていた宝物をまた見つけたときのように、にこやかにほほ笑んだ。

ヴァレンティンはそれから何日も、幸福の雲に乗ったような気分だった。そして、彼の小説の書き出しが、とうとう固まった。「一九三二年十二月の、ある凍《こご》えそうに寒い夜のこと。道を見失ったふたりはベルリンで出会った。たがいに見知らぬ男と女。女は自殺を思いつめながら死に場所が見つからず、迫り来る死の魔手から逃がれてきた男には、行くべきあてもなかった」

それからのヴァレンティンは、一章また一章、一ページまた一ページと、熱に浮かされたように書き進んだ。小説に着手しながら、彼はまだ何冊ものノートにメモをとり続けた。母親の日記のいちばん重要な箇所は、専用のノートに書き写した。二冊目は、母親が愛したタレクの人生の大きな節目に当てられ、彼の不安や危惧《きぐ》、そして不成功に終わった家族からの離反《りはん》について記された。これは一九五五年八月十五日付けの手紙に事細かに記されていたことで、ヴァレンティンは大いに教えられるところがあった。十二ページにわたってびっしり書き連ねたその手紙の中で、タレクは家族に見切りをつけていた。そのほかにも、理髪師本人だけでなく、彼の顧客の人生のエピソードや身のまわりの話が、手紙の中からたくさん見つかった。どうやら客は理髪師を信頼して、自分の最大級の秘密をすすんでうち明けていたようだ。ヴァレンティンは、こうした機知と英知にとんだ話を書きとめるノートも用意した。さらに当初の予定どおり、ウラニアの町や、ここに暮らす人々の観察記録で何冊ものノートが埋まっていった。

ヴァレンティンは観客へのあいさつのときでさえ、キャンピングカーから出ない日が多くなった。ただナッハモルグだけは大切にして、一度も欠かしたことはなかった。ナビルに話を聞いてもらえるだけで、小説の構想をまとめるのにどれだけ助かっているか、ヴァレンティンは身にしみて感じていた。

こうして、ヴァレンティンの幸せな昼と夜がすぎていった。ことばは筆の先からとめどもなく流れ出した。軽率な観客が事故を起こさなければ、小説はもっと進んでいたかもしれない。というのも、ある若者が、自分ならライオンから肉のかたまりを奪い取れるといって、その度胸を賭けたのだ。猛獣使いでも、こんな危険な胆だめしに挑戦できるのは、世界中で数えるほどしかいない。若者は猛獣たちが肉にありついた直後に、賭けの立会人とともにこっそり檻《おり》に近づくと、観客と檻を隔てる柵を飛び越えた。ライオンのヴルカンは、若者など眼中にないようだった。ところが、若者がすぐ近くにころがっている肉のかたまりに手をのばした瞬間、ライオンは電光石火《でんこうせっか》のごとく襲いかかった。立会人は悲鳴をあげた。幸い近くにいたマルティンがすぐに飛んで来た。マルティンはすでに不運な若者の手を押しつぶしていたヴルカンを大声で怒鳴りつけ、鉄の棒をひっつかむと、狂暴になったライオンが唸り声をあげながら手を離すまで叩き続けた。意識を失った若者は地面にくずおれた。マルティンは彼を檻の前から引き離した。サーカスの人々は若者を病院に運び、警官が到着するまで立会人を押さえておいた。死ぬほどショックを受けた立会人は調書をとられ、事故の責任はライオンではなく自分の知人にあると涙ながらに供述した。

しかしこの事件はヴァレンティンに衝撃を与えた。彼は、ウラニアには頭のおかしな人間などいないと考えているとしたら、気がゆるんでいる証拠だと、マルティンと彼の助手たちを叱責《しっせき》した。そして、観客や動物に事故が起きないように、二十四時間ぶっ通しで厳重に見張りを行なえと指示した。

その日のナッハモルグに、ナビルは古い写真を手にしてやって来た。

「なんだい、それは?」

ヴァレンティンはたずねた。

「あとで話すよ。それよりもまず、ベルリンで、すてきなツィカとタレクの身になにが起きたのか知りたいね」

ヴァレンティンは語りはじめた。そして、母親がある夜トランクに荷物を詰め、夫のもとを去ろうと決心してタレクのところへやってきた――いっぽう、ルドルフォは二人の私立探偵に彼女のあとを追わせた――というところまで話を進めて、そこで中断した。

「この先は、あした話すよ」

ヴァレンティンはこう結ぶと、ナビルがテーブルの上に置いておいた写真をまじまじと見つめた。

それは、集合写真だった。

「どういう人たち？」

ヴァレンティンがたずねた。

「写真をよく見てくれ」

とナビルは言った。野外で楽しそうにカメラにおさまった一行は、女が三人、男が四人、それに何人かの子供たち。みんなレンズに向かって、にこやかにグラスをかかげている。ビンのラベルから察するに、おとなはアラク酒を飲んでいるようだ。子供たちが手にしているのは、ジュースの入ったグラスだろう。

「写真は、うまくだますからな」

ナビルは自分でも驚いているようだった。

「これを撮った十五分後には、ここに写ってる男も女も入り乱れて、まるで野獣みたいにとっ組み合いのけんかをはじめたんだ。俺は当時ちょうど九歳か十歳だった。前列の左端にいるのが俺だよ。口にグラスをあてているこの男を見てくれ。エドゥアルトといって、この中では唯一の独身だ。二列目で麦わら帽子をかぶっている俺のおじさんの信頼する会計係さ。エドゥアルトはニキビがひどく、顔はいつも真っ赤で、化膿した吹出物《ふきでもの》だらけだった。特大のニキビを隠そうとして、こうやって口にグラスをあてがってるんだ。こんなちっぽけな写真で、ニキビなんて見えるかい？　ところが、この思い過ごしが感情の爆発を引き起こしたんだ。『なんで顔を隠すんだ？』と、エドゥアルトの隣に写ってるこのやさ男が聞いた。こいつは俺のおじさんの義弟だが、一族の中では目だたない存在だった。それが、よせばいいのにエドゥアルトのニキビをからかったわけだ。売りことばに買いことばとなり、アルコールの力も手伝って、浮かれ気分の男たちは手のつけられない乱暴者と化した。近くの畑にいた農夫たちが飛んで来て、ようやくみんなを引き離したが、もうちょっとで殺し合いになるところさ。骨を折ったやつもいれば、頭に負傷したり、刃物で切られて瀕死《ひんし》の重傷を負ったやつもいる。上流社会に属する男や女が、この始末だ。俺の親父は、この日から息を引きとるまでずっと、弟と仲直りしなかった。自分より十歳も若い弟に顔を殴られたからだよ」

ナビルは深いため息をつくと、話を続けた。

「見かけと中身が違うといえば、近ごろのおまえのサーカスも同じだ。写真にでも撮れば、なにもかも完璧に見えるんだろうが」

ナビルはていねいな口調で静かに話した。けれども続いて彼の口をついて出たのは、手厳しい批判だった。ヴァレンティンはサーカスの仕事を放り出している。ライオンの檻で事故が起きたのは、けして偶然ではない、サーカスの仲間は団長の指導力を求めているが、自分もマルティンもそんな力は持ち合わせていない、というのだ。

ヴァレンティンは頭にかっと血がのぼった。しかしナビルは冷静そのもので、頑《がん》として意見を曲げなかった。おまけにピアも、ナビルの言うことは間違っていないと加勢した。

そんなわけでヴァレンティンは、小説家として希望に満ちたスタートを切った自分にまたしてもブレーキをかけることになった軽率な若者を呪《のろ》ったものの、翌日からはいつものようにサーカスのさまざまな問題に心を配った。そうしてみると、以前はけして見られなかった規律のゆるみが随所《ずいしょ》にあらわれていることを、自分でも認めざるをえなかった。けれどもしばらくたつと、すべてがまたよどみなく進行するようになり、彼は父親の一生を知りたいという想いを心おきなく満たせるようになった。ヴァレンティンは毎日サーカスの公演に訪れるハーナンと語り合い、一日おきに浴場でイブラヒムと落ち合っては、彼のかもし出す安らいだ雰囲気にひたった。ヴァレンティンがふたたび執筆をはじめるのに、そう長くはかからなかった。ナビルには黙っていた。事情を知っているピアだけは、ときどきヴァレンティンをからかった。けれども自分の生涯をかけた小説を書きたいという彼のせつない想いは、いかんともしがたかった。

ある日の午後、ヴァレンティンはタクシーをひろって、ひとりでカトリック墓地に出かけた。よく晴れていて、地中海は眠る老人のように青白く、穏やかに横たわっていた。墓地はあくまでもひっそりと、静まり返っている。じりじり照りつける太陽のもと、墓に住みついた人たちの姿もまったく見えない。ヴァレンティンは祖母の墓をすぐに見つけた。墓は手入れが行き届いていた。墓石を囲むように、湿った土に新しく花が植えられている。まわりのほこりっぽい景色のなかで、磨いたばかりの墓碑はきわだっていた。ヴァレンティンは立ったまま、あたりを見まわした。悲しみも、喜びも、寒けさえも、なにひとつ感じなかった。所在なげにさ迷っていたヴァレンティンの視線は、近くの墓に飾られた若者たちの黄ばんだ写真の上に落ちた。戦争のために、あまりにも若くして命を奪われた青年たちである。自分は死ではなく生に飢えているのだという確信を新たにして、ヴァレンティンは墓地をあとにした。無性《むしょう》にピアが恋しかった。彼は足早に近所のスタンド・カフェに向かった。そこからは、酔っぱらったタクシー運転手にくねくねと曲がった道を運ばれて、サーカスに戻ってきた。

何日か過ぎた。ウラニア市民はサーカスにますます熱をあげた。午後にはもう行列ができて、入場券は闇で取り引きされていた。団員たちは心地よい自信にあふれ、近ごろではよく浜辺まで足をのばすようになった。ひとりだけどんどん心がすさみ、孤独に落ち込んでいる者がいた。マルティンである。地獄の底も抜けようかという荒れようで、夜ごと酒に酔いつぶれ、女房はもちろんのこと、他のメンバーのあいだでも、マルティンの評判は落ちていった。エヴァはもうおおっぴらにピッポといちゃついていた。ヴァレンティンは機会があるたびにマルティンを叱った。マルティンの勇気を大いに買っているナビルも説教した。けれどもマルティンは黙したまま、いっそう悪酒《わるざけ》をあおるだけだった。

サーカスはすでに数週間もウラニアにとどまっていた。そこへサニアの市長が電話をかけてきて、どうしてもまた北のほうへ来ていただきたいと、ナビルに懇願《こんがん》した。一同は招待を受けることに決めた。しかしウマ三頭とトラ一匹が急病にかかったので、獣医のクラウスと飼育係のカリムをウラニアに残すことにした。

ヴァレンティンはこのごろではもう、自分がウラニアにしっかり根をおろしたように感じていた。旅立つ前の晩、イブラヒム夫妻はピスタチオのロール・ケーキがぎっしり詰まった箱を手に、サーカスを訪れた。ハーナンは別れぎわに泣き出してしまった。ヴァレンティンは「三百キロなんてたいした距離じゃない。それに二週間もすればまた戻ってくるから」と、妹をなだめなければならなかった。ハーナンは、革と木でできたすばらしいトランクをたずさえて来ていた。ハーナンは言う。

「これを持ってらして。父はこのトランクを持ってベルリンへ行ったの。まだ新品みたいでしょう。父は自分の身のまわりのものは、なんでもこんなふうに手入れしていたのよ」

ヴァレンティンはトランクに衣類を詰めた。父親のトランクを持って旅に出ると思うと、妙にうれしかった。

サニアへの旅は順調だった。空は抜けるように青く、一行は上機嫌《じょうきげん》だった。なかでもアニタはスペイン人の恋人のこととなると、まるでニワトリのように落ちつきがなくなった。シャリフとの関係はたえて久しかった。見たところ、シャリフはそれを冷静に受けとめているようだ。彼はもうエキゾチックな動物を使うショーには出ようとせず、美しいアニタのそばで働きたがっていたモロッコ人の小道具係と仕事を交換したいと申し出た。ヴァレンティンは交替を許可した。

サニアでの二度目の客演《きゃくえん》は、盛大な歓迎レセプションで幕を開けた。市長みずから会場に姿を見せて、どうしても祝辞を述べるといってきかなかった。そして、ようやく最初の公演がはじまった。

ヴァレンティンはサニアでも毎日三、四時間は小説の執筆に時間をさいたが、それでも以前のように、サーカスの隅々まで目を光らせた。ピアはしだいにヴァレンティンの最良の仕事仲間となった。お行儀のよい郵便配達嬢からひと皮むけて、またたく間に驚くべき能力を発揮したのだ。ピアは活動的で、辛抱強《しんぼうづよ》く、誠実で、賢い。そして、よく笑い、人の話をしっかり聞いた。めっぽうたくましいのも、サーカスではものを言った。ところが彼女のもうひとつの側面は、ヴァレンティンをのぞいてだれも知らなかった。つまり、いっぽうで、彼女には子供のように壊《こわ》れやすく、臆病《おくびょう》なところがあったのだ。

開幕から一週間、芸人たちは満員の観客を前に演技を披露《ひろう》した。ヴァレンティンはそのころからもう、ウラニアへ帰ろうといっても、団員たちはなかなか説得に応じないだろうと覚悟していた。サーカスの芸人たちとサニアの人々のあいだには、他に例を見ないほどの一体感が育っていたのだ。サニアはまだ、ウラニアのように町の隅々まで観光客に占領され、俗化《ぞくか》が進んでいるわけではない。どこかけだるい雰囲気があり、ヴァレンティンはウィーンの街を思い出して、心引かれるものを感じていた。おまけにスポーツ学校の宿舎には、台所も、シャワーも、プールも、庭もついている。これも団員たちにとっては大きな魅力だった。

そこへ、晴天の霹靂《へきれき》のように、道化師のピッポが死んだという報《しら》せがヴァレンティンのもとへ飛び込んできた。ピッポには、なにひとつそんな兆候《ちょうこう》はなかった。長いあいだ恋人だったエヴァでさえ、まったくわけがわからなかった。ヴァレンティンに悲しい報せを持ってきたのは、そのエヴァである。朝早く、彼女はピッポを起こし、サニアでは毎日そうしていたように、彼の部屋の小さなバルコニーでコーヒーを飲もうとした。ピッポはベッドに横たわっていた。エヴァはピッポにいたずらをしてやろうと思って、足をくすぐった。ところが彼は動かない。そのときエヴァは、ピッポの足がすっかり冷たくなっていることに気づいたのだ。顔は硬直していた。急いで呼び寄せた救急医も、死後すでに何時間もたっているということしか確認できなかった。ピッポの顔には、謎めいた深いしわがたくさん刻まれていた。彼の仲間は、これまでだれひとりそんなものを見たことがなかった。

「こいつは、いつもメーキャップをして舞台に出ていたからな」

フェリーニや、マックスとモーリッツの兄弟は、不可解な現象をこう説明した。しかしヴァレンティンはそんな説明では満足しなかった。道化師の顔はすべすべしていて、メーキャップをしなくても肌にはしわひとつなかったことを、ヴァレンティンはよく知っていたのだ。エヴァの話は、ヴァレンティンが間違っていなかったことを裏づけた。

「このしわは」

エヴァは泣きじゃくりながら言った。

「彼の心の中にあったのよ。ピッポは団員みんなの嘆きの壁になってくれていたわ。だから、生きているあいだは、ずっと隠していたのよ。それが、彼が死んではじめて、まるで魚のように表面に浮かんできたんだわ」

エヴァはピッポのキャンピングカーへ走った。そこに遺書があることを知っていたのだ。はたして遺書は、しわくちゃになった茶色い封筒の中から見つかった。ヴァレンティンは大テントに集まった団員たちの目の前で封を開けた。

「親愛なるヴァレンティン」

ヴァレンティンは大きな声で読みはじめたが、しだいに声がかすれ、咳払いをしては先を続けた。

「今ごろはみんな、ぽかんと口をあけて、ピッポのやつ一杯食わせやがってと思っているだろうな。目に見えるようだ。たしかに一杯食わせたと言われてもしかたがない――サーカスのシーズン中に死ぬなんて、とんでもないことだからな。俺が子供のころから不治の心臓病をかかえているということは、エヴァでさえ知らない。医者は俺が十四歳のときに、あと三年の命だと宣告した。それならば笑って生きようと、俺は考えた。そしてこの瞬間まで、笑いとおした。今、このすばらしいウラニアで遺書を書いているわけだが、すでに四十年のすてきな人生を送ってきたことになる。俺たちの乗った船がこの町の港に着いたとき、俺はここで死ぬことになるだろうと思った。ここは俺のあこがれの地だ。俺の肉体はこの大地の肥やしとなり、魂はこの大空を笑わせるだろう。ここは、俺が子供のころからずっと探していたところなんだ……」

ヴァレンティンはもう、その先を読むことができなくなった。涙が頬を伝った。芸人も、スタッフも、声を押し殺して泣いた。

「だから」

ヴァレンティンは声を詰まらせながら続けた。

「これは俺の最後の望みだ。俺をここに、この土地に葬《ほうむ》ってほしい。ささやかな蓄《たくわ》えは、愛するヴァレンティンに受け取ってほしい。持ち物はすべてエヴァに、そしてキャンピングカーはアニタに受け取ってもらいたい。アニタはすばらしい女性に成長した。自分だけの居場所が必要だろう。しかしいちばんの願いは、どうか俺のためだと思って、埋葬《まいそう》の翌日すぐにサーカスの公演を再開してくれることだ。

みんなが俺の望みをかなえてくれるなら、約束しよう。俺はこれからおもむく先に、サマーニ・サーカスのためのとっておきの場所を確保しておこう。ではまた、いつか。君の、そしてみんなのピッポ」

ヴァレンティンは頭を上げた。涙をこらえられる者など、だれひとりいなかった。

エヴァはくるりとうしろを振り向くと、外へ駆け出した。

24　小柄な理髪師が巨人になると太鼓が鳴りやむ

サニアのローカル・テレビは、道化師ピッポの死をトップ・ニュースで報じた。市長はサーカスに哀悼《あいとう》の意を表し、個人的に高く評価していたこの芸術家に感動的な演説を捧げた。またこの日は一日じゅう、ヴァレンティンとナビルへのインタビューが放映された。ヴァレンティンはとても心を痛めていたが、少しばかりアラビア語をまじえてしゃべれたことが誇らしかった。埋葬《まいそう》の時刻はラジオとテレビで発表された。葬列は十四時にサーカスを出発して、旧市街を抜けてカトリック教区の墓地へと向かうことになった。

これほどの葬儀は、サニアの町はじまって以来のことだった。楽団が葬送行進曲を演奏し、そのうしろに、黒いアラビア服を着たマンズーアが、亡骸《なきがら》をのせた馬車を引く六頭の白馬の手綱《たづな》をとって続く。馬車の上の道化師の柩《ひつぎ》は、赤いカーネーションに埋まっていた。長い葬列は旧市街を蛇行しながら、ゆっくりと進んだ。市長、全市会議員、カトリック司教《しきょう》、ドイツ領事、多数の外交官、数名の牧師とシャイフ、そしてサニアの小さなユダヤ教区を司《つかさど》るただひとりのラビが葬列の先頭集団をかたちづくる。そのうしろにサーカスのメンバー全員が続き、さらにそのあとを、心臓病のことなどおくびにも出さず、いつも自分たちに笑いをプレゼントしてくれた道化師に愛する気持ちを伝えたいという五十万を超える市民が歩いた。

ピッポはヤシの木の繁る丘の上に埋葬された。そこは、司教みずからピッポのために選定した、カトリック教区の墓地でいちばん美しい場所だった。丘には、永遠にピッポを記念して、有名な彫刻家が道化師の立像を寄贈することになった。

長い葬儀を終えた団員たちは、遅くなって宿舎に戻り、押し黙って夕食をとった。エヴァだけは、煙草は吸うが、なにも食べようとしなかった。ナッハモルグも、しーんと静まり返ったまま過ぎていった。ヴァレンティンは何度か沈黙を破ろうとしたが、その気力がわかなかった。ナビルはナビルで、もの思いに沈んでいるようだった。

サーカスの芸人たちは愛するピッポの遺言《ゆいごん》をかなえようと、翌日にはもう、涙を胸にしまって公演を再開した。サーカスは最後の席まで完全に埋まった。芸人たちの肩に鳥のようにとまっている、目に見えぬ悲しみを追い払おうとでもいうように、観客は盛大な拍手を送った。

この夜ヴァレンティンは、悲嘆のあまりエヴァの体重がずいぶん軽くなっていることに気づいた。それがわかったのは、高いロープの上を歩く姿からではない。以前から、ロープの上でのエヴァの足どりは軽やかだった。この日は、マンズーアの指揮する陽気なショーが追加された。黒ウマが両前足のひづめで跳躍台《ちょうやくだい》の端を力強く踏みつけると、反対側の端に立っているエヴァが一、二メートルほどの高さまで投げ出され、宙返りをして着地するのである。この晩ヴァレンティンは、エヴァが三メートル以上も飛び上がり、二回転するのに気づいた。飛び上がる高さは、三日目にはすでに四メートルに達して、五日目には六メートルを越えた。コスチュームは風をはらみ、パラシュートのようだった。エヴァはもう宙返りをしないで、瞑想《めいそう》にふけるようにゆっくりと降りてきた。すべてがスローモーションを見ているようだった。ちょっとした愉快なショーは、息をのむ空中スペクタクルに変わっていた。エヴァは顔色ひとつ変えずにやってのけた。彼女はなにも口にせず、日に日に表情がうつろになっていった。もはや彼女の明るい笑い声は聞かれなかった。そして、だれも予期しなかったことが起きた。マルティンが酒を断ったのである。女房の生命を心配して、彼女の生きる負担を軽くしようとしたのだ。ところがエヴァ本人は、とっくに、自分の道をはるか先へと進んでいた。

道化師の死から八日目の早朝、首都の文化省から電報が届いた。ナビルはヴァレンティン、アンゲラ、ピア、マルティンの前でそれを訳して聞かせた。

「親愛なるサマーニ殿。ウラニア市は一週間後に、紀元三千年祭のクライマックスを迎え、そのフィナーレを祝うことになっております。われわれはこの一年間、特別フェスティバル、コンサート、展覧会、講演会を催《もよお》してまいりました。このたび三日間にわたる最後のフェスティバルを飾る行事として、市街を舞台に綱渡りを披露《ひろう》していただけたらと考える次第《しだい》です。融和《ゆうわ》と統合のシンボルとして、サラディン大モスクと聖マリア教会を結んでいただきたいのです。また団長の特別のお計らいにより、団員のみなさまに町の何箇所かでアトラクションを披露していただければ幸いに存じます。従前からのお約束どおり、参加を快諾《かいだく》いただけますよう、心よりお返事をお待ち申し上げます」

二枚目の紙には、祝賀会場が記されていた。会場は共和国宮殿から旧市街のはずれにあるギリシャ風の円形劇場まで、市街全域に分散していた。サーカスが無期限の滞在許可《たいざいきょか》を申請したとき、たしかにこの種の約束があって、そのために当局はなにごとにつけ便宜《べんぎ》をはかってくれたということを、ヴァレンティンはナビルに指摘されて思い出した。つまり、事は急を要するのだ。

エヴァは一も二もなく綱渡りに同意した。けれども以前なら熱く燃えたはずのエヴァが、今回は妙に醒《さ》めていた。

ヴァレンティンはてきぱきと指示を出した。「マルティンはいちばん若くておとなしいライオンを連れて、共和国宮殿に面した解放広場の野外会場へ行くように。火食い術師のマルコは、中央消防署の前がいいだろう。マックスとモーリッツ、ロベルト爺さんとクマは大学近くの子供会場。ヤンは草原での射撃大会。空中ブランコでとんぼを切るマキシム、マリナ、ボリスは、体育館で開かれる体操選手の大会だ」。厳しさをビロードにうまくくるんで、父親のように優しくみんなを引っぱってゆくヴァレンティンに、ナビルは感心した。

サーカスはサニアを発った。ウラニアは紀元祭の祝賀行事を機に、この町がこの国のどこよりも、それどころかアラビアのどんな都市よりもまさっていることを誇示《こじ》しようと、準備に余念《よねん》がなかった。町に足を踏み入れたとたん、団員たちはその空気をひしひしと感じた。外国から賓客《ひんきゃく》が訪れることを見込んで、国外で失墜《しっつい》した政府の威信を回復しようと期待しているのだ。政府系の新聞は、来る日も来る日も、祝賀行事に参加する国家元首の数を一面に大きな活字で報じた。

主だったセレモニーに代表を送る意向を示したのは、七十一ヵ国に達した。

到着して一時間もすると、ハーナンがやって来た。どうやら彼女は、サーカスが戻っているかどうか確かめるために、毎日、見本市会場を訪れていたようだ。ハーナンは小型のファイルを手にしていた。ヴァレンティンは満面の笑みをたたえて、妹を迎えた。

「また、親父からの贈り物かい？」

ヴァレンティンは聞いた。

「あなたがむかしのものに興味があるかどうかわからないけれど、ちょっと持って来ようと思って」

ハーナンはこう言いながら、ヴァレンティンについてキャンピングカーに乗り込んだ。そしてファイルを開けると、六十年代のウラニア市の、古ぼけて黄ばんだ地図をとり出した。

「それはなんだい？」

「地図よ。父と私がサイクリングをしながら見つけた場所が、ぜんぶのってるの。ある日、父はこの大きな市街図を持って帰宅すると、『今日から、自転車で走りまわった道をすべて、この地図に赤鉛筆でなぞるんだ』って言ったの。それが、ウラニアの路地や道路や広場をめぐる長い冒険旅行のはじまりだったわ。サイクリングから帰ると、父はこの地図の上に身をかがめて、私たちがその日に走ったルートを誇らしげに鉛筆でなぞったの。私は路地や噴水、家並み、隊商宿《キャラバンサライ》、モスク、それに教会を発見したわ。どれもあまり有名なところではなかったけれど、宝石なんかよりずっとすてきだった。その多くは、あとで建築ラッシュの犠牲《ぎせい》になったわ。姉のタマームはあんなに美しいものをひとつも見ていないの。ときどきその話をしてあげると、あなたの話は大げさだと私を非難したわ。私はむしろ実際より控えめに話すようにしていたのに。父と私はウラニアの近郊でもいろいろ発見したのよ。畑のあいだを走っていると、おおぜいの農民と知り合いになったわ。ふたりで彼らの仕事ぶりを眺めたものよ。遠出といっても、たぶん二時間もかかっていなかったと思うの。でも、路地であれ、野原であれ、私にはとほうもない大冒険だった。父は小さなキュウリやトマトを小川で洗うと、こちらを振り向いて、『王女さま、どうぞ楽園のほうへ！』と言ったのよ。あのときの父のうれしそうな顔、けして忘れないわ。父はクルミの木の下に小さな敷物を広げたの。私たちは木陰に座ると、目をとじたままキュウリやトマトを食べたわ。

耳だけで世界を見る——それが父の遊びだったのよ。

ある日、私たちは二人の男に襲われ、身ぐるみはがれそうになったの。だけど父は、ピストルを突きつけられても笑い飛ばし、『好きなだけ持って行くがいい。だけど俺が、あの有名な魔術師ハッサン・エラーマディの息子だってことを忘れるなよ』と言い放ったわ。彼らはきっと、そのあとで自分たちを待ちかまえている運命を考えたのよ。舌がマヒするか、脳卒中《のうそっちゅう》になるか、秋の枯葉のように耳が落ちるんじゃないか。ハッサン・エラーマディなんて怖くないと言うやつがいれば、そいつは馬鹿だ。脳みそがあるなら、彼の魔法や妖術を恐れるはずだってね。事実、ウラニアで数々の奇蹟を起こした有名な魔術師の名前を聞いたとたん、追いはぎの一人はぶるぶる震えだしたわ。だけどもう一人は阿呆面《あほうづら》をにやつかせるばかりで、父のことばを信じようとしな

かった。そして、

『親父がそんなにすごい魔術師なら、おまえだって、なにかできるだろう』

と言うのよ。

『魚の子は、生れながらに泳げるというからな』

ってね。

『じゃあ、よく見てろよ』

父は言ったわ。

『この百リラ札が見えるか？　こいつを、おまえの目の前で燃やそう。そして、もとの姿のまま、おまえの耳の中からとり出してやろうじゃないか！』

『上等だ。そんなことができたら、おまえを放してやるよ』

疑り深い男はこう言ったの。

そこで父は百リラ札を燃やしたわ。当時としたら、大金よ。ところが父は笑顔を浮かべ、わけのわからないことばをしゃべりながら、追いはぎのほうへ近づいて行った。そして、ほんとうに男の耳からお札を引っぱり出したのよ。二人とも真っ青になって、逃げて行ったわ。

この話だけは、実際にこの目で見たのか、それとも父から聞かされたのか、自分でもはっきりしないのよ。父は物語がすごくうまかったから、ほんとうにあった話かどうか聞くなんて愚《ぐ》の骨頂《こっちょう》、無駄なことだったのよ。だけど、ひとつだけ確かなことがあるわ。父は袋小路に入り込むまでは、気の小さな人間で、ノミの心臓の持ち主だった。それが、もう逃げられないとなると、信じられないことに……」

ノックの音がした。ヴァレンティンが「どうぞ」と声をかけると、マルティンが中に入ってきた。マルティンはハーナンをじっと見つめた。はじめましてとでもいうように、きまり悪そうな笑みを浮かべて、黙ったまま突っ立っている。

「どうした?」

ヴァレンティンが聞いた。そのとき、ピアもキャンピングカーに乗り込んできた。

「ロープがいるの」

ピアはこう言いながら、ハーナンにほほ笑みかけ、キスをした。それからハサミを探して、引き出しの中をごそごそしていた。

「アンゲラに言いなさい。そしてシャリフに、いいロープ屋を探させるんだ。ロープ職人にこっちへ来てもらおう。そうすれば、ここで一本、あそこで一本という具合じゃなく、まとめて注文できるからな」

ヴァレンティンはこうこたえると、マルティンのほうを向いた。

「それでターザン、おまえも、なにか用か?」

「カリムのやつ、無理にでも休ませなきゃ。熱があって死人みたいな顔をしてるのに、言うことを聞かないんだ。動物は、俺がシャリフたちといっしょに面倒をみるからさ」

「すぐにカリムを寄こしてくれ」

ヴァレンティンは言った。マルティンはうれしそうにうなずくと、急いで出て行った。

「すてきな人。でも、あの奥さんじゃねえ！」

ハーナンが言った。

「エヴァだって、すごくいいやつだよ。ただ、マルティンとのことは、そう単純じゃないんだ——いやいや、ごめん。窮地《きゅうち》に陥《おちい》ったとき、親父がどうなるかだったよね。それとも、カリムが来るまで少し待とうか。そのほうがじっくり話を聞けるから」

カリムはすぐにやって来た。マルティンのことばは大げさではなかった。飼育係は見るからに、ひどく具合が悪そうだった。

「三日間は仕事場に顔を出すなよ」

とヴァレンティンは命じた。

「すぐにベッドに入れ。あした良くなっていないようなら、医者に行くんだぞ。ピッポの二の舞は、もうたくさんだからな」

カリムはあいさつをすると、重そうな足どりで自分のキャンピングカーに戻って行った。

「ピッポのことは、私も新聞で読んだわ」

ハーナンが言った。

「かわいそうな人……」

「親父のことを話してくれるつもりだったんだろう」

ヴァレンティンはハーナンのことばをさえぎり、「入室おことわり！」の札をドアにかけた。

「そうだったわ。父のちょっと変わった勇気について話そうとしてたのよね。私にも、どうしてそうなるのかわからないのよ。父はウサギよりも気の小さい男だった。ツィカのほうをとると決めていたら、どんなにか楽しく暮らせたでしょうにね。ところが、どうにも行き詰まって、万事休すとなると、父は無敵の巨人に変身したのよ。私の学校のお偉いさんたちを、ことごとくぎゃふんといわせたときもそうだったわ。その話をしましょうか？」

「ぜひとも聞かせてくれ」

とヴァレンティンはこたえた。

「私、学校へ行くのがいやになった時期があるの。宿題はさぼるし、教室でもひどくぼんやりしていた。なにもかも退屈だったわ。でもそのころはまだ、教師が生徒の気持ちをわかろうとするなんて時代じゃなかった。うちの先生たちは、前世紀の闇《やみ》の中から出てきたようなやつばかり。妖怪の巣よ！　あとになって観たホラー映画を総動員したって、あの数学の女教師の恐ろしい顔にはかなわないわ。私、それ以前は成績も悪くなかったし、そのあともむしろ出来のいい生徒で、卒業試験は抜群《ばつぐん》の成績だったのよ。でも、七年生のころは、なにをやってもうまくいかなかった。とうとう両親ともども学校に呼び出しを食らっちゃったの。

　私たちはぞんざいにあしらわれ、校長室の机の前に立たされたわ。私が右、真ん中が母、左が父だった。校長は声の大きい、太った、はげ頭の男で、いつも汗をかいてたわ。あだ名は『汗っかき太鼓』。だって、太鼓みたいにまんまるで、やかましかったのよ。その日、校長はいつにもましてデブに見え、うるさく感じたわ。まわりには男女あわせて十人の先生が座っていた。私たちは部屋のほぼ真ん中に、先生たちにとり囲まれるようにして立っていたわけね。まるで射的場のまとみたいに、みんながこっちを狙っていた。教師たちの視線やことばが、ナイフのように私に突き刺さったわ。

『ハーナンは、いけませんな。今年の進級はもう絶望的です』

校長は大声でわめいた。

母は真っ青になって、謝りはじめたの。でも、あの小柄でやさ男の父は、きっぱりと言ったわ。

『ハーナンは、すばらしい子です』

私は母の隣に立っていたから、父がそう言ったとき、前かがみになって横から彼の顔を見上げたわ。『言ってくれるじゃないの、パパ』って、小声で父を励ましたの。だけど、父は返事をしなかった。不安で硬くなっていたのよ。

『ハーナンは、どうみてもひどい成績です。校長先生のお言葉をくり返すつもりはございませんが、ハーナンの怠《なま》けぶりは目にあまります』

と言ったのは、数学の女教師。向き直って、口角泡《こうかくあわ》を飛ばす彼女の顔を見なくても、声でわかったわ。

母は小ちゃくなっていた。ひざの力が抜けたのか、背筋が縮んだのか、とにかくほんとうに小ちゃくなっていたわ。私は母の頭越しに、青ざめてぴくりとも動かない父の顔を見つめたの。

『ハーナンは、すばらしい子です』

父はさらにきっぱりと言ったの。私、心の中で『この偏屈《へんくつ》婆さんにそこまで言うなんて、大したものよ』ってつぶやいたわ。頑《がん》として主張を曲げない父が無二の親友に思えて、誇らしかった。

『けして大げさに申し上げているわけではありません』

と宗教の先生が言ったわ。

『彼女はたしかにいい子です。そう、お行儀もいい。しかし、教育は厳しくやらなくては』

すると父が、

『ハーナンは、すばらしい子です』

って。私はまた、母の頭越しに父の顔を見たの。

『お気持ちはわかりますよ』

校長はこう言ったわ。

『お子さんを悪く言われて、腹をたてていらっしゃるんでしょう。しかしわれわれとしては、現実をありのままに申し上げるしかありません』

これを聞いて、母はかがまなければ顔をのぞき込めないほど小ちゃくなり、父と私のあいだで、ほとんど消え入りそうになった。けれども父は怒りだしてね、

『申し上げておきますが、ハーナンはすばらしい子です。おわかりいただけないのなら、ここをやめさせ、もっとよい学校に通わせるまでです。それと、これだけはご承知おきください。私は客のみんなに、この学校はひどいところだと話してやりますからね』

と言ったの。父は顔にすっかり赤みが戻り、校長の机の上から取りあげた鉛筆を、人目もはばからずいじくっていた。それから私のほうを見て、にこにこしながら言ったわ。

『さあ、帰るとしよう。このおそまつな学校の先生方は、客をちゃんともてなすことすらできな

い。コーヒー一杯出さずに、何時間も客を放っておくなんて、聞いたこともないぞ。おまけに呼んだほうは座ったままで、女子供を一時間も立たせるなんて！　さあて、うちの客に話して聞かせるとするか』

校長室を出ると、守衛さんが急いでやって来たわ。上司が大恥をかいたことを、まだ知らなかったのね。

『ハーナンはいい子だ』

守衛さんはこう言うと、気まり悪そうにほほ笑んだわ。

『そうさ、すばらしい子だとも』

父はこうこたえたの。私、父の首に飛びついたわ。彼は笑っていた。学校を出るころには、母の背中も真っすぐになっていたわ。家に帰ってコーヒーを飲むと、顔色もよくなったの。この日を境に、学校の先生も校長も、すっかり変わったわ。みんな、私に会うたびに、お父さんによろしくって言うようになったのよ」

ヴァレンティンは大笑いした。ピアとハーナンと三人でもう一杯コーヒーを飲み、それからロープ職人、マルティン、ナビルといっしょにサーカスのあちこちを見てまわった。ロープ職人が納入する品物をすべて書きとめると、ナビルは、今夜は公演もないことだし、旧市街に行かないかとヴァレンティンを誘った。年とった友だちが重病なので、訪ねたいという話だった。ヴァレンティンは急いでキャンピングカーに戻り、きちんとした白い上着とお金を少し取ってきた。

ヴァレンティンは途中で、病人のために花とチョコレートを買った。ナビルの友だちと家族は、見舞いにすっかり感激していた。ところがこの訪問はヴァレンティンには退屈そのものだった。ナビルは帰り道、自分はあの家族にはうんざりしたとうち明けた。それを聞いて、ヴァレンティンはほっとした。しかしナビルは、もうひとつ気が晴れなかった。今日、見舞った友だちは、自分より五歳も若いのだ。路地を歩くナビルは、もの思いに沈んでいた。教会前の広場まで来ると、彼は口を開いた。

「ときどき俺は、自分の病気が悪い夢であって、すぐに覚めてくれればいいのにと思うんだ」

日が暮れて、ふたりは教会の正面の向かいにあるベンチに腰かけた。まもなく教会の扉が開いて、暖かい光がさっと広場に流れ出た。やがて、足早に教会へ急ぐ婦人たちがちらほらとあらわれる。そのうち、路地という路地からおおぜいの男女が夕べのミサに集まってきた。ナビルはほほ笑んで見ていた。

「俺はこの教会に日曜ごとに来てたんだよ。そのたびに、ざんげがいやでたまらなかった。俺はませた子で、いろんなことをわきまえていたけれど、うす暗がりでひざまずくざんげってやつには、日曜のたびに閉口したよ。ある日、教会に司祭《しさい》が着任した。司祭はミサの直前に列のあいだを次々とまわって、男にも女にもひとりずつ、『もう、ざんげはおすみか？』と、大きな声でたずねるんだ。まったく、なんてことだい。あの日曜日のことを考えると、今でもまだ身震いしちまうんだが、その日、俺は遅れてミサに駆けつけたから、もうざんげができなかったんだ。司祭は俺にもたずねた。俺は小声で『まだです、司祭』とこたえた。するとやつはみんなに聞こえるような大声で『なに、まだだと？　それなのにイエス・キリストの秘蹟《ひせき》を受けようというのか？』

とわめくんだ。ほかならぬおまえだから言うけどな、俺は恥ずかしくて死にそうだったよ。その司祭が寺男にこてんぱんにやっつけられたときは、ほかの連中もそうだろうが、俺はめちゃくちゃうれしかったよ」

「寺男にやっつけられたって？」

ヴァレンティンは聞き返した。

「そうさ、老いぼれた、酒びたりの寺男にな。話はこうなんだ。一九四五年、おまえがはじめてウラニアに来る一年前だが、その冬の寒さは格別だった。百年に一度という大雪が一日じゅう降り続き、気温は氷点下五度まで下がった。これはオリエントでは異常事態だ。無防備の水道管は破裂するし、おびただしいオレンジの木が冷害にやられた。新任の司祭は、なにごとにつけピューリタンのように厳格で、とにかくケチだった。司祭は寺男がミサ用のワインを飲んでいる現場をおさえると、コルクを抜いたワインの二倍にあたる金額を月末の給金から差し引いたんだ。寺男が、なぜ二本分も引かれるのかとたずねるたびに、司祭は『えっ？　私はこっちの耳が悪くてね』と、とぼけていたんだ。それがもとで、寺男は司祭に恨みをいだくようになった。

そしてクリスマスを迎え、教会には、キリスト誕生を祝ってその様子を再現した人形舞台が飾られた。司祭は、真夜中に外の回廊をひとめぐりしてから、正面の扉を強く叩くのがならわしだった。寺男が扉の内側から、

『どなたかな？』

とたずねると、

『栄光の王だ。扉を開けよ！』

という返事が返ってくる。そこで扉が開き、司祭が厳《おごそ》かに入場すると、聖歌隊はキリストが誕生したときに地上に満ちた喜びを歌って、司祭を歓迎するというわけだ。

ウラニアのクリスマスは、雨がぱらつくことはあっても、寒いことはめったにない。それに回廊の下は雨に濡れる心配もない。ところがさっきも言ったように、その年は凍《い》てつく寒さが居座っていた。司祭は回廊めぐりをとりやめたかったんだが、寺男は、このすばらしい儀式を心待ちにしている信者たちが怒りますよと忠告した。そして、この教会へは司教の親戚たちもお祈りに来るのだから、中止したりすると、司教に訴えられるかもしれないですよと耳打ちするのも忘れなかった。そこで司祭はぶるぶる震えながら、香炉《こうろ》を振る二名の侍者《じしゃ》をともなって、所定の時刻に教会のまわりを足早に歩いた。ぴたりと閉じられた正面の扉までたどり着くと、司祭はせかせかとノックした。

『どなたかな？』

寺男はひときわ大きな声を張りあげた。

『栄光の王だ』

ちょうどまた一陣の風が吹き抜け、骨の髄《ずい》まで寒さが身にしみた司祭は、少しいらだたしげにこたえた。

『えっ？　聞こえませんよ！　どなたですって？』

大声で聞き返す寺男の顔には、悪魔のような笑みが浮かんでいた。

ミサのために集っていた信者のなかには、早くもにやにや笑いだす者もいた。

『栄光の王だ。扉をあけよ！』

司祭は大声で怒鳴《どな》り、扉に体当たりした。けれども寺男は扉にかんぬきをかけてあった。

『なぜ、二本分も差し引いたんだい？　えっ、そこでノックしてるのはだれだって？　俺はこっちの耳が悪くてねえ』

ワインの話はもうずっと前から広く知れわたっていたんだ。居合わせた信者はおかしくて、立っていられない者も多かった。

『いいかげんに開けてくれ。ええい、あの金は返すから』

司祭は小声で言った。

『そうこなくっちゃ！』

寺男はやっと扉を開けた。

司祭は教会の中にころがり込むと、寺男の首根っ子をつかまえた。

『このろくでなしめ。耳が悪いだと？　栄光の王、エーコーノオーがわからんのか！』

司祭は寺男を腰掛けに投げ倒し、荒々しく祭壇に向かった。こうなると、聖歌隊も平静ではいられなかった。指揮者は大声でののしった。鼻を赤くした司祭がしわがれ声で、

『おお栄光の王、イエス・キリストを迎えまつれ！』

と叫ぶと、爆笑がはじけた。これが決定的に司祭の怒りを炸裂《さくれつ》させた。

『このブタどもめ！　なんじらの救い主、イエス・キリストの誕生を祝う場だぞ』

司祭は声を張りあげたが、みんな笑うばかりだった。毎日、教会で祈りを捧げ、死ぬまで最後の審判を恐れていたおばのジャスミンでさえ、涙が出るほど笑いころげていたよ。

司祭は新年を迎える前に異動を願い出た。こうして寺男は減給されることもなく、また上等のミサ用ワインにありつけるようになったのさ」

25 軽い空気も重たいものを持ちあげられる――でも、愛は重すぎた

祝賀行事は金に糸目《いとめ》をつけないという噂だった。実際のところウラニアの町はけして清潔でもカラフルでもなかったのに、紀元祭の数週間前には、かつてだれも目にしたことがないような、花の咲き乱れる庭園がたくさん出現した。政府は政権の安定ぶりと、自分たちがしっかりウラニアを掌握《しょうあく》していることを誇示《こじ》したかったのだ。しかしマンズーアがイスラエルのラジオ放送で聞いたところによると、政府は極秘裡《ごくひり》に、武装した反政府勢力を壊滅《かいめつ》させる準備を整えているという。祝賀行事が終わるとすぐに、軍は反政府組織の支配する地域への総攻撃を開始し、その拠点をすべて容赦《ようしゃ》なく破壊する。市の紀元祭を転機に、反対勢力のなかでもいちばん強力な組織である原理主義者たちを、二度と立ちあがれないよう叩きつぶすというのだ。

「イスラエルにまで伝わっているとすれば、反政府組織だってみんな知っているはずだから、徹底的に準備をするだろうな」

マンズーアは顔を曇らせて、話をしめくくった。

プログラムによれば、三日間にわたって市街のあちこちでくり広げられる市民祭と並んで、国《こく》

賓《ひん》を迎えての公式行事も予定されていた。式典は、きれいに保存されたギリシャ式の円形劇場ではじまる。出席者はそこから徒歩で大通りを抜けて、五百メートルほど離れたスタジアムに向かう。大通りには大理石の柱列が立てられ、柱の上には歴史的な衣裳をまとった男女が立つ。道行く人々に、ウラニアの歴史の流れがひと目でわかるという趣向《しゅこう》だ。アラム人、エジプト人、ユダヤ人、ギリシャ人、ローマ人、アラビア人、十字軍の戦士、タタール人、トルコ人、フランス人、そして最後に三十年にわたってめまぐるしく交代したさまざまな政権など、ウラニアの歴代の支配者たちが登場する、一種の時代行列である。スタジアムでは、ウラニアを象徴するブロンズ製の女性騎馬像の下で、大統領が不滅の炎に点火する。続いて、いよいよ華《はな》やかなフィナーレである。砂漠の住居の手軽さをとり入れ、宮殿をかたどった巨大なテントの中では、国賓と市民代表のために、オリエントでも指折りの踊り子たちが祝祭の夕べをくり広げる。夜どおし続く祝祭のはじまりを告げるのは、町の上空に大々的に打ち上げられる花火である。オリエントの歴史はじまって以来の華々しい祭典になるというふれこみだった。ところが、なにもかも、すっかり番狂《ばんくる》わせになった。

警備はふだんの十倍も強化された。ところが式典の前日、ひとりの原理主義者が至近距離《しきん》から大統領に手榴弾《しゅりゅうだん》を投げつけたのだ。事件が起きたのは、大統領が空港でモラビアの国家元首ムサダを歓迎しているときだった。犯人はその場で護衛に射殺された。手榴弾は欠陥品《けっかんひん》で、遅れて軽い爆発を起こしただけだった。護衛はとっさにムサダと大統領を地面に押し倒し、その上に覆いかぶさった。結局、護衛のひとりが足にかすり傷を負っただけですんだ。この手の事件に慣れっこになっている大統領はすばやく起きあがると、曲がったネクタイを直し、神経質そうに上着の裾《すそ》をちょっとつまんだだけだった。ところがモラビアからの客人はヒステリックにわめきはじめ、静まるところを知らなかった。ムサダは別れのあいさつもせずに、まわれ右をすると、専用機に乗り込んで帰国した。居合わせた報道陣は事件の報道を禁じられ、それに従った。ところがオリエントではいつものことだが、要人襲撃《しゅうげき》のニュースは少しずつ漏れていったのだ。犯人射殺の話にどんどん尾ひれがついて、事件の背後にいるのは原理主義者ではなく、反対勢力に対するなまぬるい対処に不満を持つ軍の将軍たちだという噂にまで発展した。原理主義者だけでなくすべての反対勢力が事件に驚きを表明し、どの武装グループからも犯行声明が出ないというのも、不思議といえば不思議だった。

宮殿に戻った大統領は、式典の終了を待たずに、かねてより計画中の作戦行動をただちに実行に移すよう命じた。こうして、早朝から祝賀行事に沸く首都をよそに、殺戮《さつりく》部隊が全土に展開した。全国の刑務所に拘留《こうりゅう》中の原理主義者、民族主義者、共産主義者が連れだされ、大統領襲撃に対する報復として処刑された。その日一日で、無抵抗の四人三千名が、命を落とした。このときから、ウラニアを除く全土に苛酷《かこく》な内戦が広がった。

この朝ヴァレンティンは妙に早く目が覚めた。額《ひたい》が冷えていた。両方のこめかみから額の中心にかけて、ドクドクと脈打っているのがわかった。

「こりゃあ、ひどい天気になるぞ」

ヴァレンティンは、窓から太陽を見上げているピアに声をかけた。彼女は笑い流していたが、ヴァレンティンは急いで外に出た。そしてマルティンに、テントをぜんぶたたみ、動物の檻《おり》をしっかり固定するように命じた。

ヴァレンティンの口調から、わけをたずねている場合ではないと悟《さと》ったマルティンは、スタッフを召集すると、先頭にたって仕事にかかった。まもなく、すべての檻はしっかり固定され、背の高い仕掛けはぜんぶ下へおろされた。いずれにしても、祝賀行事のあいだ、サーカスは公演を休むのだ。

ヴァレンティンはその間にエヴァのところへ行き、天気が悪くなりそうだから綱渡りを中止するようにと言った。しかしエヴァは聞く耳を持たず、遠くの一点を見つめながら、万一のときはいつだって非常用ロープを伝って地上に下りられるはずだと言い張った。あとで考えても理由がわからなかったが、ヴァレンティンもこの場は納得させられてしまった。

「シャリフが消えた！　わけがわからんよ。やつは俺たちと働くのを喜んでいたし、ほかの連中もやつを好いていた。それなのに、トランクを持って、別れのあいさつもせずに行っちまった」とロベルト爺さんが知らせてきた。ヴァレンティンがキャンピングカーのあいだをぬって歩いていると、アニタの車に新しいテレビ・アンテナをとりつけている、例のスペイン人が見えた。

「こうなると思っていた」

ヴァレンティンは小声でつぶやいた。その顔は嵐の前の空のように曇り、全身に血がたぎっていた。スペイン青年に好感を持ってはいたが、彼がその場にいることに、どうしようもなく腹がたった。アニタは、青年をサーカス村に滞在させる許可をヴァレンティンに求めていなかったからだ。ヴァレンティンはスペイン人にていねいにあいさつすると、アニタに自分のところへ来るように命じた。ヴァレンティンのキャンピングカーにやって来たアニタは、じっと彼の話を聞いていた。

「本人が望めば、だれでもサーカスといっしょに旅ができるというわけではない。それが許されるのは、舞台の仕事に欠かせない者だけだ。しかも、それを決めるのは、常に、サーカス団長である俺だ。おまえの友だちには、今すぐサーカスを出て行ってもらおう」

アニタは怒った。生まれてはじめてヴァレンティンに向かって怒鳴《どな》り、冷酷だと非難した。けれどもヴァレンティンは言いだしたら聞かなかった。割って入ったピアも、とりなしようがなかった。

「おまえは軽率なことをして、シャリフを追い出してしまった」

ヴァレンティンはアニタを叱責《しっせき》した。

「シャリフはこのサーカスの優秀な仕事仲間だった。タルテで危険な目にあったときも、俺たちの味方をしてくれた。シャリフはムスリムだし、原理主義者の目には裏切り者と映ったはずだから、あやうく命を失うことになりかねなかったのに。おまえたちがわかり合えなかったのは二人の問題だが、おまえはあのスペイン人といっしょになって、シャリフの体面を傷つけた。もう、そんなまねはさせない。俺の言っていることが、わかるか?」

「ええ。よおくわかってるわ。このサーカスでは、みんながあなたの笛に合わせて踊らされてるのよ。だけど、私はもういや!」

アニタはキッと頭をあげ、こう言い放つと、キャンピングカーを出て行った。ピアは急いでアニタのあとを追いかけ、考え直させようとしたが、むなしく戻って来た。

ヴァレンティンはマンズーアを呼んだ。そして、今日はお祭りだからシャリフの家族もなにかと忙しいだろうが、彼の家に行って、どうかサーカスに戻るように伝えてほしいとたのんだ。マンズーアは言われたとおりにした。しかし戻って来たマンズーアは、悲しみにくれるシャリフの母親から聞いたいきさつを報告した。帰宅したシャリフは何時間も泣いていた。それからサニアで仕事をしたいからと別れを告げ、家を出て行ったそうだ。コーヒー一杯飲むひまさえなかったということだ。

アニタはそのときから、あのスペイン人に関する話題をいっさい避けるようになった。スペイン青年のほうも、それっきりサーカスに姿を見せなくなった。ヴァレンティンはアニタがサーカスの外でなにをしていようと、関心を払わなかった。

大統領はその日、午後二時きっかりに円形劇場にあらわれ、「ウラニアの紀元祭を飾るフィナーレの開幕です」と手短に宣言した。エヴァは開会の辞と一秒たがわずに高い綱の上にのぼった。ロープは聖マリア教会の鐘楼《しょうろう》とサラディン・モスクの尖塔《ミナレット》のあいだに張られている。ほかの会場でも、約束のゴングを合図に演技がはじまった。気が遠くなるほど長いあいだ、この国の役所のオリエント的ずさんさに悩まされてきた外国の特派員たちは、これほど正確に事が運ぶのを目のあたりにして、ほとんど馬鹿にされたような気分になった。しかしなんといってもセンセーションを巻き起こしたのは、エヴァの綱渡りだった。体にぴったりした黒の上下に真っ赤なシャツ、赤い靴というういでたちの彼女の姿は、遠くからもはっきり見えた。エヴァが渡る距離は六百メートルほどだが、街を見下ろしながら進む綱渡りは、その一瞬一瞬がサーカスの一年にも相当する危険をはらんでいる。ロープの下には安全ネットも張られていなかった。しかしエヴァは、絶対にロープから落ちないという自信があった。また彼女は、それだけの条件をすべてそなえていた。鋼《はがね》のような神経と、華奢《きゃしゃ》な体に秘めたヘビー級ボクサー並みの力である。ラジオとテレビは、最後の数日間に行なわれる催《もよお》しこそ紀元祭の事実上のクライマックスであると力説して、太さ二十ミリの冷たいワイヤー・ロープ上でくり広げられる空中散歩は、イスラム教とキリスト教の相互理解と協調のシンボルであるという政府の宣伝をオウム返しにしていた。しかし実際のところ、イスラム教徒とキリスト教徒のあいだは、鐘楼とミナレットを結ぶといったのんきな話ではなく、ロープの上でバランスをとる命がけの綱渡りにも似た一触即発《いっしょくそくはつ》の関係にあった。

綱渡りの象徴的意義などどこ吹く風のやり手の小商人《こあきんど》たちの関心は、この手に汗握るイベントで小金を儲けることに集中した。ロープの下の沿道には、あっという間に売店や屋台が立ち並び、ナッツ類や飲み物、オープン・サンド、果物などを目の玉の飛び出るような値段で売りつけた。なかでも抜け目のない連中は、家具職人に安物の脚立《きゃたつ》を造らせた。これがあれば少しだけロープに近づけるわけだが、それよりも、人波から頭ひとつ抜け出せることのほうに意味があった。

「これで今日は、よおく見えること受け合いだ。おまけに、あしたになれば薪《まき》ストーブにくべて暖まれるときた」

売り手は宣伝文句に節をつけ、見栄えのしない脚立の使いみちを並べたてた。どこから仕入れたのか、安っぽい——中国製《メイドインチャイナ》の——望遠鏡も大量に並べられた。レンズをのぞけばエヴァがはっきり見えるが、そうなると綱渡りそのものにはまったく関心がいかなくなる。それでも人々は望遠鏡を買い求め、アトラクションのはじまるずっと前からレンズをのぞいては、窓辺やバルコニーやテラスにぎっしりと並んだ男女をとくと見物した。望遠鏡の効用は、せいぜいそんなところだった。町じゅうから自動車が閉め出されたので、人々は路上にまでくり出し、座り込んだり、横になったり、煙草を吸ったり、お茶を飲んだり、カード遊びに興じたりした。こうして午前中から、町はもうお祭りムード一色だった。

すべては計画どおり進んでいるように見えた。ところが二時五分ぴったりに吹きだした強風が、地中海から重量級の黒雲を追い立ててきた。自然とはそんなものかもしれない。意地の悪いことに、風はちょうどウラニア上空に雲をすえて冷やし、雨が降りだした。大統領は演説を切り上げ、柱列を配した大通りを客人たちとともに急いだ。先頭の一団がギリシャ風の柱にさしかからぬうちに、白い衣裳をまとい、竪琴《たてごと》を手に柱の上に立っていた女の背中を強風が直撃した。よろめき、竪琴をとり落とした女は、悲鳴をあげた。ローマ兵に扮《ふん》した男も立ってはいられず、張り物の柱もろとも、最初のアラビア系征服者とされる誇り高きベドゥイン人の上に倒れた。濡れた衣裳のまま地面に投げ出された二人の姿は、みじめなことこのうえなかった。大通りの先のほうでは、もう何コマか歴史絵巻に穴があいていた。稲妻と雷鳴に怖れをなした役者たちは、自主的に柱から下りたのだ。それにしても、悲惨をきわめたのは、現代を担当した役者である。男の体からは金色の塗料が流れ落ちていた。それでも男は持ち場を離れようとしなかった。稽古《けいこ》に稽古を重ねた大統領への讃歌を粘り強く、一心不乱《いっしんふらん》にがなり続けたのである。これを見た者は、気でも狂ったのかと思った。

夏向きの服装で出席していた来賓たちは、嵐に仰天《ぎょうてん》した。みんな、もうびしょ濡れだった。駆け足でスタジアムにたどり着き、屋根つきの観覧席に座って、ようやくほっとひと息ついた。フィールドや、朝早くからスタジアムに詰めかけていた人々の上には、篠突《しのつ》く雨が降りそそいでいた。フィールドは徐々にプールと化し、世界中のあらゆる国々からやって来た民族舞踊団が右往《うおう》左往《さおう》していた。

内務大臣をつとめる大統領の弟は、兄に二度と冷たいシャワーを浴びさせてはならじと、かわりに不滅の炎に点火するためにウラニア像へ向かった。その捨て身のポーズに、割れんばかりの拍手が送られた。二人の警官は隣のレストランのテラスからパラソルを引き抜き、内務大臣の手にしたたいまつを守ろうと急いであとを追った。事実、この思いつきは効を奏して、たいまつの火が消えるのを防ぐには防いだ。しかし不滅の炎は、いっこうに点火しなかった。技師はガス管のコックを全開にしてみたが、それでもガスは出てこない。そもそも、火がつくはずはなかったのだ。炎にガスを供給する大きな鋼鉄製のボンベは、夜のうちに盗まれていたからである。この知らせは、内務大臣が雨に足をとられながら戻ってくるよりも早く、貴賓席《きひんせき》に伝えられた。大統領はやっとのことで怒りを抑《おさ》えた。式典は中断を余儀《よぎ》なくされた。

おなじころ、マンズーアとマルティンも演技を中断していた。ロベルトと例のクマだけは、雨もなんのその、その場を動こうとしない数少ない見物人を楽しませていた。しかしいちばんめぐまれていたのは、体育館で雨に邪魔されることなく観客を沸かせていた、空中ブランコ・チームだった。

エヴァも雨をものともせず、綱を渡っていた。道路はすっかり人気《ひとけ》がなくなり、降り続く雨が鞭《むち》打つような激しい雨足に変わったころ、ロープの下でエヴァの姿を追っているのはヴァレンティンだけになった。新聞紙、ごみ、そしてだれも持ち帰ろうとしなかった脚立が、道路一面に散らばっていた。と、ロープが揺れだした。

「下りるんだ、エヴァ!」

風に負けじと、ヴァレンティンは怒鳴った。家の窓辺で見ていた人々は、思わず息をのんだ。

次の瞬間、エヴァの体はロープの力で上にはじき飛ばされた。彼女は高く飛び上がり、ロープに降りた。ところがロープはまた風圧を受けて、エヴァを高く投げ飛ばした。

エヴァがふたたびロープに降りると、ヴァレンティンは風に向かって必死に叫んだ。

「おまえが必要なんだ!」

するとエヴァはバランス棒を下に落とし、しっかりロープにしがみついて近くのジョイントまではって行くと、アンカー・ロープにぶらさがってゆっくり下りてきた。手には血がにじんでいた。けれどもアンカー・ロープの粗《あら》い手ざわりは、エヴァの命を救う結果にもなった。ロープがブレーキの役目をはたしたのである。

ヴァレンティンはエヴァを抱きかかえ、人々が手招きをしている近くの家の入り口まで運んだ。エヴァはそこで応急手当を受けて、乾いた服をもらった。エヴァの目はらんらんと輝いていた。

ヴァレンティンはそこに、はっきりと狂気を見た。頭がおかしくなったのだろうか？

ヴァレンティンとエヴァは、タクシーでサーカスに戻る前に、親切な人々に熱いお茶をふるまわれた。そこからずっと離れたところでは、少し遅れて、破局への終幕がはじまった。スタジアムを出た来賓たちは、フィナーレを飾る晩餐会《ばんさんかい》くらいは楽しみたいものだと思いながら、服を着替えにホテルへ戻った。ところが、彼らがホテルに駆け込まないうちに、嵐は見本市会場の向かい側に設営されていた祝賀会用の巨大テントに風を吹き入れ、打ち込んであった杭《くい》ごと持ち上げたのだ。すさまじい風の力は、テントを熱気球のように空高く運び去った。ようやく何日かたって、二十キロも離れたところで、ぼろぼろになったテントの切れ端が見つかった。念入りに準備したテーブルも、カウンターも、料理も、何百というクリスタルガラスのシャンデリアも、あっという間にめちゃめちゃになった。

嵐は三日間、荒れ狂った。国賓たちは退屈なホテルで辛抱強《しんぼうづよ》く待たなければならなかった。飛行機が空港を飛び立てなかったからである。四日目にウラニアの嵐は突然おさまった。あたりはしーんと静まり返り、嵐は嘘のように音もなく姿を消したのだ。

しかし住民のあいだでは、あれは嵐などではないという噂が広まっていた。この町が誕生して以来、不当な仕打ちにあった人々の魂がみんなで力を合わせ、祝典を妨害《ぼうがい》しようと力の限り息を吹きかけたというのだ。それがほんとうだとすれば、とんでもない数の魂が参加したに違いない。

嵐がおさまった晩、エヴァの姿が消えた。彼女のベッドのそばには、深夜をはるかに過ぎるまで面倒をみていたマルティンが、床にしゃがみ込んだまま眠っていたのだが。

26　不安は遊び心を押しつぶしたが、ふたたび道化師が誕生した

嵐のあと、ウラニアの町は悪夢からさめたように静けさをとり戻した。家々は倒壊《とうかい》し、畑は水をかぶり、庭園は見る影もなく荒れはてた。市内では屋根や折れた木の枝に直撃されて、百人以上が亡くなった。ナビルは崩れた家の前で見かけた女の様子を、声を震わせながら話した。女は地べたにへたり込んで泣いていた。夫は瓦礫《がれき》の下に埋まっているが、その亡骸《なきがら》を掘り出す人手がないという。四歳になる子供が、何度も何度もたずねる。

「どうしてパパはいないの？　パパはどこ？」

母親は血の気の失せた顔を涙でぐしゃぐしゃにして、なにかに憑《つ》かれたように、じっと遠くを見つめている。

「父さんはね、嵐に連れて行かれたの。あんたは私のスカートによおくつかまっていなきゃだめよ」

「それで、パパはいつ帰ってくるの？」

「次に嵐になったときにね」

この話を聞いていたサーカスのメンバー数人は立ちあがり、その女のところに連れて行ってほしいとナビルにたのんだ。彼らは食料や毛布やガスこんろを持って不幸な母子のもとに駆けつけ、三時間かけて夫の遺体を捜し出した。

ウラニア市民は川というきれいな名で呼んでいるが、その実ちょろちょろ水が流れているだけだったラハム川も、一夜のうちに濁流《だくりゅう》と化した。嵐がおさまった翌日でさえ、川を渡ろうとして二人が溺死《できし》した。沈痛で絶望的な空気が町全体に垂れこめていた。国賓《こくひん》は大統領にこれ以上気まずい思いをさせまいと、早々に引き上げた。国は祝賀行事の失敗を公然と反政府組織のせいにして、武力による締めつけをいちだんと強めた。兵士たちは政府の不倶戴天《ふぐたいてん》の敵を捕虜《ほりょ》にするだけではすまさなかった。武装した反政府組織はこれにテロで応えた。何日もたたないうちに、二人の大臣が家族ともども殺害された。これを機に政府関係者とその家族は、有刺鉄線《ゆうしてっせん》に囲まれて生活するようになった。

サーカスはふたたびテントを立てた。けれども中に暮らす団員たちは気乗りがせず、気力もわかないようだった。エヴァは忽然《こつぜん》と姿を消した。それにみんなは、シャリフがいなくなったことが残念でたまらなかった。団員たちはシャリフの失踪《しっそう》をアニタのせいにした。ある朝、この件で、アニタの両親であるフェリーニ、アンゲラと、三人の小道具係のあいだにいさかいが起きた。はじめは仲裁しようとしたマンズーアも、あとになるとやはりアニタを責める側にまわり、最低限の思いやりの心さえ娘に教えなかったのかと両親をとがめた。しかしナイフ投げのヤンは両親の味方をした。シャリフはこそこそするばかりで、アニタへの愛を堂々と認める勇気がなかったというのだ。そうこうするうちに、この問題をめぐって二十人ほどが言い争いをはじめた。

ナビルから急を知らされ、大テントに駆けつけたヴァレンティンは、円形舞台《マネージ》の真ん中で角突《つのつ》き合わせている団員たちを見て、思わず吹き出してしまった。

「おまえたち、『家族の死闘』なんていう新しい出し物を練習してたのか？」

ヴァレンティンのジョークに二、三人はつられて笑ったものの、ほかのメンバーは不機嫌《ふきげん》な顔で押し黙ったままだった。ヴァレンティンはみんなが仲直りの握手をかわすまで、懇々《こんこん》と話して聞かせなければならなかった。

その晩、公演がはじまる一時間も前にやって来たハーナンを、ヴァレンティンは自分のキャンピングカーに招き入れた。彼女は長いことヴァレンティンに父親の話を聞かせた。ピアが彼女の手をとり、笑いながら車の外へ連れ出すまで、ハーナンの話はとどまるところを知らなかった。

「こうでもしないと、彼ったら、あなたを耳の中に吸い込んでしまうわ」

ピアはそう言って、ハーナンを客席に案内した。

その日、観客を大いに沸かせたのはロベルトと、彼が「ティーモ二世」と名づけた例のクマだった。ロベルトはクマをまだ完全に信用してはいなかったので、舞台では口輪と調教綱をつけさせた。けれどもクマは車輪や、平均台、ボールを自由にあやつり、それはみごとな演技を披露《ひろう》した。観客は長いあいだ惜しみない拍手を送った。しかしヴァレンティンの経験ゆたかな目と耳は、観客の心がほんとうはここにないことを見逃さなかった。観客はこの国でなにが起きているか知っており、サーカスの外に不安の種をかかえているのだ。その日の午後、得意の芸を披露したいと申し出た者は一人もいなかった。夜になって観客がサーカスにやって来たのは、なんとかして心の憂《う》さを晴らしたかったからだ。ところが四百を超える観客のなかには、だれひとりジョークを飛ばす者はいなかった。ナビルは会場を沸かそうと懸命だった。ところが、おならにまつわる外国の下品なネタを三つも聞かせたところで、力のない笑いを引き出すのがせいぜいだった。

会場の沈んだ雰囲気は、楽団員にまで伝染した。ヴァレンティンは彼らを慎重にたしなめ、楽長に言った。

「前みたいにしょっちゅう『楽団の日』と呼べればいいんだがな」

それからは、練習の音が深夜まで聞こえるようになった。オリエントに来てからというもの、ただでさえ楽団の演奏はいいかげんになっていた。おそらく、どのみち自分たちの音楽を理解できる者はいないだろうという気持ちがそうさせたのだ。ところが、舞台に立つ動物や芸人と楽団とのあいだがしっくりいかないことが、しだいに多くなってきた。楽団員が失敗を隠そうとして奏でるかん高い音が、ヴァレンティンはもう不愉快でたまらなかった。

すでに深夜一時をまわったころ、突然、『シェヘラザード』が鳴り響いた。公演では、異国情緒あふれる動物ショーと、マンズーアの乗馬演技のところで演奏される曲だ。いつものように最後までサーカスのカフェでねばっていたヴァレンティンとナビルの耳にも、この曲が聞こえてきた。

「これを聞くと」

ナビルが言った。

「むかしの記憶がよみがえるんだ。親父はウラニアではじめてラジオを買った何人かのひとりだった。二十年代には、ラジオはひと握りの金持ちしか持てない、ぜいたく品だったんだよ。木製の箱にすごく丹念な細工をほどこした立派な装置は、うちの居間の特等席に鎮座《ちんざ》ましまず高級大型家具のひとつだった。うちにラジオがきてからというもの、英語とフランス語に堪能《たんのう》な親父は、みんなより何週間も早く世界中の出来事を知るようになった。それは親父の成功に少なからず貢献した。親父はラジオを自分の万能情報部員と呼んでいた。ラジオを通じて聞いていたのは戦争や和平のニュースばかりじゃない。いちばんだいじなのは、刻々と変わる綿花の世界市場の相場をつかむことさ。なにしろ、親父は繊維工場を経営していたからな。ウラニアときたら、いまだに株式市場もないありさまだが。

いっぽう、おふくろにしてみると、ラジオは自分の思いどおりに音楽を聞かせてくれる、一種の使用人みたいなものだった。近所のおばさんたちはよく、ラジオの音を大きくしてくれないかと、おふくろにたのんでいたよ。そうすれば、壁越しに、ごひいきの歌手の歌声を聞けるというわけだ。ほとんどの隣人がうちよりも貧しかったからね。だからおばさんたちは、音楽を楽しませてもらうお礼にと、頬《ほ》っぺたの落ちそうなジャムや焼き菓子を持ってきたんだよ。おふくろ自身は生涯、そういうものを作るのはからっきしだめだったんだけどな。到来物《とうらいもの》に感謝して、おふくろがときどきラジオのボリュームを思いっきり上げるものだから、親父はカフェに逃げ出す始末さ。だけど、いちばん傑作《けっさく》だったのは、なにも知らない北の親戚がやって来たときのことだ。

当時は、二、三年に一度、首都に出てくるだけでもたいへんなことだった。彼らの多くは、ラジオなんてあることとさえ知らなかった。テレーゼおばさんも、そんなひとりだったんだ。小柄で愉快な人だったよ。彼女のことは、忘れようったって忘れられない。笑うと、いつも涙を流すんだもの。あれから、そんな人にお目にかかったことはないね。おばさんは笑いはじめると、すぐにハンカチをとり出すんだ。たちまち目に涙があふれてしまうからね。笑いがおさまると、葬式帰りみたいに目を泣き腫《は》らしているのさ。そのたびに、『神よ、どうか笑いすぎて罰を受けませんように』って、延々とお祈りをくり返すんだ。テレーゼおばさんはとても信仰が篤《あつ》かったからな。もしも聖女に列せられるとすれば、そりゃもう決まってる。笑いの守護聖人さ。おばさんは信じられないほど敬虔《けいけん》な人だったけれど、それを表に出すことはなかった。断食を行い、祈りを捧げ、人間の罪をあがなって、誠実に、そして善良に生きた。テレーゼは、うちのおふくろがいちばん慕っているおばさんだった。おばさんのほうも、おふくろを実の娘のようにかわいがっていた。男の子を七人も授かったのに、女の子がほしいというのが口ぐせだった。娘には朝露を意味するナーダという名前をつけたがっていたが、ひとりも女の子が生まれなかったものだから、俺のおふくろをそう呼んでいた。おふくろの本名はサルマというんだ。おふくろは親父にさえ愛称で呼ばせなかったのに、おばさんには許していたんだよ。ふたりは、ほんとうに気が合った。さて、ある日のこと。そのおばさんが山から出てきた。いつものように干ブドウ、干イチジク、クルミ、ジャコウ草を背負ってね。おばさんは俺たちの家にラジオがあるなんて、ぜんぜん知らなかった。そのころ、親父はあの装置を買ったばかりだったからな。親父はその日、会社に出ていたから、おふくろがひとりでおばさんを出迎えたんだ。おふくろはおばさんに居間へどうぞとすすめた。

テレーゼおばさんは奇妙な新しい箱についてたずねようとはしなかった。

『この不思議な箱には、しゃべったり、歌ったり、ときには人の喉《のど》もとにまで飛びかかる霊が入っているのよ』

おふくろがこう説明すると、テレーゼおばさんはもう笑いはじめ、用心のためにポケットからハンカチをとり出した。

『いやだねえ、おまえ。神よ、ナーダの悪ふざけをお許しください』

おばさんは笑いながら、こう言った。おふくろはおばさんが涙をぬぐっているあいだに、こっそりラジオのスイッチを入れたんだ。

『さあて、まずは歓迎のあいさつに、コーヒーでも入れましょうね』

そして、

『箱の霊よ、そのあいだ、おばさんをおもてなししてね。でも、首を絞めたりしちゃだめよ』

と言い残して台所へ急いだ。テレーゼおばさんはおかしくておかしくて、ソファーに身を突っ伏して笑いころげた。

覚えてるかい？　むかしのラジオはまだ三極真空管《さんきょくしんくうかん》を使っていたから、温まるまで二、三分かかった。それからようやく音が鳴りだすんだ。テレーゼおばさんは泣き笑いを続けていた。そのうちに、例の箱から静かに音楽が流れ出し、だんだん大きな音になっていった。驚いたおばさんは、ハンカチの陰から身を硬くして様子をうかがい、緑色のランプが光る箱を見つめた。おばさんはすっかりおびえてしまい、動くことも、逃げ出すこともできなかった。おふくろが台所から

戻ってみると、おばさんはラジオの前にひざまずき、目をとじて十字を切りながら、

『さがれ、サタンめ！』

と叫んでいる。おふくろは大声で、

『もう歌はいいわ、消えなさい！』

と命じて、ラジオのスイッチを切った。テレーゼおばさんは目を開けたはいいが、今度は静まり返った箱に、不審《ふしん》そうに聞き耳をたて、

『霊はいなくなったのかい？』

と聞くんだ。

おふくろは、こうこたえた。

『私が追い払ったわ』

それから何年かたって、ふたりはこの愉快な一件の思い出話をした。そのときのおばさんは、大声で笑うというより、ほほ笑んでる感じだったな。自分がどんなにひどい恐怖を耐え抜いたか、事細かに何度も説明していたよ。

俺自身、ラジオにはすばらしい思い出があるんだ。あるとき思いもかけず、カイロ放送が千と一夜、つまりちょうど二年と九ヵ月のあいだ、シェヘラザードの物語を全編にわたって放送すると聞いたのさ。毎晩、毎晩、今、俺たちが耳にしているこの曲が流れ、物語の続きがはじまるんだ。そりゃあもう、夢のような出来事だったよ。毎夜、俺がどんな思いですごしたか、それはまたべつの機会に譲《ゆず》ろう。なにしろ、長い話になるからな」

翌日、風呂屋に行ったヴァレンティンは、イブラヒムから、彼の甥《おい》がいわれのない死に方をしたと、小声でうち明けられた。甥はたまたま捜索《そうさく》中の武装隊員に出くわし、気が動転して逃げ出そうとしたという話だった。ヴァレンティンはイブラヒムの悲しみを痛いほど感じて、ぎゅっと彼の手を握りしめた。老人は震えていた。

「そろそろ、死に時かもしれん」

ケーキ屋は言った。

「俺たちの記憶の中のいろんな美しいものが、ひとつずつ消されちまわないうちにな」

「いや」

ヴァレンティンは言い返した。

「あんたみたいな人こそ、長生きしてもらわなくちゃ。人間のすばらしい可能性を常に映し出す鏡としてね。ところであんた、俺の先生だったよな。アラビア語の授業もだいぶご無沙汰《ぶさた》だが」

イブラヒムはほほ笑むと、それから一時間、ヴァレンティンにアラビア語のレッスンをつけた。イブラヒムは目を見はった。彼の生徒はこの間にナビルからずいぶん学んでいたのだ。

「あんた、もうじき、バザールで商売ができるぞ」

イブラヒムはこう言って笑った。ヴァレンティンは、この善良な男の悲しみをいくらかでもやわらげることができたのではないかと、ひそかに胸をはった。風呂屋を出たヴァレンティンはイブラヒムを家の前まで送り届け、それからサーカスに戻った。帰り道、橋の少し手前で、例のスペイン人といっしょにいるアニタを見かけた。ふたりはカフェに座って、激しく言い争っていた。

ヴァレンティンは立ち止まらずに、先を急いだ。足どりが力強くなったような気がした。二本の足は、持ち主がまだ若いことを見せつけたいとでもいうようだった。

その日も、公演に参加しようという観客はあらわれなかった。ナビルは最高の演技に百リラの賞金を出すと公約していたが、だれも舞台に上がろうとはしなかった。地方では、たがいに敵対する勢力が戦いをくり広げていた。いくつかの町が内戦状態にあるという噂が流れていた。

ピアは今までに一度も、外国に長く滞在したことがなかった。ましてや戦争を経験するのは生まれてはじめてだった。ヴァレンティンはピアの不安が手にとるようにわかった。ヴァレンティンはこの数日、不安を笑顔のうしろに隠すアラビア人の特技について、見聞きしたことをたくさんメモに記した。ナッハモルグには、地方の内戦が心配だとナビルにうち明けた。ところがナビルは、一刻も無駄にできない大統領は、この何日かのうちに敵を殲滅《せんめつ》するだろうと断言したのだ。これにはヴァレンティンもびっくりした。

「ぐずぐずしていると外国が黙っちゃいないからな。政府もそれは承知している」

とナビルは言った。そして、膠着《こうちゃく》状態に陥《おちい》ったバサマとの関係について長々と話した。バサマはナビルと隠れんぼうをしているようだった。ナビルが近づくとバサマは逃げ出し、ナビルがあきらめかけると、バサマは彼をたきつけ、彼に迫りさえするのだ。

周囲の混乱が影響をおよぼしていないのは、はたから見るかぎり、マルティンだけだった。彼は仕事に没頭し、猛獣の面倒をみて、動物たちを相手に大胆で危険な新演目を根気よく試していた。マルティンはふたたび精力をとり戻し、飲むものといえば水とお茶だけだった。仕事を終えたあとでサーカスのカフェに集まってみんなでビールを一杯やる、男のつき合いさえ避けていた。ヴァレンティンはマルティンのそんな様子に満足していた。サーカスについては、ヴァレンティンにはひとつだけ悩みがあった。それは、道化師がいないことである。ピアにもその話をした。するとピアは奇妙な笑い方をした。そして、ヴァレンティンと腰をすえてこの話をするのを避けるように、さっとその場からいなくなってしまった。

その晩、ハーナンは公演の少し前にヴァレンティンのところへあらわれて、小ぶりの革袋を手渡した。中には父親がしまっておいた貴重な理容バサミが数本と、カミソリなどの小道具が入っていた。どれもゾーリンゲンの鋼《はがね》でできた製品だった。

「この袋は、あなたのお母さんが父にプレゼントしたの。父はこのハサミで、自分の髪しか切らせなかったわ。私たちの髪さえ切ろうとしなかったのよ」

ハーナンは苦笑いを浮かべた。

「じゃあ、ここにお座り」

ヴァレンティンが言った。

「お礼に、これで君の髪を切ってあげよう。俺はうまいんだぞ」

ハーナンは笑うばかりで、取り合わなかった。しかしピアが、ヴァレンティンはほんとうに髪を切るのがうまいのだと言うと、ハーナンも安心した。

「ドイツの床屋さんは、よくしゃべるの？」

ハーナンが聞いた。ヴァレンティンが

「みんながみんな、そうじゃないよ」

とこたえると、ハーナンはにっこりした。

「アラビアでは、話もしなければ、人の話も聞かないような理髪師は、飢え死にしちゃうわ」

十五分後、鏡に映るヘアー・スタイルを見たハーナンはびっくりした。しかし、その驚きも、続く公演でみんなを待ち受けていた思いがけない出来事にくらべれば、ものの数ではなかった。


その夜の公演はいつもどおりにはじまり、万事とどこおりなく進んだ。マンズーアはヴァレンティンのそばに寄ると、小声で報告した。もう一度シャリフの母親を訪ねたマンズーアは、団長がどうしてもシャリフと話をしたがっている、彼に正団員になるようすすめるつもりだと伝えたのだ。シャリフの母親は、この話をかならず息子に伝えると約束したそうだ。ナビルはいつものように、猛獣ショーのはじまりを告げた。アラビア語がわかる者は、猛獣ショーに続いてむかしのように道化師が登場するというアナウンスを聞いて、首をかしげた。まだマンズーアの報告に耳をかたむけていたヴァレンティンは、アナウンスを聞きそびれた。マルティンは他に類をみない華麗な猛獣ショーを披露して、最後に大喝采《だいかっさい》を博《はく》した。会場の明かりが落とされた。情熱的なハンガリー音楽をバックに、小道具係が数人、軽業師《かるわざし》のように敏捷《びんしょう》な身のこなしで舞台に踊り出た。彼らは歓声をあげながら、中央に設置した大ケージの格子《こうし》によじ登り、ブロックごとに解体すると、重いパーツを鳥の羽根のように軽々と運び出した。さながら大きなショーにも匹敵する解体作業をはじめて目のあたりにした観客は、小道具係に嵐のような拍手と声援を送った。ヴァレンティンもさっと立ち上がり、「ブラボー」を飛ばした。早くも心の中では、今夜は「小道具係の日」と呼ぶことに決めていた。すると、突然、なつかしい音楽が聞こえてきたかと思うと、円錐形のスポットライトが真っ暗な舞台に道化師の姿をとらえた。いったい、この道化師は?――ピッポではないか! それに、これは彼のテーマ曲だ。ピッポをよく知り、愛していた者は、全身の血が凍りついた。コスチュームばかりか、歩き方も、おどけたしかめっ面《つら》もそっくりだ。しゃべり方も、ことばづかいも、かん高い声も、歓声も、泣きわめく声も、ピッポそのものだ。まるで彼が生き返って、そこにいるようだった。

メーキャップの下にいるのは友だちのナビルだとヴァレンティンがようやく見抜いたときには、ショーもほとんど終わりかけていた。観客は狂ったように拍手を送り、ナビルはピッポそっくりに、盛大な拍手におびえる芸人を演じた。ナビルはゆっくり、気が遠くなるほどゆっくり舞台の中央に進み出て、鳴りやまぬ拍手を制するように、おずおずと手を上げた。もう、ヴァレンティンは我慢《がまん》できなかった。ころがるように舞台へ走り出ると、目に涙を浮かべているナビルを抱きしめた。

「すごいぞ!」

ヴァレンティンは叫んだ。そして、ふたたびナビルから体をふりほどくと、観客に合わせて手拍子を打った。ところがナビルは、自前のソフトな声で、ナイフ投げのヤンの登場を告げるのだった。

この記念すべき夜に、ヴァレンティンははじめてナビルの恋人の姿を見た。バサマも急いで席を立つと、出待ち通路でナビルに成功のお祝いを言おうとする人々の輪に加わったのだ。このしとやかな女が、ナビルとの残された日々を楽しむどころか、彼が彼女へのかなわぬ想いに身を焦《こ》がしても平気でいられるような気分屋かと、ヴァレンティンは信じられない思いで見つめた。ピアにそっと感想をうち明けると、彼女は、

「あのナイフみたいに薄い唇を見た？　どうして、どうして。いやな女になりかねないわよ」

と小声でささやいた。

ナッハモルグになった。ナビルは、その日の午前中に医者から聞いた話を有頂天《うちょうてん》で報告した。医者は最近の検査結果から、病状がさらに持ち直していると太鼓判《たいこばん》を押したのだ。

「この先もこうして楽しく充実した生活を送り、みんなの元気を分けてもらえば、あと二年や三年は生きられるかもしれないよ」

ナビルはうれしそうに両手をもみ、続けた。

「この新しい医者に出会えて、ほんとうによかった。俺が長いことかかっていた医者は、けして笑わなかった。まるで犯罪者を見るような目で患者を見るんだ。話し方だってそうだ。ガンの最初の兆候《ちょうこう》を感じたとき、もちろん俺は真っ先にその医者のところへ行ったさ。

『やめるんだな！』

医者はぎょっとするような声で叫んだ。

『なにをでしょう？』

俺はどうしていいかわからずに聞いた。

『なにもかもだ。煙草をやめれば、確実に五年は長生きできる。暴飲暴食《ぼういんぼうしょく》をやめて、私が処方するダイエットをやれば、もうあと五年、確実に長生きできる。それに、酒と女をやめれば、さらに二十年』

『それでなんの人生ですか？』

俺は医者に食ってかかった。そいつの診察とは永遠におさらばさ。今の医者は明るくて、率直で、友だちのように接してくれる。俺といっしょになって、この病気から逃れる道を探してくれてるんだ」

ヴァレンティンのほうは、母親の物語の続きをはじめた。

「おふくろは自分の母親を埋葬《まいそう》するために、ひとりハンガリーに飛んだ。そこからタレクに電話をかけると、突然、恋しさがこみあげてきて、もう居ても立ってもいられなくなった。夫のルドルフォには、親戚をぜんぶ訪ねるので、ハンガリーには二週間いると伝えてあった。一週間だけウラニアに行って、愛する人のもとですごせないかとおふくろは考えた。タレクはツィカの思いつきに狂喜《きょうき》した。そしてツィカはウラニアに飛んだ。ホテル・クレオパトラで、ふたりは熱烈な再会をはたした。夢のうちに二日が過ぎた。ところが三日目に、ウラニア軍がクーデターを起こした。しかも将軍たちの見込み違いで、当時の大統領側の部隊と反乱軍の戦闘は予想外に長引いた。空港は閉鎖され、ツィカはウラニアで身動きがとれなくなった——そして、このあとに起こったことは……」

ヴァレンティンは話をしめくくった。

「あしたまた、話すとしよう」

ヴァレンティンがそっとキャンピングカーにもぐり込むと、ピアはまだナイト・ランプのかすかな明かりのもとで読書をしていた。

「郵便配達はニワトリの仲間かと思っていたが」

ヴァレンティンは冗談を飛ばした。

「私、ずっと夜ふかしのフクロウだったのよ。何年も無理をして、あなたのいう早寝早起きの生活に慣れたってわけ。その習慣がどうなったか。今じゃ、あとかたもないわ」

27

自分のほうが年をとったのではないかと、ピアがあっけにとられるくらいヴァレンティンは若返った

翌日、ヴァレンティンが浴場に行こうとすると、ピアはついて行ってかまわないかと聞いた。ヴァレンティンは大喜び。ピアの手をとってバザールを歩いた。こんなに若やいだ気分になったのは、はじめてだった。何度も立ち止まっては、もろくなった古い壁に残る装飾模様やフレスコ画をピアに見せた。

「どんな気分だい？」

ヴァレンティンは、母親以外のヨーロッパ女性がこの路地をどんなふうに感じるのか、少しばかり知りたいと思ってたずねた。

「あなたとこうしていると、まるで夢の中みたい。このまま目覚めたくないわ」

ピアはこたえた。

「そりゃ、よかった」

こうは言ったものの、ヴァレンティンはちょっとがっかりした。そのとき彼が聞きたかったのは、愛の告白などではなかった。ところが思いもかけず、母親の感じていたことを追体験する、いち

27 自分のほうが年をとったのではないかと、ピアがあっけにとられるくらいヴァレンティンは若返った

ばん手っ取り早い方法が頭に浮かんだ。

「俺の手伝いをしてくれないかな」

ヴァレンティンはたずねた。

「もちろんよ！」

ピアは喜んで応じた。

「よし。俺は小さなノートを何冊かつけているんだ。旧市街や、そこに暮らす人々についての印象を、忘れないうちに書きつけてるんだよ。あとで小説を書くのに、くわしいスケッチが必要なんだ。ノートの左側のページは、訂正用にいつも空けてある。もし君がそのページに、ウラニアでの体験や感想をいくらか書き入れてくれたら、ありがたいんだけどな。女性として、この異国の世界で感じたことを、思いつくままに、くわしく、忌憚《きたん》なく書いてくれればいい。順序なんかどうだっていいよ。君はひとりぼっちで、おふくろが歩いた道をたどるんだ。そして異国の人々に出会う。きっと、恐ろしいほどの孤独を感じるだろう。君の寝ぐらは、見本市会場のサーカスだ。当時、おふくろがそうだったようにね。君が書くことは、俺の小説に必要なメダルの裏面にあたるわけだ。表の面は、もうノートに書き込んであるからね」

「じゃあ、こうやっておしゃべりしているあいだも、あなたへのせつない想いで死にそうだって書いていいのね？」

「ああ、いいよ」

ヴァレンティンは照れながら言った。

「でもそれは、キャンピングカーで二人きりのときに、もう一度言ってもらったほうがいいな」
ヴァレンティンはピアを父親の家に案内した。ノックをしてみたが、だれも出てこない。ふたりはさらに路地を歩きまわった。ヴァレンティンは彼女にケーキ屋の家も教えた。それから、どこかでコーヒーを飲もうということになった。ピアはがらんとした小さなカフェを見つけた。ヴァレンティンは、彼女と二人きりのカフェという設定が気に入った。店は薄暗く、椅子はきしみ、テーブルは脂《あぶら》じみて、あたりには油のきつい匂いが漂っていた。どこの食堂や商店にもある大統領の写真だけが、ピカピカに磨きあげられ、壁から異彩《いさい》を放っている。

わきのドアから、黒っぽい髪をして、汗にまみれた裸足の少年があらわれた。少年は突っ立ったまま二人の外国人を眺め、いかにも気持ちよさそうに鼻の穴をほじくった。だれかが呼ぶ声がして、少年は姿を消した。今度は女がドアのすきまからちょこんと首を出したかと思うと、同じように消えた。ヴァレンティンはドアに向かって「アッサーラム　アライクム！」と呼びかけた。ピアはくすくす笑った。けれど、もうだれも出てこなかった。

「見せ物は、終わりね」

たっぷり十五分はたったころ、ピアはこう言って立ちあがった。ヴァレンティンはどうも腑におちないまま、彼女について店を出た。浴場へまわるヴァレンティンと別れ、ピアはサーカスまでひとりで帰ることになった。ところがいくらも行かないうちに、複雑に入り組んだ路地にすっかり迷い込んでしまった。胸の鼓動が激しくなるのがわかった。通りの角を曲がると、思いがけずヴァレンティンの妹たちの家があらわれた。ほっとしたピアは扉をたたいて中に入れてもらおうと思ったが、はっとその手を引っ込めた。いけないわ。ひとに頼《たよ》ってはだめ。自分の足だけで歩いてこそ、見知らぬ世界で右も左もわからなくなった女の気持ちがわかるのよ、と考え直した。

ピアはだんだんこの冒険が気に入ってきた。そして、いろんな方角からバザールに出るこつを、またたく間にのみ込んだ。無駄に郵便配達の仕事をしていたわけではないと思うと、急におかしくなった。ピアはひとりほくそ笑みながら妹たちの家の前まで行くと、今度は落ちついて扉をノックした。扉を開けたハーナンは、目の前に立っているピアを見て目を丸くした。

「まあ、珍しい!」

ハーナンは大きな声をあげ、ピアをコーヒーとお菓子に誘った。ふたりはながいこと、ヴァレンティンと母親と理髪師の話に花を咲かせた。ピアはハーナンがこの国を出たがっていることをはじめて知った。ハーナンは直接それを口にしたのではなく、ウラニアでの悲惨な生活と引きくらべながら、ヨーロッパへの想いを語ったのである。ピアは、ハーナンが内気で無教養《むきょうよう》な姉を鼻であしらっていることも見逃さなかった。姉と妹は、しっくりいっていないようだった。現状に満足しきったタマームとは対照的に、ハーナンは内戦にひどくおびえていた。そのうちにハーナンは、舞台で見るターザンのたくましさと勇気を、口をきわめてほめだした。ハーナンがすぐにでもマルティンのすべてを知りたいとうずうずしているのが、ピアには見てとれた。

ピアはコーヒーを飲むとサーカスに戻り、迷宮のような路地で出口を探しながら感じたことをヴァレンティンのノートに記した。住宅地の中庭に入り込んでしまったこと、それでも路地にいるものとばかり思ったこと、まわりの家の女たちが笑って自分をコーヒーに誘おうとしたことなども書き添えた。

ピアは最後に、あまり深く考えもせず、ハーナンが姉のタマームについて話した内容を記した。そして大きな文字で「あなたの妹はマルティンに首ったけよ」とつけ加えた。

「なぐり書きだけど、見てちょうだい」

午後おそく、ピアはヴァレンティンに言った。

「あなたがつけたノートの見出しごとに、私の感想を書いといたわ。そんな具合でよければ、これからも喜んでお手伝いするわ」

ヴァレンティンはちょうど、水漏れしているキャンピングカーの洗面台を修理中だった。

「へえ、もう、そんなにがんばったのかい！」

ヴァレンティンはびっくりしてノートを手にとると、ピアの書き込みを探した。路地の様子や、そこでの不安、そして迷宮の出口を見つけたときの満足感など、思いもよらぬくわしい描写に、ヴァレンティンは目を見はった。ついにつかんだ目に見えぬ赤い糸に導かれてバザールや新市街へ通じる道を見つけ、彷徨《ほうこう》が楽しい散策に変わった、その瞬間のピアの感激がひしひしと伝わってきた。

ヴァレンティンは妹がほの字という報告を読んで、クックッと笑った。うまくいけば、ハーナンと自分のだいじな同僚が幸せになるだけではなく、自分も、おあつらえ向きの愛の物語が手に入るかもしれないのだ。ヴァレンティンはにんまりとして、両手をこすり合わせた。それから、動物ショーのためにとってあったものの、まだ一度も使ったことがない小テントへ急ぎ、そこにロープを張った。ロープに足をのせたヴァレンティンは、自分の体が温かく、やわらかいのに気づいた。刺すような痛みがないのは、ほんとうに久しぶりである。もちろん、そのむかしヴァレンティンが綱渡りを断念したのは、そういった痛みのせいではなく、むしろ全身がマヒしたように感じられたからだ。綱渡り師ならみんな知っていることだが、手の一本、足の一本、指の一本ずつが敏感に反応してこそ、バランスを保てるわけだ。そうでなければ、目をつぶったまま細いロープを確実に渡れるはずがない。はじめて背中に痛みが走ったとき、ヴァレンティンはまだ体の警告を聞き流して、痛み止めでごまかした。ところが間もなく、足や腕の感覚がすっかり衰えてしまったのだ。

「体がマヒしやがった」

ヴァレンティンは絶望のため息をもらし、ついに綱渡りから足を洗ったのだった。

あれから長い年月が過ぎた。まだバランスはおぼつかなかったが、ヴァレンティンはあえぎながらも、長さ五メートルのロープの向こう端にたどり着いた。思いがけず響いたブラボーの声に、ヴァレンティンはぎょっとした——テントの入り口に、ナビルがにこにこしながら立っていた。

「探してたんだ。いいニュースだ。それにしてもおまえ、どうしようってんだ？」

「ピアへのプレゼントさ。次の日曜が誕生日でね」

「気でも狂ったか！　彼女のためにロープの上で飛びはねようっていうんじゃないだろうな？　とんでもない。よしとくれよ」

ナビルはあたりかまわず、大声で叫んだ。

「飛びはねるってわけにはいかんだろうな――でも、どんなことがあっても一回は渡ってみせる。きっと、たった一度のプレゼントになるはずだからな」

ヴァレンティンはこう言うと、今来たロープを戻った。

「たった一度、か……。おまえ、もしかしてこれが最後のプレゼントになると思ってるんじゃないだろうな」

「まさか。それほどいじけちゃいないよ。見てのとおり、俺はまだまだいけるぞ。それより、このことをだれにもばらさないって、約束してくれ！」

「そうかい、そうかい。つまり俺は、とんでもない馬鹿とつき合ってるってわけか！」

ナビルはため息まじりに言った。

「でも、だれにも言うなというなら、それは約束するよ。ところで、俺はマンズーアといっしょにシャリフの母親のところへ行ってきた。たまたまわかったんだが、彼女の夫は長年、俺のところで働いていたんだよ。だんなから聞かされていた俺の話は、いいことずくめだったらしい。母親はサニアの電話番号を教えてくれた。シャリフとは、電話で話しておいたよ。シャリフは向こうでは厩舎《きゅうしゃ》で働いていたんだが、団長をはじめ俺たちみんな、おまえがいなくて困っているぞと言うと、やつは泣き出した。都合《つごう》がつきしだい、シャリフは戻って来るよ」

それ以来、ヴァレンティンは毎日、午後になってピアが町へ散策に出かけると、小テントで綱渡りの練習をした。ピアはたちまち町に明るくなり、帰って来るとすぐにノートをとり出しては、その日の印象を綴《つづ》るのだった。

ヴァレンティンが熱に浮かされたように練習を重ね、足の感覚を鋭敏にするために裸足でロープを往き来する様子を、ナビルは感嘆と心配の入り混じった複雑な気分で見守った。ナッハモルグでも、ヴァレンティンは、しゃべっていようが、聞き役にまわっていようが、足の指の鍛練《たんれん》を続けた。指をまるめたり、開いたり、テーブルの脚に何度も押しつけたりするのだ。ナビルははじめて、ヴァレンティンが右足の内側に入れ墨をしているのを知った。絵柄はロープで結ばれた二つの惑星——それは綱渡り師の栄光のしるしだった。それでもナビルは、ヴァレンティンが小テントに敷いたフェルト・マットの上で飛びはねたり、ボールを頭から首、肩から腕へと転がす練習をしているときが、いちばんほっとした。

「どれ、見張りでもするか」

ナビルはこう言ってテントのすきまから外へ目を光らせ、またくるりと向き直ると、まるで共犯者のようにささやいた。

「異常なし。練習を続けろ」

バレエ・シューズをはいたヴァレンティンは、揺れるロープの上を一歩一歩進む。端まで着くと、バランス棒を二つのフックに引っ掛け、両腕をぐいっと広げて向きを変える。そして深呼吸をすると、今度はバランス棒を持たずに早足で戻りはじめる。だが、ロープの中ほどまでしか行けないことも多かった。そのあたりまで来て転落すると、ヴァレンティンは自分に悪態《あくたい》をつくのだった。

「高さ一メートルのロープで、よかったよ」

そう慰《なぐさ》めるナビルは、ヴァレンティンが高く張られた綱を渡る日のことを考えると、背筋が寒くなった。

ヴァレンティンは毎晩きまった時刻になると、もう少しサーカスにいるようにと妹のハーナンを引きとめた。その時刻には、たまたまヴァレンティンが無口なマルティンに用のあることが多かった。このところハーナンは、ヴァレンティンと半分血を分けた兄妹と言われるのがお気に召さない様子だった。

「半分も四分の一もないわよ。ヴァレンティンへの愛情は、三人の兄弟とイヌ一匹にネコ二匹でもおつりが来るくらいよ」

ある晩、ハーナンはピアにこう言った。言った本人が、自分のことばに思わず吹き出した。

「じゃあ、マルティンへの愛情は？」

ピアがささやいた。

「もっとたくさんよ。でも、心のべつの隅で思っているわ」

「それは、ごちそうさま」

ピアは笑い声をあげた。

「じゃあ、私のことも、どこかべつの隅っこに置いてくれるの？」

「どうして、隅っこなんていうの？　あなたがいるのは、ちゃんとした、すてきな場所よ」

「私、だんだん、あなたの心の中が、ウラニアの旧市街みたいに、曲がり角だらけに見えてきたわ」

ピアがこう言ったとき、ヴァレンティンとのちょっとした話し合いを終えたマルティンが、ためらいがちに二人のそばに腰をおろした。マルティンはいつものように、ライオンの話をはじめた。ピアはキャンピングカーに用事があるからと口実をもうけて、席をはずした。マルティンがしゃべると、ハーナンの二つの耳が三つになることに、ピアはずっと前から気づいていた。三つめの耳とは、ぽかんと開けた彼女の口のことである。ハーナンは、ライオンでも、トラでも、ヒョウでも、黒ヒョウでも、なにもかも知りたいというような顔で、マルティンの話に聞き入った。翌日の晩、マルティンは近くから動物たちを見てみないかとハーナンに提案して、ふたりは猛獣の檻《おり》のほうへ消えた。予想どおりの展開に、ヴァレンティンはひとり笑いをこらえきれなかった。

「いやな人」

ピアはヴァレンティンの尻をピシャッと叩いた。

「なかなかいいじゃないか！」

ヴァレンティンは言った。

　日曜日の昼ごろ、シャリフがトランクを手に、おずおずとあらわれた。

「ただいま帰りました、団長！」

シャリフはドイツ語で言った。それは彼がマルティンから教わった、ただひとつ完璧に言える文章だった。

「よく来たな、若いの！」

ヴァレンティンは大きな声をあげて、シャリフを抱きしめた。

「おまえがいなくて、淋しかったよ」

ヴァレンティンが言うと、ナビルはそれをアラビア青年に通訳してやった。ほかのみんなも、シャリフを出迎えに急いで集まってきた。アニタさえ顔を見せて、心から彼を歓迎した。アニタがあと一週間で帰国する恋人といっしょにスペインへ旅立ち、そこで二人でオリエントの生地をあつかう店を開くつもりだということを知っているのは、ヴァレンティンだけだった。なかなかやり手のスペイン青年は、すでにサニアとウラニアで、良質の絹や綿の織物を安く生産している会社を探しあてていた。


翌日から、サーカスでは秘密の作業が進められた。巨大なデコレーション・ケーキがひそかに用意され、日曜の夜になると、ハーナンは桟敷《さじき》にあるカフェ・テーブルつきの自分の席にピアを座らせようとした。ピアはといえば、もう何度となく日曜は自分の誕生日だとほのめかしているのに、ヴァレンティンが聞こえないふりをしているようなので、少しいぶかしく思い、がっかりもしていた。いつの間にかピアはそれとなくほのめかすのもやめて、年齢《とし》のいった人を愛したのだからしかたがないと、あきらめていた。おそらく、相手が自分よりはるかに若い女であることを、しょっちゅう思い出させられるのはたまらないと考えているのだろうと、彼女は想像した。それでも、この日の朝ヴァレンティンがキスひとつしてくれなかったものだから、ピアは彼に腹をたてていた。すねて町へ出かけ、なかなか帰ってこなかった。もっとも、そのおかげで、団員たちはピアの誕生日の準備がスムーズにできたのだ。小道具係が一人、ずっとサーカスの入り口に立った。そして午後おそくピアが戻ってくると、三回、口笛を吹いて、テントに駆け込んだ。

その夜、ナビルはテントを埋めつくした観客を前に、最後にご覧いただくのはピアの誕生祝いのオープニングを飾る出し物だと告げた。ナビルはピアのほうを向くと、高らかに呼びかけた。

「愛するピア、誕生日おめでとう！　これは俺たちからのプレゼントだ！」

それから、不思議なろうそくや、地上アクロバット、曲芸、調教馬《ちょうきょうば》の演技を組み合せた奇抜なショートプログラムが続き、観客全員に巨大なデコレーション・ケーキとシャンパン、ジュース、クッキーがふるまわれた。ピアは驚きのあまり、気が遠くなりそうだった。見も知らぬおおぜいの人々にこんなふうに誕生日を祝ってもらったことなど、これまでの人生で一度もなかった――

それにしても、ヴァレンティンはどこにいるのだろう？

「さてピア、これは、君へのたった一度のプレゼントだ。みなさん、永遠の若さを保つ、われらが偉大な名手、当サーカスの団長がロープに上がります！」

ナビルはひときわ大きな声で紹介した。するとすかさずサーチライトが場内を移動し、高く張られた綱の上から深々とおじぎをして、ピアに投げキッスを送るヴァレンティンを浮かびあがらせた。ピアは顔も上げられないほど、感動に震えていた。そして、奇妙な不安にかられた。会うたびに若い恋人が年齢を重ねてゆくという、おとぎ話のようなゲームをやっているうちに、自分はほんとうに年をとってしまったのではないかという思いが、一瞬、頭をよぎった。

ヴァレンティンは一見しっかりした足どりでロープの上を進むと、ターンをして早足で戻りはじめた。音楽は指先までぞくぞくするほど、激しく高鳴った。ヴァレンティンは、ゴールが近づくにつれて足どりがおぼつかなくなっていることに気づいた。突然、むかしロープの上で披露《ひろう》した妙技《みょうぎ》の数々が、一挙《いっきょ》に眼の前によみがえった。こうして見せている演技が、いかにも貧弱で、迫力に欠けるように思えた。あのころは、どんなジャンプも楽々とこなした。今の自分は頭の中に空洞ができたようで、脚もゆっくり、重そうに引きずっている。これはまずい。この綱渡りには、まるでクライマックスがない。ヴァレンティンはゴール前の数歩を踏みしめながら、ロープにさわるのはこれでほんとうに最後にしようと心に決めた。ヴァレンティンがロープの端の台にたどり着くと、エヴァの勇気と軽やかな足どりを見慣れた観客は、上に向かって型通りの拍手を送った。けれどもマルティンを先頭に、団員たちは心からの拍手を惜しまなかった。それはだれの耳にも力強い拍手と聞こえたが——経験ゆたかなヴァレンティンの鋭い耳には、そうは聞こえなかった。彼はとにかく無事に終わったことだけがうれしかった。ピアからもう二度とやらないでほしいと懇願《こんがん》されたとき、ヴァレンティンは面目《めんぼく》をつぶされたと感じるどころか、彼女への二つ目の誕生プレゼントとして、素直にそう約束することができた。ピアは長い口づけで感謝の気持ちを伝えた。ヴァレンティンはにんまりした。つい今しがた、オリエント人の遺伝的な性格の片鱗《へんりん》をわが身に発見したからだ。それは、譲歩《じょうほ》と見せかけて、自分の願望を相手に売りつけるという能力である。

ピアはふたたびヴァレンティンをほんとうに身近に感じて、もう二度と彼の耳を疑うまいと心に誓った。この夜はハーナンも、ピアに劣らず幸せそうだった。ハーナンはマルティンのそばにつきっきりだった。マルティンは自分も少しばかりしゃべれることに気づいた子供のように、あらゆる機会をとらえて喜びを表現した。ことばの美しさを発見しては夢中になるマルティンを前に、おしゃべりのハーナンも、ほとんど口をつぐんだままだった。夜おそく、ヴァレンティンの車をノックしたマルティンは、はにかみながら、ぼそぼそと言った。

「団長。ハーナンが俺のところで夜を明かすというのは、まずいでしょうか？」

「そんなことはないさ。でもおまえ、気をつけろよ。危険な女らしいからな」

とヴァレンティンはこたえた。

「かしこまりました、団長！」

マルティンはすっかりどぎまぎして、こう言うのがせいいっぱいだった。

ピアは、マルティンのことばにも、そしてまたヴァレンティンの父親めかした返事にも、どこか変な感じがした。けれども、それについて長く思いめぐらすこともなく、愛の幸せと喜びに酔いしれて、まもなく眠りについた。ところがヴァレンティンはずっと寝つけなかった。ナッハモルグは中止してくれとたのんで、ナビルはバサマと消えてしまった。ヴァレンティンはそっとベッドを抜け出すと、テーブルの上のスモール・ランプをつけた。すると突然、なぜ眠れなかったのか合点《がてん》がいった。ピアがノートに書いたことを、知りたくて知りたくてたまらなかったのだ。ヴァレンティンは彼女が町を散策して持ち帰る印象を心待ちにしていた。そして彼女が自分への愛情から、いつも自分の意見に同調することがないようにと願っていた。その意味では、ヴァレンティンの願いがこれほどかなえられたことはなかったといってよい。一冊目のノートを手にとったとき、ヴァレンティンは驚きのあまり顔色を失った。

28

ヴァレンティンとピアは見開きのページに、この町で発見したさまざまな側面を書きつけた

ヴァレンティンは青いノートに小さなラベルを貼って使っていた。一冊目のラベルには、小さくて美しい手書きの文字で、こう書いてあった。

ウラニア、旧市街
第一冊
バザールとその周辺

ウラニアの情景、観察、感想を
記憶にとどめ、
母の想いに近づくために
これを記す

ヴァレンティンはすでに右側のページに通し番号を打ってあった。ピアは左のページに同じ数字を入れ、そのうしろに自分の頭文字のPを記した。ヴァレンティンはいつも、まず自分が書いたものを読んでから、ピアの書き込みを読んだ。こんな具合である。

1

一歩すすむごとに、私はこの町の魅力のとりこになる。二、三歩も行けば、もう町の心臓部だ。そこに張りめぐらされた血管の中を、私はあちこち動きまわる。ドイツの町ならこうはいかない。いつまでたっても皮膚の表面をなぞるだけで、けして奥へわけ入ることはできない。バザールの光は独特のものがある。おしつけがましくないのに、思わず立ち寄りたくなる。ここでは、町が顔と歴史と性格、それに魂をもっている。町は呼吸する生きものだ。こうして路地を彷徨《ほうこう》しながら、一世紀、二世紀、あるいは五世紀に造られ、今なお建物の一部として使われているアーチや柱、張り出し窓、アーケードを眺めていると、われわれはふだん、いかに面白みに欠ける町に住んでいるか思い知らされる。こちらの人々は町を凝固《ぎょうこ》した歴史の澱《おり》として見るのではなく、歴史のなかに住みついているのだ。ここでは時間が停止しているように見える。ところが、いばら姫(注)は毎日、目覚めの口づけを受けるのだ。

(注) グリム童話に登場する、百年間眠り続けた王女のこと。

ここではなにもかもが、固有の名前と、匂いと、声をもっている。

1P

バザールを歩きまわるのも四回目だが、いつもすぐに雑踏にのみ込まれてしまい、そのたびに恐怖を覚える。ドイツでは、お祭りのときでさえ、見知らぬ人たちにこれほど近寄られたことはなかった。すべてが、強烈な臭いを放っている。道の真ん中まで、肉屋の血と腐ったような脂肪の臭いがする。アーケードの下のバザールは暗すぎるし、近くから眺めるのさえためらわれる一角も多い。だれかが身をひそめているような気がするのだ。私は人々の裸足の足もとばかり見つめている。町全体が私を威嚇《いかく》しているようだ。

太陽が容赦《ようしゃ》なく照りつける屋外は、ほこりが口に痛い。どこへ行っても、市場の商人たちは道行く人をことごとくつかまえて、耳元で売り物の名前を傍若無人《ぼうじゃくぶじん》にがなりたてている。

2

私は飽きることを知らない。ここでは一歩あゆむたびに、思いがけぬ発見がある。ドイツの歩行者ゾーンは三歩も行けば退屈してしまうが、私はここに来てからというもの、毎日のように、バザールを歩きまわっている。バザールは常に新鮮だ。アラビアの貧しい商人は、ドイツの大型ショッピングセンターの従業員が束《たば》になってかかってもかなわないほど、よくしゃべる。ここではみんながおしゃべりを楽しむ。商品は、話したり、人の話を聞いたりするためのきっかけにすぎない。

2P

私がちょっと売店に近寄っただけで、温厚《おんこう》そうな人物はたちまち押しつけがましい商人に変貌《へんぼう》して、大きな声を張りあげ、身ぶり手ぶりでなにかを売りつけようとする。おまけに、商人たちが歩行者に投げかける視線ときたら――これにくらべたら、X線だって優しいくらいだ。あの視線を浴びると、服が焦《こ》げるような気がすることさえある。

私はいちばん仲のいい同僚のマルグレートに指輪を買いたいと思い、ある金細工師《きんざいくし》の店に入った。彼は指輪をいくつも見せてくれた。そのうちのひとつが気に入ったので、私たちはすぐに値段の折り合いをつけた。それから私は、この石はほんもののルビーかしらとたずねた。その男は完璧な英語をしゃべるくせに、なかなかイエスと言わない。かわりに、話のなかの話、またそのなかの話といった具合に、延々としゃべり続けるのだ。そして突然、指輪を包装してよこした。私は支払いをすませ、道路に出てはじめて、質問になにひとつ答えてもらっていないことに気づいた。

3

旧市街では、人々がよく笑うことに気づく。ここではみんなが一種の共同体をつくりあげている。売ったり買ったりという行為は、商売のほんの一面、それも退屈な面でしかないことが徐々にわかってきた。商売は同時に、生きることのあかしであり、たがいの知力を認め合っていることの証明である。アラビア人は死者や愚者《ぐしゃ》とはけして取り引きしない。今日、私はある乞食のそばで、ずっと彼を観察しながら、ドイツの歩行者ゾーンにいる乞食とこの男はどこが違うのかと考えてみた。ここの乞食は自分を売り渡すのではない。彼はことばのかぎりをつくして自分の貧しさを相手に買わせる。そして、施《ほどこ》しをすれば、この世でもあの世でもご利益《りやく》があると、通行人を口説《くど》くのだ。ある乞食が言ったことばをナビルが訳してくれたことがある。それは、じつにみごとな誘惑のことばだった。ドイツの乞食は、仕様説明書かなにかのように自分の惨状《さんじょう》を記したボール箱のうしろに、黙って座っているだけだ。

3P

今日、ここウラニアの路地やバザールで覚えたほどの孤独を感じたことはない。人々は、みんながみんな知り合いで、ひとつの家族のように見える。私だけが、よそ者。ドイツの歩行者ゾーンでは、私はよそ者のなかのよそ者。それはそれで、居心地が悪くない。ここでは子供でさえ、魚のように器用に人間の海を泳ぎまわり、私よりずっと自信に満ちている。
乞食はあつかましい。ただ、ポケットにまで手を突っ込まないだけのことだ。

4

巧妙なトリックについて

私は美しい小さな絨毯《じゅうたん》が気に入り、値引き交渉をした。次に、少し退《ひ》いてみた。もうそれは欲しくないとでもいうように、ほかの絨毯を眺め、売り手の目をくらますために、べつの品をさんざん値切ったのである。そこへひとりの女が店に入ってきた。黒いチャドルを着ているところをみると、金持ちのペルシャ人だろうか。彼女は私が最初に値引き交渉をした絨毯についてたずねた。私は耳をそばだてながら、品物選びに忙しそうなふりをした。彼女は英語でかけ合っていたので、私は一部始終がわかった。売り手は二千ドルを要求したが、女は五百ドルしか出せないと言う。売り手は、私には八百ドル以下では売れないと言っていた。女は三度、四度と交渉を重ねた末に、千ドルなら買おうと言った。しかし売り手は頑《がん》として千五百ドルから負けない。女はかわいそうなくらいしょんぼりしたが、売り手は、はたで見ていて驚くほど、とりつく島もなかった。女は首を横に振りながら、店を出て行った。私はまた客があらわれないうちにと、急いでその絨毯のところへ戻り、八百ドルで買った。売り手に、なぜあの女に千ドルで売らなかったのかと聞くと、

「最初の客はあんただ。あんたには優先権がある」と言うものだから、すっかりうれしくなった。しかし、ナビルが事の真相を説明してくれた。その女は、わずかな手間賃《てまちん》で商人に雇われているさくらのひとりだという。売り手がこの客は食らいつきそうだと思うと、店にあらわれて手助けをするらしい。実際、私はこのあと、あの女が客に応じてフランス語や英語やアラビア語を使い分けながら値をつけているところを、何度も目撃した。

4P

まったく同じ経験をしたわ!! あなたにプレゼントした銅板を買ったときよ。私の場合は、品のいい若者だったけれど。

5

今日の昼前、私は蒸し風呂《ハンマーム》に近い路地に店を構えるある商人のところで、腰をおろしていた。彼は道路にいた私を店に招き入れたのだ。私はお茶を飲み、彼はドイツについてあれこれ質問した。そうして座っているうちに、商人の知り合いという男が入ってきて、気ぜわしくわれわれとお茶を一杯飲んだ。男はすぐに行かなければならないところがあると言って、私を昼食に招待し、迎えに来るからと約束した。冗談だろうと思っていると、男はほんとうにやって来た。そして商人と私は、彼のところで昼食を食べたのだ。食事には、男の二人のいとこも招待されていた。そのうちのフランス語がうまいほうの男は、ウラニアで一、二を争う歯医者に顔の半分をマヒさせられたために、シュトゥットガルトで二度も手術を受けたそうだ。彼はサーカスが市民を楽しませてくれたお礼に、私を夕食に招待したいと申し出た。私は、こんなふうにご馳走《ちそう》になっていると、そのうちサーカスの入り口を通り抜けられなくなるからと、お断わりした。

5P

奇妙ね！ 路地を歩いていて怖くなると、あなたではなく、いつも真っ先にハーナンのことを思い浮かべるの。どうしてでしょう？ なぜだか、わからない。目のさめるように美しい自宅に来てみないかと誘う男もいるけれど、応ずる気にはなれない。女性が招待してくれるのなら、不安も解消するのに。今日は、ものすごく年寄りの商人に招かれて、水パイプとお茶をご馳走になった。彼は愉快な変り者。その、ほんとうにすてきな家にあった噴水のように、おしゃべりで、無邪気な人。

追伸：ごらんのように、私だって肯定的《こうていてき》な見方ができるのよ！

6

今日はじめて、ハカワチが物語を語って聞かせるカフェに入った。ことばはひとつもわからなかったが、とても引きつけるものがあった。ハカワチの気分や身ぶり手ぶりに合わせて、私は自分なりに考えた物語を紡《つむ》ぎ出していった。それはちょうど、聾《ろう》唖《あ》者《しゃ》の話を聞きながら、その顔の表情や手の動きにぴったり合った物語を想像してゆくような、すてきな体験だった。この間に私がものにしたささやかなアラビア語は、ほとんど役に立たなかった。私は、オリエントの人々のあいだでことばがとても大きな力をもっていることに驚いている。物語の登場人物に味方するあまり、聴衆どうしがたちまちいさかいをはじめることもある。あるときなど、店の主人が見かねて止めに入り、血の気の多い客は息をはずませながら、また席に戻っていった。

6P

いささかうるさいとはいえ、私もあれはすばらしいと思う。ただし、あのカフェに、女は私ひとりだけ。それに気づいたのは、もうだいぶたってから。私はこっそり店を出た。アラビア人はあれほど人づきあいがいいのに、カフェが男性だけの場所だとは、ちょっとおかしいんじゃない？　しかも、それが今も続いているなんて！

ヴァレンティンの七ページ目は、ぎっしり書かれたうえに、あとから線で消されていた。欄外《らんがい》にはこう書き込んであった。

ハンマームでの体験はとても実り多く、興味深いので、専用のノートを作ることにした（三冊目の茶色いノート、「蒸し風呂《ハンマーム》」を参照）。

7P

読みました。あなたのすてきな体験がうらやましい。三冊目のノートにはもう余白がほとんどないし、私は二度と蒸し風呂に行くことはないと思うので、このノートに感想を書くだけで十分です。

あなたが浴場で楽しい思いをするのは、イブラヒムといっしょだからよ。彼はたまたまお菓子作りをやっているけど、哲学者ですもの。

ところが私は、乱暴で冷たい、死んだ眼をした管理人のおばさんにあたってしまった。あなたが書いているように、この国の男性はなにかにつけ男らしさをひけらかし、女性的なところを隠そうとする。それもあって、女性は自分の体から男性的な痕跡《こんせき》を消し去ろうと、体じゅうの毛を抜いてしまうんでしょうね。浴場の女たちは口々にわめきながら、私のまわりに群がったわ。私の脇の下やすねに毛が生えているのを見て、はじめはいぶかしそうにしていたけれど、そのうち私に抜く気がないとわかると、心底《しんそこ》あきれはてていた。私だったら、額や鼻や唇のそばに髭《ひげ》を生やして、もっと男らしい顔にしてくれなんて、男性に要求しないわ。
私の体に石けんを塗りたくろうとする女たちのおせっかいにも、うんざりした。彼女たちのくすくす笑いは、ひどく子供っぽく聞こえたわ。

8

襲われた。黒っぽい髪に不敵な目つきをした背の高い若者が、バザールや路地を行く私をつけまわしていた。そのうち私はチンピラを見失い、気がついてみると、袋小路に迷い込んでいた。今にして思えば、そうなるようにやつが仕向けたのだろう。突然、若者は大ぶりのナイフをとり出した。これほど怖い思いをしたのは、インドネシア（二十年ほど前に行ったことがある）以来だ。私は金をやるからと言って若者を落ちつかせ、ズボンのうしろのポケットから小銭入れを出した。あやういところだった。相手はもし捕まれば終身刑《しゅうしんけい》が待っていることを知っているからだ。この国の政府は、外国人に対するどんなささいな犯行にも、厳しく対処しているのだ。貴重な収入源となる外国人観光客を保護するために、ときには見せしめの処刑さえ行なわれる。その結果、外国人の安全性は高まったものの、いっぽうで犯罪者の神経を高ぶらせることになった。犯人がすばやくその場を離れ、痕跡を消したいと考えるようになると、それがまた外国人の死につながりかねないのだ。なんという悪循環《あくじゅんかん》！

8P

いかれた若者が路地で愛想よく私を引き止めると、英語で愛の告白をはじめた。テレビの昼メロ《ソープ・オペラ》の台詞《せりふ》のように聞こえたので、私は笑ってやり過ごした。すると男は血相を変え、錆《さ》びたドライバーを突きつけて脅した。しかしそこへ、子供たちから急を聞いた近所の人が二、三人駆けつけてくれた。彼らは若者をとり押さえると、私に謝り、この子の両親に心配をかけたくないから、どうか警官を呼ばないでほしいとたのんだ。

9

今日はじめて、奇跡を見た。目の見えない煙草屋の主人である。百種類もの銘柄《めいがら》のなかから探している煙草の箱を的確につかみとり、しかも両隣の箱にはこれっぽっちも触れないのだ。なんとすばやい手の動き！　なんと正確な記憶力！

9P

あなたの妹は自室の窓辺で私とコーヒーを飲みながら、一時間も近所の人たちの話を聞かせてくれました。あそこには、脊椎《せきつい》マヒの男の人も住んでいます。日がな一日、街角に座って、路上を見つめているそうです。その人は太陽の位置だけで時刻を当てるとのこと。ほかの人たちが、この体の不自由な男の半分も時間に正確であればいいのにという辛辣《しんらつ》な批判をつけ加えることも、ハーナンは忘れませんでした。私たちはこの国の女性に関する話もいろいろしたわ。私がここで郵便配達をしたら、とんでもないスキャンダルになるでしょうね。

これが、ピアが感想を書き込んだノートの一冊である。はじめのうちは仰天《ぎょうてん》していたヴァレンティンも、しだいに夢中になり、ほかのノートも読んでみたくなった。けれども彼はけしてあわてず、翌日から一冊、また一冊と、楽しみに読んでいこうと思った。ところが、一寸先《いっすんさき》は闇《やみ》。まだ実際の年齢にふさわしく、なにかにつけ疑り深かったころのヴァレンティンなら、そんなことは百も承知していた。しかし若返りの道を歩んでいる今では、すっかり忘れていたのだ。

29　女のおならはなんでも動かせる

ヴァレンティンは十時ごろ目覚めた。これほど長く眠るのは、二十歳《はたち》のころから久しくなかったことだ。ヴァレンティンは小説のなかでくわしく描写できるように、イブラヒムの助けを借りて、アラビアの中庭をじっくり写真に撮りたいと思っていた。撮影場所はケーキ屋の友人や親戚の家である。キャンピングカーのドア越しに外を見ると、ハーナンとマルティン、ピア、ナビルとバサマが大きなテーブルに集まっていた。

「早くいらっしゃいよ。ハーナンがあなたのお父さんの話をしてくれてるの」

ピアがにこにこしながら言った。ヴァレンティンは頭をかき、急いでシャワーを浴びた。カラスの行水《ぎょうずい》ですませながら、ちゃんとシャワーを浴びたように見せることにかけては、彼は押しも押されもせぬ名人だった。ヴァレンティンがピアの隣に腰をおろすと、ハーナンは困ったような笑いを浮かべた。

「私、馬鹿な話ばかりしてるの」

「その馬鹿な話が、いいんじゃないか」

ヴァレンティンは妹にこう言うと、テーブルの反対側でコーヒー・ポットを手に立っているナビルにカップを差し出した。

「父はよく、お芝居ごっこをしてくれたの」

ハーナンが話をはじめた。

「ある日、父が子供部屋に入ってきたときのことは、けして忘れないわ。その日は風も雨もすごくてね。私は嵐が好きだったんだけれど、姉のタマームったら、いまでもすごく怖がるの。両親はそれを知っていたから、きっと母が父を子供部屋によこしたんだと思うわ。母だって、ベッドから起きあがり中庭を横切って私たちの部屋に来るなんて、怖くてできなかったのよ。

母はその日、たくさん洗濯をしたものだから、どの部屋にも濡れた衣類が下がっていた。外は湿った風が吹いて、暖房用の石油の臭いがするし、すす混じりの雨が降っていたわ。そんなわけで洗濯物を部屋のなかに入れて、その真下で寝ていたのよ。

父は明かりもつけずに、私と姉のあいだに横になったわ。それから両脚をぐいっとのばすと、まるでテントを張るみたいに掛けぶとんを持ちあげたのよ。そうやって、いつまでも脚を垂直に立てていたわ。

『さあ、砂漠をティンブクトゥ(注)に向かっているところだぞ』

父は、さも秘密めかしてささやいた。そして知らぬ間に、どこからか懐中電灯《かいちゅうでんとう》をとり出していたの。しばらくすると父はテントをたたんで、砂漠での逃亡者狩りの話をはじめたわ。懐中電灯を点滅させながら、あちこちに向けるものだから、姉も私も雨風なんかすっかり忘れて、父のことばにだけ聞き入った。

『おっ、あそこに犯人が！』

父はこう叫ぶと、ふとんを少し足もとに引いて、洗濯ひもに掛かっているウールの長いズボン下を照らしたわ。

『動くな、悪党。おまえは包囲されている！』

父は勝ち誇ったように言うと、ズボン下に飛びかかった。ところが、ズボン下は洗濯ばさみでしっかりとまっていたから、ひもごとゆるんで、洗濯物が床に落ちてしまった。それが小さなテーブルの上にあったコップに触れたものだから、コップは落ちて騒々しい音をたてて粉々《こなごな》に砕けたわ。母が聞きつけたらしく、間髪《かんぱつ》入れず、彼女の罵声《ばせい》が聞こえた。けれども母がドアを開けて明かりをつけると、濡れた洗濯物の真ん中で懐中電灯をかざしている父が見えたのね。これには母も笑うしかなかったわ。

父とはよく役割ごっこもしたわ。タマームはいつでも女教師になりたがってね。父は一日じゅうキャンディーやアイスをほしがる少年役がいちばん好きだったわ。私のお気に入りはパパの役。そんなとき、父は言うのよ。

『おまえにはその役、すすめられないなあ。すてきなパパを演じるのは難しいんだぞ』

ってね。だけど私はどうしてもパパをやりたかった。父は、いつもまわりに文句ばかりつけてる、

（注）アフリカ、サハラ砂漠の南端にある町。

うるさくてあつかいにくい少年を演じてた。その少年が文句をたれるところを見るたびに、これは私自身なんだってわかったわ。パパ役の私はその態度に猛烈に腹がたって、二度ばかりたしなめてから、ピシリと大きな音がするくらい平手打ちを食らわしたの。さすがにそのときだけは、父も大声で私を叱りつけたと思うでしょう？　ところが父は笑っているだけだった。そして一瞬、黙ってから、少年の声で『ぼく、もう今日のアイスはたっぷりもらったよ』って言ったわ。

　近所の子供たちはお父さんが帰宅すると、よく泣かされていたわ。でも、うちの父はくだものと笑いを持って帰ってきたのよ。母もそんな父を楽しみに待っていたわ。ただ月曜日だけは違っていた。父がカフェから戻るころになると、母はいつも神経がまいっちゃって、おかえりなさいも言わないの。ほとんど毎週のように、月曜日の夜は夫婦げんかよ。だけど、これはまたの話ね。父はほんとうに変り者だったわ。父のことなら千も物語ができるわよ。でも、みんな、そろそろ仕事にかからなくちゃ」

ハーナンはこう言って話をしめくくった。彼女がマルティンをチョンと突っつくと、彼はさっと立ちあがった。

　ヴァレンティンは、まだおいしそうに朝食を食べていた。

「すごいねえ。君の感想にはほんとうにびっくりしたよ。これからも書いてほしいな」

ヴァレンティンがピアにそう言ったとき、ナビルが手招きして彼をそばに呼んだ。

「話がある」

ナビルはすがるように言った。

「エヴァが死んだ」

ナビルは気力をふるい起こそうと、ひと呼吸おいた。

「今朝、友だちから、ほら、あのサニアの市長から電報が届いてね。折り返し電話したら、信じられない話を聞かされた。エヴァはピッポを愛するあまり気がふれたんだ。あまりにも大きな愛に押しつぶされて、死んでしまったんだよ。墓守《はかもり》を巻きぞえにしてね」

「えっ、墓守だって？」

ヴァレンティンは驚いて、聞き返した。

「エヴァはここから姿を消した翌日にサニアの墓地にあらわれて、中に入れてくれとたのんだらしい。墓守は彼女がサーカスの団員だってことをまだ覚えていた。少し不審《ふしん》に思いはしたが、エヴァに金を握らされて、入れてやったんだ。エヴァは墓のそばで暮らし、泣いては眠り、墓の手入れをして、ピッポの眠りを覚まさないようにハエや鳥を追い払った。無言のまま、いかにも確信に満ちたエヴァの様子に、無学で純朴《じゅんぼく》な墓守まで狂気の渦《うず》に引き込まれてしまった。欲情《よくじょう》にかられたのか、なにかに魅入られたのか、それとも愛のデーモンのしわざか、いずれにしても、墓守は墓苑《ぼえん》事務所への報告をおこたり、やがてエヴァの狂気にとらえられていった。墓守はエヴァが伝える死者の命令に従った。ついにエヴァは衰弱《すいじゃく》し、こと切れた。墓守はエヴァを埋葬《まいそう》すると、今度は自分が墓前に座り、ふたりが黄泉《よみ》の国でかわす幸せな睦言《むつごと》に聞き耳をたてた。そして、その状態で発見され、精神病院に収容されたそうだ。狂った墓守がエヴァをピッポの隣に横たえ、ふたりの手を絹の赤いリボンで結んだところまではわかっている。市長は、エヴァの正確な名前を問い合わせてきているんだ。ふたりいっしょの墓を建てるつもりなんだよ。もちろん、サーカスはいつ来てくれるのか、とも聞いていたよ」

「二日後」

ヴァレンティンは放心したようにつぶやいた。

「エヴァの姓はハイネ、ただ単純にハイネだ。サニアへは、二日後に出発する。それまで、エヴァのことは口外しないでくれ」

ヴァレンティンはこう言うと、今日という日を呪《のろ》いながら町へ向かった。

かつてヴァレンティンの父親の理容サロンだった店を継いだ理髪師は、海千山千《うみせんやません》のキツネだった。彼はイブラヒムにともなわれてあらわれたヴァレンティンの素性《すじょう》をすかさず見抜いた。タレクの恋の話もよく知っていた。イブラヒムが、椅子を売ってくれないか、いくらなら売るつもりかとたずねると、理髪師はヴァレンティンのほうを向き、英語で「五…千…ドル」とこたえた。そして自分には五千ドルなどはした金だとでもいうように、口笛でシャンソンを吹いた。イブラヒムはこのこすからい男に、かんかんになって怒った。五千ドルとは、いくらなんでも法外《ほうがい》だ。革と木と宝石を使った椅子は、たしかに、またとない名品ではある。それにしても、千ドルも払えば十分だろう。ヴァレンティンは八百ドルという買い値を示してから、腹にすえかねて理髪師に食ってかかった。

「欲の皮のつっぱったやつめ」

「人生は《セ・ラ・ヴィ》、そんなもんさ」

理髪師はうそぶいた。

「あの、サル面《づら》め」

空手のまま理容サロンを出ると、イブラヒムは毒づいた。

「俺の隣人は骨董《こっとう》の専門家なんだ。彼はきのう、ここで髭《ひげ》をあたってもらって、あの椅子はせいぜい五百ドルと踏んだ。俺に代わって椅子を買おうとしたが、どうにも埒《らち》があかない。あのへぼ床屋め、ぬかしやがったそうだ。ちゃあんと知ってますよ。タレク・ガザールの息子で、金持ちのドイツ人がウラニアに来ているってね。いつかきっと、父親の椅子を買いにくるはずですよ、だとさ。サル野郎め、鼻をきかせおって!」

ふたりはしばらく路地をうろついてから、気分を晴らそうとハーナンの家に立ち寄った。落胆《らくたん》を隠せないヴァレンティンは、失敗に終わった事の顛末《てんまつ》を妹に話した。

「その椅子なら、今晩じゅうにあなたのものになるわ」

ハーナンはにこにこしながら言った。あの理髪師の女房はハーナンの親友ということだった。

この夜の公演は閑散《かんさん》としていた。客席が半分しか埋まらないのは、サーカスがウラニアに来てからはじめてだった。イスラエルのラジオ放送は政府軍の惨敗《ざんぱい》を伝え、BBC放送も、武装した反政府軍が予想外の戦果をおさめていると報じている。反政府組織は突然、最新鋭のミサイルを入手して、政府軍の空からの攻撃を封じているらしい。東部の陸軍部隊は駐屯地《ちゅうとんち》ごと原理主義者側に寝返り、その地域一帯の解放を宣言した。北部では民族主義者が、全土で受信できる強力な放送局を設立した。首都の政府は、いらだちをつのらせている。反政府組織に大攻勢をかけてみたものの、このままでは壊滅《かいめつ》的な敗北につながりかねない。街頭での検問《けんもん》も、かつてないほど強化された。

　マンズーアとシャリフは不安になった。政府が窮地《きゅうち》に陥《おちい》ると弾圧が強化され、そうなればサーカスの将来にもけしていいことはないからだ。二人にくらべると、ナビルは全体の状況をあまり深刻に受けとめていないようだった。ナビルは、日中は彼をせっせと訪ねてくるバサマと楽しくすごし、夜ともなれば老練《ろうれん》なエンターテイナーにして道化師となる。道化師として舞台に出たときは、最後に得意の物語をひとつ聞かせて退場するのだ。

　例の理髪師は、ほんとうに公演の直前、運送屋を連れてあらわれた。椅子は北極まで運ぶのかと思うくらい、しっかりと手押し車にくくりつけてあった。ヴァレンティンはすっかり面くらって、どう考えてみても、すぐには置き場所が思いつかなかった。

「券売車に運んで」

アンゲラが機転をきかせて、ヴァレンティンの窮地を救った。

「あそこなら、ほとんどがらがらだから」

彼女はこう言って、運送屋に車の位置を教えた。

「で、いくら払えばいいんだい？」

ヴァレンティンは理髪師にたずねた。そのわきでは運送屋が、椅子を幾重《いくえ》にも縛《しば》ったひもを解いていた。

「八百ドル」という返事が返ってきた。

「えっ、それっぽっちでいいのかい？」

「そんなもんさ、人生《セ・ラ・ヴィ》は」

男はため息まじりに言った。けれどもヴァレンティンが八百ドルを手渡すと、自分でも忘れたと思っていた笑顔をたちまちとり戻し、口笛を吹きながらサーカスを出ていった。ヴァレンティンは運送屋に気前よく二ドルの手間賃《てまちん》を払った。こちらも満足したようだった。

ハーナンは毎日、父親の思い出の品を持ってくるようになった。彼女はいつも午後にあらわれる。ヴァレンティンは、ハーナンが仕事中のマルティンのそばについているのを許した。ただし、ひとつだけ条件を出した。けして猛獣の檻《おり》に入らないという約束だ。ハーナンは笑って言った。

「そういうところは、父親譲《ゆず》りじゃないのね。父ならこんなとき、励ましてくれたと思うわ」

「いや、そうじゃない、ハーナン。檻に入るのは、すごく危険なことなんだよ。恋に目がくらんでいるときは特にね。話は違うが、親父のことで、君とどうしても話さなくちゃならない重要な問題があるんだ。今、いいかな？」

「今はだめなの、ごめんなさい」

ハーナンの返事はこうだった
「今日は水曜日でしょう。精神病院に義理の弟を訪ねる日なの」

「精神病院？」

「ええ。かわいそうな弟は、もう四半世紀もそこにいるのよ。私、夫の母が死ぬ前に約束したの。弟の面倒をみるって。義母《はは》は軍隊に心をずたずたにされたのよ。まず下の息子のドゥライドが発《はっ》狂《きょう》して、それから私の夫のジャミルも亡くなった。私、夫の死は軍隊のせいだと確信しているの。でもドゥライドの場合は、兵役につく前からおかしかったのかどうか、今ひとつはっきりしないのよ。いずれにしても、召集されて二日目の、まだ夜も明けやらぬころ、ドゥライドは塔によじのぼると、上からおしっこをしたの。下では高級将校たちが、旗を掲揚《けいよう》中の兵士や若い士官をじっと見守っているところだった。将校たちの顔におしっこが命中したものだから、何百人という兵士は大笑い。それからみんなでドゥライドを引きずりおろすと、意識を失うまで殴りつけたの。何日かして意識が戻ったときには、すっかり狂っていたのよ。ドゥライドはそれ以来ずっと病院にいるんだけれど、居心地がいいらしくて、ぜんぜん外に出たがらないの。おもしろい人よ。ときどき、ほんとうに狂っているのだろうかと疑いたくなるわ。でも、ドゥライドは抜け目がないのよ。見舞い客が来ると、必ずなにかひと騒動やらかして、それを見ないうちは帰さないんだから。そうやって、やっぱりどこかおかしいのかもしれないって、みんなに思わせるわけ」

「そりゃあ、どう見ても狂ってるよ」

ヴァレンティンはハーナンを送り出した。

ウラニアで最後となるその夜の公演も、テントは半分の入りだった。たぶんそのせいもあって、芸人たちはなかなか観客を沸かせることができなかった。それでもなお道化師の出番を省こうとしないナビルに、ヴァレンティンは驚いていた。ピッポそっくりの化粧をして舞台に登場したナビルは、それから二十分も物語を聞かせ、涙が出るほど観客を笑わせた。これを機に、会場は深い眠りから覚めたように活気をとり戻して、もう次の出し物からは、いつものように拍手喝采《はくしゅかっさい》の嵐だった。

「みんな、あんなに楽しそうにしていたけど、どんな話をしたんだい？」

ナビルの出演中にぼんやりしていて、物語の内容がほとんどわかっていないヴァレンティンがたずねた。それは公演がはねて、みんながサーカスのカフェに集まっているときのことだった。ヴァレンティンの問いかけに、ハーナンとマンズーアとシャリフはくすくす笑った。

「うん、俺も興味があるよ」

マルティンが大声で言った。

「俺たちもだ」

アラビア語のわからない団員は口々に言った。

「女のおならの話をしたんだよ。みんながお望みとあらば喜んで、もう一度ドイツ語で話すよ」

ナビルはこう言って、水を一気にぐいっと飲んだ。

「うん、やってくれ！」

あちこちから声がかかった。

「信じられないような話さ。ほんとうにあったことだけれど、信じないのがいちばんかもしれないな。俺の母方のおばさんが、亡くなる少し前に体験した話なんだ。ファリデおばさんは小柄で痩せた人だった。彼女の夫は、空の雲まで自分のものにしたがるような、貪欲《どんよく》な人物だった。あまりに欲深で、商売にも見境《みさかい》がなかった。だから、おばさんを追うようにして彼が不遇のうちに死んだあとには、膨大《ぼうだい》な借金が残された。ファリデおばさん夫婦の隣には、たぶん彼らの五倍は体重のある夫婦が住んでいたんだ。主人はドアを通り抜けるとき、いつも体を斜めにしていた。そうしないと、体がつっかえてしまいそうだったからね。奥さんはもっと太っていて、どうやって彼女がドアを通ったか、それを話すだけで物語がひとつできてしまうほどだった。奥さんは食べることが大好きで、主人よりも大食漢《たいしょくかん》だった。主人は、どうしても口にしないものがあった。豆科のものはすべて、それにタマネギとニンニクだ。こういうものは、お腹のガスの原因になることが多いからね。主人はおならを、この世でいちばん罪深い行為だと思っていた。それにくらべたら兄弟殺しだって、たわいないものだ。逆に奥さんのほうは、おならがしたいからこそ、主人の口にしないものを好んで食べた。彼女は夜となく昼となくおならをした。奥さんは、夫も、おならも、両方とも愛していた。だからふたりの住まいには、屋外に向かっては窓が、居間に向かってはものすごくぶ厚いドアがついた、出入りしやすい特別の小部屋が造られていた。奥さんはお腹がゴロゴロ、ツンツンしてきて、お尻のあたりがムズムズすると、すぐにこの小部屋に駆け込んで、至福《しふく》の快感とともに、開け放った窓に向かってブブッ、ブリブリ、ブー、プシューッとおならをするわけだ。そうしてすっきりした顔で、満面に笑みを浮かべながら居間に戻ってくる。主人はその配慮にあふれた的確な行動にいたく感じ入り、日ごと女房への愛をつのらせていた。

ところが、ある朝。ふたりで朝食をとっていたときのことだ。奥さんのおならは、折悪《おりあ》しくも性急に解放の喜びを求めて飛び出した。ブブーッという強烈な炸裂音《さくれつおん》ばかりではない。臭いもなかなか立派なものだった。主人は血も凍る思いがしたよ。アラビア人にとって、食事中のおならほど忌《い》まわしいものはないからね。それが原因で友情が壊《こわ》れ、殺し合いさえ起きるほどだ。おまけに、この奥さんの場合は、連れ合いがひときわ敏感な男ときた。二十年の結婚生活はこの上なくうまくいっていたのに、よりによって朝食のときにこんなことになってしまうとは。とんでもないことをしてしまったと気づいた奥さんは、メンツを失ったアラビア人がみんなやるように、大声で叫んだ。

『ああ大地よ、その口を開き、私をのみ込んでおくれ！』

これは彼女のいつわらざる願いだった。そのあとに起こるであろう避けがたい事態を回避するためにもね。

するとと、信じられないかもしれないが、大地がぱっくりと口を開けて、奥さんはほんとうに姿を消してしまったんだ。激しいことばで怒りをぶちまけようとしていた主人は、あまりのことにぽかんと口を開けたままだった。主人は目をこらしながらテーブルのまわりを歩いた。よく見ると、絨毯《じゅうたん》が裂けて、その下の床にも目立たぬヒビが入っていた。主人は床に寝そべって聞き耳をたてた。もの音ひとつ聞こえない。あたりは嘘のように静まり返っていた。

三日間というもの、主人はすっかり混乱していた。仕事も手につかなければ、眠ることもできない。ずっと留守にしてごめんなさいと謝りながら、奥さんがまたひょっこり姿をあらわすのではないかと思ったりもした。五日が過ぎて、主人はようやく待つのをあきらめた。そしてあの世の霊視《れいし》さえも許されているという、その道では最高に権威のある教団の霊媒師《れいばいし》を訪ねた。その霊媒師を通じて、この世ではたせなかった望みや、やり残したことを縁者に知らせることができた死者もおおぜいいる。主人は霊媒師に、妻が消えたという信じられない話をしてから、恐るおそる、頭の変なやつと思って放り出さないでほしいとたのんだ。霊媒師は顔色ひとつ変えずに主人の話をじっと聞いていた。そしてガラスの玉を持ってくると、テーブルについた。

『すぐにはじめましょう。いいですね、奥さんのことだけ考えるのですよ。そうすれば、きっとうまくいきます』

霊媒師は不安におびえる主人に命じた。主人は脚の力が抜けてしまい、無断で椅子を引き寄せると、霊媒師の正面に座った。これで、主人にもガラス玉の中がのぞけるようになった――この先も話そうか?」

「もちろん」

ヴァレンティンも、ほかのみんなも口々に言った。

ナビルはにこにこしながら、先を進めた。

「霊媒師は二つ三つ、呪文をとなえた。まもなく主人は、謎めいた玉の中にこの世のものとは思えぬ奇妙な景色が移ろうのを見た。突然、長い白髭をたくわえた男がぐんぐん近づいてきて、とうとう顔がはっきり見えるようになった。

『この人の奥さんはどこにいるのかな?』

霊媒師がたずねた。

『彼女はおなら王国のだいじな客人だ。うらやましい、じつにうらやましい!』

老人は感にたえぬように言うと、そそくさと立ち去った。

霊媒師はさらに呪文をとなえた。すると不意に、奥さんが姿をあらわした。主人は涙をこらえきれずに、

『おまえ』

とつぶやいた。奥さんは豪華なソファーにもたれ、三人の召使が彼女の足をマッサージしている。べつの召使たちはご馳走《ちそう》を差し出すかと思えば、まるで貴重な宝石でもあつかうように、彼女の汗のしずくをひと粒ずつ絹のハンカチでぬぐうのだ。

『そんなところで、なにをしてるんだ？』

主人はたずねた。

『あら、私はおなら王国の国賓《こくひん》よ。従順な奴隷も、召使も、兵士も、歌手も、詩人も、画家も、警官も、騎士も、ダンサーも、貴族も、農民も、金持ちも、貧乏人も、ここではみーんなただのおならなの。その数ときたら、何十億にもなるわ。だって、世界中のあちこちでおならが出るわけだし、ひとつおならが出るたびに、おなら王国の国民が生まれるんですもの。病気のおならもあれば、健康なおならもある。たちの悪いおならもあれば、おとなしいおならもあるわけで、ちょうど人間と同じよ。私が幸運だったのは、王さまの一族全員が私のおならだったってことね。何日か前に、朝食の席でものすごいおならをしたわよね。あのおならはここでは有力な将軍クラスなんだけど、そのとき私、あなたも知っているように、地面に穴でもあったら入りたいって言ったわ。ところが、それこそこの国の王さまが待ち望んでいたことなのよ。王さまは今までなんでも手に入れたけれど、私の願いをかなえることが、いちばんの夢だったのよ——そうじゃなく

って？　王さま』

すると突然、太った男が球面に登場した。その顔は満ち足りた想いに光り輝いていた。

『そうじゃ、そのとおり。彼女には、放屁《ほうひ》を楽しむという天賦《てんぷ》の才がある。だからこそ、われわれは王族に生まれたばかりか、健康で朗《ほが》らかに誕生したのだ。わしを見よ。彼女がこうしてわしを世に生み出してくれたんじゃ。この国の今日あるは、なにもかも彼女のおかげだ。わしがこんなに幸せにしているものだから、彼女もずっとここにいたいと言ってくれている。そうすれば彼女だって、ソファーに横たわったまま、とびきり健康で気品あふれる、みごとなおならを世に送り出すことができるというものだ』

『だけど……いったい……どういうことなんだ。アーイダ、俺という亭主がありながら、逃げ出すなんて。その、いまいましい……』

『あらいやだ、ほっといてちょうだい』

奥さんは言い返した。

『私はこの楽園で暮らすわ。もしあなたが愚痴《ぐち》を言わないなら、奴隷に命じて、毎日、片手いっぱいの金貨を届けさせるわ。そうすればあなたも贅沢《ぜいたく》に暮らせるでしょう。さあ、みんな消えて！　ものすごいのが出そうだわ』

さっと深紅《しんく》のビロードの緞帳《どんちょう》が引かれ、ガラス玉もその色に染まった。主人にはもうなにも見えなかった。彼は立ちあがると、ぼおっとしたまま支払いをすませ、家路についた。翌朝、台所でコーヒーを入れていると、ブスッという音が聞こえた。主人は奥さんのことを思い出して、急いで例の小部屋に向かった。ドアをあけた主人は目を見はった。床の真ん中に、ぴかぴか輝く金貨が落ちているではないか。片手いっぱいなんてものじゃない。さっそくかき集め、数えてみた。

『百枚もある。よほど大きな手に違いない』

主人はほくそ笑み、さっそく金細工師《きんざいくし》のところへ出かけた。金細工師は眉ひとつ動かさずに、金貨を買い取った。主人が手にした金は、一年かかっても稼げないほどの額だった。それからというもの、毎日ブスッという音がするたびに、小部屋には百枚ほどの金貨が落ちていた。

ところが、前にも話したように、隣に住んでいたのは、俺のファリデおばさんの欲深い亭主だ。おじさんは、遠縁《とおえん》の伯母を訪ねてアメリカに行ったとされている隣の奥さんが、ほんとうは行方不明になっていることに気づいた。いや、それよりも早く、隣の主人の身に起った変化を――しかも、しゃくなことに、羽振《はぶ》りがよくなったことを――嗅ぎつけていた。おじさんは原因をさぐろうとした。五十年の結婚生活で女房にコーヒー一杯ご馳走したことのないしみったれが、にわかに太っ腹になり、ワインをふるまうからと隣の主人を招いたんだ。一杯また一杯とグラスを重ねるうちに、酒にめっぽう強いおじさんは、隣の主人が手にした莫大《ばくだい》な富はぜんぶ奥さんのおならのおかげだということを突きとめた。ついでに、奥さんが消えたくわしいいきさつまで、おじさんはことば巧みに聞き出した。長いことひとりぼっちで、やっと話のわかる相手にめぐり会えたと思った隣の主人は、べろんべろんに酔っ払いながら、聞かれるままになにもかもしゃべってしまった。

自分がなにをすべきか、今こそよくわかったおじさんは、さっそく仕事にかかった。

『女のおならは、奇蹟を起こす』

彼はあきれるおばさんにこう言うと、豆やタマネギ、ニンニク、青菜、酢漬け、それに冷たいものを無理やり食べさせた。ところが待てど暮らせど、女房のお腹からはなんにも出てこない。ファリデおばさんは、腹をもんだり押したり大騒ぎ。女房を台所に座らせ、亭主はその前で食べ続けた。おならが出たとき食事中ならば、女房の姿がうまく消えてくれるのではないかと考えたのだ。

『そろそろよ』

ファリデおばさんは大声をあげた。額《ひたい》に汗を浮かべ、うんうん力む。ようやく十五分後に、プスッと出た。短くて音も情けない貧弱なおならは、まるで臭いもしない。おまけにおばさんは、大地にのみ込まれてしまいたいということばを口にするのを忘れてしまった。亭主が小声で教えたが、時すでに遅し。オウム返しに口まねをしたけれど、効き目はなかった。悪戦苦闘《あくせんくとう》を続けること数ヵ月、ある夜、とうとうおならが出た。

『ああ大地よ、その口を開き、私をのみ込んでおくれ!』

おばさんは叫び、そして姿を消した。

おじさんはやれやれとため息をつき、テーブルをのけて台所の床に目をやった。安物の絨毯は、とっくにとり払ってあった。すると、たたきには、ドアの敷居まで続く新しい亀裂《きれつ》が走っているではないか。おじさんは一日じゅううきうきして、合図の音を待った。夜もふけて、おじさんはようやく眠りについた。すると突然、ささやくような哀れっぽい声が聞こえたかと思うと、電灯のスイッチを入れるよりも早く、たくさんの黒い人影が殴りかかった。あまりの数に、どこから鉄拳《てっけん》が飛んでくるのかもわからなかった。赤く目を腫《は》らしたおじさんは霊媒師を訪ねて、いきさつを話した。さっそく目の前にガラス玉が置かれ、たちまちおなら王国が映った。なんとそこには、暗い地下牢《ちかろう》におばさんが座っているではないか。

『おまえ、どうして牢屋なんかに？』

おじさんは聞いた。

『私、六ヵ月の刑をつとめなくちゃならないのよ。おならを誕生させるとき、いやいやながら、さんざん力んで、生まれてくるおならを苦しめた罪でね。不運なことに、おならのひとつが刑務所長になったの。所長は私をものすごく憎んでいて、あんたにも、私が戻るまで六ヵ月間、毎晩お仕置きをするって言ってるわ』

『そのとおり』

おばさんがいっしょうけんめいしゃべっている最中に、ぶっきらぼうな声が割って入った。ガラス玉の中に、背中にこぶのある赤ら顔の醜い男があらわれた。刑務所長だ。

『この女のおかげで、俺はこんなに醜い姿で生まれ、ひどい痛みと苦しみを味わわされた。ここに着いたときは瀕死《ひんし》の状態だった。憎むことしかできない俺は、獄吏《ごくり》になった。そして残忍な獄吏のなかでもひときわ冷血ぶりを発揮して、刑務所長になったんだ。来客中や食事中、授業中に大恥をかきながら生まれ出るとは、なんとおぞましい身の上だろう！ 俺は、自分とみじめな仲間みんなのかたきを討つ瞬間を待っていた。この望みをかなえたい一心で、俺たちは仲間を呼び集めたんだ。この女はおまえも共犯だと言っているから、ここはたっぷり復讐《ふくしゅう》させてもらうぞ』へどの出そうなほど醜い所長は、けたたましく笑った。おまけにつばを吐き散らしたものだから、ガラス玉の中はすっかり曇って見えなくなった。

おじさんは六ヵ月ものあいだ、こっぴどく殴られ、じっと耐えなければならなかった。いちばんこたえたのは、そのわけをだれにもうち明けられないことだった。そんなことをすれば、ますます笑い者にされるにきまってるからな。おばさんはちょうど六ヵ月後に戻ってきて、それからは穏やかに暮らしたよ。この一件があってから、おならに関してはもちろんのこと、なにひとつ亭主から押しつけがましいことを言われなくなかったからだ」

ナビルは見るからに消耗《しょうもう》した様子で話を終えた。

「ナッハモルグにおまえの話の続きを聞けるように、コーヒーを入れよう」

しばらく間をおいて、ナビルはヴァレンティンに言った。ほかのみんなは三々五々《さんさんごご》、席を立った。

「いや。今日はまだ、先の話は無理だ」

ヴァレンティンは小声でこたえた。

「話はもう終わりに近づいてるが、ちょっとした点がまだいくつか詰めきれていない——あしたなら最後まで話せると思うよ」

「正直に言うと、俺もそのほうがいい。今日はもう、くたくただよ」

ナビルも小声で返した。そして、ピア、ハーナン、マルティンのほうを向いて言った。

「申し訳ないが、寝かせてもらうよ」

あとにはハーナン、ヴァレンティン、マルティン、そしてピアだけが残った。

「今日の午後、父についてなにか聞きたいことがあったんじゃない？」

ハーナンがたずねた。

「ささいなことだが、重要な問題なんだ」

ヴァレンティンはこう言うと、ほかの二人には聞かれたくないとでもいうように、少しハーナンに顔を寄せた。

「おふくろの日記には、五十九歳の誕生日を前に、愛する理髪師と暮らすことばかり考えていたと記されている。何週間も、何ヵ月もそのことしか書いていない。おふくろはそのころ、もう未《み》亡人《ぼうじん》だった。タレクを呼び寄せたいって、事あるごとに言っている。タレク・ガザールは、きっといつかの月曜日に、おふくろの提案を聞いたはずだ。おふくろは、タレクも自分と同じように考えたと、希望に胸をふくらませて書いているからね。たぶん、タレクはそのとき六十三歳だ。なんてすばらしい愛なんだろう！　おふくろはもう一度、初々《ういうい》しい計画の数々でタレクを誘っている。真に生きているといえるのは、将来の計画を思い描ける人間だけだ。君はそのころ、なにか感づいていなかったかい？」

「感づいてたなんてもんじゃないわ。父とツィカの愛については、それよりずっと前から知っていたのよ。その間に私は未亡人になって、住む家がなくなり、ウラニアの両親のところに戻ってきたの。父が私に逃亡計画をうち明けた、あの月曜の夜のことは、まるできのうのように覚えているわ。父はツィカとヨーロッパで人生をともにすることを夢見ていたの」

「どうしてヨーロッパなんだろう?」

ヴァレンティンは聞いた。

「ここでそんなことをしたら、スキャンダルで終わってしまうからよ。あなたのお母さんは未亡人になった直後に、ウラニアに来たことがあるのよ。知らなかった?」

「そんなこと、日記にはひと言も書いてなかったな」

ヴァレンティンはいぶかしげに言った。

「ツィカがあの一件を書かなかったとしても、不思議じゃないわ。あれは、彼女が決断を急ぎすぎ、タレクのほうも惚《ほ》れた弱みで引きずられちゃったのよ」

「で、どんなことがあったんだい? くわしく教えてくれないか」

ヴァレンティンはたのんだ。

「ツィカはご主人が亡くなると、もうタレクと離れていることに耐えきれなくなったの。彼女はウラニアに来て小さなホテルに部屋をとると、いつものように月曜日にタレクに電話をかけ、彼を驚かせたのよ。『私、もうウラニアの、これこれのホテルにいるの。ここで暮らすことに決めたわ。お金はだいじょうぶ。家を借りて、いっしょに暮らしましょう』ってね。タレクはなつかしさに気も狂わんばかりになって、ツィカのいるホテルに駆けつけたわ。ところがふたりは、たったひと晩しかいっしょにいられなかったの。私の母は、二十四時間もたたないうちに、夫がドイツ人の恋人とホテルで密会しているという情報をつかんだのよ。母の一族は外国女を追い払おうと、総出でデモみたいにホテルへ押しかけた。恐るべきスキャンダルよ! 最初からあなたのお母さんを裏切っていたホテルの経営者は、親切に見せかけて、彼女を空港まで逃がしたの。すっかり混乱したツィカは、ホテルの経営者をほんとうに救いの神だと思い込み、あとで何通も礼状を書いたほどよ。そのことは、私の級友だった経営者の娘から聞かされたわ。タレクはその日のうちに、心筋梗塞《しんきんこうそく》のはじめての発作を起こしたの。だけど、ツィカはあきらめなかった。何年かして、また夢の糸をたぐったのよ。それが例の月曜日。だけど彼女は、今度はけしてウラニアに来ようとしなかった。さっきも言ったように、父は私に計画をうち明けたわ。私は父を激励《げきれい》して、自分もいっしょに逃げ出すって言ったの。だってここにいたって、若い未亡人にいいことなんてなにもないんですもの。独身であれ、妻帯者《さいたいしゃ》であれ、欲求不満で孤独な男のなぐさみ者になるだけで、新しい人生に踏み出すチャンスなんてないのよ。新たに所帯《しょたい》を持とうとすると男が避けるのは、もう処女ではないからというだけじゃなく、前の夫や、その死の匂いがするからよ。だから私も、たとえ地獄の底まで行くことになろうと、新たな出発のために、ここを逃げ出そうと思った。私にお説教されるものとばかり思っていた父は、ほんとうにびっくりしたわ。俺と別れたほうが母さんも楽になるだろうって、父はひとりごとを言ってた。タマームは一年前に離婚していたから、母といっしょに住んでもらえるわ。タマームはだんだん母に生き写しになり、娘というより妹のように見えたのよ。

父と私は夜どおし寝つけず、興奮に震えてた。母はタマームを連れていなかにいる自分の兄を訪ねていた。だから家は父と私の二人っきりだったの。真夜中にもう一度コーヒーを入れたわ。私たちはもう父と娘ではなく、逃亡の準備をするふたりの親友だった。あんな瞬間は、それから二度と経験したことがないわ。私たちは行きたい場所を次々にあげてみたの。二十年たった今でも、まだ覚えているわ。ベルリン、ヴェネチア、パリ、サン・モリッツ、リヴィエラ。父はそれにティンブクトゥを加えたわ。理由を聞くと、謎めいた名前だけで、もう十分に訪れる価値があるんだってこたえたわ。でも父がツィカと暮らしたかったのは、パリなの。

私たちは夜が白むまでずっと起きていた。何杯コーヒーを飲んだかわからないわ。すばらしい朝食をとり、逃亡の夢にひとまず鍵《かぎ》をかけて、午後まで眠り続けたの。父は次の月曜日になったら、私たちがまもなくパリへ行くということをツィカに知らせるつもりだったわ。

ところが、土曜日に母とタマームが帰ってくると、父はすっかり弱気になってしまった。別れたいとほのめかしただけで母とタマームにおいおい泣かれると、父は負けてしまうのよ。私は父を怒鳴《どな》りつけ、『一生に一度くらい、愛に生きなくちゃ！』って叱咤《しった》したわ。だけど、父にはもう意志をつらぬく力はなかった。父は月曜日のあなたのお母さんとの電話で、臆病《おくびょう》な自分を憎んでくれ、君はもっと勇気のある男を愛したほうがいいって言ったの。ところがツィカは次の月曜日も、また電話をかけてきたわ。電話によって結ばれた彼女の愛は、なにごともなかったように、そのままずっと続いたの。この愛にすっかり身を捧げていたツィカは、父に時間を与えたのよ」

「だけど、おふくろが五十九歳の誕生日を前に逃亡計画を提案し、タレクに断られたなんて、日記にはぜんぜん書かれていない。タレクがおふくろを慰《なぐさ》めて、まだその時じゃないとなだめた、とは書いてあるけどね」

「そうかもしれないわ」

ハーナンは考えをめぐらしながら続けた。

「父は完全にはあきらめていなかったのかもね。でも、こうも考えられるわ。父がいくら無理だと言っても、ツィカは聞き入れようとしなかった。あるいは信じたくなかったのかもしれない。ツィカは最後の電話まで、父との充実した生活を夢見ていた。そして父を激励《げきれい》したわ。私だってそうよ。私は父の最初の失敗をすぐに許せたの。私たちは以前と同じように信頼し合っていたわ。ところが突然、父は病気になってしまった。なんの病気か、だれも突きとめられなかったわ。父は数日もたたずに亡くなったの。

　私は父が死んだときほど、ひとのために泣いたことはないわ。今でもそのときのことはよく覚えている。父は食べ物をいっさい受けつけなくなっていたから、お茶を持って行ってあげたのよ。父はもう、すっかり血の気の失せた、小さなかたまりにすぎなかった。この世にこんなまなざしがあろうかと思うほど優しい眼で私をじっと見つめると、こう言ったの。

『さあ、王女さま。そろそろ逃げ出しませんか？　今になって、またやる気がわいてきた。もう、怖いものはない』

『私もよ』

こう言いながら、涙がとめどなくあふれてきたわ。買物に行かなくてはいけないと口実をもうけて、急いで部屋を出たの。悲しみを悟《さと》られないように顔を洗い、白粉《おしろい》をはたいて、十分後にまた行ってみると、父はもう逃げてしまっていたわ。しかも、今度は永遠にね」

　ヴァレンティンはベッドに入ってからも、やはり小説のなかでは愛するふたりを再会させるべきではないかと思案していた。瞼《まぶた》が閉じたのは、夜もかなりふけてからだった。すると、不安そうなピアのささやきが聞こえた。

「起きて。襲撃《しゅうげき》よ」

外からナビルの叫び声が聞こえた。ヴァレンティンは飛び起きた。ベッドの下から鉄パイプを引っぱり出すと、勢いよくドアを開けた。ヴァレンティンは全身が凍りついた。そこには、兵士がひとり、機関銃を構えて立っていた。

30　物語の結末も、眼鏡も、思わぬところで見つかるものだ

遠くの空が赤みをおびて、夜が明けようとしていた。けれどもサーカス会場では、蛍光灯の街灯がみんなの顔に鈍い光を投げかけていた。ヴァレンティンは戦時中の子供時代を思い出した。ヴァレンティンとピアはキャンピングカーのドアの前に立ちつくしていた。アンゲラとフェリーニ、ロベルト、ヤン、マルティンとハーナンもすでに外に出ていた。ほかの団員のキャンピングカーがとまっているあたりから、興奮した声が聞こえた。サーカスの門の外で、わめきたてるナビルの声がした。どうやらナビルは車に乗るのを拒《こば》んでいるらしい。殴りつける音と悲鳴がして、車が一台、轟音《ごうおん》をとどろかせて走り去った。門のそばには、表情ひとつ変えぬ暗い顔の兵士が、おおぜい立っている。屈強《くっきょう》な体つきに死んだ眼をした、山岳地方の若者たちだ。彼らは血に飢えた猟犬のようにアメとムチで訓練され、他人を痛めつけるほど自分の得になると信じ込まされているのだ。

ヴァレンティンは、遺伝子《いでんし》操作《そうさ》で増殖《ぞうしょく》された死んだ眼の兵士たちが、指揮官の命令とあればなんでもやってのけるという、恐怖のSF小説を思い浮かべずにはいられなかった。その光景が、

ここではもう現実のものとなっているのだ。

指揮官が怒号《どごう》を発すると、兵士たちはロボットのように踵《きびす》を返し、門の前でエンジンをふかしているトラックに向かって駆けだした。サーカスは、鼻をつく排気ガスの靄《もや》のなかに残された。

「なにが起こったんだ？　ナビルをどうしようっていうんだ？」

ヴァレンティンはみんなの顔をぐるりと見わたしながら聞いた。メンバーは全員、舞台に集合していた。あれこれ頭をひねったあげく、シャリフとピアがほぼ同時に、ナビルはおならの話をスパイに密告されたに違いないと言いだした。しかし、ふたりとも一笑に付された。ヴァレンティンも、馬鹿ばかしい思いつきにすぎないと思った。そのうちみんなは、経験ゆたかなロベルト爺さんの不吉な想像が当たっているのではないかと考えるようになった。ナビルはこの国でもっとも著名な人物のひとりで、富豪《ふごう》として知られているために、諜報《ちょうほう》くずれのマフィアに誘拐《ゆうかい》されたという説である。その手の組織がひと儲けしようと裕福《ゆうふく》な市民をとらえ、金をゆすり取るという噂は、ウラニアのいたるところでささやかれていた。そうしたやり口はロシアから学んだのだ。

八時ごろ、ヴァレンティンはドイツ大使館に行った。ところが、落ちつきはらって慇懃《いんぎん》に応対した若い外交官は、いかにも官僚《かんりょう》的な人物で、明らかに人権問題よりもドイツとアラビアの通商関係のほうに興味があるようだった。

「ご友人の件は、私どもが介入しても、かえって問題をこじらせるだけでしょう。地元の有力者に間に入ってもらったらいかがです？　ここでは、それしか方法がないでしょう」

ヴァレンティンは腹をたてて大使館をあとにすると、急いで友人のイブラヒムのところへ向かった。イブラヒムは、その若い外交官はたしかに官僚的かもしれないが、言っていることはあながち間違いではないと認めた。そして、自分もナビルを助けるために全力をつくすつもりだと約束すると、

「この種の事件は、弁護士も手が出せないからね」

と言った。ヴァレンティンは、自分が独裁政権下の生活についてなにひとつわかっていないことを思い知らされた。

「だが、妹さんのハーナンのほうが、俺が連絡をとろうと思っている知人よりも早く、なにかつかめるかもしれない。たしか、亡くなったご主人の親友が、諜報機関の高級将校をしているはずだよ」

ヴァレンティンはサーカスに戻った。ところが、ハーナンはもう翌日の朝に諜報機関の将校と会う約束をとりつけたというではないか。これを聞いて、ヴァレンティンはようやく落ちつきをとり戻した。

「だけど、なんで今日すぐにではないんだ？」

ヴァレンティンは、いらだたしげに聞いた。

「だって、その将校は私の電話のすぐあとで、北の前線に飛ばなくちゃならなかったんですもの」

ハーナンはこう言った。

「向こうで原理主義者たちの指導者をひとり捕まえたんですって。将校は今夜にならないと戻っ

てこないの。それより前の約束は無理よ」

「ナビルはどうなってるんだ？　かわいそうに、あいつをどうしようっていうんだ？　だって、ナビルは……」

ヴァレンティンは声を詰まらせた。心細さがこみあげ、つくづく自分は無力だと感じた。

「今日のところは、神に祈るしかないわ」

ハーナンはこう言って、ヴァレンティンの手をぎゅっと握りしめた。

一時間が過ぎた。ヴァレンティンには、まるで永遠の時間のように思えた。サーカスにやってきたイブラヒムは、ヴァレンティンがあきれるほど上機嫌《じょうきげん》だった。

「ナビルは生きてるよ！」

イブラヒムはうれしさに息を詰まらせながら、一気に吐き出すように言った。

このニュースは、あっという間にサーカスじゅうを駆けめぐった。連れ去られた者が命だけでも無事だとわかると、場数《ばかず》を踏んだオリエントの人々はまずは胸をなでおろすものだが、ヴァレンティンをはじめ団員たちは、喜ぶどころか腸《はらわた》の煮えくり返る思いがした。

「生きているだと！　それがどうした！　もちろん、生きていてもらわなくちゃ困る。今朝、ここから連行されたばかりなんだからな」

ヴァレンティンはイブラヒムに食ってかかった。しかしイブラヒムはにこやかな笑みを浮かべたまま、落ちつきはらっていた。

「ほんの一分前に連れ去られたとしても、命の保証はない。ナビルが生きていてくれて、俺はほんとうにうれしいよ」

イブラヒムはこうこたえた。

「その情報がほんとうだという確証は？」

シャリフがたずねると、イブラヒムは首をたてに振った。

「俺がイブラヒムであるのと同じくらい確かさ」

するとマンズーアはヴァレンティンをわきへ呼び、ナビルを尋問《じんもん》している諜報員に、彼が病をかかえていることを伝えられないものか、イブラヒムと二人きりのところで相談してみるようにすすめた。マンズーアは同じアラビア人として、団員たちが集まっているところでは、イブラヒムはけして腹をわって話さないだろうということを知っていたのだ。

「ナビルが解放されるまで、サーカスはここにとどまる。ほかのみんなにも伝えてくれ」

ヴァレンティンはマンズーアにあとを託した。

「それまで、公演は中止だ。それからシャリフは、サニアへ行けなくなったわけを市長に知らせるんだ。もしかすると、俺たちの力になってくれるかもしれない。市長は大統領の義弟だというからな」

マンズーアはうなずいた。ヴァレンティンはピアとハーナンに座をはずすように合図をすると、イブラヒムを連れて自分のキャンピングカーに消えた。

「みごとな早わざだったな！」

ヴァレンティンはこう切りだした。

「じつは、知り合いの女が助けてくれたんだよ」

イブラヒムはいきさつを話した。

「彼女はある将軍の愛人でね。その将軍というのが、諜報機関のなかでもいちばん危険な、いわゆる防諜《ぼうちょう》部門の責任者なんだ。ただ、気の毒なことに、将軍の愛人は彼女ひとりではないから、彼の気持ちが自分に向いているかどうか、いつも気にしていなくちゃならない。風向きさえよければ、彼女はウラニアで逮捕された人間に関する、もっとも確実な情報源のひとつになるってわけさ。そのかわり、俺はパリにある彼女の口座を管理して、資産を有利に運用してやっているんだよ」

「ということは、その女は取り調べの将校たちに、ナビルに有利な情報を流せるってことかい？たとえば『この男は死期が近い。釈放《しゃくほう》したほうが、おまえたちや、おまえたちの政府にとって得《とく》策《さく》だ』って、やつらにわからせることができるかな？」

「彼女と俺のあいだは一方通行の関係だと考えてきたが、もちろん、標識を逆向きにできないともかぎらない。金を要求されたら、どうする？」

「まだ現金で五十万マルク以上はある。ぜんぶはたいたっていい」

ヴァレンティンはこうこたえた。

「じゃあ、ふたりですぐに彼女のところへ行こう」

イブラヒムはそう言って椅子から腰をあげた。

キャンピングカーを出ると、ヴァレンティンはマルティンをそばに呼び、全団員をサーカスの敷地の監視にあたらせ、これからは見知らぬ人間をいっさい入れてはならないと命じた。そしてピアを抱きしめ、イブラヒムと急いでサーカスを出て行った。

「そもそも、ナビルはなぜ捕まったんだろう？」

旧市街への橋を渡りながら、ヴァレンティンはたずねた。イブラヒムとさんざん話しておきながら、ナビルが連行された理由だけはまだ聞いていなかったことを、急に思い出したのだ。

「その女が言うには、容疑は侮辱罪《ぶじょくざい》だそうだ。ナビルは大統領と閣僚たちをおならに見たてたと……」

「そんな馬鹿な」

ヴァレンティンは気色《けしき》ばんで、話をさえぎった。

「あれは、たわいもないお話なんだ。ナビルが集めて、毎晩、観客に聞かせてきた、たくさんの物語のなかのひとつにすぎない」

「そうだろうな。だけど、この国の大統領ときたら、だれかが公衆の面前でロバや、ろくでなしや、おならの話をすると、いつも自分のことを言われているような気になるんだ。おまけに今は、死の車が国じゅうを蹂躙《じゅうりん》している最中だし……。気のきいたやつなら、こんなときは頭を低くしているもんだ。ナビルは愛すべき人間かもしれないが、俺から見れば、残念ながら少し甘いな」

「だけど、物語なんて、たわいないものさ。俗っぽくって、ぱっと華《はな》があって、それ以上でも以下でもない」

「あんたは、そう言うがね」

イブラヒムは肩をすくめた。

「ヨーロッパでは、ひとの心に訴えるために、まじめな内容を、さらにまじめな外見で包むのかもしれない。だけどオリエントでは、見かけが軽ければ軽いほど、中身が強烈になるんだ。それはナビルも、彼を拷問《ごうもん》する連中も知っているはずだ。ともかく、ナビルは牢獄《ろうごく》の中だ。俺は同情を禁じえないよ。ナビルがどこに監禁されているか、今夜までに突きとめてくれと、その女にはたのんである。そこが重要なんだよ。この国では牢獄が、死との距離によって分類されているからね。いちばん軽いのは『迷宮』。『イワシの缶詰』も、まだ死にはかなり遠い。だが『前庭』となると、受ける拷問にもいろんな段階があり、生死を分ける場合も少なくない。最後の『海』ともなれば最悪で、その入り口は黄泉《よみ》の国へ通じる門というわけだ。こうした名前は民衆が考え出したんだよ。これなら、捕まっている息子や娘の話をしても、逮捕される心配がないからね。そういうわけで、ナビルの居場所を調べてくれと、その女にたのんでおいたんだが、今から直接、話を聞きに行ってくるよ。あんたはカフェで待っていてくれ。手間《てま》はとらせない」

イブラヒムは雑踏のなかに消えた。ヴァレンティンはひとりカフェに座った。世の中がなにごともなかったように笑いさざめいているのが不思議だった。彼はとても笑う気になれず、一刻も早くナビルが元気で牢獄を出られるようにと、ひたすら祈った。矢つぎ早にモカを飲んだ。イブラヒムがずいぶん手間どっているような気がした。だが、まだ三十分しかたっていないことがわかった。ようやく、イブラヒムが道を渡ってくるのが見えた。彼は途中でタクシーにひかれそうになり、運転手を怒鳴《どな》りつけた。

「やってみるそうだ。二万マルクでね。一万マルク値切ったが、俺にできるのはそんなところだ。今夜、ナビルが監禁されている場所を知らせてくることになっている。ナビルが病気だということも、今日じゅうに向こうに伝えると約束してくれたよ」

「よかった。すぐに金を取りに行ってくるよ」

ヴァレンティンは言った。

「じゃあ、金を持ってうちに来てくれ」

とイブラヒムは提案した。

「彼女の家は、俺のところからそう遠くない」

三十分後、ヴァレンティンはイブラヒムの家の扉をたたいた。イブラヒム夫人は、ヴァレンティンの姿を人に見られないように、さっと彼を家に引き入れた。

「あれから考えたんだが、五千マルク上乗せしたよ。少しでも解決が早まればと思ってね」

ヴァレンティンはこう言って、金庫から出してきた札束をイブラヒムに渡した。

イブラヒムはにっこり笑った。

「よおし。まずコーヒーを一杯飲もう。それから、俺はもう一度、あの女のところに行ってくる」

ヴァレンティンの勘は的中した。女はまだ宵《よい》の口に使者をよこし、しかるべきところにこちらの情報を届けたと伝えてきた。しかしヴァレンティンの喜びも束《つか》の間。使者の報告は甘い期待を吹き飛ばした。ナビルは首都近郊にある「前庭」の、それもいちばん厳しい牢獄にいるというのだ。そこでは、詩人やジャーナリスト、大学生、高校生が拷問を受けているという話だった。

翌朝、ハーナンは諜報機関の将校のもとへ急いだ。しかし彼女も、はかばかしい知らせはほとんど持ち帰れなかった。

「ナビルは取り調べで、大統領のことをおならと言ったって認めたそうよ」

ハーナンはヴァレンティン、ピア、マルティンを前に説明をはじめた
「だけど、ナビルが重病だとわかって、拷問だけはやめたと言ってたわ。あとは出獄も時間の問題だそうよ。きのうの夜、ナビルは『前庭』から『迷宮』に移されたの。ここから南へ百キロほどのところよ」

ハーナンは、ナビルの恋人のバサマが彼のためになにひとつ動こうとしないことも知っていた。

「バサマは怖いだけよ。言い訳ばかりで、出てきやしない」

ハーナンはこう締めくくると、悲しげに首を振った。


毎日がゆっくり過ぎて行った。よんどころない事情で公演を中止するということを観客に説明するのに、団員たちはほとほと疲れた。サニアの市長はナビルが逮捕されたと聞いて仰天《ぎょうてん》し、それっきり梨のつぶてだった。二日後、トラックやトレーラーが、略奪《りゃくだつ》の跡も生々しいサーカスの車両や、ばらばらになった資材を運んできた。どれもサニア市が監視を引き受け、それを信頼して残してきたものだった。運転手たちはあわただしく無言でスクラップを降ろすと、すぐに戻っ

て行った。届いたものはすべて使いものにならず、見るも無残なありさまだった。

そんなことがあった日、ヴァレンティンはマルティンと長い散歩に出ると、エヴァの死についてくわしく話した。マルティンは悲しんだものの、さほど動揺は見せず、こう語った。

「俺たちは、この十年、うまくいっていなかった。別れることに臆病《おくびょう》になりすぎていただけだ。ひとりの仲間としてエヴァの死は悲しいが、それ以上の気持ちはないよ」

こうなったからには、ほかの団員にもエヴァの死を知らせなければならない。黙っている理由はもうなかった。それ以来、ハーナンとマルティンはみんなの前で堂々と手をつないで歩くようになった。ハーナンは自宅にマルティンを招いた。帰ってきたマルティンは、タマームはハーナンの選択が気に入らないことを悟《さと》られまいと、いかにも好意的な態度を示したが、かえって本心が見えみえだったと話した。数ある男性のなかから、よりによって猛獣使いを選んだことが気に食わないのだろうか。

「姉にしてみれば、未亡人は悩み、嘆き、悲しんでいるものであって、すてきな男性に夢中になったりしてはいけないの。ところが私のしたいこと、現にしていることは、まさにそれなのよ」

ハーナンはこう言って、頰《ほほ》を赤らめているマルティンの頭をなでた。

ハーナンは諜報機関の将校と話してからというもの、サーカスはもうこの国に長くはいさせてもらえないだろうとうすうす感づいたので、パスポートとドイツのビザを手に入れたいと思っていた。ところが最近、例の将校から、その件で話があると呼びつけられた。将校はくどくどと長《ちょう》広舌《こうぜつ》をふるったが、彼が言いたかったのは、腰を抜かすほど簡単なことだった。要は、ハーナンの出国を認めないというのだ。自分はずっと君を愛しているからだ、と将校は告白した。ハーナンは対応に詰まった。じつは妻とはうまくいっていないという、よくある話かと思っていると、事態はさらに悪いほうへ転がっていった。

「あの人、すっかり本気なのよ」

ハーナンは弱りきった様子で説明した。

「離婚して一年になるんだけれど、しばらく前から私に監視をつけていたのよ。そして君が立派な人だとわかったから結婚したいって言うの。ひとり暮らしに飽きたんですって。私、息が詰まって死にそうだった。へたをするとナビルの命が危ないかもしれない、それどころかマルティンと私の命だってどうなるかわからないと思うと、背筋がぞっとしたわ」

ハーナンは声を震わせた。やや沈黙があって、彼女はまた先を続けた。

「じっくり考えて決めてくれって言われたわ。でも、外国へは出られないのよ。大げさじゃなく、持てるかぎりの力を奮い起こして、やっと席を立ったわ。握手はしたものの、内心では彼を軽蔑していた。別れぎわに彼は『これからは、よく連絡をとり合おう』って言うの。口ごもりながら『ええ』とこたえたけれど、それはもう私の声ではなくて、適当に音を組み合わせてことばをしゃべったように見せかける、惰性《だせい》の力がはたらいたのよ。外に出てはじめて、たいへんなことになったと、事の重大さに気づくと同時に、底しれぬ怒りがこみあげてきたわ。『私の幸せは、だれにも邪魔させない』って何度もつぶやきながら帰ってきたの」

ヴァレンティン、ピア、マルティンは凍りついたようにハーナンの話を聞いていた。

「だいじょうぶよ」

真っ先にことばをとり戻したのは、ピアだった。

「それなら、将校はあなたが自分に気がないとは思わないわ」

「だけど、パスポートがなくて、どうやってここから出るの？」

「それは俺に任せろ。もうしばらく、相手に気をもたせておくんだ」

ヴァレンティンはマルティンをじっと見た。

「おまえたちの愛がバレているとは思えない。だが、これからは用心のうえにも用心しないとな。脱出の件はだれにも、ひと言も、漏らしてはいけないよ」


急に、時間が飛ぶように流れはじめた。夜が明けると、アニタはみんなに別れを告げ、恋人とスペインへ飛び立った。アニタはピッポの形見の、色とりどりに塗られた古いキャンピングカーを気前よくシャリフに譲《ゆず》った。シャリフは、これからは小道具係でなく、マルティンの助手をつとめたいと、はじめて希望を口にした。ヴァレンティンは異存《いぞん》がなかった。シャリフは立派にマルティンのあとを継げる素質をもっていると確信していたヴァレンティンは、彼の決断を祝福した。

ハーナンはこのごろではよくサーカスに泊まるようになっていた。とはいえ、夜おそくまでヴァレンティンのところにいて、みんなが寝静まってからようやく、人目につかないようにマルティンの待つナビルのキャンピングカーに忍び込むのだ。ある晩、ハーナンは、

「父はね」

とマルティンに話しはじめた。

「石の水切りを見せてくれたことがあるの。石が水面を七回跳ねるあいだに願いごとをすれば、希望がかなうというのよ。私は何度もやってみたけれど、どうしてもうまくいかなかったわ。タマームはそれを見て、ただ首を横に振るだけだった。

『父さんは、あなたを男にしてしまうわ。だれにも結婚してもらえなくなるわよ』

と言ってね。だけど、ある朝、川へ行って石を投げたら、ほんとうに七回跳ねたのよ。そのとき私、当時、熱をあげていた隣のジャミルが私を愛してくれますようにってお願いしたの。それからまもなくよ。ジャミルが私に話しかけてくれたのは。私が十四で、彼は十七。ジャミルが技師の勉強を終えるまで七年待って、結婚したの。そして南のほうの小さな町はずれの家を借りて、引っ越したのよ。ジャミルはそこの化学肥料工場に勤めることになっていた。ところが結婚式の翌日には、もう召集《しょうしゅう》されてしまったの。一週間後に戦争がはじまって、すぐに彼は戦死。まさに破局《はきょく》よ。自殺するしかないと思った。そのとき、ふと窓から外を眺めたの。寒い日だったわ。翼の折れた一羽の小さなスズメが、生きようと必死に闘っていたの。あっちへ行ったり、こっちへ来たり。やっと見つけたわずかな種をついばんでいたわ。だらりと垂れた翼を引きずりながらね。私、それを見た瞬間、生きているってなんてすばらしいことかわかったの。どんなに絶望の闇《やみ》に閉ざされようと、私はあきらめないって思ったのよ。それからは毎日、スズメに片手いっぱいの穀物を投げてやったわ。でも、そのスズメが生きのびたかどうかはわからない。町は一週間後に爆撃を受けて、私たちの家にも爆弾が命中したからよ。死ななかったのは、奇蹟だわ。だけど私は、もうどんな目にあおうとくじけなかった。焼け残った細々《こまごま》した物をかき集めて、自転車をもってウラニアの両親の家に戻ってきたのよ。あれから二十年になるわ。信じてもらえるかどうかわからないけれど、この話をしたのは、あなたがはじめてなの。だって、私の傷を癒《いや》してくれたのは、あなたなんですもの」

ハーナンは口をつぐんだ。マルティンは彼女をぎゅっと抱きしめ、人生最大の喜びの瞬間を味わった。

「今日、また石を投げてみたの」

ハーナンは必死に涙をぬぐいながら言った。

「そうしたら、七回跳ねたのよ。私、ナビルが早く帰ってこれますようにって、お願いしたわ」

つらい二週間が過ぎた日の昼ごろ、ナビルがひょっこりサーカスに姿をあらわした。一挙《いっきょ》に何歳も老けたように見え、顔は土気色《つちけいろ》だった。ナビルは力のない声で、地獄にも似た苦しみの経緯《けいい》を話して聞かせ、脚や腕、胸、首筋に残る拷問のあとを見せた。そのうちに、ナビルは突然口をつぐんだ。みんなは押し黙ったまま、次のことばを待った。

「やつらは責めたてる」

ナビルはまた、かすれた声で話しはじめた。

「黙っていると、ずっとだ。吐かせたいことを、顔の真ん前でがなりたてる。もうろうとなり、苦痛をまぬがれようと連中のことばをオウム返しにしたとたん、いったん認めたことを種に、今度はべつのやつらが拷問を加える。その何時間かで、俺は人間に対する信頼をすっかり失ったよ。ところがそのあと急に、連中はなにかにおびえたようだ。夜になると拷問をやめて、俺をべつの監獄に移したんだ。看守《かんしゅ》から聞いたところでは、お偉方が俺の病気を考慮して手心を加えたというんだ。そんなこと信じられるかい。拷問吏の目の前で人々が死んでいくのを、俺はこの目で見たんだぞ。釈放されるときも、そいつは言いやがった。きさまのようなブタ野郎のせいで、外国でのわが国の評判に傷がつくのは不本意だから、しかたなく出してやるんだってね。しかし連中はきっと、この仕返しをするだろう。それにしても、いちばんこたえたのは、バサマが俺を見捨てたことだ。しかも、責め苦の最中にそれを聞かされたんだからな」

ナビルは黙り込んだ。気を失いかけている彼に、なおもたずねようとする者はいなかった。彼は立ちあがると、体を引きずるようにして自分のキャンピングカーに向かった。ナビルはすっかり変わっていた。うすうすは予感していたものの、人生で一度も経験したことのない現実に直面して、驚愕《きょうがく》し、おびえていた。ナビルはだれかに追われているかのように、たえずあたりを見まわしていた。

午後おそくにはもう、心配されていた報復《ほうふく》が現実のものになった。車で乗りつけた警官は公式の退去《たいきょ》通告を突きつけた。サーカスは一週間以内にこの国を去らなければならない。通告文は英語で書かれていて、誤解の余地もないほど短いものだった。内務省外国局長の署名があり、サーカスはこの国の内政に干渉《かんしょう》し、同時に滞在条件を大きく逸脱《いつだつ》した、という理由が記されていた。

ヴァレンティンは妹のハーナンの家に急いだ。ハーナンはナビルが戻ってくるとすぐに自宅へとって返し、ちょうど屋根裏部屋で、ヴァレンティンが持ち帰れそうなものをあれこれ物色《ぶっしょく》しているところだった。ヴァレンティンはサーカスに退去命令が出たことを知らせた。そして、心配でいたたまれずに、こう言った。

「ナビルの気持ちを考えると、たまらないよ」

ハーナンは諜報機関の将校に電話をして、この国の人々、とりわけ子供たちにとって、サーカスがどんなに大切な存在であるかを必死で説いた。しかし将校は、追放処分は上からの命令だからいかんともしがたい、君を愛していればこそ言うが、サーカスにはかかわらないほうがいいと、とりつく島もなかった。

将軍の愛人も、同様の反応だった。彼女ははじめ、今回の依頼はやっかいだからと十万マルクを吹っかけたが、早くも翌日には、札束の詰まったアタッシュケースを返してきた。イブラヒムのところにやってきた愛人は、声をひそめてこう言った。

「イブラヒムさん、これはあの人の手にも余る問題よ。私の申し上げていること、おわかりになるわね。あとは神さまにおすがりするしかないわ」

ナビルはこの日、ベッドから出ようとしなかった。横になったまま、食事もほとんどとらず、もうろうとしているように見えた。ハーナンとマルティンはあれこれナビルの面倒をみたり、お茶を入れたりして、彼が寝ついたところでようやく引きとった。どちらから言うともなく、ふたりの口をついて出たのは、「ナビルは疲れきっている。とにかく休養が必要だ」ということばだった。

夜もふけたころ、ナビルはほとんど聞き取れないくらいかすかな音で、ヴァレンティンの車をノックした。ピアは眠っていた。ヴァレンティンは、もはや自分に好意を持たなくなった国に滞在する外国人の不安について、いくつかメモをとっているところだった。彼は用心深くドアを開けた。キャンピングカーから暗闇《くらやみ》にさっと流れ出た光のなかに、ナビルが笑みを浮かべて立っていた。

「ナッハモルグだと思ってさ」

弁解するような調子でナビルが言った。

「すぐ行くよ」

ヴァレンティンは返事をすると、カーディガンをはおり、ナビルの大好きなフランス産の赤ワインのビンを手に、そっと車を抜け出した。

「おまえも、このカフェも、恋しかったよ。ずっと、タレクとツィカのことが気になってね。とっくに亡くなった人たちだ。だからほんとうはもう、なにも心配する必要はないんだが、重い病気にかかったタレクがどうなったか知りたくてね。それに、未亡人になって、ひとりぼっちで夢をいだいて生きているツィカのこともだ。その先、なにがあったんだい?」

「どこまで話したっけ?」

ヴァレンティンはナッハモルグの雰囲気を盛りあげようと、こうたずねてから、ナビルのグラスにワインをついだ。

「未亡人になって、マインツの近くで暮らしていたツィカは、タレクに電話をかける。いっぽうタレクは、自分がガンに侵され、もう長くはないだろうと聞かされていた」

ナビルはこう言って、続きをせがむように両手をこすり合わせた。

ヴァレンティンはナビルとグラスを合わせ、ひと口ぐいっと飲んだ。ヴァレンティンは、現実にそうだったように、小説のなかでもふたりはもう顔を合わせず、相次いで亡くなることにしようと決めていた。ところが一瞬のうちに考えを変え、弱っているナビルを元気づけたい一心で、小説は希望に満ちた終わり方にしようと決心したのだ。ヴァレンティンは、重病のタレクが、若いころと同じようにベルリンへ逃げ出したという話をはじめた。タレクは妻に別れも告げず、国をあとにした。妻はタレクが病気のせいで気が変になり、どこかで命を断ったものと思っていた。持ち物はぜんぶ家に残されていたからだ。ところがタレクの消息は杳《よう》としてつかめない。タレクはベルリンへ飛んでいた。そこにいたのは？　花束をかかえたツィカだった。ふたりは五年間、幸せいっぱいに暮らした。ガンの進行も、愛の力で止まっていた。

「よく晴れた十一月のある日、ふたりは奇しくも同じ日に、クロイツベルクの小さな家で八十年の生涯を閉じた」

ヴァレンティンはこう締めくくると、ワインをぐいっと飲み、満足そうに口をつぐんだ。

「あとひとつ欠けているのは、耳の遠い隣人がたまたまカセットでかけていた、ワーグナーの曲だけだな」

ナビルはこう言うと、いたずらっぽく笑った。

「だけど、ふたりのドラマチックな愛に、その結末は似合わないよ。まるで三文小説だ。ハッピー・エンドにまるっきり反対というわけじゃないが、これはいただけない。たしかに、これは**おまえ**の小説だ。語るのも、**おまえ**だ。しかし、俺がおまえの立場なら、ふたりをいっしょにしない。ふたりの勇気のなさを罰しようというんじゃないよ。たしかにタレクとツィカは、ふたりともそれぞれに臆病だった。彼らはすべてを望んだがゆえに、すべてを失った。でも、だからふたりをいっしょにしないと言ってるんじゃないんだよ。物語の結末は開かれたままにしておく必要があるからなんだ。読者には、作品の真ん中で起こったことも忘れてほしくないからね。出来の良し悪しにかかわらず、結末が閉じていると、この物語に秘められた知恵の息吹《いぶき》が窒息《ちっそく》してしまう。そうかといって、生が俺たちをお払い箱にするみたいに、そっけなく話を終わらせてもいけない。彼はこっちで死に、彼女はあっちで死にました、というんではな。おまえなら、開かれた結末のまま、**しかも同時に**ドラマチックに仕立てられるはずだ。たとえば、遅ればせながらいっしょになろうと決意して、それぞれ船に乗るというのはどうだ。一艘はトリエステからウラニアへ、もう一艘はウラニアからトリエステへ。トリエステを出たツィカの船がちょうどウラニアに接岸したとき、港を離れようとする船の手すりにもたれていたタレクは、ツィカの姿を見たような気がした。『ツィカだ！　ツィカが手を振っている！』――しかし娘のハーナンは、『だれも手なんか振っていないわ』と父親をなだめる。ピリオド、おわり。あれはツィカだったのか、それとも？　人生と同じで、決着はつかない。開かれた結末は物語の中心に生気を吹き込むだけじゃない。最後まで開かれた物語がさし示しているのは、人間は生きているかぎり過ちを犯し続け、愛し合うのをやめないということであり――そして愛は、これを味わおうとする者に千と一色の絵の具を用意しているということだ」

ヴァレンティンは立ちあがるとナビルを抱きしめ、その頬に感謝のキスをして、また椅子に腰をおろした。

「おまえのことばどおりに、本をしめくくる。かならず、そうするよ」

ヴァレンティンはこう言った。嘘いつわりのない気持ちだった。ナビルのいう三文小説に傾きかけた自分を、彼は少しばかり恥じていた。しかし、それもナビルのためを思えばこそだったと考えて、みずからを慰《なぐさ》めた。

ヴァレンティンがキャンピングカーに戻ったのは、午前四時だった。

「どこに行ってたの？」

半分目を覚ましたピアはこう言って、眠たそうに目覚まし時計を見た。

「人生で最高のナッハモルグさ。今、小説が終わったんだ」

ヴァレンティンはこう返事をしたが、ピアはもう寝入っていた。

ヴァレンティンはなかなか寝つけず、浅い眠りに悶々《もんもん》としていたが、ふと目を覚ますと、すばらしい考えがひらめいた。ナビルもいっしょに連れて行こう。世界中を旅して、全世界の子供たちの笑い声を聞かせてやるんだ。ナビルを苦しめるウラニアには、もう彼を置いていけない。

「これで万事、解決ね」

興奮したヴァレンティンにたたき起こされ、意見を求められたピアはこたえた。

「でも、まだ六時よ。いいかげんにお休みなさい」

ピアはぶつぶつ言った。ナビルをいっしょに連れて行くという名案を思いついてほっとしたヴァレンティンは、すぐにまた眠りに落ちた。

どれくらい眠ったのだろう。突然、『シェヘラザード』が聞こえてきた。ヴァレンティンは、がばっと起きあがった。ピアは窓際に立っていた。ヴァレンティンはぎょっとしてたずねた。

「どうしたんだ？」

「しばらく前から、天幕《シャピトー》の中からたえ間なしにこの曲が流れてきているの。私、三十分前から起きているのよ。そのときはもう聞こえたわ」

「こんな早い時間にか？」

ヴァレンティンは腑に落ちなかった。不安そうにピアを見つめ、ほほ笑もうとしたが、顔がひきつった。

「すぐに様子を見てきて」

ピアが言った。ヴァレンティンはあわててズボンをはくと、シャツもはおらずに外へ飛び出した。テントに煌々《こうこう》と明かりがともっているのが、遠くからもわかった。マルティンが寝ぼけまなこで、車の窓越しに外を眺めていた。だがヴァレンティンはあいさつもせず、かたわらを走り抜けた。

舞台の真ん中に、道化師のコスチュームを着たナビルが胸に頭をうずめて座っていた。楽団員は舞台入り口の真上にあるバンド席についていた。団長の姿を見たとたん、楽団は音をはずして、大混乱に陥《おちい》った。しまいには、演奏を続けながらも、みんな立ちあがってしまった。ヴァレンティンが片手を高く上げると、音楽はぴたりとやんだ。

「ナビル！」

ヴァレンティンは叫んだ。

けれどもナビルはすでにこと切れていた。

「ナビルは一時間前に俺たちを起こして、この曲を弾いてほしいと言ったんだ。彼はうれしそうに円を描いて踊り、笑顔を浮かべていたよ。俺たちはナビルのためだと思って演奏を続けた。すると、彼は床にへたり込んで、ぴくりとも動かなくなってしまったんだ。眠っているのか、それとも少し酔っ払っているのかと思っていたんだが」

太っちょの楽長は、歌うようなウィーンなまりでこう説明した。

呼ばれた医者は、心不全《しんふぜん》と診断した。

埋葬《まいそう》のための正式な手続きがすむまで、二日かかった。サーカスの門を出発するときには、葬列はまだいたってささやかだった。団員たちとナビルの数人の親友、それにむかしの運転手だけが、キリスト教墓地へ向かう霊柩車《れいきゅうしゃ》のあとに車で続いた。バサマは姿を見せなかった。ところが思いがけないことに、墓地にはナビルの死を悼《いた》む人々が待ち受けていたのだ。ナビルに最後の別れを告げようという何千もの人々は、午後も早くから、墓地の小さな礼拝堂《れいはいどう》の前で辛抱《しんぼう》強く待っていた。ヴァレンティンとマルティンを先頭に六人の団員が柩《ひつぎ》を肩で支えながら礼拝堂に運び込むと、人々はナビルのために大きな声で祈りはじめた。彼らはなにものも恐れなかった。

するとき突然、シャーケル少年があらわれた。ヴァレンティンは彼をわきへ連れだした。

「何ヵ月ぶりだろう？」

ヴァレンティンはそう言いながら、良心の痛みを覚えた。

「忘れたよ、だんな」

シャーケルはこたえた。

「よく聞いてくれ。おまえにたのみたいことが二つある。ひとつは友人の一族の墓所、もうひとつは俺の祖母さんの小さな墓。どちらの面倒もみてほしいんだ」

ヴァレンティンは言った。

「俺はもうここに来れないが、二つの墓の手入れの様子を手紙で知らせてくれたら、おまえを信頼して、毎年、五十マルク送金しよう。それからクリスマスのたびに、プレゼントの大きな箱もね」

「ジーンズもかい？　だんな」

「ああ、ジーンズもだ。ただし、だれも俺の愛する人たちの眠りを妨げることがないように、よく注意してくれよ」

ヴァレンティンは少年に百マルク札を渡し、紙に自分の住所と名前を書いてやった。少年の眼は喜びできらきら輝いていた。

「わかりましたとも。サラーム《なんじらの上に平安あれ》！」

シャーケルはすっかり感激して大声をあげた。

埋葬を終え墓地の門を出たところで、シャリフはヴァレンティンに近寄り、

「俺、ほんとうにいっしょに行くよ、ボス。将来は猛獣使いになるんだ」

とドイツ語で耳打ちした。

「かねてからの手はずどおり」

ヴァレンティンも小声で返した。

「一刻も早く、ライオンのヴルカンと仲良くなるんだ。沖へ出るまでの二、三日、ヴルカンとうまくやってもらわなくちゃならないからな。だが、おまえにはすばらしい隣人ができるはずだ――ヴルカン以上に手ごわい女だがね」

「了解、ボス」

シャリフはこたえた。ヴァレンティンのためとあれば、世界中のすべての猛獣と張り合いかねない勢いだった。その眼は、らんらんと輝いていた。シャリフはその夜のうちに、ハーナンとともに、ヴァレンティンがマルティンの助けを借りてライオンのコンテナにしつらえた隠し部屋にもぐり込んだ。


隠し部屋は港の税関吏の目を逃れた。彼らはうさんくさそうにトランクをひとつ残らず調べあげ、あちこち嗅ぎまわった。旅行者ならだれでも買えるような安物の象嵌《ぞうがん》細工の箱や煙草、ビン入りの蒸留酒《じょうりゅうしゅ》はすべて国有財産だと称して、持ち出しを許さなかった。税関はサーカスの審査に七時間かけるという嫌がらせに出たのである。到着したときあれほど好意的だった係官は遠く離れて立っていて、とても声をかけられる雰囲気ではなかった。もっとも、税関吏ごときに取り入ったのでは、サマーニ家の名折《なお》れである。ヴァレンティンのたのみの綱は猛獣たちだった。彼らはみごとにその役割をはたしてくれた。税関吏がコンテナの扉を開けただけで、猛獣たちは狂ったように騒ぎたてた。なかでもヴルカンは格子《こうし》に飛びかかり、ドスのきいた唸《うな》り声をあげたものだから、税関吏は檻《おり》に向かっていまいましげに一瞥《いちべつ》をくれただけで、そそくさと扉のかんぬきをかけた。

港ではギリシャの新鋭コンテナ船がちょうど荷降ろしの最中だった。ヴァレンティンが輸送を依頼すると、船長はひどく喜んだ。

ギリシャのコンテナ船は午後おそくに出港した。ヴァレンティンは水先案内人が下船するのを待って、ライオンのコンテナへ下りて行き、壁をノックした。

「だいじょうぶか？」

ヴァレンティンは声をかけ、耳をそばだてた。

「オーケー、ボス」

ハーナンとシャリフが返事をした。ヴァレンティンはコンテナのドアを開けた。シャリフはうしろを振り向くと、ヴルカンに頭を下げて、

「サンキュー、サー」

と礼を言った。

ライオンのヴルカンは大きなあくびをしただけだった。

ピアは船の手すりに立ち、最後にもう一度、うしろを振り返ると、真っ青な空を背景に赤々と

燃えたつようなウラニアの海岸に手を振った。

「さようならー」

ヴァレンティンにはよくわかった。ピアはエヴァとピッポとナビルに別れを告げているのだ。

ヴァレンティンはじっとピアを見つめた。生まれてこのかた一度も感じたことのない、かぎりないいとしさがこみあげてきて、全身の細胞のすみずみにまで行きわたるのがわかった。それは青い海よりも広く、深い、愛の感情だった。

その瞬間、目に見えぬ巨大な門が開き、その向うに、はてしなく広大な風景が浮かびあがったように思われた。はるか彼方《かなた》に無限の可能性を秘めたこの美しい幻影に、ヴァレンティンの胸はおののき、早鐘のように高鳴った。

ヴァレンティンは深く息を吸い込んだ。すると、ふっと気分が楽になり、笑いがこぼれた。はじめは小さな笑い声が、だんだん大きくなり、哄笑《こうしょう》に変わっていった。

「どうしたの？　気でもふれたの？」

ちょうど、古いイトスギのそびえるキリスト教墓地のあたりを見ていたピアは、びっくりした。

「知ってるかい？　眼鏡はどこへ行ったかと家の中をくまなく探しても、見つからない。鼻にかけていたからだって話を。俺の場合がまさにそうだ。俺はずっと、並みはずれた愛を探し続けていた。ところが親父のことを調べているうちに、それは俺の身近なところで生まれていたってわけだ」

「それで、見つけたの？」

ピアはうわの空で聞き返した。まだナビルとエヴァとピッポのことを考えていて、ヴァレンティンの言ったことをよく理解していなかったのだ。

「見つけたもなにも！」

ヴァレンティンは大声をあげた。もう少しで吹き出すところだった。

「じゃあ、話してよ」

ピアは言った。

「私、前から、お願いしようと思っていたの。あなたのお母さんの話を一度、通して聞かせてちょうだいって。あなたがたのナッハモルグは邪魔したくなかったんだけど、ときどき、聞き耳をたてていたのよ」

「喜んで話すよ」

ヴァレンティンは数分の猶予《ゆうよ》をもらい、キャビンへ急ぐと、カセット・レコーダーを手に、またデッキへ戻って来た。

「ぜんぶ録音しておこうと思うんだ。話しているあいだにも、べつの話が生まれるだろうからね。第一章のタイトルは、『すべては、タイミングよく届いた一通の手紙からはじまった』だよ。こうして物語がはじまるんだ」

ヴァレンティンは、はるか彼方を見つめ、われながらいい考えだとでもいうように、うなずいた。

「一通の手紙にこれほど驚かされるとは」

ヴァレンティンは続ける。

「サーカス団長のヴァレンティン・サマーニもついぞ考えていなかっただろう。オーストラリアを巡業中の箱馬車の中で産声をあげてから、アラビア発の信じられないような手紙を受け取るその日まで……」

トリエステまでの船旅は、夢のように穏やかな好天にめぐまれ、なにごともなく過ぎた。要した時間は、四日と十七時間と二十四分。そのあいだヴァレンティンは、よくデッキ・チェアに腰かけて、ときどき海に目をやりながら、ピアに小説を語って聞かせた。小説はこの本と同じようにはじまった。ところがそれは、先へ進むにつれてべつの物語になっていった。

訳者あとがき——ラフィク・シャミの旅

「アラビア人は砂漠の民です。砂漠には、目を楽しませるものもたいしてありません。だから彼らは、舌を豊かにせざるをえないのです。砂漠の中に色を取り込むために。言ってみれば、彼らは荒寥の地に座りこんだまま、世界中の色という色を取り込んできたのです」。本書がドイツで刊行された当時、ラフィク・シャミはテレビのインタヴューにこたえて、こう語りました。その砂漠の民の血をひくシャミが軍事政権の圧力によって言論活動を封じられ、「空飛ぶ木」となってドイツに根を下ろして四半世紀以上がたちます。しかし、息詰まるような出し物に続いて道化師を登場させ観客をなごませるヴァレンティンのサーカスのように、笑いのなかにぴりりと辛いスパイスをきかせるシャミの筆舌は、いささかも衰えることがありませんでした。『夜と朝のあいだの旅』は、ヴァレンティンが母親の愛の足跡をたどりつつ、その生涯でたったひとつの愛の物語を紡いでゆく糸を縦糸とすれば、軍事独裁政権のもとでもしたたかに生きるオリエントの路地裏の人々や、嘘と真実、栄光と悲惨が紙一重に同居するサーカスの人々、老いや病に抗して少年のように潑剌と生きようとする老人たちの話を横糸として織られた、精巧で彩り鮮やかな絨毯といえるでしょう。

ラフィク・シャミは一九四六年、シリアのダマスカスに生まれました。父親は旧市街のキリスト教徒地区でパン屋を営んでいました。文芸に造詣の深かった父親は早くから息子の才能に気づき、古今の詩の一節を組み入れた「しりとり遊び」をしながらシャミを文学の道に誘《いざな》います。彼は国語の授業でもたちまち頭角をあらわし、先生から特別視されるような生徒でした。しかしそのうちシャミは、学校では優等生を演じながら、帰宅すると立てた教科書の裏に隠して世界中の文学を読みあさり、ひそかに物語を書きはじめて、自分のスタイルを模索するようになりました。シャミが『文字』というタイトルの最初の演劇台本を書いたのは、なんと十五歳のときです。

シャミは、本書をはじめ『蠅の乳しぼり』『夜の語り部』『マルーラの村の物語』(いずれも西村書店刊)に描かれるように、貧しくとも気骨のあるおじさん、物語の泉のようなお爺さん、ちょっと怪しげなお兄さん、肝のすわったおばさんなど個性あふれるおとなたちに囲まれて、スリルと冒険に満ちた少年時代を送りました。眠っている父親を起こさないようにそっとラジオをつけ、カイロ放送から流れる『シェヘラザード』の物語に千と一夜にわたって胸をときめかせたのもそのころです。ところがそれは、相次ぐクーデターで目まぐるしく政権が変わり、新政府はそのつど民衆を掌握しようと理不尽な逮捕・拘禁を繰り返す、暗黒の時代でもありました。

一九六六年、シャミは文学と政治に風刺のサビをきかせた壁新聞「アル・ムンタレク」を創刊します。彼の住む路地のショーウインドーに、上のほうはおとなが、下のほうは子供が読めるようにという配慮で、二×一・五メートルもある大きな新聞が掲げられました。月に二回の発行。読者は路地に住む二、三百人の住民と通行人程度だったそうです。けれども人々はこの新聞をめぐっておおいに笑い、議論を交わしました。スタッフは疲労のなかにも幸福を噛みしめながら、毎号の誕生を祝ったそうです。しかしこの新聞は三年後に発禁処分を受けてしまいます。そして絶望に打ちひしがれたシャミは、一九七一年、鞄ひとつと片言のドイツ語だけを携え、自由をもとめて、当時の西ベルリンの空港に降り立ちました。長い亡命生活のはじまりです。

まもなくミュンヘンに移ったシャミは大学で化学を学び、七九年に博士号を取得します。もちろん生活のためにレストラン、工事現場、スーパーマーケットと、さまざまな場所で働きながらの学生生活でした。一方で、シャミの書くことへのやみがたい想いは彼の片言のドイツ語を飛躍的に進歩させました。シャミはすでに七十年代の終わりから作品を発表するようになります。同時に彼は、各地の成人学校や書店で精力的に「物語ツアー」、つまり自作の朗読会をはじめました。そして八七年に刊行した『片手いっぱいの星』が世界的なベストセラーになります。それからのシャミは作家として順風満帆と言ってよいでしょう。コンスタントに発表する作品のほとんどが話題をさらい、数々の文学賞を受賞しました。現在は、本書の表紙を装丁している夫人のロート・レープと、十歳になるひと粒だねの息子エミールとともに、マンハイム近郊で暮らしています。

シャミはよく、自分の亡命生活を「迷宮《ラビリンス》」ということばで表現します。出口は見えず、入り口へ戻ることもかなわず、寒々とした袋小路ばかりの迷宮を、出口めがけてひたすら走っているというのです。ドイツに来たシャミを待っていた迷宮の第一のハードルは、ことばの問題。そしてこれを跳び越えると、「外国人として生きる」というハードルがたちはだかっていました。シャミはある講演会で、「シリアにいる限り、キリスト教徒である私は少数派でした。だれかがイスラム教徒を攻撃してもほとんど気にはなりませんでした。しかしドイツへ来てからは、テレビがオリエント、とりわけイスラム教徒に対する人種差別的な映像を流したり、三流文士が反イスラム的な言辞をもてあそんだりすると、まるで自分が攻撃されたような気分になります」と語りました。自由をもとめて飛んできたはずのドイツも、異邦人への差別と偏見の影が見え隠れする、括弧つきの「自由の国」だったのです。そしてあとにしてきた故郷は、相変わらず千年の惰眠をむさぼり、暴力と圧政に苦しんでいます。自分はどこにいるのだ？　どこへ行けばいいのだ？

　現実という迷宮で八方ふさがりになったシャミは狂おしいほどの望郷の念にかられ、心の中で何度もダマスカスへと旅をします。たとえ故郷が無残な姿を突きつけようとも、シャミの心の中には、ゆるぎない少年時代が岩のようにがっしりと根を下ろしているのです。彼はそこに涸れることのない物語の源泉を確認します。これを手がかりにシャミは想像力の翼を大きくはばたかせ、自分の行くべき場所《ユートピア》をもとめて、果てしない旅に出るのです。

『夜と朝のあいだの旅』が刊行された翌年の一九九六年、ラフィク・シャミは五十歳になりました。奇しくもこの年は、故郷で二十五年、亡命の地で二十五年という節目にあたります。おそらく彼も、それを意識していたのでしょう。本書は既刊のメルヘンや寓話と少し趣を異にして、これまでにない規模の構想をもち、現実にいっそう踏み込んだ、長編小説ともいえる作品になりました。作品にかける彼の意気込みもなかなかのものでした。サーカスに関する多数の文献にあたり、おおぜいの人々に取材したといいます。たとえば、ツィカとタレクがベルリンで出会った一九三一年十二月一日の気温は、実際に零下十度。その年いちばんの寒さを記録したそうです。また第二次大戦中、夜のボーデン湖のほとりでヴァレンティンが母親から口にチョコレートを入れてもらい、スイス側のきらめく灯火を指さしてあれが平和というものだと教わったくだりは、ヘッセン州立劇場の制作部長が子供のころに経験した実話だということです。

　この物語には、シャミ本人とおぼしき人物が幾重にも映し出されています。四十六年ぶりにアラビアに旅するヴァレンティンはもちろんのこと、追っ手を逃れて厳寒のベルリンへ向かった実父タレクもまた、かつてのシャミそのものではないでしょうか。そして、見はてぬ愛の夢を一生追い続けた母親のツィカもまた……。こうして親子二代にわたる根なし草の悲しみとたくましさを描いたシャミは、アイデンティティーを求める旅の続きを、自分の息子エミールに果たしてもらいたいのかもしれません。エミールに託そうとする未来は、死と闘うナビルと青春へ引き返そうとするヴァレンティンの、なつかしくも美しい思い出のなかに、点描のように書き込まれているのではないでしょうか。

　ドイツ人は東洋、特に中近東を「モルゲン・ラント」と呼びます。直訳すれば朝の国。日本流にいえば、日出づる国というところでしょうか。これに対して自分たちの住む地中海以西は「アーベント・ラント」。つまり夜の国です。夜の国から朝の国へ旅したヴァレンティンは、帰路、海のはるか彼方に無限の可能性を秘めた門が開くのを見ました。シャミもまた、どこにもない場所《ユートピア》をもとめて、「夜はゆこうとしているが、まだ朝にはなりきっていない」、そんな時刻を綱渡りのように旅しているのです。そしてこの旅でシャミは、けして自分は帰ることのできないアラビアの地に、そっと希望の種を置いてきました。それは……。

綱渡り師のエヴァは、聖マリア教会の鐘楼とサラディンモスクの尖塔《ミナレット》のあいだに張られたロープを渡りました。キリスト教とイスラム教の相互理解と協調のためというふれこみでしたが、実際はそんなにのんきな話ではなく、両者は一触即発の関係にあります。荒れ狂う嵐のなか、エヴァは極限まで力をふりしぼり、綱を渡りました。そしてサーカスの仲間のもとから忽然と姿を消した彼女は、道化師のピッポを愛するあまり、その墓前で息絶えます。あとから判明した彼女の名は、エヴァ・ハイネ。ハイネという姓は、ドイツ人なら、ユダヤの血をひく家系ではないかと思い至ります。そしてハイネといえば、シャミが敬愛してやまないという、自由のために闘って客死したドイツ人亡命作家を思い出させます。日本ではロマン派の詩人として知られるハインリヒ・ハイネ（一七九七～一八五六）は、パリに逃れて封建的なドイツを批判し続け、死ぬまで祖国へ向けて情熱的に自由への呼びかけをしました。シャミはさまざまな想いをこめて、祈りにも似た気持ちで、アラビアの丘の上の墓地にエヴァを葬ったのでしょう。

二〇〇二年初夏

池上　弘子

●著者
ラフィク・シャミ（Rafik Schami）
一九四六年、シリアに生まれる。六六年から六九年までダマスカスで壁新聞を発行。七一年にドイツへ移住し、働きながら大学で化学を学び、七九年に博士号を取得。八〇年に文学グループ「南風」の設立に参加し、八五年まで同誌の編集・執筆を担当する。八二年からは作家活動に専念。シャミッソー賞やヘルマン・ヘッセ賞など多くの賞を受賞。主著に『蝿の乳しぼり』『夜の語り部』『マルーラの村の物語』『空飛ぶ木』『モモはなぜJ・Rにほれたのか』（上記は西村書店刊）など。マンハイム在住。

●画家
ロート・レープ（Root Leeb）
一九五五年、ヴュルツブルクに生まれる。ミュンヘン大学でドイツ文学と哲学を専攻。外国人のための語学教師や市電の運転手などをつとめた後、九一年にデザイナー、イラストレーターとして独立。マンハイム在住。

●訳者
池上弘子（いけがみ　ひろこ）
一九五二年、鎌倉に生まれる。七五年、学習院大学文学部ドイツ文学科卒業。技術翻訳のかたわら、日独文化交流史にかかわる資料や現代ドイツ文学の翻訳紹介に取り組んでいる。訳書に『空飛ぶ木』（西村書店刊）『ベルツ日本再訪』（東海大学出版会刊）『ベルツ日本文化論集』（共訳、同上刊）。

夜と朝のあいだの旅　　2002年7月10日　初版第1刷発行

著　者　ラフィク・シャミ
訳　者　池上弘子

発行人　西村正徳
発行所　西村書店
本　社　〒951-8122 新潟市旭町通1-754-39
TEL 025-223-2388　FAX 025-224-7165
東京支社　〒102-0071 東京都千代田区富士見2-4-6
TEL 03-3239-7671　FAX 03-3239-7622
印刷・製本　中央精版印刷

ISBN4-89013-595-2